Thomas Regnery

DIE EIFELKOMTESS-SAGA GEHT WEITER   TEIL 4

Die **Akte** von
Hillesheim

AF191173

ROMAN

Die Deutsche Nationalbibliothek verzeichnet diese Publikation in der Deutschen Nationalbibliografie. Detaillierte bibliografische Daten sind im Internet über http://dnb.dnb.de abrufbar

.

Umwelthinweis:
Dieses Buch wurde auf chlorfrei gebleichtem Papier gedruckt.

© 2020 by Thomas Regnery
Herstellung und Verlag:
BoD – Books on Demand, Norderstedt
Neuausgabe © 2024
Ergänzt und überarbeitet vom Autor
Covergestaltung: Thomas Regnery
Printed in Germany
ISBN 978-3-758-37375-6

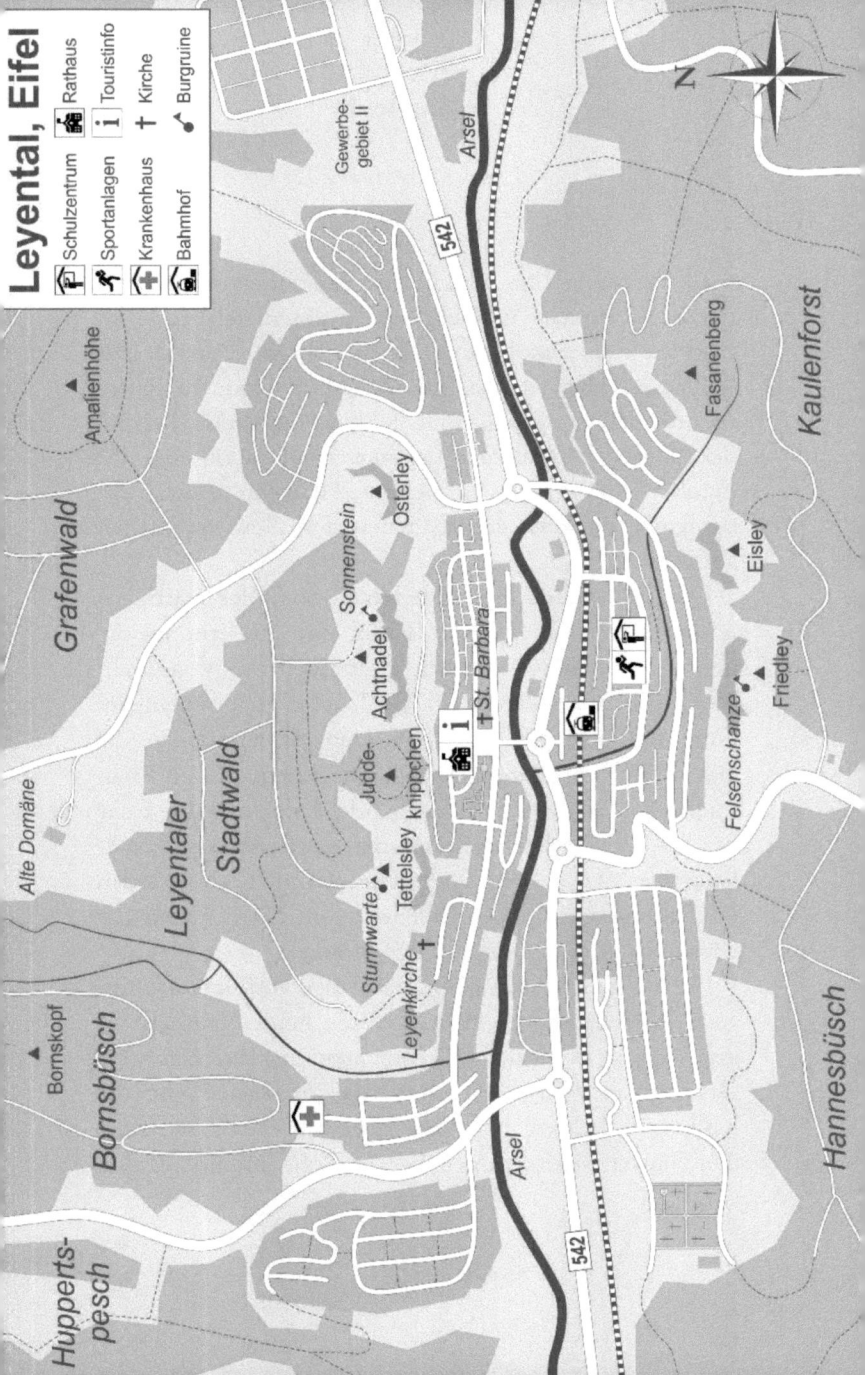

– Kapitel 1 –

Es herrschte eine schwülwarme, geradezu drückende Hitze. Vereinzelte Wolkentürme wölbten sich am Horizont wie Blumenkohl in den blauen Himmel hinauf. Ihre Oberkanten breiteten sich flach aus, als sie an die Stratosphäre stießen. Selbst dünne T-Shirts hielten die Körper der Menschen an diesem Tag zu warm. Egal ob man sich draußen oder drinnen aufhielt, die Haut fühlte sich klebrig feucht an, und ständig ließen sich Gewittertierchen auf ihr nieder.

Die Eifelstadt Leyental erlebte einen der wärmsten Sommer ihrer Geschichte. Bäume und Hecken, aus denen während dieser Nachmittagsstunden kein Vogelzwitschern erklang, flirrten im gleißendhellen Sonnenlicht. Nur das Geräusch von mehreren Rasenmähern, die gleichzeitig aktiv waren, erklang aus verschiedenen Richtungen des Wohngebiets. Es handelte sich um eine Ecke der Stadt, die vor Jahrzehnten mal ein florierendes Neubaugebiet war, mit Häusern, deren Wände nach frischem Putz rochen, und das erfüllt war vom Lärmen und Lachen spielender Kinder auf den Straßen.

Diese Zeiten waren schon sehr lange vorüber. Die jungen Häuslebauer von damals waren heute Rentner, die ihre Tage meistens damit verbrachten, den Rasen zu wässern, Unkraut aus dem Vorgarten zu zupfen und die Kullang zu kehren. Vor allem aber war es still zwischen den Häusern – eine ruhige, beschauliche und im Großen und Ganzen doch weitestgehend vergessene Wohnlage voller Gartenzwerg- und Geranienidylle.

Eines der Häuser war noch älter als die umliegenden Eigenheime. Sein Grundstein war in den frühen fünfziger Jahren gelegt worden, was man an dem dunklen Verputz, der klapprigen Bohlen-Kellertür und den steilen Giebeln gut erkennen konnte. Seine schwere Vollholzhaustür stand in diesem Moment einen Spalt weit offen. Im Inneren des gediegen eingerichteten Erdgeschosses lag der dunkle Würfelparkettboden über und über mit kleinen, dünnen Glasscherben voll. Derbe Sohlen schwarzer Bundeswehrschuhe zertraten sie beim Hin- und Hergehen zu scharfen Glassplittern, zwischen denen feine Stecknadeln und Insektenbeinchen verstreut lagen.

»Wo ist der Scheiß?«, fluchte eine tiefe Männerstimme. »Verdammte Paukerfotze!«

Bücher und noch mehr Glas prasselten auf den Boden.

»Hey!«, mahnte die raue Stimme eines anderen Mannes. »Reiß dich ein bisschen zusammen. Soll die halbe Nachbarschaft hier zusammenlaufen?«

»Was denn?«, höhnte der Bass. »Die Greisenarmee da draußen? Ich lach mich tot.«

»Ruhe jetzt!«, zischte der Raustimmige. »Vorm Haus hat irgendein Trottel angehalten.«

Achtlos trampelten die Stiefel über Bücher, Büroutensilien und Glassplitter. Seitlich hinter einem breiten Zimmerzugang blieben sie stehen. Ein Stemmeisen hing bis zum Stiefelschaft hinunter. Aus der kräftigen Faust, die es festhielt, traten die Sehnen des Handrückens hervor.

Kaum hörbar hielt das Elektro-Auto am Straßenrand entlang des Bordsteins. Ein Mann Ende vierzig stieg aus.

Er wischte sich mit einem Stofftaschentuch den Schweiß von der Stirn und sah sich, die Augen zusammenkneifend, nach allen Seiten um. Dann konzentrierte er sich auf die Haustür, die immer noch ein Stück weit offen stand. Er beugte sich vor und äugte starr geradeaus, so als ob er erwartete, durch den schmalen, dunklen Schlitz etwas im Haus erkennen zu können.

»Was ist das für ein Knilch?«, raunte der Bass, der inzwischen wie sein Begleiter zum Fenster gegangen war. Die andere Stimme antwortete: »Sieht mir aus, als wär das auch irgend so ein linksgrünversiffter Penner.«

Der Besucher wagte sich nun einige Schritte in Richtung Tür, den Spalt nicht aus den Augen lassend.

»Elfi?«

Seine Stimme klang unsicher und besorgt. Langsam näherte er sich dem Eingang. Die Knöchel der Faust, die das Stemmeisen umschloss, wurden weiß.

»Elfi, bist du da?«

Der Mann streckte die rechte Hand in Richtung Türknauf aus. Er zögerte. Sein Blick fiel auf den in Schlosshöhe zersplitterten Teil des Zargenholzes. Rasch zog er die Hand zurück. In seiner Verunsicherung begann er, einige Schritte rückwärts zu gehen. Mit einem Mal drehte er sich um und strebte eiligen Fußes zu seinem Elektrofahrzeug zurück. Hastig stieg er ein, knallte die Fahrertür zu und brauste davon.

Der Marktplatz am Neptunbrunnen war überaus belebt an diesem hellen und warmen Sommerdienstag. Soeben hatten die Glocken der nahen Stiftskirche begonnen, zum Angelusgebet zu läuten. In Leyental, wie in vielen anderen Städten und Dörfern der Eifel, hätte man gesagt: »Et schläscht Betklock«, doch das Geläut, das in diesem Moment durch die engen Gassen schallte, ging von keinem Eifeler Glockenturm aus.

Für die Menschen auf dem Marktplatz, von denen nicht wenige Touristen waren, markierte der Klang den Übergang vom Nachmittag in die Abendstunden, und dies hob ihre gute Laune noch einmal kräftig an, denn es wurde nun bald Zeit, in eine der zahlreichen Weinstuben der Stadt einzukehren und zur Gemütlichkeit überzugehen. Während die Sonne langsam tiefer sank, glitzerte weiter unten in dem flachen Tal die Wasseroberfläche des Flusses Neckar in ihrem Gegenlicht.

Mit dem Abklingen des Geläuts wurde es auf den gepflasterten Wegen zwischen den Fachwerkhäusern wieder leiser. Kurz darauf waren von der Kirchgasse herauf ruhige Schritte wahrzunehmen, deren Geräusch vermuten ließ, dass sich Damen in elegantem Schuhwerk näherten. Die beiden jungen Frauen hatten Tübingen vor drei Jahren nicht des Weines oder der schmucken Gassen wegen aufgesucht, sondern um sich in der Eberhard-Karls-Universität einzuschreiben. Von dort kamen sie gerade. Sie hatten vor einer knappen Stunde ihre letzte Vorlesung des Tages gehört. Gleich im Anschluss hatten sie sich auf dem Campus getroffen, um gemeinsam den Weg zurück in ihre Wohnstätten anzutreten.

Beide Damen waren ausgesprochen hübsch und legten überdurchschnittlich hohen Wert auf ihr äußeres Erscheinungsbild, jedoch, die eine von ihnen war von besonders eleganter, geradezu anmutiger Haltung. Die luxuriöse Bekleidung, zu der ein grauer, weiß karierter

Stella-McCartney-Minirock, ein doppelreihiger Blazer von Racil in Himbeerfarbe sowie dunkle Jimmy-Choo-Plateausandalen gehörten, war dem Stand ihrer Trägerin angemessen. Es war die Komtess zur Heyden aus Leyental, die hier, verfolgt von den Blicken der Passanten, mit einer ihrer Kommilitoninnen entlang schritt, während ihr hüftlanges, pechschwarzes Haar bei jedem Schritt sanft wogte. Annabelle Patrizia Josephine, so lauteten ihre Vornamen in vollständiger Schreibweise. Für diejenigen aber, die ihr nahe standen, war sie einfach Anna. Annas Begleiterin war auch aus gutem Hause, wenngleich ihr der adelige Hintergrund fehlte. Sie trug eine rotbraune Kurz-haarfrisur, die tadellos saß, und eine rahmenlose Brille, dazu ein schlichtes, türkisfarbenes Kurzkostüm. Sie sprach im Gehen aufgeregt zu ihrer Gefährtin.

»Sag mir bitte noch mal ganz genau, was Professor Hehlbach zu dir gesagt hat.«

»Du kannst es immer noch nicht fassen, nicht wahr?«

»Ach, komm schon, Anna! Wie kannst du dabei so cool bleiben? Das ist eine unglaublich große Sache. Ich meine, du bist letzten Monat erst 22 geworden, und heute gibt dir eine Koryphäe der Geschichtswissenschaften die Zu-sage, dein Doktorvater zu sein. Das ist so gewaltig!«

Anna musste lächeln.

»Deine Anteilnahme rührt mich, das muss ich schon bemerken.«

»Anteilnahme? Wie eine Verrückte freu ich mich für dich!«

»Dafür danke ich dir, wirklich«, versicherte Anna ihrer Freundin, die auch schon begeistert fortfuhr: »Natalie Bayrhammer ist außer dir die einzige, die alle Scheine zusammen hat. Sie hat heute in der Mensa behauptet, dass du den Anforderungen von Professor Hehlbach wohl kaum gewachsen sein wirst. Sie meinte, dass du nach sechs statt acht Semestern nicht so ein gefestigtes Wissen haben kannst, dass es für seine Ansprüche reicht. Ich schlage vor, du belehrst sie eines Besseren.«

Anna antwortete mit der für sie typischen, ruhigen und monotonen Stimmlage.

»Sie ist doch nur abgünstig, weil ich den Professor zuerst ansprach. Sie hatte alle erforderlichen Nachweise vor mir beisammen, doch sie zögerte. Es war ihre eigene Zauderhaftigkeit, die sie ins Hintertreffen geraten ließ.«

»Ich bewundere dich echt für deine Gelassenheit. Genau wie damals in der Elf, als ich mit dem Glas Wasser vor dir stand, nachdem ich Tim angeflirtet hatte. Ich glaube, an deiner Stelle hätte ich mir das Wasser ins Gesicht geschüttet.«

Wieder musste Anna lächeln. Diesmal noch etwas mehr als vorhin.

»Nun, Fabienne, dieser Gedanke war mir seinerzeit sehr wohl durch den Kopf gegangen. Doch es geziemt sich nicht, derart die Fassung zu verlieren.«

»Was für ein Glück für mich«, lachte Fabienne.

Die beiden hatten inzwischen den Marktplatz überquert und waren neben dem Rathaus in die Haaggasse abgebogen.

»Puh!«, blies Fabienne durch die Wangen. »Endlich lassen diese Steigungen mal nach. Gleichzeitig quatschen und berghoch laufen ist eindeutig nichts für mich.«

Sie atmete im Gehen einige Male tief ein und aus, bevor sie das Gespräch fortführte.

»Wann erzählst du es Tim? Seht ihr euch dieses Wochenende?«

Anna nahm wehmütig Luft und schüttelte den Kopf.

»Ich fürchte nicht. Er hat meinen Onkel heute nach England geflogen. Und morgen muss er sich für einen weiteren Auftrag bereithalten. Ich habe ihn jetzt seit zweieinhalb Wochen nicht gesehen, und ich gestehe, es ist mir inzwischen doch sehr lang geworden.«

Sie quittierte Fabiennes teilnahmsvollen Blick mit einem kurzen, süßen Lächeln.

»Ich verstehe dich, Anna. Dann hast du ja noch ein paar einsame Tage mehr vor dir.«

»Ich weiß mich zu beschäftigen. Ich verfüge ja nun meinerseits über gewichtige Beflissenheiten.«

Die Frauen schwenkten nach rechts und betraten ein besonders schmales Gässchen. Vor den Hausfassaden zeigte sich stellenweise frisches Grün, das sich aus den Fugen im Kopfsteinpflaster ans Licht drängte. Links des Weges befanden sich typische Fachwerkhäuser, während rechts eine kunstvoll gestaltete Gründerzeitfassade mit großen gesprossten Bogenfenstern aufragte. Beiden Seiten gemeinsam waren die steilen Satteldächer, die mit tonfarbenen Biberschwanzziegeln gedeckt waren. Anna und Fabienne blieben vor der Eingangstür des Gründerstilhauses stehen. Sie bestand aus einem massiven und dunklen Holzrahmen, der eine bucklige, ornamentierte Glasscheibe umfasste. Gewandt und mit flüssigen Bewegungen, ohne dass ein Geräusch zu hören war, nahm Anna den Hausschlüssel aus ihrer Handtasche. Im selben Moment sprang das schwere Türschloss auf, und der Flügel öffnete sich vor den Freundinnen. Ein alter, gebückter Mann mit Halbglatze und grauem, kurzem Vollbart, der offenbar gerade das Treppenhaus fegte, drückte die Tür gegen die Wand und gewährte den Damen mit einladender Geste Zutritt.

»Frau zur Hejden«, lächelte er mild, »ich hob Se gesehn durch der gläserner Tir.«

»Vielen Dank, Herr Silberstern«, erwiderte Anna und knickste leicht. Zusammen folgten die Damen der freundlichen Geste des Hausherrn, der sich nun kurz abwandte und trocken in die linke hohle Hand hustete.

»Do bekumm ich doch a Krank«, erklärte er im ironischen Ton, »und dos wenn der Summer kummt. Ah, wer gläubt's?«

Anna hielt inne und wandte sich Herrn Silberstern zu. Sie betrachtete kurz seinen verschmitzten Gesichtsausdruck.

»Sie sollten sich heute vielleicht nicht mehr anstrengen und stattdessen der Ruhe pflegen«, riet sie charmant. »Sie müssen die Stufen nicht jeden Tag fegen.«

»Wenn dos hohe Freilein kejnen Onstoß nimmt?«, kam es recht heiter von dem alten Mann zurück. Anna legte die Hände in die Hüften und setzte einen humorig strengen Ton auf.

»Ganz gewiss nicht. Und zum nunmehr siebzehnten Mal: Ich bin kein hohes Fräulein, und ich wünsche auch nicht so behandelt zu werden. Mache ich mich deutlich? Und Ihre Gesundheit liegt mir höher am Herzen als ein übersorgfältig gepflegter Treppenaufgang!«

Heiser lachte Herr Silberstern: »Dos sind schejne Bobbemeises, wos se redn, jojo. Ich kenn immerzu davoin heren.«

»Und genau deshalb reizen Sie mich unentwegt damit, nicht wahr?«, ermahnte Anna ihn mit wedelndem Zeigefinger und fügte belustigt hinzu: »Ich komme Ihnen auf die Schliche, Herr Silberstern!«

Während der ehrwürdige Herr glucksend seinen Besen wieder in die Hand nahm, stiegen Anna und Fabienne vergnügt die Treppe hinauf zu Annas Wohnung.

»Hast du die Zeit, noch kurz hereinzukommen?«, fragte Anna, als sie aufgeschlossen hatte. Fabienne schüttelte bedauernd den Kopf.

»Würde ich unheimlich gerne. Aber ich hab um sieben doch schon den Termin, deswegen muss ich direkt los.«

»In Ordnung«, nickte Anna, »dann hole ich dir rasch den Blazer.«

Anna verschwand kurz in einem Nebenzimmer und kehrte sogleich mit einer hochwertigen Kostümjacke, eingetütet und auf einem Bügel, zurück.

»Bitte schön«, kommentierte sie, als sie Fabienne das edle Stück hinreichte. »Du wirst gewiss Erfolg haben. Sie können für die Semesterferien keine Bessere bekommen als dich.«

»Danke, Anna«, freute sich Fabienne, »du bist meine Retterin. Ich hab so ein Glück, dass wir beide genau dieselbe Kleidergröße haben.«

Die Freundinnen umarmten sich.

»Tschüss, Anna. Ich komm hinterher vorbei, dann können wir vielleicht noch was zusammen machen?«

»Ja, sehr gerne, Fabienne. Ich freue mich darauf.«

Leise drückte Anna die Tür ins Schloss. Dann kehrte sie sich um und blickte in ihr Wohnzimmer. Der Wohnungstür gegenüber lag die Außenwand, in der sich zwei der großen Rundbogenfenster mit Sprossen befanden. Annas »Studentenbude« nahm das gesamte Obergeschoss des Hauses ein. Sie enthielt neben dem großzügigen Wohnzimmer noch ein Schlafzimmer sowie eine Küche und ein Bad. Anna legte ihre Handtasche ab und nahm ihr Smartphone hervor. Sie hatte den Tag über keine Nachrichten erhalten, außer denen von Fabienne.

›Wie soll er auch zum Schreiben kommen‹, dachte sie, ›wenn er den ganzen Tag ein Flugzeug führt?‹ Sie schritt ins Wohnzimmer und legte ihr Handy auf dem Beistelltischchen neben der Couch ab.

›So will ich die Zeit nutzen, um noch etwas zu arbeiten.‹ Das war ein Gedanke, den Anna häufig an sich selbst richtete. Sie hatte in den Jahren ihres Studiums nur wenige Freundschaften geschlossen. Das Studium der Geschichtswissenschaft wird, das Vorstudium inbegriffen, in der Regel in acht Semestern zum Abschluss gebracht. Anna hatte nur sechs gebraucht. Ihr Lerneifer, begründet durch ihre Begeisterung für das Fach in Kombination mit ihrer Intelligenz, waren die Grundpfeiler dieses Erfolgs. Dies schloss nun mal das Opfer ein, wenig Zeit für private Gemeinsamkeiten mit anderen Studentinnen zu haben. Sie war froh um die Freundschaft mit Fabienne Nürrenberg, wenngleich der Beginn ihres Verhältnisses zueinander unter keinem günstigen Stern gestanden hatte. Meine Güte, das war jetzt fünfeinhalb Jahre her! Inzwischen war so viel geschehen. Anna stand am Fenster und dachte über Fabiennes Worte nach. Ja, es war zweifellos eine große Sache. Sie würde nun wahrscheinlich ein weiteres Jahr für ihre Dissertation brauchen, und dann würde sie bereits… Da zuckte sie kurz zusammen. Das typische Anklopfen von Herrn Silberstern erklang an der Tür. Es war schwach und unaufdringlich, mit einem immer gleichen Rhythmus. Trotzdem erschreckte es Anna ein bisschen, da es so still im Haus und sie so sehr in ihre Gedanken vertieft war. Was konnte es denn sein, was der gute Mann ihr mitzuteilen wünschte? Sie hatten sich doch vorhin erst im Treppenhaus getroffen, da wäre doch Gelegenheit gewesen. Sie strich mit beiden Händen an ihrem Rock hinab, obwohl er perfekt anlag, fuhr sich kurz durch die Haare und ging zur Tür.

Als Anna öffnete, war von Herrn Silberstern keine Spur zu sehen. Statt seiner stand am Fenster gegenüber, mit dem Rücken zu ihr, ein großer Mann im schwarzen Anzug. Seine Finger trommelten zunächst auf dem Fensterbrett, doch dann legte er seine Hände auf den Rücken. Weiße Hemdmanschetten ragten aus den schwarzen Ärmeln hervor. Anna bemerkte rings um die Enden der Ärmel die beiden aufgenähten, goldenen Bänder und nahm tief Luft. Im selben Moment drehte der Mann sich zu ihr um und sprach: »Die Leute auf der Straße sagen, hier wohnt die heißeste Studentin der Stadt.«

Dieses lausbubenhafte Grinsen! Diese warmen, blauen Augen mit den süßen Lachfältchen in den Winkeln. Annas Herz klopfte wie wild, als sie sich ihm um den Hals warf.

»Mein Tim!«, jauchzte sie. »Oh, mein Tim! Wie schön! Oh, wie schön das ist!«

Anna nahm ihre Hände hinter Tims Nacken hervor und legte sie an seine Wangen. Sie küsste ihm zärtlich auf die Lippen. Tim drückte sie liebevoll an sich. Dann ergriff Anna seine Hand und zog ihn galant in ihre Wohnung.

»Aber wie kann es sein, dass du hier bist?«, hauchte sie verzückt. »Solltest du nicht heute Onkel Ansgar nach England bringen und dich für morgen bereithalten, um ihn im Anschluss nach Frankreich zu fliegen, damit er Lena vor Ort entlastet?«

»Stimmt genau«, grinste Tim. »Heute Mittag hab ich ihn in Biggin Hill abgesetzt, und morgen Mittag muss ich ihn wieder aufsammeln. Du ahnst ja nicht, wie schnell die Seneca ist. Im Prospekt stand 378 km/h. Sagen wir mal so, ich weiß jetzt, dass da noch was geht.«

»Ach, ist das wunderbar«, schwärmte Anna. »Welch zauberhaften Ausgang dieser Tag nimmt! Und es ist erst früher Abend. Was können wir alles noch unternehmen!«

In ihrer überschwänglichen Freude griff sie Tims Hände und führte ihn tiefer ins Wohnzimmer, hin zur Sitzgruppe. Dort ließ sie ihn los und lief aufgeregt zu einem der Fenster. Mit Verzückung faltete sie die Hände vor der Brust, als sie hinausschaute und ihre Gedanken sortierte.

»Ich möchte dir von meinem Gespräch mit Professor Hehlbach berichten. Wir können zum Abendessen ausgehen, und dort erzähle ich dir alles.«

Glücklich lachend lief sie zu Tim zurück, der sie in seine ausgebreiteten Arme nahm.

»Oh, Liebster, mein Herz hüpft so sehr. Was für eine wundervolle Überraschung!«

Während sie so da standen, erzählte Tim: »Herr Silberstern war auch ganz begeistert. Als er mich reingelassen hat, hat er erst in die Hände geklatscht und mir dann mindestens zehnmal auf die Schulter gehauen. Er meinte, das wird das schönste Geschenk für das hohe Fräulein.

Jedenfalls glaub ich, dass er das gesagt hat. Ich versteh ihn nämlich nicht immer.«

Anna kicherte: »Das kann ich mir vorstellen. Sein Anklopfschema zu imitieren fällt dir wesentlich leichter. Du sprichst eben nicht so häufig mit ihm wie ich. Daran wird es wohl liegen.«

»Da hast du wahrscheinlich recht …«

Tim zog seine Freundin enger an sich heran. Wie schön sich ihre weiche Wange an seiner anfühlte! Wie ihr Haar duftete!

»… dafür rede ich häufiger mit dir«, begann er zu flirten, wobei er ihren Hals mit seinen Lippen liebkoste. »Siehst du, wie ich gerade mit dir kommuniziere?«

Anna schloss die Augen und seufzte genussvoll auf.

»Hm, ja, das ist eindeutig. Und da beklagen Frauen sich immer wieder, dass Männer nicht klar kommunizieren könnten.«

Noch einmal seufzte Anna, denn nun war Tim an ihrer Hals-Schulter-Partie angelangt.

»Oh, ja, dort liebe ich es. Was für eine anregende Konversation, mmmh …«

Sie begann nun ihrerseits, auf Tuchfühlung zu gehen. Mit beiden Händen fuhr sie unter Tims Jackett und strich über seine Lenden. Tim umfasste Annas Taille. Seine Hände fuhren ihren Rock hinab bis zu ihren Oberschenkeln. Schon glitten sie unter dem Rock nach oben bis zum Ansatz von Annas Pobacken. Ihre vollkommen geformten Beine so zu streicheln erregte ihn. Anna konnte es in ihrem Schoß spüren. Mit Hingabe zeigte sie ihrem Freund an, dass sie geküsst werden wollte. Während die beiden zu einem äußerst erotischen Zungenkuss ansetzten, begann das Smartphone auf dem Beistelltischchen zu läuten.

»Dein Handy klingelt«, nuschelte Tim in Annas Mund. Beim zweiten Klingelzeichen zog er den Kopf zurück.

»Wir wollen es klingeln lassen«, beschloss Anna in ihrer Erregung. »Es wird so wichtig nicht sein… Oh, Liebster, weshalb hältst du inne?«

Tim ließ tatsächlich langsam, doch bestimmt von Anna ab. Er hielt sie schließlich nur noch an den Schultern. Beim Loslassen gab er ihr links und rechts zwei kurze, leichte Klapse auf die Oberarme.

»Weil ich auf dem Display sehen kann, wer es ist«, brummelte er. »Ist besser du gehst mal ran, schätz ich.«

Anna drehte sich herum, um auf das klingelnde Smartphone zu schauen. Sie gluckste auf, sah Tim amüsiert an und schüttelte den Kopf dazu. Dann nahm sie das Gespräch an.

»Hallo Mama.«

»Annabelle. Kannst du sprechen, oder störe ich dich?«

Tim ging, nahezu lautlos ein Liedchen pfeifend, ein paar Schritte ins Abseits, dann drehte er sich wieder zu Anna hin.

»Nein, Mama, du störst mich nicht.«

»Das hatte ich angenommen. Es ist ja nicht damit zu rechnen, dass du plötzlich Besuch hast.«

An der Stelle streckte Tim die Zunge heraus und reckte beide Arme mit aufgerichteten Mittelfingern in Richtung Telefon. Anna unterdrückte ein Kichern und vollführte eine abwinkende Handbewegung an Tims Adresse.

»Habe ich deine Aufmerksamkeit, Annabelle?«

»Ja, gewiss, Mama.«

»Gut. Nun, es geht um deine ehemalige Geschichtslehrerin, Frau Dr. Uebelacker. Es ist ihr etwas Entsetzliches zugestoßen, und wir müssen davon ausgehen, dass sie tot ist.«

Diese Nachricht erschreckte Anna bis ins Mark. Mit offenem Mund und vorgehaltener Hand ließ sie sich auf die Couch sinken. Das Smartphone hielt sie starr vor ihrem Gesicht.

»Annabelle?«, erklang es aus dem Gerät.

Tim ging zu Anna hin. Sie wandte ihm mit glasigen Augen den Blick zu.

»Annabelle?«

Tim bot Anna wortlos an, das Handy entgegenzunehmen. Sie legte es ihm in die Finger, wobei sie ihre nun freie Hand auf ihre Brust legte. Langsam führte Tim das Handy ans Ohr.

»Hey, Vivienne.«

»Tim? Bist du das? Was machst du in Tübingen, wenn ich fragen darf?«

»Ich hab 'ne Dienstpause bis morgen. Erklärst du mir bitte, wo du das her hast, was du Anna gerade gesagt hast?«

»Eine Nachbarin hat mich informiert. Frau Dr. Uebelacker hat die letzten Tage vor den Ferien unentschuldigt am Gymnasium gefehlt. Als ein Kollege heute bei ihr zu Hause nach ihr sehen wollte, fand er den Eingang offen vor. Die Tür war aufgebrochen, und von der Frau Doktor fehlte jede Spur. Inzwischen hat sich auch die Polizeidienststelle bei uns gemeldet. Man wünscht Annabelle zu sprechen, weil sie eine ihrer engsten Vertrauten war.«

»Ich verstehe. Und die Polizei hat die Uebelacker noch nicht gefunden, schätz ich.«

»So ist es. Es ist mit dem Schlimmsten zu rechnen.«

»Sagt wer?«

»Die Dame aus der Nachbarschaft.«

»Und diese Dame, ist das zufällig die Frau von dem Zahnklempner?«

»Frau Dr. Rheinmann, ja. Sie sagte, dass Entführungen dieser Art zumeist mit der Ermordung des Opfers enden.«

»Oh, Mann, Vivienne! Nimm so 'nen Blödsinn doch nicht ernst! Die Frau ist eine Klatschtante. Echt, die übertreibt maßlos, ohne einen Funken Ahnung zu haben, und du reibst das hier postwendend Anna hin. Die ist gerade voll aus dem Häuschen … Annaschatz, reg dich nicht auf. Es gibt keinen zwingenden Grund anzunehmen, dass deine Lehrerin nicht mehr lebt.«

»Wie auch immer, die Polizei möchte mit Annabelle sprechen. Da du bereits bei ihr vor Ort bist, ist die Situation günstig. Du könntest sie mit der Maschine direkt herbringen.«

Tim atmete tief ein und blies durch die Wangen. Da ging er hin, der romantische Abend mit Anna. Doch was nützte es?

»Ja, mach ich. Wir sehen uns dann nachher bei euch zu Hause. Tschüss.«

Ein Piepen klang durch den stillen Raum, als Tim die Verbindung trennte. Sogleich kümmerte er sich um Anna.

»Hey, Süße. Wie geht's dir?«

»Mir ist inzwischen wieder besser zumute. Wie konnte Mama mich dergestalt beunruhigen?«

»Sie hat es nicht böse gemeint.«

»Das weiß ich natürlich. Aber sie muss doch ihrerseits gewusst haben, wie ich auf eine solche Mitteilung reagieren würde.«

»Tja, ich weiß auch nicht. Sie war dabei, als deine Oma damals starb, nicht wahr? Und sie hat mitgekriegt, wie schlecht es dir ging, als Armins Oma vor drei Jahren gestorben ist. Dass sie da nicht eins und eins zusammenzählen kann,…«

Tim streichelte Anna zärtlich und gab ihr einen Kuss auf die Stirn.

»Na, was meinst du? Wollen wir los? Melli und Isi wieder sehen? Und die Jungs?«

Da lächelte Anna wieder zart.

»Ja, das wäre schön. Lass mich rasch etwas einpacken und die Örtlichkeit aufsuchen. Anschließend brechen wir auf.«

Mit einem höflichen, doch nüchternen »Schön, dass ihr da seid« wurden Tim und Anna von Vivienne zur Heyden an der Haustür empfangen. Annas Mutter las Tim flink einen Fussel von seiner Uniformjacke, während sie zu Anna sprach.

»Kommt mit in den Salon. Dein Vater wartet dort auf uns.«

»Du siehst müde aus, Tim«, bemerkte Wolfgang zur Heyden respektvoll, als Tim sich in das dunkle Polster der riesigen Ledercouch sinken ließ.

»Darauf kannst du einen lassen«, bestätigte Tim seine Worte. »Für heute hab ich genug Flugstunden geschruppt.«

»Und dann auch noch die Autofahrt vom Flugplatz hierher«, fügte Vivienne anteilnehmend hinzu. Doch Tim deutete ein Kopfschütteln an.

»Anna ist gefahren.«

Eine Auskunft, die Vivienne veranlasste, ihrer Tochter einen fragenden Blick zuzuwerfen.

»Dieses derbe Fahrzeug? Es kleidet dich schon nicht, als Beifahrerin in ihm zu sitzen. Wäre es nicht an der Zeit, Tim, dir ein neues Auto zuzulegen?«

Tim schürzte die Unterlippe und gab erneut mit einem Kopfschütteln Antwort.

»Mama hat nicht ganz unrecht, wenn sie dies anregt, Liebster«, wandte Anna ein. »Bedenke, wie reparaturanfällig dein Wagen in den letzten Jahren geworden ist.«

»Ja, schön möglich«, wiegelte Tim ab und wechselte das Thema. »Was gibt's Neues in der Nachbarschaft? Irgendwelche Anschläge? Bandenkriege, oder so?«

Da lachte Wolfgang herzhaft auf.

»Nein, alles beim Alten, Tim. Der einzige Terror geht nach wie vor vom Jahrmarkt der Eitelkeiten aus. Als die Hinkheims vorigen Monat ihren Wintergarten vergrößerten, reagierten die Rheinmanns mit dem Anbau eines zweiten Pool-Beckens.«

»Na, wenn's schön macht«, kicherte Tim noch, als Vivienne einwarf: »Oh, eine Neuigkeit gibt es durchaus. Philipp Hinkheim, der ja, wie ihr wisst, derzeit Jura studiert, darf seinen Vater inzwischen zu Prozessen ins Gericht begleiten... Falls ich den Namen erwähnen darf. Ihr Kinder vergesst ihn ja allzu gerne.«

»Das ist schwerlich möglich«, widersprach Anna. »Er hat uns immerhin auf der Fahrt vom Flugplatz hierher noch wie ein wild gewordener Popanz überholt, von daher verstand er es vortrefflich, sich uns in Erinnerung zu rufen. Wie auch immer, uns wandelt nicht die Lust an, ihm eine Unterhaltung zu widmen. Ich würde viel lieber über das Anliegen sprechen, mit dem die Polizeidienststelle an euch herangetreten ist.«

»Danke, Süße«, grunzte Tim mit zurückgelegtem Kopf und geschlossenen Augen.

»Nun, gerne, Kleines«, ergriff Vivienne das Wort, »das ist leicht erklärt. Wie schon gesagt, ist Frau Dr. Uebelacker in ihrem Haus überfallen und entführt worden. Da es kein Erpresserschreiben und auch keine persönliche Notiz von ihr gibt, fehlen der Polizei die nötigen Anhaltspunkte zur Ermittlung. Aus diesem Grund sollen nun sämtliche Personen, denen deine Lehrerin nahe stand, befragt werden. Und dies nicht etwa, weil sie verdächtigt werden, oh nein, sondern lediglich zur Information über den jüngsten Verlauf der Geschäftigkeiten, in die die Frau Doktor involviert war.«

»Dies bedeutet also«, vermutete Anna, »dass wir uns morgen auf der Polizeidienststelle einfinden möchten. Sehe ich das richtig?«

»Nein, nicht dort«, erklärte Vivienne. »Polizeihauptmeister Adolphs lässt dich bitten, ihn morgen früh um neun Uhr im Haus der Frau Doktor zu treffen. Er erhofft sich von dir, Hinweise zu erhalten, wenn du dich dort mit ihm umsiehst. Immerhin bist du mit ihrer fachlichen Tätigkeit besser vertraut als irgendwer sonst, und dein enges Verhältnis zur Frau Doktor ist dem Polizeihauptmeister obendrein zugetragen worden.«

»Ich verstehe«, nickte Anna. »Gewiss wird es Dinge geben, die nur ich zu durchschauen vermag. Ich hoffe inständig, dass ich der Polizei hilfreich sein kann.«

Vivienne strich Anna durchs Haar und sprach dabei mit mahnendem Ton zur ihr.

»Achte mir nur um Himmels Willen darauf, dass man dich nicht zusammen mit einem Polizeibeamten sieht. Die Leute könnten weiß Gott was denken.«

Anna lächelte ihre Mutter an.

»Darüber mache dir nur keine Sorgen, Mama.«

Da wurden die beiden Frauen von einem regelmäßigen Atemgeräusch abgelenkt. Vivienne sah sogleich an Anna vorbei und stupste ihre Tochter augenzwinkernd an. Anna schaute neben sich und erkannte, worauf Vivienne hinauswollte. Sie kicherte entzückt.

»Sieht er nicht herzig aus?«

Vivienne sah zu ihrem Mann hinüber.

»Seit wann schläft er?«

»Seit dem Erpresserschreiben«, bemerkte Wolfgang grinsend und stand auf. »Ich schlage vor, wir gießen ihm ganz wildwestmäßig Putzwasser aus einem alten Holzkübel ins Gesicht.«

»Sei nicht albern«, wies Vivienne ihn zurecht. »Ich frage mich, wie du auf einen solchen Unsinn kommst!«

»Ich?«, wiederholte Wolfgang, hob die Augenbrauen an und deutete auf Tim. »Er hat das vorigen Sommer mit mir gemacht!«

»Schluss damit. Es ist spät geworden. Wir werden uns nun zurückziehen. Annabelle, ich nehme an, ihr beide werdet ebenfalls zu Bett gehen.«

»Ja, gewiss.«

»Gut… Was ich noch erwähnen wollte: Ich habe gleich nach meinem Anruf bei dir in Tübingen mit deinem Onkel Ansgar telefoniert. Es trifft sich, dass seine Geschäfte vor Ort etwas mehr Zeit erfordern. Das wiederum bedeutet, dass Tim dich morgen früh begleiten kann.«

»Oh, das erleichtert mich sehr. Vielen lieben Dank, Mama.«

»Gerne, Liebes. Und nun geht zu Bett. Ich wünsche euch eine Gute Nacht.«

»Gute Nacht, Mama.«

– Kapitel 2 –

Ein wunderschöner Morgen brach an. Der Himmel war wolkenlos, die Luft frisch, und es ging kein bisschen Wind. Der Morgengesang der Amseln verstummte mit der zunehmenden Helligkeit. Schließlich stieg die Sonne in den Himmel und bescherte den oft so wettergeplagten Eifelbergen einen milden Sommertag.

Pünktlich um neun Uhr fanden sich Tim und Anna an der Adresse »Am Huppertspesch 12« ein, dem kleinen Anwesen in einer abgelegenen Wohnstraße, fernab allen Durchgangsverkehrs. Auf dem Grundstück stand ein Häuschen des Baujahres 1952. In der massivhölzernen Eingangstür, zu der fünf Sandsteinstufen heraufführten, war ein kleines Fensterchen eingelassen, verziert und geschützt durch ein kunstgeschmiedetes Gitter. Ein hübscher und heimeliger Anblick, wären dort nicht die auf halber Höhe angebrachten Flatterbänder gewesen, die das Haus als Tatort markierten. Eins der Bänder verdeckte halb das Klingelschild:

Dr. Elvire Ueb…

Noch vor der untersten Treppenstufe wartete ein großgewachsener, athletisch gebauter Mann mit grauschwarz melierten Haaren in einem anthrazitfarbenen Filzmantel, unter dem eine Polizeiuniform zu erahnen war. Tim und Anna schritten auf ihn zu, was ihn dazu veranlasste, freundlich zu lächeln und seine rechte Hand in Richtung Anna auszustrecken.

»Guten Morgen, Frau Komtess zur Heyden. Polizeihauptmeister Adolphs. Es freut mich, Sie endlich mal persönlich kennen zu lernen.«

»Die Freude ist ebenso auf meiner Seite, lieber Herr Adolphs. Sie dürfen meinen Titel gerne beiseitelassen und die Anrede auf zur Heyden reduzieren.«

»Verbindlichsten Dank, Frau zur Heyden«, nickte Herr Adolphs charmant und wandte sich Tim zu. »Herr Richthof, schön, auch Sie wieder zu sehen.«

»Sie kennen mich noch?«

»Natürlich! Wie könnte ich diesen Fall je vergessen? Vor allem nach dem Andenken, das Sie unserem Lump von Ex-Kollegen gleich im Anschluss hinterlassen haben. Auf der Dienststelle imitieren sie heute noch sein Lispeln.«

Tim grinste breit beim Händeschütteln mit dem Polizeichef.

»Tja, da stand ich noch voll im jugendlichen Feuer, schätz ich.«

Nun wies Herr Adolphs mit der entsprechenden Geste zur Haustür.

»Wollen wir zur Tat schreiten?«

»Gerne«, stimmte Anna höflich zu. Herr Adolphs zupfte zwei Paar blaue Schuhüberzieher aus seiner Manteltasche und hielt sie dem Paar entgegen.

»Die ziehen Sie vorher bitte über Ihre Schuhe«, ordnete er an. »Das dürfte bei Ihnen zwar schwierig werden, Frau zur Heyden, aber es nützt leider nichts.«

»Ich werde einfach ohne meine Stilettos in diese Überzieher schlüpfen«, entschied Anna und langte auch schon nach ihrer rechten Ferse.

Herr Adolphs löste die Flatterbänder auf der Seite des Türgriffs und drückte den Flügel, der nur angelehnt war, weit auf.

»Bitte fassen Sie hier nichts an. Die Spurensicherung ist gerade erst durch. Wir warten noch auf die Ergebnisse. Und Sie, Frau zur Heyden, passen bitte besonders auf, wo Sie hintreten.«

»Selbstverständlich«, bestätigte Anna, und Tim nickte zustimmend. Sie schritten durch die kurze Diele in ein Zimmer, das Frau Dr. Uebelacker als Wohnzimmer und Büro diente. Sie sahen sich beide ausgiebig um.

»Es herrscht erhebliche Unordnung«, bemerkte Anna im Türrahmen.

»Das ist richtig«, antwortete Herr Adolphs. »Wir nehmen an, dass sie versuchte, dem oder den Entführern Widerstand zu leisten, vor allem aber, dass die Entführer noch irgendwas Bestimmtes gesucht haben, nachdem sie ihr Opfer überwältigt hatten.«

Tim hatte sich inzwischen entschlossen, die Zimmerwände zu betrachten.

»Es sind nur die großen Bilderrahmen runtergerissen«, stellte er fest. »Die kleinen hängen noch alle.«

»Gut gesehen«, rief Herr Adolphs ihm von der anderen Seite des Raumes zu. »Deshalb gehen wir davon aus, dass die Täter wirklich was gesucht haben, und zwar etwas, das eine bestimmte, den Entführern bekannte Größe hat. Etwas, das eindeutig nicht in die kleinen Bilderrahmen passen kann, jedoch flach genug sein muss, um in die großen passen zu können. Möglicherweise ein Fotoabzug.«

»Ich verstehe«, flüsterte Anna nachdenklich. Herr Adolphs blickte sie eindringlich an.

»Haben Sie eine Idee, um was es sich dabei handeln könnte? Bitte überlegen Sie gut! Ein Hinweis würde uns sehr helfen.«

»Ich bedaure«, entgegnete Anna, »doch ich werde darüber weiterhin nachdenken. Nur soviel: Was immer diese Menschen gesucht haben, Frau Dr. Uebelacker hatte es womöglich nicht in ihrem Besitz. Sie verfügt über das, was man ein fotografisches Gedächtnis nennt. Es ist denkbar, dass sie sich das fragliche Objekt nur einmal angesehen hat und es nicht mit hierher nahm.«

»Mm hmm«, machte Herr Adolphs grimmig, »das wird ja immer toller.«

Tim überflog eine Gruppe von kleinen Bilderrahmen an der Wand. Es waren getrocknete und gepresste Teile von Pflanzen und Pilzen, sowie einige kleinere Steckrahmen mit präparierten Käfern und Schmetterlingen.

»Guck mal an, was die alles gesammelt hat«, kommentierte er. »All das Krabbelgetier und so«, und dann musste er plötzlich lachen.

»Diese Namen!«, amüsierte er sich. »Skabiosenscheckenfalter … Hauhechelbläuling … oder hier: Wachtelweizenperlmutterfalter! Alter, wer denkt sich so was aus?«

»Naturforscher«, erklärte Anna. »Es gibt Wissenschaftler für jedes Fachgebiet. Und Frau Dr. Uebelacker interessiert sich für jedes von ihnen. Ihre Betätigungsfelder sind zahlreich.«

»Zu zahlreich vielleicht«, bemerkte Herr Adolphs. »Das macht es schwierig herauszufinden, aus welcher Ecke ihrer möglichen Kontakte der oder die Täter stammen.«

»Ein Jammer«, seufzte Anna. »Gibt es denn nichts Nützliches, das wir zur Aufklärung beitragen können?«

»Zwei Dinge vielleicht noch«, meinte Herr Adolphs und kehrte sich um, wobei er Tim und Anna andeutete, ihm zu folgen. »Ihr Schreibtisch ist unberührt. Zumindest die Arbeitsfläche. Warum wurden die Sachen auf dem Schreibtisch nicht durchwühlt?«

»Zumindest dies kann ich erklären«, antwortete Anna. »Sehen Sie, ihren Arbeitsplatz hinterlässt sie stets fein säuberlich in Ordnung gebracht. Sie verabscheut Unordentlichkeit.«

»Aha!«, entfuhr es Herrn Adolphs. »Von daher bestand also überhaupt keine Notwendigkeit, den Schreibtisch abzusuchen. Die Täter konnten Zeit sparen. Auch wieder ein Hinweis darauf, dass sie etwas ganz spezielles gesucht haben.«

»Wenn sie so ordnungsliebend ist«, warf Tim ein und deutete auf den wandseitigen Bereich des abgewinkelten Schreibtischs, »warum hat sie dann eine Schüssel Kartoffeln und eine Topfpflanze auf dem Schreibtisch stehen? Direkt neben ihren Unterlagen.«

»Ja, das ist Punkt zwei, den ich ansprechen möchte«, stimmte Herr Adolphs zu, »wir haben uns darüber auch so unsere Gedanken gemacht. Wir können uns nur vorstellen, dass die Täter diese Dinge dort abgestellt haben. Es handelt sich wie Sie sehen um eine Schüssel mit ungeschälten Kartoffeln und eine Topfpflanze ohne Übertopf. Da krümelt die Blumenerde schon raus.«

Tim trat an die Schüssel heran und betrachtete mit kritischem Blick ihren Inhalt. Er schnupperte an einer der Kartoffeln.

»Aber die Pflanze kenne ich doch«, meinte Anna und deutete auf den Blumentopf. »Es ist die Erika von der außen liegenden Fensterbank. Sehen Sie! Dort steht auch der leere Übertopf!«

Man merkte Herrn Adolphs an, dass ihn diese Erkenntnis überraschte. Warum sollten die Entführer eine Topfpflanze von draußen herein geholt und auf dem Schreibtisch abgestellt haben? Das war schon sonderbar.

»Tja, da haben wir wohl noch was zum nachdenken«, stellte er halb humorig fest. Dann schloss er: »Gut, meine Herrschaften, damit wäre von meiner Seite aus fürs Erste alles gesagt. Ich danke Ihnen für Ihre Kooperation.«

»Gern geschehen«, antwortete Anna. »Auch wir sind dankbar für die Informationen, die Sie uns gegeben haben.«

»Dürften wir im Fall des Falles noch mal rein, um uns umzusehen?«, fügte Tim hinzu. Herr Adolphs verzog seinen Mund und gab zurück: »Ungern. Jedenfalls nicht, bevor uns der Bericht der Spurensicherung vorliegt.«

Tim und Anna sicherten dem Polizeichef zu, dies zu beherzigen. Sie verabschiedeten sich von Herrn Adolphs und verließen das Gebäude. Zurück im Auto saßen sie erstmal nur so da und reflektierten gemeinsam das soeben Gesehene.

»Ich sag dir, wie ich das sehe, Süße.«

»Bitte.«

»Frau Dr. Uebelacker hat die Pflanze selbst reingeholt und auf dem Tisch abgesetzt... Und die Kartoffeln absichtlich links daneben gestellt.«

»Nun bin ich gespannt, woran du diese Überlegung festmachst.«

»Hast du dir die Kartoffeln mal genauer angeguckt? Goldgelbe Schale, längliche Form … Das sind dieselben, die ich immer kaufe. Es war schon immer meine Lieblingsorte, weil sie so schön festkochend sind. Wobei dieser eine Punkt nichts mit dir zu tun hat.«

Anna schaute Tim verdutzt an.

»Was sollte deine Vorliebe für eine bestimmte Kartoffelsorte mit mir zu tun haben?«

»Weil ihr beide den gleichen Namen habt.«

»Ich bitte um Verzeihung?«

»Annabelle, Schatz! Die Kartoffelsorte heißt Annabelle. Und Erika ist Heidekraut, wie wir wissen. Links die Annabelle-Kartoffeln, rechts davon das Heidekraut. Na? Klingelt's?«

»Aber ja! Wie gewieft von ihr! Sie hat mir ein Zeichen hinterlassen.«

»Richtig. Das Ganze steht für Annabelle zur Heyden. Für dich. Also, ich bin ziemlich sicher, dass Frau Dr. Uebelacker nicht entführt worden ist. Sie hat zwar geahnt, dass es passieren würde, aber sie hat rechtzeitig Vorbereitungen getroffen. Vorbereitungen, die niemand kapieren würde außer uns beiden. Und dann hat sie sich aus dem Staub gemacht. Die Einbrecher kamen, durchsuchten alles und fanden nichts. Und weil der Schreibtisch so topp aufgeräumt war, haben sie sich keinen Kopf um die Schüssel und den Blumentopf gemacht.«

»Jedoch dort, wo die Kartoffeln und die Pflanze stehen, wartet ein geheimer Hinweis auf mich!«

»Bingo.«

»Dann müssen wir es umgehend Polizeihauptmeister Adolphs mitteilen.«

»Nein, ich denke nicht. Sie hat diesen Hinweis eindeutig dir gegeben. Deswegen besteht die Möglichkeit, dass sie die Polizei raushalten will.«

»Ja, das ergibt Sinn. Wie wollen wir also vorgehen?«

»Wir treffen uns heute Abend wie abgemacht mit Melli und Isi und den Jungs im Messing. Danach fahren wir noch mal her und verschaffen uns Zugang.«

»Wie aufregend. Also fein, lass es uns so machen.«

Tim nickte bestätigend und schickte sich an, den Motor zu starten. Dabei sah er bereits in den Rückspiegel. Plötzlich verharrte er und verschärfte den Blick in den Spiegel. Hinter ihnen war ein Auto in die entlegene Straße eingebogen, in der das Haus von Frau Dr. Uebelacker stand. Augenblicklich blieb es im Mündungsbereich stehen. Niemand stieg aus. Anna sah, wie konzentriert Tim in den Rückspiegel sah. Sie neigte sich in seine Richtung, um über den rechten Außenspiegel nach hinten zu peilen.

»Ein grauer 7er BMW«, beschrieb Tim. »HG 12 auf dem Nummernschild.«

»Mein prophetisches Gemüt …«, sprach Anna bedächtig und bewegte den Kopf hin und her, um ein größeres Sichtfeld abzudecken. Gemeinsam beobachteten sie, wie das Fahrzeug zurücksetzte, einschlug und dann ansetzte, vorwärts in die Richtung zu verschwinden, aus der es gekommen war. Von der Seite war kurz das Profil des Fahrers zu erkennen.

»Philipp!«, entfuhr es Anna. »Aber ja! HG steht für Hinkheim & Gielchen! Das war Philipp in einem Firmenfahrzeug seines Vaters. Was bezweckte er hier?«

»Keinen Dunst«, murmelte Tim. »Ich weiß nur: Dafür, dass ich erst 'nen halben Tag hier bin, sind mir die zwei

Male, die ich den Vogel jetzt schon in Sichtweite hatte, mehr als genug.«

Ein großes, nahezu wandhohes Bürofenster bot einen herrlichen Ausblick auf die Achtnadel und Burg Sonnenstein. Im Inneren glänzender Würfelparkettboden, graue Lotuseffektfarbe an den Wänden, wuchtige, abschließbare Aktenschränke sowie eine U-förmige Schreibtischanordnung aus Mahagoniholz. In dem bequemen, ausladenden Bürostuhl hinter dem Schreibtisch, mit dem Rücken zum Fenster, saß ein Mann Anfang Fünfzig, mit Halbglatze, hemdsärmelig und in einer teuren, grauen Anzughose und sah seinen Gast eindringlich an, der vor dem Schreibtisch saß. Dieser Gast war etwas über dreißig, von wenig gepflegter Erscheinung, untersetzt, mit breiten Schultern und einem bis auf wenige Millimeter vollständig rasiertem Kopf. Neben dem Hausherrn stand ein junger Mann, Mitte zwanzig, in einem Geschäftsanzug, der seine schlaksige Figur nicht wirklich passgenau umfasste. Außerdem kennzeichneten ihn ein spitzes Kinn und volle, dunkelbraune Haare. Er blickte aufgeweckt zwischen den beiden Männern, die sich am Tisch gegenüber saßen, hin und her, während diese miteinander sprachen. Die Halbglatze, die es verstand, souverän aufzutreten, führte das Wort.

»Wer unser Mandant ist, braucht Sie nicht zu interessieren. Sie verstehen, dass das unter die Verschwiegenheitspflicht fällt. Nur so viel: Er hat in dieser Angelegenheit eindeutige rechtliche Ansprüche erhoben, und er wird mit unserer Hilfe alles unternehmen, ihnen Geltung zu verschaffen.«

»Von mir aus können Sie das gerne für sich behalten«, brummte der Mann vor dem Schreibtisch verächtlich. »Ist mir sowieso Latte. Ich will nur wissen, warum ich hier sitze und wie ich da reinpasse, in den ganzen Kram.«

»Das sollten Sie sich doch denken können, meinen Sie nicht?«, warf der Mittzwanziger eine Antwort ins Gespräch, worauf die Halbglatze die linke Hand in seine Richtung erhob.

»Warte, Sohn. Wir müssen hier offenbar etwas nachhelfen. Ich habe den Eindruck, dass unser Gast nicht so schnell im Begreifen ist, wie wir uns das wünschen würden.«

»Wenn Sie mich beleidigen wollen, kann ich auch direkt abhauen!«, bellte der Untersetzte zurück. »Immerhin wollen Sie was von mir. Sie wollten mit mir reden, nicht ich mit Ihnen! Also, 'nen vernünftigen Ton hier, sonst bin ich weg!«

Nun war wieder die Halbglatze dran. Sie lehnte sich lässig zurück und stellte fest: »Sie werden sich nicht entfernen, so viel ist sicher. Sie sind darauf angewiesen, mit uns zu kooperieren.«

Der Untersetzte schwieg dazu. Sein Unterkiefer bewegte sich in einer Weise, die seine Zerknirschtheit offenbarte. Die Halbglatze gluckste unhörbar in sich hinein.

»Nun sorgen Sie sich doch nicht. Sie kennen diese Situation doch bereits von der anderen Seite. Wie oft haben Sie vorbestrafte Jugendliche auf dieselbe Weise unter Druck gesetzt, Herr Brochnes?«

Der Kiefer von Rüdiger Brochnes bewegte sich immer noch. Immer, wenn er die Zähne aufeinander biss, traten die angespannten Unterkiefermuskeln hervor.

»Reden Sie schon, Hinkheim.«

»Für Sie immer noch Herr Dr. Hinkheim. Wir wollen doch trotz allem ein respektvolles Miteinander pflegen, nicht wahr? Nun, bitte, Philipp, hilf Herrn Brochnes beim Begreifen.«

»M-hmm«, lachte Philipp verächtlich und überheblich, »mit Vergnügen. Herr Brochnes. Wir sind uns vor gut fünf Jahren zum ersten Mal begegnet. Wir …«

»Ja, ich weiß«, fiel Rüdiger ihm ungeduldig ins Wort. »Der TT auf der Verkehrsinsel.«

»Na sehen Sie! Somit deutet sich unser gemeinsames Interesse doch schon an, nicht wahr? Mmm, sagen Sie, Herr Brochnes, was sagt Ihnen der Name Elvire Uebelacker?«

»Gar nichts.«

»Natürlich«, höhnte Philipp seelenruhig. »Das hatte ich auch nicht angenommen. Sie ist immerhin eine Lehrkraft auf dem Pitt-Kreuzberg-Gymnasium. Eine Umgebung, die Ihnen völlig nachvollziehbarerweise nicht vertraut ist.«

»Philipp!«, mahnte Herr Hinkheim ruhig, aber dennoch ungeduldig.

»Also«, spottete Rüdiger, »wenn Sie mich begeistern wollen, dann muss jetzt langsam was kommen.«

»Nur Geduld, Herr Brochnes«, wiegelte Philipp ab. »Ein paar grundlegende Fakten müssen Sie sich noch anhören. Diese Frau Uebelacker ist eine lästige, pedantische Person, die ihre Nase immer wieder in Dinge steckt, von denen sie glaubt, dass sie Allgemeingut seien. Einigen Menschen, wie unserem Mandanten, ist dies ein Dorn im Auge, besonders dann, wenn sich Frau Uebelacker an

Dingen zu schaffen macht, bei denen die Begrifflichkeit Allgemeingut beim besten Willen nicht zutrifft. An dieser Stelle ist sie nun eindeutig zu weit gegangen, was unseren Mandanten dazu veranlasst hat, unbarmherzig gegen sie vorzugehen. Dies stellt sich jedoch nicht so einfach dar, da a) diese Frau Uebelacker sehr raffiniert ist und b) zwei äußerst loyale Unterstützer hat. Und genau dort spannt sich der Bogen zu Ihnen.«

»Warum zu mir?«

»Weil Sie die beiden Unterstützer, ich sage mal, recht gut kennen, wie ich aus meiner Erinnerung an den Zwischenfall vor fünf Jahren weiß. Der eine von ihnen ist ein, na ja, sagen wir, ein Bauer, der es einzig durch geschickt geknüpfte Beziehungen geschafft hat, Berufspilot zu werden. Und die andere, seine … Partnerin, ist eine zugegebenermaßen verflucht hübsche Geschichtsstudentin mit Adelstitel.«

Rüdigers Augen verengten sich. Wortlos sah er Philipp an, wobei er sich mit der Zungenspitze an dem Brückenglied seiner oberen, vorderen Zahnreihe entlang strich. Herr Hinkheim, der seine Reaktion aufmerksam verfolgt hatte, lachte laut auf.

»Wir wussten, es würde Erinnerungen in Ihnen wecken«, kommentierte er belustigt, »und nebenbei auch Ihr Interesse.«

»Was soll ich tun?«, kam es tief und tonlos von Rüdiger zurück.

»Darüber werden wir uns nun ausführlich unterhalten«, erklärte Herr Hinkheim betont freundlich. »Dürfen wir Ihnen eine Erfrischung anbieten, Herr Brochnes?«

»Ja, warum nicht…«

Im Sommer hatten die Gastronomen in Leyental auch unter der Woche recht viel zu tun. Viele Reisende trugen zum Betrieb in den Kneipen und Restaurationen bei. Jedoch gab es ein Etablissement, das durchgängig nahezu ausnahmslos von Einheimischen aufgesucht wurde. Das war das »Messing«, eine total angesagte Bistro-Bar, die aufgrund ihres pfiffigen Geschäftsmodells zur Freude aller Beteiligten nur so florierte. Vor einigen Jahren hatte der Besitzer ein angrenzendes Nachbargebäude hinzugekauft und eine weit offene Verbindung zu ihm geschaffen. Dort befand sich nun ein weiterer Bistrobereich mit einer zentralen Tanzfläche. An diesem Abend waren zwei der rings um das Parkett angeordneten Bistrotische von vier jungen Männern und drei etwas jüngeren Frauen in Beschlag genommen worden. Während sie auf ein befreundetes Pärchen warteten, hatten die Jungs schon die ersten Runden bestellt und lachten entsprechend fröhlich miteinander um die Wette. Die Mädels versuchten derweil beim Tanzen eine gute Figur abzugeben. Einer der Jungs war gerade dabei, ebenfalls den Tanzbereich aufzusuchen, um eine der Damen, die seine feste Freundin war, tänzerisch anzuflirten.

»Ditze!«, rief einer seiner Freunde, Michael Valentin, ihm hinterher. »Finger an dir halten, klar?«

Der mit seinem Spitznamen Ditze angesprochene Alex Schröder grinste jedoch nur, als er Melina Kupser um die Taille herum fasste und seine Hände in ihre hinteren Jeanstaschen schob. Melli legte ihm lächelnd die Arme um den Hals und begann sich seinem Tanzrhythmus anzugleichen. Die beiden anderen Mädchen schmunzelten sich zu und begannen ihrerseits, ihre Tanzschritte aufeinander abzustimmen. Damian Müller schaute einige Sekunden lang intensiv zur Tanzfläche, dann wandte er sich Michael und seinem weiteren Kumpel, Julian Stein, zu und meinte: »Sind jetzt auch schon fünf Jahre zusammen, die beiden.«

»Jap«, nickte Michael, »läuft richtig gut zwischen ihnen.«

Julian sah Damian direkt an.

»Wie meinst du das, Motte? Wieso fällt dir das gerade jetzt auf?«

»Ach, nur so«, druckste Damian, und nach einer kurzen Pause: »Guck uns drei an. Wir haben noch nix Festes gehabt in all den Jahren. Wenn ich dagegen Ditze und Melli sehe … Oder Trip und Anna …«

»Wieso?«, flachste Michael. »Ist doch gut so. Hast du Sehnsucht nach Zuneigung? Soll ich dich mal fest drücken?«

Julian lachte ebenfalls laut auf. Michael war über zwei Meter groß und ein Baum von einem Mann. Die Vorstellung, er würde Damian in den Arm nehmen, war zu komisch.

»Blödsinn, Hawkens!«, grunzte Damian Michael an. »Ich hab nur Boggy seine Frage beantwortet, sonst nix.«

»Ja, aber du hast angefangen, Motte«, stellte Julian klar. »Vor zwei Wochen hast du noch lockere Sprüche über Ditze und Melli geklopft, und jetzt gibst du hier auf einmal den Tiefsinnigen. Was steckt dahinter, Alter?«

»Ach, gar nix«, wiegelte Damian ab und sah wieder zum Tanzparkett rüber. Kurz darauf legten Alex und Melli eine Tanzpause ein, um sich etwas zum Trinken zu besorgen. Damian hörte nicht auf, zur Tanzfläche zu schauen. Michael und Julian nickten sich zu und grinsten. Da ging Julian ein Licht auf.

»Motte!«, raunte er gedämpft über den Tisch Damian zu. »Du guckst gar nicht auf Ditze und Melli! Wen guckst du an?«

Damian schüttelte seine Gedanken ab und fragte versonnen: »Was sagst du?«

Michael runzelte die Stirn und fügte hinzu: »Boggy hat recht. Du guckst den ganzen Abend dabei zu, wie die anderen tanzen, und laberst dabei von Beziehungen. Jetzt sind Ditze und Melli zur Bar, aber du guckst immer noch zur …«

»Hawkens!«, unterbrach Julian ihn freudig. »Weißt du, was ich glaube? Motte hat ein Auge auf Isi geworfen!«

»Was?«, rief Damian verwundert aus. »Auf Isi? Quatsch, niemals.«

»Sicher?«, hakte Julian nach. »Müsste aber dein Fall sein. Lange blonde Haare, schöner Hintern … Komm schon, wir sind's, deine Freunde! Uns kannst du es anvertrauen. Wir geben dir auch Schützenhilfe.«

»Nee«, gab Damian unsicher zurück. »Ich hab mit Isi nix am Hut. Die trägt Schmuck aus Zahnrädern …«

Julian und Michael wechselten einen Blick. Dann sahen sie kurz zur Tanzfläche und verfolgten die Bewegungen der tanzenden Mädels. Sie schauten sich erneut an, diesmal mit äußerst ungläubigen Augen. Julian wandte sich wieder Damian zu. Ein vielsagendes Schmunzeln lag auf seinem Gesicht.

»Und was, wenn ich den Namen Nessi ausspreche?«

Julians Anspielung zeigte Wirkung. Damian senkte verlegen den Kopf. Er kniff die Lippen zusammen, mit denen er förmlich bis zu den Ohren grinste. Seine Wangen wurden rot.

»Alter!«, feixte Julian, griff über den Tisch und rüttelte Damians Arm. »Du stehst auf Nessi! Dich hat's erwischt! Du stehst voll auf Annas Cousine! Das glaub ich jetzt echt nicht!«

»Ach, lass mich!«, blödelte Damian und zog seinen Arm weg. »Du kannst mich mal.«

»Aber wieso, zum Teufel?«, wunderte sich Michael. »Die passt gar nicht in dein Beuteschema. Du stehst auf Titten und Ärsche. Und Nessi hat weder das eine noch das andere.«

»Ist ja richtig«, druckste Damian. »Aber das ist mir irgendwie egal. Sie hat was an sich … Ich weiß auch nicht. Ist halt so.«

Julian legte sich im Stuhl zurück und verschränkte die Hände hinter dem Kopf.

»Motte ist verknallt in Vanessa zur Heyden. Na, das ist 'ne Nummer. Schwerer konntest du's dir nicht machen, was?«

»Tja«, gluckste Michael, »besonders hohe Ziele sollen ja ein Ansporn sein. Und ein Mann wächst an seinen Aufgaben.«

»Labert nicht!«, widersprach Damian. »Trip hat es bei Anna auch geschafft, also.«

»Schon«, hielt Julian dagegen, »aber du bist nicht Trip. Und Nessi ist nicht Anna. Ich seh's wie Hawkens. Du musst da ganz schön über dich hinauswachsen. Was hast du denn vor?«

»Hä?«, fragte Damian entgeistert zurück. »Wie, was hab ich vor?«

»Du musst doch einen Plan haben, wie du bei ihr landen kannst«, beharrte Julian.

Während Damian noch mit den Schultern zuckte, kehrte Alex an den Tisch zurück. Melli hatte sich wieder zu Isi und Nessi gesellt, und Alex setzte sich zu den Jungs.

»Was ist los, Leute? Ihr seht aus, als würdet ihr was Wichtiges bequatschen.«

»Och, nix weiter«, erzählte Michael, »Motte ist nur in Nessi verknallt, und jetzt überlegen wir, wie wir ihm helfen können.«

»Oh, Mann!«, regte Damian sich auf, »jetzt reib dem das doch nicht hin!«

»Spitzen Witz, Leute!«, lachte Alex auf, »verscheißern kann ich mich selbst. Motte und Nessi, als ob. Unter C-Körbchen tut sich bei Motte gar nichts, das weiß ich.«

Im selben Moment wurden die Jungs durch das gemeinsame Aufquieken von Melli, Isi und Nessi abgelenkt. Die drei Mädels rannten augenblicklich von der Tanzfläche in Richtung Eingang.

»Hey!«, rief Alex freudestrahlend, »guckt mal, wer da aufgetaucht ist!«

Die Jungs beobachteten, wie Melli und Isi ihre Arme um Anna schlangen und Nessi Tim um den Hals flog, wie sie daraufhin wechselten und nun lachend zu ihnen rüber kamen: Anna mit Nessi an der Ellenbogenbeuge, und Tim, der links Melli und rechts Isi im Arm hatte. An der Tischgruppe angekommen wurden schließlich ausgiebig Umarmungen ausgetauscht.

»Hey, Trip. Viel zu lange her mal wieder.«

»Recht hast du, Boggy. Und blendend siehst du aus. Herrenausstatter bei La Boutique. Glückwunsch!«

»Tja, als die Chefin erfuhr, dass ich mit Anna befreundet bin, gab's für sie keinen Zweifel mehr … Hi, Anna!«

»Hallo Julian. Lass mich dich ebenfalls beglückwünschen. Und ich kann dir versichern, dass du ohnehin die erste Wahl für Nicole warst.«

»Gut zu wissen.«

»Na, du Wolkenvogel! Schönen Gruß noch vom alten Basberg.«

»Hallo, Hawkens. Find ich ja toll, dass der noch an mich denkt. Dann nimm mal 'nen Gruß von mir mit zurück … Und wen haben wir hier? Den hässlichen Ditze … Naa?«

»Lass dich herzen, du Sack.«

»Du und Melli fühlt euch noch wohl in meiner alten Bude?«

»Klar! Du weißt, ich fand das Haus schon immer geil. Wir sind dir dankbar, dass wir drin wohnen dürfen, stimmt's, Schatz?«

»Na hundert Prozent! Aber nur mit den Katzen. Ohne die wär's öde.«

»Glaub ich dir, Melles. Unsere Katzentante. Die Haare hattest du beim letzten Mal aber noch nicht dunkelrot, oder?«

»Stimmt. Gefällt's dir?«

»Ja, siehst echt super aus. Aber es geht halt nix über knallschwarz.«

»Aw, das musst du ja sagen.«

Zum Abschluss wandte Tim sich Damian zu. Grinsend boxte er ihn leicht vor die Brust.

»Und was ist mit dir, Motte? Kommst mir ein bisschen still vor, heute. Alles in Ordnung?«

»Passt schon«, antwortete Damian verhalten. Michael zwinkerte Tim zu und feixte: »Motte fliegt seit geraumer Zeit was durch den Bauch.«

»Schnauze jetzt, Hawkens!«, zischte Damian.

»Du liebe Zeit!«, warf Anna ein. »Du wirst doch nicht unpässlich werden, Damian?«

»Nein, nein, Anna. Alles gut.«

»Bist du sicher? Es geht ein Bazillus um derzeit.«

»Oh ja!«, stimmte Nessi ein. »Mein Bruder hatte den vor zwei Wochen. Der arme Kerl hat über den Handel zweieinhalb Kilo verloren.«

»Da hörst du es, Motte«, lachte Michael und gab Damian einen Klaps auf den Rücken. »Red lieber mal mit Nessi. Die kann dir bestimmt 'nen Rat geben.«

Damian schnappte nach Luft und wurde feuerrot im Gesicht.

»Wenn ich dir irgendwie helfen kann?«, richtete Nessi das Wort an Damian. Doch der stammelte: »Ähm, eh, nein, nicht nötig, Van … Nessi.«

»Vanessi?«, wiederholte Nessi verwundert und sah nacheinander in die grienenden Gesichter von Michael, Julian und Alex. »Also, das setzt sich hoffentlich nicht durch.«

»Lasst uns weitertanzen!«, warf Isi ein und zupfte Melli und Nessi an den Ärmeln. Schon liefen die drei zur Tanzfläche. Anna nahm an dem Tisch der Mädchen Platz und schaute ihnen zu, während die Jungs sich um den zweiten Tisch verteilten.

»Es ist eindeutig!«, raunte Michael heiter. »Motte ist tatsächlich in Nessi verknallt.«

»Was?«, lachte Alex auf. »Motte und Nessi?«

»Toll, Ditze!«, ärgerte sich Damian. »Jetzt weiß Trip es auch schon. Und 'nen Tisch weiter sitzt Anna. Haltet euch doch endlich mal bedeckt! Ich hab keinen Bock, dass sich auch noch die Weiber über mich lustig machen.«

»Aber das ist doch großartig, Motte!«, entgegnete Tim und gab Damian einen Knuff auf den Oberarm. »Was für 'ne gute Wahl! Nessi ist ein tolles Mädchen. Am Ende wird noch mal ein Mann mit Stil aus dir.«

»Pscht!«, zischte Damian eindringlich und deutete mit dem Kopf in Richtung Anna. Die Jungs sahen sie an. Sie saß dort mit dem Rücken zu ihnen, sanft den Oberkörper zu der ruhigen Musik bewegend, die aus den Lautsprechern klang. Mit einem Band aus silbernen Schmetterlingen hatte sie ihr Haar zu einem Pferdeschwanz gebunden, sodass man ihr Gesicht von halb hinten erahnen konnte. Aus den Vertiefungen der Augenpartie ragten nur ihre Wimpern hervor, die von Zeit zu Zeit ganz kurz nach unten klappten.

»Sie kriegt nix mit«, flüsterte Julian. »Also, Motte, ich denke, es wird Zeit, den ersten Schritt zu machen.«

»Wie denn?«, fragte Damian hilflos.

»Wie wär's denn«, meinte Tim, »wenn du als erstes einfach mal zu ihr gehst und mit ihr tanzt?«

»Was? Tanzen?«, wehrte sich Damian. »Du spinnst wohl. Niemals!«

»Doch, Motte!«, hielt Julian dagegen. »Klasse Vorschlag von Trip. Weißt du noch, vorletztes Jahr, als Anna uns alle überredet hat, bei dem Tanzkurs mitzumachen?

Zuerst haben wir gemault, aber am Ende hatten wir alle richtig Spaß.«

»Ja und?«

»Was Boggy dir sagen will, Motte«, fuhr Tim fort, »wir gehen jetzt da runter und tanzen mit den Mädels. So wie damals im Tanzkurs. Das ist ganz unverfänglich. Nessi wird sich erstmal nur tierisch freuen, dass du sie aufforderst.«

Julian schlug Damian zur Bestätigung mit der Rückseite seiner Hand auf den Arm.

»Da hörst du es. Verstehst du?«

Noch ein bisschen begriffsstutzig sah Damian Tim an. Der wurde deutlicher: »Sie kennt dich bis jetzt nur als flapsigen Witzbold. Jetzt überrasch sie! Zeig ihr, dass du ein netter Kerl sein kannst. Ein netter Kerl mit einem Anflug von Stil.«

»Wie, mit Stil? … Ich frag sie doch nur, ob sie tanzen will.«

»Nein, Motte, du fragst sie nicht, ob sie tanzen will. Du sagst überhaupt nichts. Du gehst einfach nur zu ihr hin, siehst ihr in die Augen und deutest deine Absicht mit einer charmanten Geste an.«

»Kapiert die dann überhaupt, was ich will?«

»Glaub mir, das wird sie. Sie ist mit Anna verwandt, schon vergessen?«

»Okay. Und was soll ich machen?«

»Pass auf, ich zeig's dir. Siehst du Anna? Sie ist noch nicht auf die Tanzfläche gegangen. Und warum? Weil sie darauf wartet, dass ich sie auffordere. Verstehst du? Es kommt für sie nicht in Frage, ihren ersten Tanz ohne mich zu machen.«

»Ja und?«

»Kapier doch, Motte! Ich versuch dir gerade zu erklären, wie diese Mädchen ticken. Also, sieh zu und lerne!«

Damit stand Tim auf, nickte Damian noch einmal aufmunternd zu und ging zum Nachbartisch. Völlig ungestelzt trat er vor Anna hin. Als sie ihn anblickte, deutete er eine Verbeugung an und reichte ihr die rechte Hand hin. Lächelnd und mit Augenkontakt legte sie ihre linke Hand in seine und stand auf. Darauf vollführte sie einen Knicks, der bei ihr, wie man es von ihr kannte, besonders damenhaft wirkte, und ließ sich von Tim zur Tanzfläche geleiten.

»Ach, du dicke Scheiße!«, brummte Damian. »Muss ich das echt machen?«

»Nur die Verbeugung«, beruhigte Julian ihn. »Nessi ist nicht so krass drauf wie Anna. Aber auch sie weiß natürlich, was gute Manieren sind. Logisch, oder? Und noch mal: Sie wird von dir angenehm überrascht sein, wenn du das machst, was Trip dir gezeigt hat, und das ist es, worauf es dabei ankommt.«

»Okay, verstehe. Ich denk, ich krieg das hin«, meinte Damian und erhob sich. Julian hielt ihn zurück.

»Moment noch, Motte! Zeig uns erstmal deine Verbeugung!«

»Was?«

»Ja. Mach es einmal. Damit wir sehen, wie es wirkt.«

Nach kurzem Zögern und einmal Augenverdrehen folgte Damian der Aufforderung. Er beugte sich tief hinab, wobei seine Arme nach unten in Richtung Füße pendelten und das Gesäß weit nach hinten hinausragte.

Michael lachte laut schallend los, und Julian schlug sich die Hand vors Gesicht.

»Du sollst keine Gymnastikübungen vor ihr machen!«, gackerte Michael. Julian versuchte es etwas konstruktiver.

»Scheiße, Motte. Nicht so übertrieben. Guck mal, so … und jetzt mach's nach!«

Damian imitierte, noch etwas hölzern, Julians Beispiel.

»Deutlich besser«, lobte Julian. »Immer dran denken, Motte: Nur angedeutet.«

Damian nickte verständig und trabte los in Richtung Tanzboden.

»Und streck den Arsch nicht so raus!«, rief Michael im heiter hinterher. »Sonst rammst du die anderen Paare ins Kiesbett!«

Es lief gerade ein ruhiger, romantischer Song. Von daher war die Gelegenheit passend. Tim und Anna sowie Alex und Melli tanzten eng zusammen, während Nessi und Isi sich lose voreinander bewegten. Als Damian die Tanzfläche erreichte, stand Julian ebenfalls auf. Er verfolgte, wie Damian vor Nessi trat und die zuvor eingeübte Geste durchaus gelungen präsentierte. Was für große Augen Nessi da machte! Unschlüssig lächelnd wechselte sie einen Blick mit Isi. Dann aber quittierte sie Damians charmanten Antrag höflich, wenn auch etwas flapsig, mit einem Knicksen und legte ihm ihre Hände um den Hals. Er hielt sie an der Taille und versuchte sich intensiv auf die Grundschritte des Blues zu konzentrieren. Es hätte besser aussehen können, aber zumindest tanzte er mit Nessi. Isi war einen Schritt zurückgetreten und blieb alleine am Rand stehen. In dem Moment bot Julian ihr seine Hand an.

»Komm, wir tanzen mit unseren Freunden«, ermunterte er sie. »Auf das Wiedersehen!«

»Ja!«, stimmte Isi sichtlich erfreut zu, und im nächsten Moment schwangen sie alle zusammen das Tanzbein. Außer Michael. Aber der saß sowieso lieber am Tisch bei einem großen Glas Weizenbier, anstatt sich am Tanzen zu beteiligen. So war er auch derjenige, der alle mit erhobenem Glas begrüßte, als die Freunde nach dem Lied zu ihm zurückkehrten.

»Ach, war das zauberhaft!«, schwärmte Anna, als sie sich mit den Frauen an den Tisch setzte. Am Nebentisch versammelten sich die Männer, die auf der Stelle begannen, mit gedämpften Stimmen zu Damian zu sprechen.

»Und, Motte? Wie war's?«, erkundigte sich Julian.

»Ja, erzähl mal!«, forderte Tim ihn mit einem Schulterschlag auf. »Scheint ja ganz gut geklappt zu haben.«

Damian schmunzelte verträumt und säuselte: »Joa, schon … Ihre Handgelenke haben geduftet.«

»Wie bitte?!«

»Ja. Sie hat mir ihre Hände hinter den Hals gehalten, und da konnte ich riechen, wie ihre Handgelenke nach Parfüm geduftet haben.«

Die Jungs versuchten, leise in ihre vorgehaltenen Hände zu lachen, doch es funktionierte nicht. Sie brachen schließlich in schallendes Gelächter aus. Die Mädchen schauten zu ihnen herüber.

»Mit euch alles klar?«, erkundigte sich Isi.

»Alles cool«, winkte Michael ab. »Mottes Verstand verabschiedet sich nur gerade.«

»Ist ja ganz was Neues«, lästerte Melli.

»Das muss der Bazillus sein«, fügte Nessi hinzu. »Meinst du nicht auch, Anna?«

»Ganz eindeutig«, pflichtete Anna ihrer Cousine bei, »es hat ihn zweifellos schlimmer erwischt als wir annahmen.«

»Oh!«, mahnte Julian, »ihr ahnt nicht, wie schlimm es ihn erwischt hat!«

»Na, hoffentlich hat er mich vorhin nicht angesteckt«, äußerte Nessi verhalten. Wieder mussten die Jungs lachen.

»Ja, Motte«, rief Alex, »hoffentlich hast du sie nicht angesteckt!«

Michael, Alex und Tim glucksten vergnügt in sich hinein. Julians Zwerchfell bebte. Er legte seine Hand vors Gesicht und kicherte mit Tränen in den Augen: »Ihre Handgelenke haben geduftet …«

»Jetzt kriegt euch endlich mal ein!«, zeterte Damian. »Trip und Anna sind da. Lasst die beiden doch erstmal erzählen, was sie unter der Woche in die Eifel treibt.«

»Ein vernünftiger Vorschlag«, stimmte Nessi ihm zu. »Das würde mich nämlich auch genauer interessieren.«

»Ich gehe jede Wette ein, dass es mit der Uebelacker zusammenhängt!«, vermutete Melli gespannt. »Hab ich recht?«

»Oh ja!«, stimmte Isi ein. »Davon hab ich gestern auf der Arbeit erfahren. Ich war ganz hinten in der Werkstatt, da kamen Kunden rein, die haben sich darüber unterhalten. Ich gleich mal die Hobelbank ausgemacht, um mitzukriegen was die sagen. Die Uebelacker muss entführt worden sein.«

»Genau«, erzählte Melli weiter, »und zwar aus ihrem Haus am Huppertspesch! Die Typen drangen abends in ihr Haus ein und haben sie verschleppt, und keiner weiß, warum.«

Alle sahen Anna gespannt an. Sie wussten, dass Anna über die Jahre hinweg häufigen und regelmäßigen Kontakt zu ihrer alten Geschichte-Leistungskurs-Lehrerin gepflegt hatte.

»So lautet zumindest der offizielle Verdacht«, bestätigte Anna, »doch um offen zu sein, Tim und ich hegen inzwischen die Vermutung, dass sie keineswegs entführt wurde, sondern vielmehr aus freien Stücken untergetaucht ist.«

»Und wie kommt ihr darauf?«, wollte Julian wissen. Tim antwortete: »Wir waren heute morgen mit dem Chef von der Polizei in ihrem Haus. Der wollte von Anna ein paar Fragen beantwortet haben, aber wirklich helfen konnten wir ihm nicht. Stattdessen haben wir gemerkt, dass die Uebelacker einen versteckten Hinweis an Anna hinterlassen hat.«

»Und was für einen?«, fragte Nessi, an Anna gerichtet.

»Das vermögen wir noch nicht zu sagen«, gab Anna zurück, »wir haben bis jetzt lediglich erkannt, dass es sich um einen Hinweis handelt. Sie hat mit einigen Kartoffeln der Sorte Annabelle und einem Topf Heidekraut eine Anspielung auf meinen Namen hinterlassen. Wir hatten jedoch keine Gelegenheit, dem Rätsel auf die Spur zu gehen.«

»Was ihr aber garantiert im Anschluss an diese Soiree nachholen werdet, was Trip?«, warf Alex ein. Tim grinste und gab zu: »Werden wir uns nicht verkneifen.«

»Und wie wollt ihr euch Zutritt verschaffen?«, war Nessis Frage an Tim. Der deutete wortlos auf Anna, die auch schon erklärte: »Frau Dr. Uebelacker pflegt stets einen Ersatzschlüssel zur alten Kellertür in dem Apfelbäumchen hinter ihrem Haus aufzubewahren. In einer Asthöhle, die sie mit Falllaub anfüllt. Ich bin sehr zuversichtlich, dass die Herrschaften von der Spurensicherung sich nicht veranlasst sahen, diese Asthöhle in Augenschein zu nehmen.«

Annas gewitztes, stolzes Schmunzeln, mit dem sie ihren letzten Satz vortrug, löste ein wohliges Kichern unter ihren Freunden aus.

»Guckt sie euch an, unsere Komtessa«, scherzte Julian, »da denken immer alle, sie wäre so ein wohlerzogenes Mädchen. Dabei hat sie es faustdick hinter den Ohren. Trip, das ist deine Schuld. Du hattest all die Jahre einen schlechten Einfluss auf sie.«

»Von wegen!«, lachte Tim, »ich kann gar nichts dafür. Das hatte die schon damals in Albenhain drauf. Beim Geocaching, als sie die beiden Trottel geleimt hat. Gell, Fräulein? Jaja, kannste lachen. Freches Gesicht da!«

Wie gut es tat, mit den alten Freunden Wiedersehen zu feiern. Da konnte die Sorge um die Lehrerin für einige Stunden einer gewissen Unbeschwertheit weichen. Die Gang von damals hatte sich weiterentwickelt. Aus der Jugendclique war ein fester, treuer Freundeskreis geworden. Michael versah noch immer bei der Leyentaler Straßenmeisterei seinen Dienst, und Damian war nach wie vor in einer Heizungsbaufirma angestellt. Alex hatte sich im Elektronik- und IT-Sektor weitergebildet. Seinem Faible für Kampfsportarten war er treu geblieben; er betätigte sich in seiner Freizeit in verschiedenen Selbstverteidigungsarten. Isi dagegen war nach dem Abitur Schreinerin geworden. Sie war eine von diesen coolen, jungen Frauen, die sich mit kreativen, handwerklichen Arbeiten verdingten. Diese sowie auch ihre größtenteils selbstgefertigten Steam-Punk-Accessoires präsentierte sie auf ihrem Instagram-Account. Ihre beiden besten Freundinnen waren Melli und Nessi. Melli hatte auf der Euro-Akademie in Hannover Sprachen studiert, unter anderem Russisch und Arabisch. Sie strebte einen Posten als Integrationsbeauftragte bei der Kreisverwaltung an. Das brachte es mit sich, dass sie heute zumeist etwas eleganter gekleidet war als zu Schulzeiten. Daher waren auch Ihre Tattoos an Stellen aufgebracht, die sich durch entsprechende Kleidung leicht verdecken ließen. An diesem Abend waren sie jedoch in aller Pracht zu bewundern, da Melli zu ihrer engen Jeans ganz schlicht ein Trägertop ausgesucht hatte. Nessi war Annas jüngere Cousine. Sie war schmal und zierlich, und was die Jungs über sie sagten, stimmte: Sie war als Frau von Mutter Natur nicht so übermäßig bedacht worden. Dafür punktete sie mit ihrer brünetten Langhaarfrisur, für deren volle Form sie sich mehr oder weniger von Anna inspirieren ließ, und vor allem aber mit ihrer zurückhaltenden Natürlichkeit. Ihr Studium des Photo- und Kommunikationsdesigns war die Grundlage ihrer Tätigkeit in der PR-Abteilung des Unternehmens ihres Vaters, dem Burghotel und -museum Aarstein. Nessis zwei Jahre ältere Schwester Marilena wurde von Ansgar zur Heyden persönlich herangeformt mit dem Ziel, eines Tages die Firma zu übernehmen. Derzeit arbeitete

Marilena als seine Assistentin sowie als Vertreterin, wenn er selbst anderweitig unterwegs war.

Gegen Mitternacht war es schließlich Zeit, das Treffen aufzulösen, denn am nächsten Tag mussten ja alle wieder ihren Jobs nachgehen.

»Ich bin dann auch mal los«, meldete Julian im Aufstehen, nachdem bereits Michael sowie Isi und Nessi sich verabschiedet hatten. »Sehen wir uns die Tage noch mal, Trip?«

»Gut möglich«, antwortete Tim. »Wie's aussieht, bleiben wir ein Weilchen.«

»Schön. Dann macht's gut, Leute.«

»Tschüss, Boggy.«

Somit saßen nur noch die beiden Paare zusammen, doch auch dort war ein Ende abzusehen, als Alex Melli auf den Oberschenkel klapste und meinte: »Wir sollten auch los. Trip und Anna haben ja noch was vor.«

»Stimmt«, nickte Melli. »Ihr wollt das jetzt wirklich noch durchziehen?«

»Klar, wann sonst?«, gab Tim ihr zurück. »Je eher, desto besser für die Uebelacker.«

Ein paar Umarmungen und Schulterschläge später saßen Tim und Anna alleine an dem kleinen, runden Bistrotisch. Anna nahm Tims Hand und drückte sie. Tim lächelte sie an und küsste ihre Hand.

»Du weißt noch gar nicht, warum Motte heute so seltsam drauf war«, gluckste er.

»Selbstverständlich weiß ich das«, entgegnete Anna seelenruhig.

»Ach ja?«

»Freilich. Der gute Damian erwärmt sich zweifellos für Vanessa.«

»Wie hast du das denn gemerkt?«

»Ich bitte dich. Das war doch höchst offenkundig. Wobei ich zugeben muss, dass ich bass erstaunt bin. Seine Reaktionen auf sie haben bisher nicht darauf hingedeutet.«

»Du hast seine Reaktionen auf Nessi beobachtet?«

Anna kicherte und sah Tim fast schon mitleidig an.

»Was denkst du denn? Glaubst du, ich bemerke nicht, wie er Melli oder Isi ansieht … oder mich?«

»Du meinst, er guckt euch auf …?«

»Ganz recht. Er lässt sich ausgesprochen leicht von unseren Schlüsselreizen ablenken.«

»So nennst du das. Schlüsselreize.«

»Ja. Und ich finde es sonderbar, wo doch Nessi … Du weißt schon …«

»Sicher. Aber ist das nicht ein gutes Zeichen? Er interessiert sich demnach wirklich für sie, und nicht bloß für ihre … Schlüsselreize.«

»Nun, ich bin vielleicht grundlos besorgt über die Aufrichtigkeit von Damians Gefühlen. Es ist möglich, dass du recht hast.«

Plötzlich setzte Tim einen äußerst skeptischen Gesichtsausdruck auf, als er an Anna vorbei zur Bar schielte. Anna bemerkte es und zog verwundert ihre Augenbrauen zusammen.

»Ach, sieh mal an!«, stieß Tim hervor. »Guck mal, wer da an der Bar steht.«

Anna musste sich um neunzig Grad zur Seite drehen, um die Theke in ihr Gesichtsfeld zu bringen. Als sie erkannte, wen Tim erblickt hatte, wandte sie sich sofort zurück und seufzte: »Oh nein … Der Abend war bis hierher so schön.«

»Er hat uns gesehen. Scheiße, der kommt doch tatsächlich her!«

Kurz darauf erschien niemand anderes als Rüdiger Brochnes am Tisch des Paares. Er stellte sich so dazu, dass er sowohl Tim als auch Anna ins Gesicht sehen konnte. Sein frisch gezapftes Bier hielt er lässig in der Hand.

»Darf ich mich zu euch setzen?«, fragte er lächelnd. Anna ergriff sogleich das Wort: »Auf die Gefahr hin, unhöflich zu sein …«

»Danke«, fiel Rüdiger ihr grinsend ins Wort und nahm großspurig Platz. »Ich wusste, dass ich euch hier treffen würde.«

»Was willst du, Brochnes?«, knurrte Tim. Anna verschränkte die Arme vor der Brust und signalisierte Rüdiger mit einem kurzen Anheben ihrer Lider und Brauen, dass sie Tims Frage beipflichtete.

»Ich bin hier«, antwortete Rüdiger, »weil ich euch meine Hilfe anbieten möchte.«

»Du. Uns.«

»Zum Teufel, ja, Richthof!«

»Warum?«

Rüdiger antwortete erst nach einer Denkpause.

»Hm«, machte er, und es klang wie ein gedankenvolles Glucksen. »Ich hab in meinem Leben viel Mist gebaut. Als du mir damals eine gezimmert hast, ist was mit mir passiert. Ich hab mir die ganze Scheiße angesehen: Ich hab nicht nur meinen Job verloren. Ich hab mein ganzes

Leben in den Sand gesetzt. Kannste jetzt glauben oder nicht, aber ich hab dank dir 'ne Lektion gelernt.«

Tims Gesicht zeigte nicht die Spur einer Regung. Anna wollte ebenfalls ein Pokerface aufsetzen, doch ihre Verachtung gegenüber Rüdiger war zu groß, und sie offenbarte sich in ihrem Blick.

»Und wobei willst du uns helfen?«, fragte Tim tonlos. Wieder gluckste Rüdiger.

»Richthof, ich bin nicht blöd. Ich weiß, ihr seid an der Nummer mit der Uebelacker dran. Sie ist der Grund, warum ihr überhaupt in der Stadt seid.«

»Was könntest du denn wissen, was wir nicht wissen?«

»Ne Menge, Richthof. 'Ne ganze Menge. Vor allem weiß ich, dass ihr in Kürze tief in der Scheiße sitzt, wenn ihr so unüberlegt weitermacht.«

Rüdiger sah mehrmals zwischen Tim und Anna hin und her, die schweigend weitere Informationen abwarteten.

»Hört zu, Leute«, fuhr er fort und klang dabei fast schon richtig vertrauenswürdig, »jemand ist hinter der Lehrerin her. Jemand, der Hinkheim & Gielchen als Anwälte beauftragt hat.«

»Woher willst du das wissen?«

»Die haben mich zu sich bestellt, weil sie einen brauchen, den sie auf euch ansetzen können. Ich hab denen gesagt, ich mach's, aber das hab ich nur so gesagt, versteht ihr?«

Nun meldete sich auch Anna zu Wort.

»Wenn es wahr ist, was Sie sagen – wer ist dann dieser ›Jemand‹, den Sie nannten?«

»Das weiß ich nicht.«

Anna, die diese Aussage erwartet hatte, stieß einen verächtlichen Seufzer aus und rollte mit den Augen. Gleichzeitig schüttelte sie den Kopf.

»Ich schwöre, es ist die Wahrheit!«, beteuerte Rüdiger. »Ich hab sie noch danach gefragt, aber sie wollten es mir nicht sagen.«

»Dann lass uns das jetzt mal auseinanderklamüsern«, beschloss Tim. »Hinkheim & Gielchen beauftragen dich, um uns auszuspitzeln. Das machen die sicher nicht ohne Gegenleistung, nicht wahr? Also, da frag ich mich doch, welches Interesse du jetzt daran haben könntest, dieses Arrangement zu gefährden. Sag schon, wieso kommst du jetzt angelaufen und warnst uns?«

Energisch beugte sich Rüdiger über den Tisch.

»Das hab ich doch schon gesagt, Richthof! Ich hab dazugelernt. Ich will endlich mal auf der richtigen Seite stehen!«

Nun lehnte er sich in seinem Stuhl zurück und sprach deutlich entspannter weiter: »Und außerdem habt ihr meine Hilfe bitter nötig. Ich hab Einblicke, die für euch, oder sagen wir lieber, für das Wohl eurer Lehrerin, brennend wichtig sind, denn ihr habt nicht viel Zeit.«

Tim sah Anna an. Ihr Augenaufschlag machte jede Frage überflüssig. Der Form halber stellte er sie ihr trotzdem.

»Was meinst du dazu, Schatz?«

»Ich gedenke, das großzügige Angebot mit vorzüglicher Hochachtung abzulehnen.«

»Was?«, brauste Rüdiger auf. »Seid ihr bescheuert? Ihr könnt es euch nicht leisten, meine Hilfe abzulehnen. Ihr habt keinen Dunst, was auf euch zukommt!«

»Nun, wir werden eben ohne Sie zurechtkommen müssen.«

»Ja, natürlich. Fräulein Hochwohlgeboren lächelt von ihrem hohen Ross runter. Mal sehen, wie viel Zeit dir dazu noch bleibt.«

Im Aufstehen wandte Rüdiger sich Tim zu.

»Falls deine Kleine noch zur Besinnung kommt, sag mir Bescheid. Mein Angebot steht. Trotz allem.«

»Wir denken drüber nach«, gab Tim ihm zurück. Rüdiger drehte sich um und verließ das Lokal.

»Was meinst du, Süße, hat er die Wahrheit gesagt?«

»Das vermag ich nicht mit Bestimmtheit zu sagen, doch halte ich in jedem Fall an meiner Absage fest ... Ich möchte mich am Ende nicht gerne bei Herrn Brochnes bedanken müssen.«

– Kapitel 3 –

Eine der drei Felsformationen nördlich der Arsel, dem Fluss, der Leyental geografisch in zwei Hälften teilte, war die Tettelsley. Sie lag ganz im Westen des Stadtrands. Sie wies ganz oben, in ihrem Gipfelbereich, einen Buckel auf, der über und über von einem Kalkmagerrasen bewachsen war. An seinem Südhang stand eine Burgruine, die Sturmwarte. Von dieser war deutlich weniger erhalten als von der im Osten benachbarten Burg Sonnenstein, oder der Felsenschanze auf der anderen Talseite. Das machte sie für den Tourismus weit weniger interessant. Die wenigen Besucher dieses Platzes waren daher zumeist Naturfreunde auf der Suche nach Orchideen oder anderen seltenen Pflanzen.

Es war Mitternacht, doch richtig dunkel war es in der Jahresmitte dort nicht. Die Sonne sank nicht tief genug unter den Nordhorizont, um die Nacht schwarz werden zu lassen. Hier, mitten in der würzig riechenden Magerwiese, lagen Tim und Anna rücklings auf dem Boden. Eine Wolldecke aus Tims Auto schützte ihre Kleidung vor dem taufeuchten Boden.

»Ich finde«, bemerkte Anna leise, »vor einem dunkelblauen Hintergrund sehen die Sterne viel hübscher aus als vor einem schwarzen.«

»Da hast du recht«, antwortete Tim. »Dafür sind's mehr Sterne, wenn's richtig dunkel ist ... Und guck mal da, die Leuchtenden Nachtwolken über dem Nordhorizont! Toll, oder?«

»Oh ja, sie sind wunderschön.«

»Das sind Zirruswolken. Sie stehen so hoch, dass die Sonne sie noch anleuchtet, obwohl sie für uns hier unten schon längst untergegangen ist.«

Anna kicherte vergnügt und versetzte ihrem Freund von der Seite her einen Klaps auf den Bauch.

»Ich weiß, wie sie entstehen, du alter Romantiker!«

Sie drehte sich zur Seite und legte sich, den Kopf gestützt durch ihre Unterarme, auf Tims Brust.

»Lass sie uns heute Nacht einfach nur schön finden, ja?«

Tim lächelte und nickte. Er hob seine Hand, um Anna im nächsten Moment liebevoll über den Rücken zu reiben. Sie legte ihren Kopf seitlich auf ihm ab, worauf Tim mit dem Zeigefinger der anderen Hand begann, ihre Wange zu streicheln. Sie wisperte: »Es sind die ersten Stunden seit langem, die wir wirklich ganz und gar für uns haben.«

»Stimmt«, bestätigte Tim, »in den letzten drei Wochen waren wir wahnsinnig eingespannt.«

Anna nickte sanft und fügte hinzu: »Besonders traurig fand ich es, dass wir in der vergangenen Woche deinen Geburtstag nicht zusammen feiern konnten. Ich … Ich hatte an diesem Abend geweint.«

»Ja, das war richtig scheiße. Mir ging es auch nicht gut damit. Wenn ich mal 'ne Minute Zeit hatte, dran zu denken, war ich auch traurig. Und einmal, ja, da hatte ich 'nen Kloß im Hals.«

Anna hob ihren Kopf wieder hoch und blickte Tim an, obwohl sie im Dunkeln so gut wie nichts von ihm erkennen konnte.

»Wirklich?«, hauchte sie.

»Ja!«, bekräftigte Tim. »Ich knatsch nicht oft, aber da war mir echt danach zumute. Weil ich dich so wahnsinnig vermisst habe.«

Da spürte er, wie die Hände seiner Freundin sich an seine Wangen legten. Ihre Lippen küssten die seinen. Er nahm sie fester in die Arme. Anna lächelte und flüsterte neckisch: »Aber nun liegen wir zusammen hier in dieser duftenden Wiese und schauen uns deine von der Sonne erhellten Zirruswolken an.«

Tim gluckste auf und rollte sich mit der lachenden Anna zur Seite, sodass sie es nun war, die auf dem Rücken lag.

»Das kannst du machen!«, flirtete er. »Mir genügt es, ihr Spiegelbild in deinen Augen zu sehen.«

Wieder streichelte Anna Tims Wangen. Dann fuhr sie ihm mit den Fingern durchs Haar.

»Ich bin so glücklich«, schwärmte sie verliebt, bevor sie sich einen langen, zärtlichen Kuss gaben. Schließlich lagen sie wieder Seite an Seite und schauten in den Sternenhimmel. Der helle Streifen am Nordhorizont hatte sich inzwischen in Richtung Osten verschoben.

»Wollen wir Frau Dr. Uebelackers Hinweis noch heute untersuchen?«, fragte Anna unsicher nach einer Weile. »Wir müssen doch annehmen, dass unsere Widersacher davon ausgehen, dass wir diesen Schritt unternehmen. Gerade heute, nach unserer Begegnung mit diesem… liederlichen Menschen.«

»Das müssen wir so oder so«, entgegnete Tim. »Warten bringt nichts. Wir sollten es so schnell wie möglich durchziehen. Wie spät ist es denn gerade?…«

Tim zupfte sein Smartphone aus seiner Hosentasche.

»Halb zwei«, las er ab. »Oh, Moment, da ist noch eine Nachricht von deinem Onkel über Signal ... *Treffen beendet, nehme kurzfristig einen Linienflug; Tante Vivienne hat mir von euren Sorgen berichtet. Ich wünsche euch trotz allem schöne Ferien. Ansgar* ... oh, was ein Glück! Ich muss ihn nicht mehr abholen.«

»Danke, Mama«, flüsterte Anna mit geschlossenen Augen. Tim rückte etwas von Anna weg, stand auf und schlug die Hälfte der Wolldecke über ihren Körper.

»Schlaf du noch ein Stündchen. Wenn es heller wird, checken wir die Lage und machen uns auf den Weg.«

Als Anna wach wurde, setzte sie sich auf und sah sich mit verkniffenen Augen um. Langsam pellte sie sich aus der Wolldecke, die sie umgab. Die Sonne war noch nicht aufgegangen, doch der Himmel im Osten war bereits so hell, dass die Tautropfen auf der Wiese in seinem Widerschein zu glänzen begannen. Nur ein paar Meter von ihr entfernt, an der Ostkante der Tettelsley, stand Tim, der ein Fernglas vor seine Augen hielt und ins Tal richtete. Anna schlug den letzten Deckenzipfel beiseite und meinte: »Fühlt es sich nicht sonderbar an, in seiner Bekleidung aufzuwachen und zu wissen, dass man sie nun anbehalten wird?«

Tim lachte kurz auf und antwortete: »Das stimmt, ja. Ich kenn das Gefühl.«

Während Tim zu ihr zurück schritt, nahm Anna ihren Handspiegel aus der Handtasche und begann, noch im Sitzen, ihre Haare zu sortieren.

»Ich möchte im Augenblick nichts lieber als mir die Zähne putzen.«

Tim griff in die Hosentasche und bot Anna ein warmes Pfefferminzbonbon aus einer verknitterten Papierrolle an.

»Das muss erstmal reichen«, kommentierte er seine Geste. »In zwei Stunden können wir uns zusammen das Gebeiß schrubben.«

»Hach ... Nun, sei's drum.«

Es war witzig zu beobachten, wie Anna mit ihren feinen Handbewegungen das oberste Bonbon herauspickte und zum Mund führte. Vor allem ihr Bestreben, den Vorgang so schnell wie möglich hinter sich zu bringen, amüsierte und erfreute Tim. Er half Anna auf und strich ihr sorgsam einige welke Blütenblätter vom Wilden Thymian aus Rock, Blazer und Pferdeschwanz. Dann drückte er ihr einen Kuss auf die Wange.

»Guten Morgen, schöner Schatz.«

»Guten Morgen«, erwiderte Anna skeptisch schmunzelnd den Gruß. »Warum nur habe ich das Gefühl, es bereitet dir Vergnügen, mich so zu sehen?«

»Da fragst du noch?«, grinste Tim. Dann berichtete er von seinen Beobachtungen.

»Wie es aussieht, traut Herr Adolphs uns nicht so wirklich über den Weg. Er hat einen Kollegen vor der Haustür postiert.«

»Du meine Güte. Das bedeutet eine erhebliche Erschwernis.«

»Erschwernis? Vergessen können wir das jetzt! Fauler Mist ...«

»Nicht zwangsläufig. Das Apfelbäumchen befindet sich hinter dem Haus. Vom rückwärtigen Weg führen über eine Lücke im Gebüsch einige ausgetretene Stufen hinauf zum Rasen. Wenn wir ganz leise sind, können wir unser Werk hinter dem Rücken des Beamten verrichten.«

Tim kratzte sich am Kopf.

»Gewagt. Aber du hast recht. Wir müssen da rein, bevor die irgendwas umräumen. Also los!«

Das Gelände auf Frau Dr. Uebelackers Grundstück war nach hinten stark abschüssig. Der Rasen, von dem Anna sprach, war die Oberfläche einer künstlichen Aufschüttung, die zu den drei Grenzseiten hin eine recht steile Böschung aufwies. An den Grenzen selbst befand sich die Einfriedung: Dicht stehende Reihen von Büschen und Zierkoniferen, die über die Jahre so hoch gewachsen waren, dass das Haus von unten her nicht einzusehen war. Dort zog sich eine weitere, schmale Straße entlang, die an der Westseite des Anwesens durch einen Fußgängerweg mit der Straße »Am Huppertspesch« verbunden war. Tim und Anna hatten das Auto zwei Kreuzungen weiter unterhalb abgestellt und hatten nun zu Fuß die schmale, beinahe schon wieder zugewachsene Lücke zwischen den Hecken erreicht.

Mit einem leisen »Nach dir!« ließ Tim Anna den Vortritt. Die Sandsteinstufen waren nicht nur ausgetreten, sondern auch zu Teilen mit Erdreich überdeckt. Die hatte garantiert seit langem niemand mehr benutzt. Das Pärchen schlich sich bis zur Böschungskante hinauf. Eilig strebten sie auf den Apfelbaum zu. Ohne lange zu zögern griff Tim mit der linken Hand in das Astloch, um sie gleich darauf mit einem Batzen Laub wieder herauszuziehen. Mit der Rechten griff er abermals hinein. Zu ihrer großen Erleichterung präsentierte Tim seiner Anna einen dicken, halb rostigen Bartschlüssel von etwa 12 cm Länge. Anna deutete ein begeistertes Händeklatschen an. Nun brauchten sie nur noch die sechs Meter zur Kellertür hinüber zu laufen. Dort angekommen sahen sie zur Sicherheit noch einmal zurück und lauschten dabei. Abgesehen vom wohlklingenden Gesang eines Amselhahns war alles still. Tim hob den Schlüssel an und hielt ihn vor das nicht minder angerostete Schlüsselloch. Das Schloss sah aus, als musste es erst einmal ordentlich geölt werden. Wenn er jetzt versuchen würde, die Tür zu öffnen, würde es entsetzlich klappern und quietschen. Er zögerte und entschied sich, Anna den Schlüssel hinzureichen. Mit einem Wimpernschlag, der Tim signalisierte »Gute Entscheidung«, nahm sie den Schlüssel entgegen. Tim hatte in all seiner gemeinsamen Zeit mit Anna das Staunen nicht verlernt. Was für ein Bild, wie diese zarten, makellos schönen Hände mit dem groben, verranzten Schließmechanismus hantierten und ihn dabei nahezu geräuschlos in Gang setzten. Nahezu, versteht sich, denn Rost schleift auf Rost, ganz gleich wie sachte man dabei vorgeht. Doch unter Annas Behutsamkeit war das Geräusch gerade mal für das Paar selbst hörbar. Dort oben, auf der anderen Seite vor der Tür, konnte es nicht zu vernehmen sein.

Tim und Anna traten vorsichtig ins Haus. Drinnen herrschte Dunkelheit. Pechschwarze Finsternis. Sie blieben für eine Weile stehen. Dann erst waren schwache Konturen einer Treppe zu erahnen. Schon schlich Tim voran und tastete nach der Tür, die in den Wohnbereich des Erdgeschosses führte. Er lugte durchs Schlüsselloch. Mist. Ein Schlüssel steckte von der anderen Seite drin. Tim kniff die Augen zusammen und drückte langsam und bedächtig die Klinke. Mit einem leisen Pusten durch die aufgeblähten Wangen kommentierte er die Tatsache, dass die Tür nicht abgeschlossen war. Wie viel Glück konnte man bis hierhin eigentlich noch haben?

Nun stieg die Anspannung in Tim. Die Kellertür gab den Weg in die kleine Diele frei, die er gestern mit Anna betreten durfte. Schräg vor ihm lag der Eingang zum Wohnbüro der Lehrerin. Diesem genau gegenüber befand sich die Eingangstür, durch deren Glaseinsatz der Hinterkopf und die Schirmmütze des Polizisten zu sehen waren. Tim winkte Anna herbei, die auch sogleich hinter ihm auftauchte und ihm mit zarten Tritten ins Büro folgte. Dort angekommen sammelten sie sich erstmal. Anna atmete besonders tief ein und aus und fächelte sich mit den Händen frische Luft zu. Vor Aufregung hatten sich auf ihrem Dekolletee blassrote Flecken gebildet.

Tim postierte sich im Türbereich und hielt den Polizeibeamten im Auge. Langsam beruhigte Anna sich. Sie lenkte sich ab, indem sie begann, Stück für Stück die Kartoffeln aus der Schüssel zu nehmen. Bei der untersten Lage angekommen erkannte sie, dass sich nichts Verdächtiges in dem Gefäß befand. Instinktiv hob sie die Schüssel an. Erstaunen malte sich auf ihrem Gesicht ab. Sie drehte sich um und tippte Tim an. So leise sie beide konnten, flüsterten sie miteinander.

»Sieh nur, es befindet sich ein Dokument unter der Schale.«

»Ist ja abgefahren. Warte, ich heb mal kurz den Blumentopf an … Da! Da liegt auch was drunter. Siehst du?«

»Dann steht wohl außer Zweifel, dass es sich hierbei um die Dinge handelt, die ich finden soll.«

»Schätz ich auch. Okay, nimm mal dein Handy raus. Ich heb die Schüssel und den Topf noch mal kurz an. Sobald du die Bilder im Kasten hast, stelle ich sie wieder genau so drauf.«

Gesagt, getan. Nacheinander hob Tim die Gefäße an, sodass die versteckten Dokumente vollständig sichtbar waren und Anna sie abfotografieren konnte. Da erklangen plötzlich Stimmen von draußen. Tim und Anna zuckten zusammen und horchten.

»Morgen, Kollege.«

»Morgen.«

»Und? War was?«

»Denke nicht. Alles ruhig gewesen.«

»Na, ich weiß nicht. Unten, drei Straßen weiter, parkt ein schwarzer Wrangler. Ich meine, wir machen mal 'ne kleine Runde.«

Augenblicklich griff Tim Annas Unterarm. Er zog sie durch den Raum zurück in die Diele, hin zur Kellertür.

»Da hat sich was bewegt! Jemand ist im Haus! Los, mach auf!«

Tim und Anna hörten das Rascheln des Flatterbands und das nervöse Klappern im Schloss der Haustür, während sie die Kellertreppe hinab liefen.

»Schließ die Tür zur Kellertreppe ab und bewach sie! Ich lauf außen rum!«

»Verstanden.«

Mit Anna im wilden Schlepp rannte Tim auf die alte Holztür zu, die ins Freie führte. Inzwischen war es hell genug, dass man durch die Fensterchen links und rechts der Tür etwas sehen konnte. Einer der Polizisten erschien im Sprint auf dem Rasen und steuerte mit seiner

Dienstwaffe in der Hand auf den Ausgang zu. Tim riss Anna nach links in eine Kellerkabine aus Dachlatten und kauerte sich mit ihr hinter einen Stapel von Kartons. Da rummste es auch schon im Schloss und die Tür sprang weit auf. Eine Pistole ragte in den Raum. Der Arm, der sie hielt, schwenkte mehrmals hin und her. Der zweite Arm des uniformierten Beamten packte den Türgriff und knallte das ehrwürdige Türblatt energisch ins Schloss. Tim und Anna hörten, wie der Schlüssel sich von außen drehte und abgezogen wurde.

Leise drang die Stimme des Polizisten von draußen an die Ohren des Paares, das mucksmäuschenstill in gehockter Haltung lauschte.

»Chef? Töpfer hier … Ja, ich weiß, ist noch früh … Aber wir haben hier einen 072.«

»Kackmist«, raunte Tim. »Festgesetzt von den zwei Wachtmeistern da.«

»Wäre es nicht das vernünftigste, wenn wir uns ihnen ergeben?«, fragte Anna.

Tim dachte kurz nach, dann wandte er ein: »Ich geh mehr und mehr davon aus, dass die Uebelacker keinen Polizeieinsatz will. Wenn wir uns jetzt ausliefern, filzen die unsere Handys. Wir müssen irgendwie dein Handy loswerden.«

»Loswerden?«

»Na ja, verstecken halt. So, dass sie es nicht in die Finger kriegen und wir später in Ruhe die Bilder ansehen können.«

»Das dürfte hier im Haus schwerlich gelingen. Sie werden es ohne Zweifel aufzufinden versuchen, wenn ich es nicht bei mir trage.«

»Du sagst es. Wir müssten einen kurzen Fluchtversuch starten. Auf dem Weg werden wir schon ein Versteck finden. Und dann ergeben wir uns. Ich hoffe jetzt einfach mal, dass wir beim Adolphs genug Vertrauensvorschuss haben, um da ungeschoren rauszukommen.«

»Haben wir unser Glück nicht bereits genug herausgefordert?«

»Hast du 'ne bessere Idee? Dann lass hören.«

Anna schwieg und schüttelte den Kopf.

»Dann mal los. Und hab keine Angst. Wir werden die Oma schon schubsen.«

Langsam erhob Tim sich. Anna folgte. Wie auf Eiern gingen sie durch die Tür des Dachlatten-Abteils hinaus. Tim versuchte, in den Regalen an der Wand etwas zu erkennen.

»072!«, blökte Herrn Töpfers Stimme dumpf ins Haus. »Ja! … Was? … Nein! … Boah, dieser Scheißdrecks-Empfang! … 072! Verdächtige Richthof und zur Heyden! … Ja! … Was? … Moment!«

Die Stimme wurde leiser und dumpfer. Offenbar hatte Herr Töpfer sich ein Stück von der Tür entfernt. Tim tastete an den Regalfächern entlang. Anna blieb neben der Ausgangstür stehen und sah fragend zu Tim rüber.

»Ha! Werkzeug!«, freute Tim sich im Flüsterton. »Da gehört immer ein Brecheisen dazu. Was ist, Schatz? Such mit!«

»Wie bitte?«, entgegnete Anna.

»Jeder Mensch hat ein Brecheisen im Haus«, beharrte Tim. »Auch wenn's 'ne alte schrullige Lehrerin ist. Wir würden es schneller finden, wenn du mitsuchen würdest.«

»Aber ich …«, wisperte Anna.

»Ha!«, kam es von Tim. »Hab es! … Klasse, sogar ein langes.«

Er schlich zur Tür, wo Anna auf ihn wartete, und lugte durch eines der Fensterchen. Er beobachtete, wie Herr Töpfer sich der Heckenreihe an der anderen Grundstücksseite näherte und sich mit dem Diensthandy am Ohr mal in diese, mal in jene Richtung beugte. Dann umschloss Tim das Eisen entschlossen mit beiden Händen und hielt es in Richtung Türschloss.

»Geh lieber ein Stück zur Seite«, kommentierte er seine Handlung. Anna zuckte mit den Schultern.

»Wie du meinst. Falls es auf diese Weise nicht gelingen sollte, können wir es ja hiermit versuchen.«

Damit hielt sie Tim einen Bartschlüssel unter die Nase, der exakt so aussah wie der, den der Polizist vorhin einbehalten hatte. Entgeistert sah Tim in Annas Gesicht.

»Hä? Wo kommt der denn her?«

»Ich kenne mich hier aus, mein Liebster. Der Schlüssel im Apfelbäumchen dient nur für den Notfall. Hier an diesem Nagel hängt stets der eigentliche Schlüssel.«

»Oh!«

Tim ließ das Brecheisen sinken und legte es sachte auf dem Boden ab. Verlegen grinste er: »Dann ist es ja ganz einfach, gell?«

»Ich fürchte, ja. Würdest du nun deinerseits ein wenig beiseite treten?«

Tim nickte und gab Anna den Weg frei. Es dauerte nicht lange, und die Tür war zumindest schon mal aufgeschlossen. Tim und Anna einigten sich darauf, den Schlüssel zu behalten. Ein weiterer Grund, der für den Fluchtversuch sprach.

»Wie wollen wir nun vorgehen?«, fragte Anna. Tim blickte aus dem linken Fenster neben der Tür und beschloss: »Wenn er uns noch mal den Rücken zudreht, machst du die Tür auf. Und dann erschrick dich nicht.«

Anna hielt die gefalteten Hände vor Mund und Nase und seufzte: »Oh jerum jerum …«

»Auf die Dienststelle?«, schallte es aus Richtung des Polizisten herüber. »In einer halben Stunde? Verstanden, Chef. Ja, das geht klar, machen wir. Nein, keine Sorge.«

»Okay … Jetzt!«

Anna drückte behutsam die Klinke hinunter und zog die Tür auf. Vorsichtig ging sie voran. Kaum befand sie sich einen Schritt weit draußen, umfasste Tim ihren Oberkörper und ihre Beine und trug sie im Laufschritt über die Wiese. An der Böschung ließ er sich sacken und rutschte mit Anna im Arm auf dem Hosenboden hinunter bis zur Lücke in der Hecke. Gegen Ende der Rutschpartie fiepte Anna angstvoll durch die vor den Mund gepressten Hände. Da fuhr Herr Töpfer herum und erkannte den weit geöffneten Kellerzugang.

»Schneider!! Sie sind getürmt! Wo steckst du denn?!«

»Hier oben!«, machte Herr Schneider sich aus der Wohnung vernehmlich. »Ich hab hier oben die Kellertür bewacht!«

Er erschien im Wohnzimmerfenster und blickte verdattert zu seinem Kollegen hinunter. Der deutete nur wild fuchtelnd zur Straße hinauf und brüllte: »Zum Wagen! Zum Wagen!!«

Gleichzeitig spurtete er selber los, Tim und Anna hinterher. Die waren am Fuß der Böschung übereinander gepurzelt, rappelten sich aber sofort auf und quetschten sich durch die Hecken. Tim tastete seine Gesäßtaschen ab und rieb sich kurz die schmerzenden Pobacken. Dann rannten sie, was das Zeug hielt, den Fußweg hinab. Anna trug dabei ihre Schuhe in den Händen. Schon hasteten sie in den Fußweg auf der Gegenseite der unteren Straße. Gleichzeitig kam weiter oben Herr Schneider mit dem Dienstwagen um die Kurve gerast. Kurz hielt er an, um seinen Kollegen aufzusammeln, dann fuhr er mit quietschenden Reifen weiter die Straße entlang. Tim und Anna konnten ihren Vorsprung dadurch ausbauen, indem sie bloß die fußläufigen Verbindungen zwischen den Straßen entlanglaufen mussten. Schwer außer Atem erreichten sie Tims Auto. Türen auf, reinsetzen, und los ging's durch das Wohnviertel in Richtung Innenstadt. Bereits hinter der nächsten Abzweigung kam das Polizeiauto im Rückspiegel in Sicht. Auf der anderen Seite des Flusses, im letzten Kreisverkehr vor dem Anstieg auf die gegenüberliegende Talseite, war der Verkehr etwas dichter, und Tim wurde hinter einem langsameren Fahrzeug aufgehalten.

»Fahr, fahr, fahr, fahr!«, befahl er hinter dem Steuer, nervös mit dem Gaspedal spielend. Dann war die Ausfahrt frei, und Tim konnte das Pedal durchtreten. Mehr als hundert Meter Abstand konnte er gegenüber den Polizisten jedoch nicht herausfahren, das war innerorts nicht möglich. Schließlich fanden sie sich auf der Straße, die nach Süden aus der Stadt herausführte. Tim konnte erneut beschleunigen.

»Schreib Melli, dass sie dein Handy reinholen soll, sobald sie wach ist!«, ordnete Tim an.

»Wie darf ich das verstehen?«, fragte Anna leicht verwirrt nach.

»Wir kommen jetzt gleich bei ihnen vorbei. Ich bieg in den Waldweg ein. Dann können die Bullen uns für ein paar Sekunden nicht sehen. In der Zeit schmeißt du den Schlüssel und dein Handy aus dem Fenster, in die Brombeerbüsche neben dem Haus.«

»Ich verstehe«, bestätigte Anna und tippte. Dann ließ sie das Fenster herunter. Im selben Moment flog Tim links in die Mündung des Wirtschaftsweges. Mit beiden Händen schleuderte Anna das belastende Material aus dem Auto. Ganz kurz hörte sie es in den Brombeerenbüschen rascheln. Da beruhigte sich Tims Fahrstil. Schließlich, einen halben Kilometer tief im Kaulenforst, stoppte er den Wagen. Nur ein paar Sekunden später näherte sich der Dienstwagen der Polizei. Tim und Anna stiegen aus dem Jeep und signalisierten, dass sie sich ergaben. Die Türen des Polizeiautos öffneten sich, und die beiden Kollegen traten hervor, jeweils eine Hand an ihren Dienstwaffen, die sie im geöffneten Holster an den Hüften trugen. Tim hielt die Hände in Schulterhöhe.

»Alles cool!«, kommentierte er. »Wir machen keinen Stress mehr. Wir kooperieren.«

»Ist auch besser für Sie!«, rief Herr Töpfer. »Hände bleiben oben. Taschen und Handys her.«

Wie erwartet versuchten die Polizisten gleich vor Ort, Beweise für das Eindringen Tims und Annas in das Haus von Frau Dr. Uebelacker sicherzustellen. Herr Töpfer trat vor Tim hin und klopfte ihn von oben bis unten ab.

»Umdrehen!«

Wieder durchsuchte Herr Töpfer Tims Kleidung. Sein Smartphone und sein Portemonnaie zog er ihm aus den Gesäßtaschen. Danach stellte er sich vor Anna, die zaghaft ihre Hände in die Höhe hielt, sodass ihr Blazer vorne auseinander klaffte und ihr Rock samt Top sichtbar wurde.

»Hat Ihr Rock Taschen?«

»Bewahre, nein!«

»Ihre Jacke bitte.«

Anna zog ihren Blazer aus und reichte ihn Herrn Töpfer, der ihn nach Taschen absuchte. Gleichzeitig schnüffelte Herr Schneider ausgiebig in Tims Auto herum.

»So«, schloss Herr Töpfer die Durchsuchung, »dann dürfen Sie mir jetzt eine Reihe von Fragen beantworten.«

Goldene Sonnenstrahlen fluteten das Tal. Vom Fasanenberg bis zur Friedley leuchtete seine Südseite im Morgenschein. Einige der Boten dieses Sommermorgens drangen durch die offenen Jalousettenschlitze in das nach Aktenordnern und kaltem Kaffee riechende Büro der Polizeidienststelle Leyental. Auf dem gefliesten Boden standen zwei schlichte Holzstühle mit Metallbeinen, und auf diesen saßen nun Tim und Anna. Hinter ihnen hatten sich die beiden Polizisten aufgestellt, und vor ihnen, an einem gleichsam schlichten Bürotisch, saß der Polizeihauptmeister und sah die jungen Delinquenten mahnend an.

»Tja«, hob er an, »so sieht man sich wieder, was?. Gestern haben Sie mir beide hoch und heilig versichert, dass sie den Tatort nicht betreten werden. Und heute? Ich muss sagen, ich bin persönlich sehr enttäuscht von Ihnen.«

Tim verdrehte die Augen und jammerte gespielt: »Ja, Herr Rektor. Bitte rufen Sie nicht meine Mutter an!«

Mit einem dröhnenden Krachen knallte die Faust des muskulösen Herrn Adolphs auf den Tisch. Kugelschreiber und Büroklammern hüpften wild auf.

»Verdammt, Herr Richthof! Mir ist es ernst!«

»Ich weiß«, hielt Tim energisch dagegen, »mir auch! Wir sind erwachsene Menschen. Also behandeln Sie uns bitte auch so!«

»Wenn Sie nicht die Leute wären, die Sie sind«, knurrte Herr Adolphs, »ist Ihnen bewusst, wo sie jetzt sitzen würden?«

Tim und Anna schwiegen. Herr Adolphs schaute zwischen ihnen hin und her und streckte dann die Hand nach Herrn Schneider aus. Der überreichte ihm sein Vernehmungsprotokoll. Herr Adolphs überflog es. An einer Stelle stutzte er.

»Was soll mit ihrem Handy sein? … Mensch, Schneider! Können sie nicht einfach schreiben ›Akku leer?‹ … ›Die Energieversorgung war erschöpft‹ … Mann, Mann, Mann!«

»Ehm, Entschuldigung, Chef«, wehrte sich Herr Schneider, »ich hab nur aufgeschrieben, was die Verdächtige ausgesagt hat.«

»Ach ja?«, wandte Herr Adolphs sich Anna zu. »Nun, dann fang ich gleich mal mit Ihnen an, Frau zur Heyden. Ich hätte jetzt erwartet, dass eine junge Frau wie Sie auf keinen Fall ohne ihr Smartphone auf eine solche Mission geht. Wie wollten Sie denn festhalten, was Sie finden?«

»Nun ja«, antwortete Anna, »Sie müssen wissen, ich hatte durchaus im Sinn, mein Mobiltelefon mitzuführen, doch leider musste ich kurz vor unserem Aufbruch feststellen, dass die Energie…«

»… dass die Energieversorgung erschöpft war«, ergänzte Herr Adolphs betont und mit einem übertriebenen Kopfnicken.

»Völlig richtig«, fuhr Anna fort und wies mit der offenen Handfläche auf Tim. »Das machte es erforderlich, uns mit dem Gerät meines Lebenspartners zu begnügen.«

»Doch leider …«, bedauerte Tim, als Herr Adolphs den Blick zu ihm rübergeschwenkt hatte.

»… doch leider konnten Sie nichts finden«, vollendete der Polizeichef den Satz mit übertriebener Freundlichkeit, »und deshalb befinden sich auf Ihrem Smartphone keine Bilder des Tatorts.«

Tim und Anna lächelten ihn mit treuseligem Bedauern an und hoben genau gleichzeitig die Schultern. Während Herr Adolphs sie misstrauisch musterte, sprang die Bürotür auf.

»Chef?«, rief ein Kollege in den Raum, »E-Mail von der Spurensicherung mit Vorabbericht im Fall Uebelacker. Druckversion ist unterwegs. Haben wir heute im Briefkasten.«

»Danke, Kirwel!«, brummte Herr Adolphs, worauf der Kopf des Beamten wieder aus der Tür verschwand.

»Da hören Sie es«, sprach er. »Einbruch in ein Privatgebäude in Verbindung mit dem Betreten eines Tatorts trotz polizeilicher Untersagung, und das vor dem Eintreffen des Berichts der Spurensicherung. Das bedeutet für Sie schon genug Ärger, meinen Sie nicht? Ich schlage also vor, Sie sagen uns, wo Sie Ihr Handy versteckt haben.«

Tim schielte zu Anna rüber. Ihr teurer Mini hatte auf der Flucht ziemlich was abbekommen. Er wies einige deutliche Schmutzstellen auf. Auf Annas rechtem Knie prangte ein Grasfleck, und ihre Frisur saß alles andere als perfekt. Was dachte sie gerade? Sie schaute konzentriert ins Leere, bewegte die Lippen und nickte ab und zu bedächtig mit dem Kopf. Was Tim nicht wusste: Anna wiederholte in ihrem Kopf die von Herrn Adolphs formulierte Anklage. Schließlich beobachtete Tim, wie sie ihrer Sitzhaltung den letzten gräflichen Schliff verpasste und den Polizeichef anlächelte.

»Herr Polizeihauptmeister Adolphs, erlauben Sie mir, offen zu sprechen?«

»Nichts anderes will ich gerade von Ihnen, Frau zur Heyden.«

»Danke. Nun, zunächst möchte ich erwähnen, dass ich höchsten Respekt vor Ihnen und Ihren Kollegen habe. Ich durfte heute Morgen erleben, wie vorzüglich Ihre Polizeiarbeit funktioniert. Wir Leyentaler können froh darüber sein, über solch tüchtige Polizeibeamte zu verfügen.«

»Soso«, warf Herr Adolphs lässig ein und lehnte sich in seinem Stuhl zurück. Tim sah gespannt seiner Freundin zu.

»Gewiss!«, bekräftigte Anna und fuhr fort. »Ich fand im Übrigen unser gestriges Zusammentreffen sehr sympathisch. Es war ausgesprochen angenehm, Ihre Bekanntschaft zu machen.«

»Meinen verbindlichsten Dank, Frau zur Heyden«, gab Herr Adolphs zurück, ohne den Eindruck zu machen, geschmeichelt zu sein. »Sie müssen wissen, Ihr Charme ist ständiges Gesprächsthema in der Stadt. Es heißt, wenn Sie die Fußgängerzone entlang gehen, werden Frauen wütend auf ihre Ehemänner, weil sie Ihnen, wie soll ich sagen, etwas zu lang hinterher gucken. Sie können sich darauf verlassen, dass ich mich nicht von meiner Arbeit ablenken lasse.«

»Das liegt auch keineswegs in meiner Absicht«, lächelte Anna. »Ich möchte lediglich betonen, dass ich vordergründig an einem guten Verhältnis zu unseren Polizeikräften vor Ort interessiert bin, ganz gleich, wie unangenehm Ihnen die Tatsache sein wird, mich und meinen Partner nun gehen lassen zu müssen.«

Tim und Herr Adolphs runzelten gleichzeitig die Stirn und schürzten erstaunt die Lippen, während sie Anna anstarrten.

»Soll das vielleicht ein Scherz sein?«, entgegnete Herr Adolphs ihr scharf. Annas Lächeln wich mit einem Schlag von ihrem Gesicht.

»Ich beliebe niemals zu Scherzen, wenn mein Lieblingsrock durch Erdreich verunreinigt ist.«

Tim grinste in sich hinein. Wenn Anna so drauf war, war sie sich ihrer Sache sicher. Sie hatte in den letzten Jahren die Schüchternheit vor Autoritäten abgelegt. Stattdessen begegnete sie ihnen, wenn es die Situation erforderte, mit demselben Auftreten, welches sie während der Schulzeit aufmüpfigen Mitschülerinnen entgegengebracht hatte. Herr Adolphs griff nach kurzer Pause das Gespräch wieder auf.

»Dann lassen Sie mal hören.«

»Zum Ersten: Sie bezichtigen uns des Einbruchs. Doch dies nur fälschlicherweise, wo ich doch Frau Dr. Uebelackers engste Vertraute und aus diesem Grunde von ihr ermächtigt bin, ihre Räumlichkeiten jederzeit auch ohne ihr Wissen zu betreten.«

»Das mag sein. Doch das hier war ein Tatort, den ich Ihnen untersagt habe zu betreten, solange wir den Bericht der Spurensicherung nicht vorliegen haben!«

»Dem möchte ich mit allem gebotenen Respekt widersprechen, Herr Adolphs. Als mein Freund Sie fragte, ob wir das Haus eigenständig aufsuchen dürfen, antworteten Sie mit ›ungern‹. Das ist wohl schwerlich als eindeutiges Verbot aufzufassen. Des Weiteren hat Ihr Mitarbeiter soeben bekannt gegeben, dass der Bericht der Spurensicherung inzwischen per E-Mail eingetroffen ist. Ich bin sicher, dass der Dienstbeginn der Herrschaften dort nicht um fünf Uhr in der Frühe liegt. Von daher muss der Bericht noch gestern hier eingegangen sein. Dies werden sie sicher für uns nachprüfen lassen.«

»Tut mir leid, Frau zur Heyden, das ist mir zu spitzfindig. Tatsache ist und bleibt, dass das Gebäude per Absperrband eindeutig als Tatort markiert war und dies als Anordnung zu verstehen ist, draußen zu bleiben. Schluss, Aus, Ende!«

»Da haben Sie zweifellos recht, Herr Adolphs. Allein, wir näherten uns dem Haus von der Rückseite her, und der Kellereingang war nun einmal nicht durch entsprechende Bänder markiert.«

Herr Adolphs stützte sich mit seinen Ellenbogen auf den Tisch, schloss die Augen und griff sich an die Nasenwurzel. Er atmete ganz tief ein.

»Kirwel!«, blökte er durch den Raum. Die Bürotür schlug auf, und der Kopf von Herrn Kirwel erschien in dem Spalt.

»Ja, Chef?«

»Wann kam die E-Mail von der SpuSi?«

»Ähm, das war gestern noch, Chef. Ganz kurz nach Dienstende.«

»Mmmmmm«, brummte Herr Adolphs, kniff die Augen zusammen und massierte seine Nasenwurzel.

»Töpfer? Hatten wir Absperrband an der Kellertür?«

»Ehm, also, wenn Sie so fragen ... glaub nicht.«

»Rrrmmmmmmmm«, knurrte Herr Adolphs und rieb sich inzwischen über das ganze Gesicht.

»Nun«, ergriff Anna wieder das Wort, »ich vermute, die Herren haben nun einiges zu besprechen. Sie gestatten, dass wir uns zurückziehen?«

Ohne aufzublicken winkte Herr Adolphs Tim und Anna mit dem Handrücken von sich weg, was den beiden als Antwort genügte. Sie verabschiedeten sich in aller Höflichkeit, tunlichst darauf bedacht, nichts mehr zu sagen, was als Provokation aufgefasst werden konnte und strebten dem Ausgang zu.

Kapitel 4

Melli öffnete die Tür im Morgenmantel.

»Kommt rein, Leute!«

Es war sieben Uhr. Tim und Anna hatten die Zeit genutzt, um sich frisch zu machen und Annas Eltern in aller Kürze vom Wiedersehen mit den Freunden am Vorabend zu erzählen. Über die Ereignisse zwischen Mitternacht und ihrem Erscheinen am Morgen hatten sie sich ausgeschwiegen.

»Frühstück?«, fragte Alex, der schon angezogen war. Tim und Anna nahmen die Einladung dankbar an und setzten sich zu Melli und Alex an den Tisch.

»Erzählt mal!«, forderte Alex die beiden auf, »habt ihr Stress mit der Polente gehabt?«

»Ja«, lachte Tim, »war wie in alten Zeiten.«

»Und wie war's für dich, Anna?«, wollte Melli wissen, »du hast ja nicht so die Erfahrung mit solchen Erlebnissen.«

»Es war teils aufregend, teils beängstigend«, antwortete Anna. »In jedem Fall war es ein außergewöhnliches Abenteuer. Während wir Fotos gemacht haben, ist uns die Polizei auf die Schliche gekommen. Wir wurden regelrecht festgenommen.«

»Ja!«, warf Tim ein, »aber dann hat Anna uns rausgehauen. Klasse Arbeit. Könntest glatt Anwältin werden, Schatz. Köpfchen haste.«

Anna schmunzelte stolz.

»In diesem Fall genügte eindeutig das Köpfchen einer Wissenschaftlerin.«

»Hier, dein Zeug«, kommentierte Melli heiter, als sie Anna ihr Handy und den Schlüssel zu Frau Dr. Uebelackers Keller zurückgab.

»Danke schön, Melli«, antwortete Anna höflich. »Nun bin ich aber begierig zu erfahren, woraus sich der Hinweis zusammensetzt.«

»Es gibt also wirklich einen Hinweis?«, freute sich Alex.

»Den gibt's«, bestätigte Tim. »Die Uebelacker hat ein paar Unterlagen unter der Schüssel und dem Blumentopf versteckt. Und das alles schön dicht an dem tippitoppi aufgeräumten Bereich auf dem Schreibtisch. Das fällt gar nicht auf.«

»Und was für Unterlagen sind das?«, fragte Alex.

Anna wischte auf ihrem iPhone hin und her.

»Es ist sehr rätselhaft«, beschrieb sie. »Unter der Schale befinden sich zwei Bilder. Das linke, das ist ein Nachdruck einer Ansichtskarte aus der Zeit der Weimarer Republik mit der geballten Faust des Roten Frontkämpferbundes. Und rechts daneben liegt ein Foto eines Hundes.«

»Lass mal sehen«, forderte Melli sie auf, »... ein Tierportrait. Das ist ein Schäferhund.«

»Irgendwas auffälliges an dem Hund?«, fragte Alex nach. Melli schüttelte den Kopf.

»Nö. Einfach nur ein Hundeportrait. Ohren gespitzt. Zunge draußen. Wache Augen. Typisch für einen Deutschen Schäferhund, würde ich sagen.«

Anna drehte das Smartphone wieder zu sich selbst hin. Ihre Augen überflogen das Display.

»Und unter dem Blumentopf platzierte sie ein Flugblatt einer ortsansässigen Firma, dem Ingenieurbüro Pleuel.«

»Kenn ich!«, rief Tim. »Das ist unten beim Rathaus. Neben dem Versicherungsfritzen … Darf ich mal?«

Anna reichte Tim ihr Handy. Der sah sich das Foto genauer an.

»Auch nichts Besonderes«, beschrieb er. »Ein ganz normaler Flyer. Ingenieurbüro Pleuel … Ihr zuverlässiger Partner im Bauwesen … Beratende Ingenieure des Landes Rheinland-Pfalz … Inhaber Werner Pleuel … Besuchen Sie uns im Internet unter www.pleuel-ing.de … Blubber blubber, wir sind die Tollsten, bla, schlibberdiwix.«

Schulterzuckend gab er Anna ihr Telefon zurück.

»Und mit diesem Wirrwarr möchte sie mir nun eine Information zukommen lassen, und eine lebenswichtige obendrein«, seufzte Anna.

»Und viel Zeit haben wir auch nicht«, fügte Tim hinzu, »denn erstens sind uns die Täter auf den Fersen, und deren Auftraggeber – so nenn ich sie jetzt mal – haben uns auch noch Hinkheim & Gielchen auf den Hals gehetzt.«

»Wieso denn die?«, wunderte sich Melli. »Was hat die Anwaltskanzlei von Philipps Vater damit zu tun?«

»Oh, das könnt ihr ja noch gar nicht wissen«, bemerkte Anna. »In der Nacht, kurz nachdem ihr beide euch verabschiedet hattet, gesellte sich Herr Brochnes zu uns.«

»Was? Was wollte der denn von euch?«

»Er bot uns an, uns zu helfen. Er gab vor, über besondere Informationen zu verfügen, die ihm von Hinkheim & Gielchen zur Verfügung gestellt worden seien. Deren Mandant habe zum Ziel, Frau Dr. Uebelacker mit rechtlichen Mitteln zu bekämpfen.«

»Glaubt ihr dem etwa?«

»Ich habe sein Angebot ausgeschlagen. Doch muss ich gestehen, dass uns seine Geschichte glaubhaft erschien.«

»Weißt du, Süße«, überlegte Tim, »da ist noch was, was ich merkwürdig finde.«

Er lehnte sich im Stuhl zurück, legte die Hände hinter den Kopf und sah konzentriert zur Decke. Anna, Melli und Alex warteten gespannt auf seine Ausführungen.

»Wir haben Hinkebein das erste Mal gesehen, als wir vom Flugplatz kamen. Am nächsten Morgen beobachtete er uns am Haus von deiner Lehrerin. Und Abends wusste Brochnes genau, wo er uns finden würde. Hatte er ja selbst noch gesagt.«

»Das stimmt«, nickte Anna. »Wie sagte er doch gleich: ›Ich wusste, dass ich euch hier treffen würde.‹«

»Das waren seine heiligen Worte, richtig«, pflichtete Tim ihr bei, »und gewusst haben kann er das nur von Hinkheim, der ihn geschickt hat.«

»Das wiederum würde die Vermutung stützen, dass sein Angebot eine List war.«

»Nicht nur das, Schatz. Es würde bedeuten, dass Hinkheim dreimal hintereinander wusste, wo wir zu finden waren.«

»Oh, Scheiße«, gruselte sich Melli. »Da läuft es mir eiskalt den Rücken runter.«

Tim blickte weiter konzentriert zur Decke. Melli drückte sich an Alex.

»Über das, was wir vorhatten, haben wir nur miteinander gesprochen. Und mit deinen Eltern. Als deine Mutter in Tübingen anrief, haben wir beschlossen, in die Eifel zu fliegen. Dann, bei dir zu Hause, haben wir darüber geredet, am nächsten Morgen ganz früh zum Haus der

Uebelacker zu fahren, um Herrn Adolphs zu treffen. Und bevor wir dorthin losgefahren sind, hab ich Boggy angerufen, und wir haben abgemacht, alle zusammen ins Messing zu gehen.«

»Ich versteh, worauf du raus willst, Trip«, warf Alex ein. »Alle diese Gespräche haben eine gemeinsame Schnittmenge: Das Haus von Annas Eltern! ... Anna? Die Sprachsteuerung bei euch zu Hause, hat die Internetzugang?«

»Ganz recht«, wisperte Anna, die sich bereits mit einem beunruhigten Blick die Hände an die Wangen legte.

»Dann dürft ihr davon ausgehen«, fügte Alex hinzu, »dass die Penner die gehackt haben. Die hören euch zu Hause ab.«

»Hinkebein, du schmuddliges Arschgesicht«, murmelte Tim wutschnaubend, »dieses Mal bist du fällig. Da kann dein Alter tausendmal ein beschissener Rechtsverdreher sein. Der Wichser steckt hinter allem. Schreien soll er, wenn ich seine Fresse kaltverforme.«

»Wir müssen es auf der Stelle Papa mitteilen«, riss Anna ihn aus seinem Zorn. »Tim! Lass uns bitte sogleich aufbrechen.«

Sie alle standen vom Frühstückstisch auf. Anna verabschiedete sich mit einer fahrigen Umarmung von ihren Freunden.

»Danke, Melli. Alex. Vielen Dank für eure freundliche Einladung zum Frühstück. Leider müssen wir euch schon verlassen.«

»Schon in Ordnung, Anna. Viel Glück!«

»Meldet euch!«

Das private Wohnhaus der Familie Hinkheim am Fasanenberg 8 war in einem nüchternen, doch großzügigen Stil gestaltet. Zahlreiche, teils historische Ausstellungsstücke verliehen dem Gebäude in seinem Inneren etwas Prunk. Von der Diele her betrat man einen riesigen Wohnbereich, der nach oben bis zum First offen war. Links und rechts davon lagen jeweils noch Dachgeschossräume, die durch eine Empore über dem Eingangsbereich verbunden waren. Über den Dachräumen befanden sich noch Spitzböden, die Herr Hinkheim als Krähennester zu bezeichnen pflegte. Sie hatten seinem Sohn in dessen Kindheit als Spielzimmer gedient. Gerade jetzt, da Philipp die Raumspartreppe zum östlichen Krähennest hinaufstieg, erinnerte er sich daran, wie er dort oben ein ums andere Mal mit Anna gespielt hatte. Immerzu wollte sie mit seiner Ritterburg spielen. Nur selten konnte er sie für andere Spiele gewinnen. Sie war immer die Burgherrin, und er musste der mutige Ritter sein, der eine Armee aufbaute, die den Befehlen der Burgherrin gehorchte. Und jedes Mal erklang viel zu früh der Ruf »Annabelle, Liebes?« von ihrer Großmutter herauf, was dann meistens bedeutete, dass sie Anna zum Abschiednehmen aufforderte. Sie folgte auch immer sofort. Wie Philipp den Moment hasste, wenn sie vor ihm knickste und so schnell auf dem Fuß kehrt machte, dass ihm ihre langen Pferdeschwänze durchs Gesicht flogen, und wie sie dann quirlig durch die Treppenluke flutschte. Sie sollte heute seine Frau sein. Darüber hatten immer alle geredet. Warum war es nicht so? Philipp schlug mit der Faust auf den Boden, als er das obere Ende der Treppe erreichte. Der Mann am Giebelfenster zuckte zusammen.

»Scheiße, was soll das?«

»Ruhe bewahren, Brochnes. Gibt's was Neues von da oben?«

Rüdiger, der ein Headset auf dem Kopf hatte, deutete auf das Spektiv, das auf dem Fensterbrett stand und durch einen der kleinen Schlitze der heruntergelassenen Rollladen nach draußen gerichtet war.

»Die Alten sind gerade zur Arbeit los. Richthof und sein scharfes Bückstück sind auch eben kurz dagewesen.«

»Mäßigung, Brochnes«, brummte Philipp und trat an das Spektiv heran. »Was heißt ›kurz dagewesen?‹«

»Ja, komische Sache«, raunte Rüdiger. »Die waren die ganze Nacht nicht da. Als ich gestern aus'm Messing kam, hab ich sie nicht zurückkommen sehen. Ich dachte, die waren wohl vor mir zurück. Dann hab ich aber gesehen, wie sie heute Morgen angefahren kamen. Keine Stunde später waren sie umgezogen und sind den Kaulenforst raufgefahren. Heißt also, die waren die Nacht über weg.«

»Hmm«, machte Philipp, »was haben die also in der Zeit gemacht?«

»Ich kann Ihnen sagen, was die gemacht haben!«, lachte Rüdiger und hob die Faust mit zwischen Zeige- und Mittelfinger eingeklemmtem Daumen. Philipp machte ein abgestoßenes Gesicht.

»Behalten Sie bitte Ihre dreckigen Phantasien für sich, ja? Wenn die in den Kaulenforst gefahren sind, dann fahren die doch ohne Zweifel zu der runtergekommenen Kaschemme, in der dieser Prolet immer gehaust hat.«

»Möglich. Aber der wohnt ja nicht mehr da. Hat die Bude schon seit ewig an ein Pärchen vergeben, mit dem die beiden befreundet sind.«

»Ich weiß, Brochnes«, winkte Philipp ungeduldig ab und spähte dann nachdenklich durch das Fernrohr auf der tiefen Fensterbank.

»Ich weiß das«, murmelte er. »Ich weiß das nur zu gut.«

»Heute nicht der VIP-Eingang?«, erkundigte sich Tim bei Anna, als sie auf den Haupteingang der EDA-Bank zugingen. Ihm fiel gerade auf, dass er in all der Zeit erst einmal mit Anna dieses Gebäude betreten hatte.

»Ganz bewusst nicht«, erklärte Anna. »Ich benutze grundsätzlich den Haupteingang, wenn ich wegen Geldangelegenheiten herkomme.«

»Ich verstehe«, nickte Tim und verkniff sich jeden weiteren Kommentar. Natürlich waren sie nicht wegen Geldsachen hier. Doch für den Fall, dass sie vielleicht auch hier observiert würden, war es vernünftig, diesen doch recht banalen Anschein zu erwecken. Tims und Annas wahre Absichten sollten nicht offenkundig sein.

»Guten Morgen, Herr Fassbinder.«

»Guten Morgen, Frau zur Heyden. Was können wir für Sie tun?«

»Ich möchte meinen Vater besuchen.«

»Sie wissen, dass es für Sie günstiger ist, wenn Sie den Neben…«

»Ja, gewiss.«

Anna wiegelte die Belehrung ab und ging mit Tim zwischen den Kundenschaltern hindurch in den hinteren Bereich der Schalterhalle. Herr Fassbinder zuckte kurz mit den Schultern und nahm seine Arbeit wieder auf. Als Tim und Anna den Aufzug hochfuhren, legte Anna ihre Arme um Tim und schmiegte sich an ihn.

»Ich brauche das jetzt«, flüsterte sie bekümmert.

»Mach dir keine Sorgen, Süße«, entgegnete Tim und strich Anna über Rücken und Schultern.

»Ich finde die Vorstellung ganz entsetzlich, im eigenen Zuhause belauscht zu werden. Was haben wir ihnen denn bloß angetan?«

»Gar nichts. Es geht nicht um uns oder die Hinkheims. Es geht um die Uebelacker. Irgendjemand will ihr was. Wir sind nur Mittel zum Zweck. Für Philipp und seinen Alten ist das nichts weiter als ein Job. Dafür scheißen die auf gute Nachbarschaft.«

Anna seufzte tief und ordnete ihre Kleidung. Da hielt der Aufzug auch schon an. Hier oben war es so viel ruhiger als unten im Kundenbereich. Ganz dumpf klangen Annas Schritte auf dem Teppich. Sie erreichten eine Glastür. Anna klopfte zart an und drückte die Klinke.

»Mama?«

Vivienne, die an ihrem Computer arbeitete, machte ein erstauntes Gesicht und drehte sich auf ihrem komfortablen Bürostuhl zu Anna hin.

»Kleines!«, stieß sie erschrocken hervor. »Weshalb kommst du hier herauf? Ist etwas geschehen?«

»Kommst du bitte mit zu Papa?«

Vivienne sah unsicher zu Tim hinüber. Der nickte ihr bekräftigend zu, worauf sie sich erhob. Anna schaute ihre Mutter mahnend an, wobei sie den Zeigefinger vor den Mund legte. Gemeinsam gingen sie den Flur entlang. Über eine breite Treppe erreichten sie ein ausladendes Büro, dessen Wände ringsum mit Reihen aus Fenstern ausgestattet waren. Wolfgang blickte von seinem Schreibtisch auf und schaute seine Besucher stirnrunzelnd an.

»Nanu?«

»Papa? Ich möchte mich gerne mit euch unterhalten. Es geht um ein möglicherweise recht lukratives Geschäft, von dem ich Kenntnis erlangt habe. Ich möchte deine Meinung dazu hören.«

Wolfgangs Mund öffnete sich, und seine Mimik verriet, dass er eine Frage auf den Lippen hatte, die er in seiner Verwirrung aber nicht sofort hervorbrachte. Tim kam ihm zuvor: »Anna hat einen digitalen Prospekt auf USB-Stick dabei. Vielleicht können wir ihn uns zusammen ansehen? … Ungestört.«

Da schaltete Wolfgang.

»Ehm, ja«, begann er. »Ich freue mich immer, wenn du in dieser Hinsicht Ambitionen zeigst, Schätzchen. Wisst ihr was, hier oben klingelt ständig das Telefon. Lasst uns hinunter in den Konferenzraum gehen. Dort sind wir ungestört und haben außerdem einen Beamer zur Verfügung.«

Kurz darauf zogen sie alle vier wie eine schweigsame Prozession ein Stockwerk tiefer in einen fensterlosen Versammlungsraum. Als Wolfgang die schwere Tür von innen ins Schloss drückte, sprach er: »Dieser Raum ist absolut abhörsicher. Wobei ich nicht glaube, dass diese Vorsichtsmaßnahme nötig war. Unsere Systeme hier werden ständig überwacht. Aber sagt mir jetzt mal bitte, was um alles in der Welt denn nur los ist?«

»Das möchte ich auch gerne wissen!«, schloss sich Vivienne an. »Nun, Annabelle?«

»Mama? Papa? Wenn ihr bitte Platz nehmen möchtet?«

Als alle saßen, packte Anna aus. Sie erzählte vom ersten Treffen mit Herrn Adolphs, von dem Abend im Messing und auch von den Abenteuern der letzten Nacht, sowie von den Erkenntnissen am Morgen bei Melli und Alex. Die Gesichtszüge ihrer Eltern wurden steifer und steifer. Schließlich sprach Wolfgang trocken: »Die Hinweise. Darf ich sie sehen?«

»Aber ja. Bitte sehr.«

Anna rief die Fotos auf ihrem iPhone auf und gab es ihm rüber. Vivienne zeigte sich sehr beunruhigt und wandte ein: »Sollten wir uns nicht schleunigst darum kümmern, dass die Apparatur für die Sprachsteuerung deaktiviert wird? Das ist eindeutig das dringendste Problem. Ich dulde nicht, dass diese Subjekte Zugriff auf unsere Privatgesprächen haben!«

»Im Augenblick können sie nichts abhören«, entgegnete Wolfgang ruhig, »da wir nicht zu Hause sind. Es besteht also kein Grund zur Eile. Schau mal, Liebling, fängst du mit diesen Bildern etwas an?«

Er und Vivienne lehnten sich zueinander hin und betrachteten die Bilder eingehend.

»Eine Faust, ein Schäferhund«, beschrieb Wolfgang, »und der Hausflyer des Ingenieurbüros Pleuel. Das sieht sehr wahllos zusammengeworfen aus. Seid ihr sicher, dass dies der Hinweis ist, den ihr sucht?«

»Wenn er es nicht ist«, erklärte Anna, »so wäre ich nicht imstande zu erdenken, woraus er anderweitig bestehen sollte.«

»Habt ihr denn schon einen Erklärungsansatz?«, fragte Vivienne.

»Nein«, antwortete Anna. »Papa hat ganz recht, die Anordnung ist über die Maßen schwer in Zusammenhang zu bringen. Ich möchte den, obgleich verzweifelten,

Versuch vorschlagen, uns beim Ingenieurbüro Pleuel zu erkundigen.«

»Pleuel, Schätzchen!«, korrigierte Wolfgang seine Tochter und lächelte. »Man spricht es ›Pleul‹ aus, nicht ›Pleu-el‹, so wie du es gerade getan hast. Du hast diese deutliche Aussprache von deiner Großmutter gelernt. Doch in diesem konkreten Fall musst du das zweite ›e‹ nicht aussprechen. Es bleibt stumm.«

»Das war mir nicht bekannt«, lächelte Anna zurück, »also schön, Pleuel.«

Tim runzelte die Stirn.

»Ich weiß nicht. Ich kann mir irgendwie nicht vorstellen, dass dieser Aufwand nötig ist.«

»Ich muss Tim beipflichten«, fügte Vivienne hinzu. »Ich meine, das Rätsel ist doch bereits schwierig genug. Und Frau Dr. Uebelacker kann kein Interesse an einem solch langwierigen Lösungsvorgang haben. Es ist meines Erachtens nicht anzunehmen, dass sie euch zu diesem Zweck von Pontius zu Pilatus schickt. Das wäre doch äußerst kontraproduktiv.«

»Eben«, nickte Tim ihr zu, »und deshalb muss sich das Ganze an Ort und Stelle lösen lassen.«

Dann sah er in die Runde und schlug vor: »Lasst es uns am besten von zwei Seiten angehen. Nehmen wir mal an, ihr würdet euch vor ein paar fiesen Oberfinsterlingen verkrümeln, weil die wegen irgendwas hinter euch her sind, und ihr wolltet uns einen geheimen Hinweis geben. Was genau würdet ihr uns mitteilen wollen?«

»Höchst wahrscheinlich den Ort meines Versteckes«, folgerte Wolfgang, »damit ihr mich findet und ich euch einweihen könnte.«

Anna nickte.

»Davon auszugehen erscheint mir das vernünftigste. Doch wie lässt uns dies die Dokumente in Einklang bringen?«

Sie nahm ihr Smartphone von Wolfgang entgegen und studierte eingehend die Fotos auf ihrem Handydisplay.

»Was hat die Faust des Roten Frontkämpferbundes mit all dem zu tun?«, murmelte sie.

»Vielleicht geht es gar nicht darum«, meinte Tim. »Du bist so tief im Fach Geschichte drin, dass du vielleicht zu weit denkst. Was, wenn es einfach nur um die Faust geht?«

»Ein Bilderrätsel?«, erwiderte Anna fragend. »Das mag freilich sein. Doch inwiefern würde sich in dem Fall das Flugblatt in die Überlegungen einfügen?«

Sie gab Tim ihr Handy, da er seine Hand danach ausstreckte. Er studierte noch mal gründlich die drei Aufnahmen, vor allem aber die dritte.

»Fausthundbüro«, murmelte er beim Lesen der Angaben auf dem Prospekt, »oder Fausthundingenieur? … Nee, alles Kappes … Baubüro … Ingenieurbüro … www.pleuel-ing.de …«

Plötzlich wurde Anna hellhörig.

»Wie bitte?«, wandte sie sich an Tim. »Wie hast du die Webadresse gerade betont? Wiederhole es bitte. Ganz deutlich!«

Tim zuckte mit den Schultern und las erneut vor, wobei er einzeln betonte: »W W W Pleuel minus Ing Punkt D E.«

»Nein nein«, widersprach Anna, »du hast eben das Minuszeichen und den Punkt nicht ausgesprochen.«

»Okay ... also noch mal: W W W Pleuel Ing D E. Worauf willst du hinaus?«

Anna stand von ihrem Stuhl auf.

»Pleuel Ing«, wiederholte sie langsam. »Mit der Aussprache, wie Papa sie vorschlägt, klingt es nicht ganz ähnlich wie Bläuling?«

»Schon. Aber was soll das heißen?«

»Liebster! Erinnere dich bitte! Bläulinge sind eine Gruppe von Schmetterlingen. Frau Dr. Uebelacker sammelt Käfer und Schmetterlinge. Du hattest ihre Namen vorgelesen, als wir mit Herrn Adolphs in ihrem Haus waren!«

»Puh!«, machte Tim. »Daran kann ich mich beim besten Willen nicht erinnern. Ich hab die Namen nur lustig gefunden, weil die so bescheuert waren.«

»Sie sind nicht bescheuert«, wiegelte Anna ab und schloss das Fotoalbum auf ihrem Smartphone. »Okay Google, eine Auflistung heimischer Bläulings-Arten.«

»*Das hier kam bei der Suche heraus*«, erklang die Computerstimme aus dem Gerät. Langsam und bedächtig setzte Anna sich wieder hin, ihren Blick konzentriert auf den Bildschirm gerichtet.

»NaBu NRW«, las sie vor. »Die Bläulinge ... Namen und Verwandtschaft ... Folgende Bläulinge sind in Deutschland, Österreich und der Schweiz heimisch: Alpenbläuling, Faulbaumbläuling, Geißkleebläuling, Hauhechelbläuling, ...«

»Höhö!«, unterbrach Tim sie belustigt. »Das war der, den ich vorgelesen habe! Ich erinner mich wieder: Hauhechelbläuling! ... Und du sagst, die Namen wären nicht bescheuert.«

Augenblicklich rief Anna wieder ihre Bilder auf. Sie legte das Smartphone flach auf den Tisch und scrollte für alle sichtbar die Bilder durch.

»Eine Faust, die zuschlägt«, beschrieb Wolfgang, »oder, etwas restringierter, die zuhaut.«

»Dem Hund hängt die Zunge aus der Schnauze«, bemerkte Vivienne. »Ich kann ihn förmlich atmen hören. Er hechelt!«

»Das Schema erscheint!«, frohlockte Anna. »Hauen, hecheln, … Hau-hechel-Bläuling!«

»Das ist es!«, jubelte Tim ausgelassen, und Anna drängte: »Oh, Tim, wir müssen zurück in ihr Haus und den Steckrahmen mit den Schmetterlingen bergen! Wir müssen umgehend …«

Doch schon winkte Wolfgang ausladend zur Ruhe.

»Bitte, ihr Lieben! Lasst uns besonnen vorgehen! Eure Begeisterung in allen Ehren, doch wir haben noch ein anderes Problem, wie ihr wisst.«

Anna und Tim erkannten, dass Wolfgang recht hatte und nahmen wieder Platz.

»Also, wie gehen wir hinsichtlich der Sprachsteuerung vor?«

»Was für eine Frage, Wolfgang!«, warf Vivienne ein. »Selbstverständlich schalten wir sie ab und ändern die Verbindungsdaten. Und zwar umgehend.«

»Nicht so schnell, Vivienne«, beschwichtigte Wolfgang seine Frau. »Es besteht die Gefahr, dass sich die Sachlage dadurch zu unseren Ungunsten entwickeln könnte.«

»Zu unseren Ungunsten?«, wiederholte Anna ungläubig. »Dort befindet sie sich bereits. Ich stimme Mama zu. Tim, du teilst hoffentlich unseren Standpunkt?«

»Lass mich kurz nachdenken, Schatz«, entgegnete Tim bedächtig. »Wir müssen jetzt einen klaren Kopf behalten. Ich denke, dein Vater liegt richtig, so unglaublich das klingen mag.«

Anna und Vivienne setzten auf der Stelle und gleichzeitig zum Protest an.

»Bitte hört mir kurz zu!«, nahm Tim den Faden wieder auf. »Ich weiß, das ist extrem gruselig, und ich verstehe eure Gefühle. Mir geht es genauso. Aber: Wir wissen jetzt, was unser Gegner tut. Solange er nicht weiß, dass wir sein Spiel durchschaut haben, hat er eine Schwäche, die wir zu unserem Vorteil nutzen können. Wenn wir allerdings die Verbindung jetzt kappen, denken die sich was Neues aus. Etwas, das wir nicht kennen und folglich nicht beeinflussen können. Dann sind wir wieder voll im Hintertreffen.«

Die Frauen schwiegen mit vor der Brust verschränkten Armen.

»Tse!«, machte Vivienne kopfschüttelnd. »Und ich habe mich noch die ganze Zeit gewundert, warum am Giebelfenster der Hinkheims in letzter Zeit ständig die Rollladen heruntergelassen sind. Bestimmt bespitzeln sie uns auch noch. Womöglich durch die Rollladenschlitze. Diese Winkeladvokaten!«

»Tja«, griente Wolfgang und lehnte sich entspannt zurück. »Damit kennen wir die Informationswege unseres Gegners. Es wäre doch gelacht, wenn wir die nicht manipulieren könnten.«

»Entschuldige, wie bitte?«, richtete Vivienne das Wort an ihn. Wolfgang fuhr vergnügt fort: »Oh, das wird bestimmt ein Spaß. Ich weiß noch, damals, als Studenten, da hatten wir einen Professor, der in seinen Klausuren mit Vorliebe Fragen zu Themen stellte, die wir in keiner Vorlesung behandelt hatten. Wir haben dann schließlich herausgefunden, dass er einen ganz bestimmten Ordner führte, in dem er seinen Vorrat an hinterlistigen Fragen sammelte. Wir hatten uns etwas Fabelhaftes ausgedacht, um den Professor zu täuschen und dieses Ordners habhaft zu werden.«

»Nun, Papa, das erzählst du uns gewiss demnächst einmal ausführlich. Im Augenblick würden wir gerne deine Pläne für heute erfahren.«

»Sehr gerne«, schmunzelte Wolfgang. »Wir müssen in erster Linie darauf achten, dass wir die wichtigen Dinge zu Hause nicht mehr ansprechen. Wir führen nur noch Gespräche über die belanglosen Angelegenheiten. Doch das, was wir uns wirklich sagen wollen, schreiben wir uns gegenseitig.«

»Ich weiß nicht, Wolfgang«, entgegnete Tim. »Wenn die die Sprachsteuerung gehackt haben, dann sind unsere Handys auch nicht sicher. Dann bringt's nichts, wenn wir uns schreiben.«

Wolfgang lachte genüsslich auf und zog hinter sich eine Schublade in einem Aktenschrank heraus.

»Jaja«, spöttelte er süffisant, »die Trendy-Handy-Generation ...«

Damit zog er einen Stapel der hauseigenen Notizblöcke hervor, warf sie lässig auf den Konferenztisch und triumphierte: »Wenn wir uns in der Schule geheime Botschaften zukommen lassen wollten, haben wir uns Zettelchen zugesteckt. Ihr könnt doch noch von Hand schreiben, oder?«

»Hey!«, lobte Tim und nahm sich einen der Blöcke. »Tablets ohne Akku und WLAN. Garantiert unhackbar. Jetzt packen wir die Hinkebeins bei den Eiern. Und wisst ihr was? Ich hab da auch schon eine Idee.«

Durch die dicke Scheibe des Glasauschnitts der Tür zum Konferenzzimmer hätte ein Beobachter verfolgen können, wie ein begeistert gestikulierender Tim auf Anna und ihre Eltern einsprach. Er hätte sehen können, wie Wolfgang mit heiterer Miene Zustimmung nickte, und er hätte bemerkt, wie skeptisch die beiden Frauen die Worte des jungen Mannes verfolgten. Doch gehört hätte er nicht das geringste Wörtchen.

– Kapitel 5 –

Auf dem Parkplatz hinter dem Bankgebäude erklang das leiernde Geräusch eines Autos mit Startschwierigkeiten. Im Innenraum des Fahrzeugs kam das genervte Brummen seines Halters hinzu.

»Kackmist.«

»Was mag es diesmal sein?«

»Die Lichtmaschine verabschiedet sich langsam, schätz ich.«

Tim drehte abermals den Schlüssel und hielt ihn in Position. Endlich sprang der Motor an. Mit Umsicht manövrierte Tim den alten Geländewagen rückwärts aus der Parklücke.

»Das wäre die nächste fällige Reparatur«, beschrieb Anna beiläufig. »Mein Schatz, ich weiß, wie viel dir dieses Fahrzeug bedeutet. Doch ist es ratsam, dergestalt an ihm festzuhalten?«

Tim knallte missmutig den ersten Gang rein. Für einen Moment behielt er den Fuß auf der Kupplung und lehnte sich im Sitz zurück. Er seufzte, nahm den Gang wieder raus und zog die Handbremse an.

»Ja, du hast wahrscheinlich recht. Die Mühle hat ihre besten Tage längst gesehen, was?«

Ein wenig wehmütig sah er Anna an.

»Ist mein erstes Auto. Hab es damals in Marokko gekauft, du weißt schon …«

Anna legte ihre linke Hand in Tims Genick und kraulte mit Daumen und Zeigefinger seinen Haaransatz. Sie lächelte ihn zärtlich an.

»Ich kenne die Geschichte beinahe so gut, als hätte ich sie selbst erlebt. Doch indessen möchtest du womöglich erkennen, dass eine andere Zeit für dich begonnen hat. Aus dem Vagabunden von einst ist ein erfolgreicher Mann geworden, der sämtliche Flugzeuge vom Ultraleichtflieger bis zur Linienmaschine beherrscht. Ist die Erfüllung deines Traumes nicht der perfekte Anlass, diesen Entwicklungsschritt nun zu vollenden?«

Gestik und Mimik Tims ließen erkennen, dass ihm das Argument durchaus einleuchtete.

»Aber«, wandte er ein, »es ist das einzige, was mich noch mit der Zeit von damals verbindet. Ich weiß auch nicht, aber irgendwie fühlt es sich so an, als würde ich meine Vergangenheit wegwerfen. Wenn ich das Auto jetzt abstoße … geb ich dann nicht auf, wer ich damals war?«

Anna antwortete ihm mit einem liebevollen Augenaufschlag.

»Ich glaube, dass ich dich verstehe. Doch hängt denn deine Selbstwahrnehmung von einem zunehmend verkehrsuntüchtigen Automobil ab? Der Mann, in den ich mich verliebt habe, verschwindet doch nicht, nur weil er sich ein neues Fahrzeug zulegt.«

Sichtlich gerührt nickte Tim. Er nahm Annas Hand hinter seinem Kopf hervor, küsste sie und hielt sie fest.

»Du bist ein verdammtes Goldstück, weißt du das?«

»Ich weiß«, gab Anna neckisch zurück. »Und wie hübsch ich auch noch bin.«

»Hey«, lachte Tim auf, »klau mir meinen Spruch nicht!«

»Warum nicht?«, kicherte Anna. »Ich wollte ihn dir schon immer einmal zurückgeben.«

Tim sah nach vorne und strich über das Lenkrad.

»Time to say good bye«, flüsterte er und nahm einen tiefen Atemzug. Dann warf er den ersten Gang ein und fuhr los.

»Nicole wird sehr verwundert sein«, begann Anna ein neues Gespräch. »Ist es klug von uns, unbeteiligte Personen mit einzubeziehen?«

»Ich denke, alleine weil sie dir nahe stehen, dürften sie schon beteiligt sein. An wen auch immer die Hinkheims gerade ihre Dienste verhuren, es müssen ziemliche Drecksäcke sein.«

»Mir ist dennoch nicht wohl bei dem Plan. Zumal wir noch nicht einmal wissen, wohin die Reise geht. Derzeit spekulieren wir lediglich über einen möglichen Verbleib Frau Dr. Uebelackers.«

»So wie unser Feind nur spekulieren kann, was wir vorhaben. Wie hat dein Vater vorhin zum Schluss gesagt: Erst alle Figuren in Position bringen.«

»Wir haben Nicole aber nicht danach gefragt, ob sie eine Schachfigur sein möchte.«

»Sie muss ja auch gar nichts machen. Boggy übernimmt das.«

Nicole Eichendorf war eine attraktive Geschäftsfrau Anfang vierzig. Als Inhaberin der Modehauskette »La Boutique« war sie die Ausstatterin der wohlhabenden Gesellschaft der Region. Anna und ihre Familie gehörten nicht nur zu Nicoles Kundschaft, sondern auch zu ihren engsten Freunden.

In diesem Moment saß Nicole auf dem Schreibtischstuhl in ihrem Büro und hielt die Hände an ihre Wangen.

»Oh, Anna, ich muss schon sagen, dass mir das wirklich Angst macht. Jeder anderen würde ich sagen, sie soll sich dahin scheren, wo der Pfeffer wächst.«

Anna legte eine Hand an Nicoles Schulter und sprach ruhig: »Tim versichert mir, dass deine Zweifel leicht zu zerstreuen seien. Wir wollen ihm einmal zuhören, ja?«

»Na, von mir aus.«

Tim trat zusammen mit Julian näher und begann zu erklären: »Sie haben es im Prinzip nur mit Leuten zu tun, die Sie kennen. Die Hinkheims zum Beispiel. Die erledigen die Drecksarbeit für ihren Mandanten, der bis jetzt nicht ein einziges Mal auf der Bildfläche erschienen ist. Sie haben einen korrupten Ex-Bullen als Spion angeheuert, der Anna und mich observiert. Auch den kennen wir persönlich. Und ich weiß eins: Der wird sich keinen Fatz für Ihren Laden interessieren. Und Boggy wird ganz genau wissen …«

»Boggy?«, wunderte sich Nicole. »Wer oder was ist ein Boggy?«

Tim legte seinem Freund die Hand auf die Schulter. Mit der anderen Hand deutete er lässig auf ihn.

»Mein Kumpel hier: Julian Stein. Ihr Mitarbeiter, den wir gerade genauso überrumpeln wie Sie.«

»Ist das die Wahrheit, Herr Stein?«

»Ja, Frau Eichendorf«, versicherte Julian. »Ich schwöre, Trip sagt die Wahrheit.«

»Trip?«, wiederholte Nicole verwirrt und wehrte das Gespräch mit fuchtelnden Händen ab, »was ist das hier? Eine Ganovenkomödie?«

Anna nahm sie sanft bei den Schultern und beruhigte sie wieder.

»Nein, liebe Nicole, es ist eine durchaus ernste Angelegenheit. Tim und Herr Stein sind sehr alte Freunde, die einen entsprechend vertrauten Umgang miteinander pflegen.«

Dann sah sie Tim und Julian eindringlich an.

»Meine Herren, es wäre gewiss förderlich, wenn ihr einen etwas seriöseren Anschein erwecken würdet.«

»In Ordnung, tut uns leid«, lenkte Tim ein, schnappte sich einen der Kundenstühle und setzte sich Nicole gegenüber an den Tisch. »Also, wir gehen davon aus, dass wir heute Abend wissen, wo sich Annas Geschichtslehrerin versteckt hält. Wir können aber nicht einfach zu ihr hinfahren, weil der Spitzel von den Hinkebeins uns nachkommen wird. Also wollen wir ihn hier austricksen, damit wir freie Bahn haben.«

Nicole sah Tim fragend an.

»Aber warum ausgerechnet in meinem Betrieb?«

»Dafür gibt es eine Reihe von Gründen«, erklärte Anna und trat neben Tim. »Dein Geschäft verfügt über separate Örtlichkeiten für männliches und weibliches Personal. Ferner haben wir durch unseren Freund Julian eine hilfreiche Hand vor Ort. Und nirgendwo sonst erwerbe ich lieber eine komplette Ausstattung zum Umkleiden.«

Nicole nickte einmal kurz und drehte ihren Kopf mit energischem Blick in Richtung Julian.

»Sie werden das alleine handhaben, Herr Stein.«

»Auf jeden Fall, Frau Eichendorf«, beteuerte Julian in aller Aufrichtigkeit.

Dann stand sie auf und wandte sich Anna zu.

»Liebste Anna, ich tue das nur für dich. Dein Wort war immer gut genug für mich. Ich verlasse mich darauf. Ich stelle nur eine Bedingung: Die Aktion findet bitte an einem der freien Tage von Herrn Stein statt.«

»Ja, Nicole«, stimmte Anna zu. »Wir sind zuversichtlich, dass wir es so arrangieren können.«

Anna griff in ihre Handtasche und richtete das Wort an Julian.

»Hier ist der Schlüssel zu Frau Dr. Uebelackers Kellereingang. Dürfen wir dich bitten, ihn in deiner Mittagspause zu Isis Werkstatt zu bringen? Sie möchte bitte zum Haus der Frau Doktor fahren und die kleineren, unversehrten Rahmen mit den gesteckten Schmetterlingen zusammentragen. Falls wir beobachtet werden, hilft diese Vorgehensweise, unsere Verfolgung zu erschweren.«

»Klar, mach ich«, beteuerte Julian. »Und wo wollen wir uns heute Abend treffen? Vielleicht noch mal im Haus der Jugend? Da waren wir doch immer ungestört.«

»Lieber wieder im Messing«, hielt Tim dagegen. »Da läuft immer Musik im Hintergrund. Wenn irgendwelche Abhörtechniken im Spiel sind, haben sie es dort bestimmt am schwersten.«

Anna und Julian stimmten dem zu, und Anna ergänzte: »Tim und ich werden uns zuvor mit Melli in ihrem Elternhaus treffen, um das Gespräch mit Kathi zu suchen.«

»Mellis Schwester?«, wunderte sich Julian. »Was wollt ihr denn von der?«

»Das Pitt-Kreuzberg-Gymnasium verfügt nach wie vor über eine sehr aktive Theater-AG«, erklärte Anna, »und eine hervorragend ausgestattete obendrein.«

»Und Kathi ist in der AG«, fügte Tim hinzu.

»Tja, wie ihr meint, Leute«, antwortete Julian schulterzuckend. »Ihr habt den Plan in der Tasche.«

Melli sah deutlich angespannt aus, als sie die Haustür öffnete. Tim und Anna traten auf die Holztreppe, die zur Wohnung der Familie Kupser führte.

»Na, kommt mit rauf. Der Zeitpunkt ist zwar beschissen, aber was soll's.«

»Was ist denn geschehen?«, erkundigte sich Anna. Melli winkte ab.

»Ach. Kathi hat wieder ihre fünf Minuten. Aber vielleicht beruhigt sie sich ja, wenn sie euch sieht.«

»Dein Zimmer ist mir inzwischen egal«, erklang Marianne Kupsers aufgebrachte Stimme von der oberen Etage herunter, »aber im Badezimmer wird immer noch aufgeräumt!«

»Wieso?«, blökte die aufgebrachte Stimme einer Teenagerin durch das Haus. »Ich brauch die Sachen doch sowieso morgen wieder!«

Daraufhin polterten energische Schritte durch die Decke hindurch.

»Bleib gefälligst hier, wenn ich mit dir rede! … Hörst du nicht? … Kommst du wohl her?«

Die stampfenden Schritte hallten inzwischen von dem nächsthöheren Treppenlauf herab.

»Katharina Kupser! Hier spricht deine Mutter! Du wirst augenblicklich … Also, die hört doch nicht!«

Ein zweites Paar Füße begann die Treppen emporzustampfen.

»Glaub nur ja nicht, dass du dich damit aus der Affäre ziehen kannst! Und wehe dir, du knallst die …«

Blamm! Ein gehöriger Krach ließ Melli, Tim und Anna zusammenzucken. Kurz darauf rummste es noch einmal, weil Marianne Kathis Zimmertür schon aufdrückte, bevor sie die Klinke richtig durchgedrückt hatte.

»Was erlaubst du dir?!«

»Nein, was erlaubst du dir! Mach die Tür gefälligst leise auf! Ich hasse das!«

Erneut trommelten hastige Schritte über eine Holzdecke hinweg. Kurz darauf begannen sie, die Treppenstufen hinabzutrappeln. Schließlich konnten Melli, Anna und Tim beobachten, wie eine wutschnaubende Kathi an ihnen vorbei rannte und in die Küche stürmte. Dort drehte sie sich um, packte den Türflügel mit beiden Händen und holte weit aus, was den dreien im Flur genügend Vorwarnzeit gab, um sich die Ohren zuzuhalten.

Als der Knall im Haus verhallte, war auch Marianne unten im Flur angelangt und führte ihren Besuch mit fahrigen Handbewegungen ins Wohnzimmer.

»Ich weiß manchmal nicht, was ich machen soll«, lamentierte sie entnervt. »Ich habe nichts gesagt, was ich nicht schon hundertmal vorher zu ihr gesagt habe, aber diesmal … Ihr habt es ja mitgekriegt.«

»Kenn ich alles«, grinste Tim und ließ sich in einem Sessel nieder. Die anderen sahen ihn an. Den verwirrtesten Gesichtsausdruck hatte Marianne.

»Wie bitte? Was soll das heißen, ›kenn ich alles?‹«

»Na ja«, meinte Tim tiefenentspannt, »ist genau dasselbe, wie wenn du 'ne Katze hast. Du setzt dich neben sie auf die Couch und fängst an sie zu streicheln. In neun von zehn Fällen schnurrt sie. Aber einmal kannst du aufstehen und dir ein Pflaster holen. Oder, Melli?«

Melli lachte.

»Ja, ist echt so.«

»Haha!«, spöttelte Marianne. »Das ist weder lustig noch hilfreich. Aber klar, ihr seid ja auch nicht in der Verantwortung. Ich muss jetzt da rein und das Biest zur Raison bringen … Wobei … Tim? Du bist doch der mit der Erfahrung in der Jugendarbeit. Melina hat mir häufig davon erzählt. Vielleicht möchtest du es ja mal versuchen?«

»Das stimmt, Trip«, pflichtete Melli ihr bei, »und Kathi mag dich voll. Ich denke, wenn das heute noch was werden soll, dann wär's am besten, wenn du jetzt zu ihr reingehst.«

»Von mir aus«, bemerkte Tim gleichgültig. »Ist doch nur 'ne Spätpubertierende. Wie viel Ärger kann die schon machen?«

Er stand auf und sprach mit sachte erhobener Stimme: »Ich hab ein bisschen Durst, Leute. Bin ich unverschämt, wenn ich nach was zu Trinken frage?«

»Ist alles in der Küche«, gab Marianne mit gleichfalls deutlichem Ton zurück. »Fühl dich wie zu Hause.«

Tim öffnete die Küchentür. Vor dem gegenüberliegenden Fenster lag der Arbeitsbereich einer Einbauküche, und auf dem, zusammengekauert mit den Füßen auf der Kante der Arbeitsplatte, hockte Kathi, die Knie mit den Armen umschlungen und mit einem tieftrotzigen Gesicht. Tim beachtete sie erstmal gar nicht. Er nahm sich in aller Seelenruhe ein Glas aus einem der Hängeschränke, schlenderte zum Spülbecken und zapfte kaltes Wasser aus dem Hahn. Dann drehte er sich um, lehnte sich mit dem Hintern an die Spüle und trank einen Schluck. Kathi hatte inzwischen ihr Gesicht von ihm abgewendet, den Kopf mit der Seite auf den angezogenen Knien abgelegt.

»Na, wen haben wir denn hier? Meine Freundin Kathi Kupser, oder, wie ich immer sage: Ein guter Zentner reines Drachenfleisch.«

Nun drehte Kathi ihr Gesicht zu ihm.

»Ich weiß genau, dass Mama dich vorgeschickt hat!«, krähte sie. »Und jetzt verpiss dich!«

»Ist ja auch kein Geheimnis. Also gut, ich geh dann mal. Du kannst dann weiter ganz alleine in der Küche Fratzen schneiden.«

»Ich schneid keine Fratzen!«, protestierte Kathi.

»Doch, tust du«, beharrte Tim. »Alleine wie du da sitzt. Echt, du solltest dich mal sehen: Hockst da wie ein Teufel vor 'nem Kirchenfenster.«

»Was denn jetzt? Drache oder Teufel? Entscheid dich mal!«

»Mm … Beides. Aber mehr Drache als Teufel. Was meinst du, wie stehen die Chancen, dass du jetzt mit mir raus zu den Anderen kommst und wir alle ein bisschen zusammen quatschen? Ohne Feuer zu spucken?«

Tim reichte ihr seine Hand entgegen, doch Kathi schlug nach ihr, sodass er sie wieder zurückzog. Sie wandte den Blick wieder von Tim ab. Der sah sie eine Weile stumm an. Sie hatte jetzt die 11. Klasse hinter sich. Er wusste von Melli, dass Kathi in zweien ihrer Leistungskurse ihre Schwierigkeiten hatte.

»Oberstufe ist 'ne andere Welt, stimmt's?«, begann Tim zu reden. »Ich will echt nicht mit dir tauschen.«

»Was weißt du schon?«, maulte Kathi.

»Ging mir damals auch so«, fuhr Tim fort. »Du bist noch dabei, dich an alles zu gewöhnen, dann fangen schon die Kursarbeiten an. Und jedes Mal, wenn du lernen musst, drückt dir irgendein Lehrer noch ein Referat aufs Auge. Gott, hab ich das gehasst.«

Kathi drehte ihr Gesicht wieder zu Tim.

»Echt?«

»Ja, total. Und dann immer die schlauen Sprüche: ›Du hast es dir selbst ausgesucht, also tu jetzt auch was dafür.‹ Kotz …«

Tim verdrehte die Augen dabei.

»Is echt so«, lächelte Kathi mit gerümpfter Nase.

»Und deswegen weiß ich genau, wie du dich gerade fühlst.«

»Weißt du auch, wie ich das alles hinkriegen soll?«

»Hm, ja, ich könnte dir da schon ein paar Tipps geben. Du wirst aber auch 'ne Menge selbst rausfinden müssen, schätz ich. Aber eins ist sicher: Badezimmer aufräumen hilft, unnötigen Stress zu vermeiden. Und dann fällt Lernen leichter.«

Kathi seufzte: »Weißt du was? Manchmal hasse ich dich dafür, dass du mich so gut kennst.«

»Ach Quatsch«, gab Tim lachend zurück, »dafür hast du mich viel zu gern.«

»Bild dir nix ein«, brummelte Kathi in gespieltem Unmut und sprang von der Küchenzeile herunter. »Du bist nämlich saudoof.«

»Oh, und wie! Du ahnst ja nicht, wie sehr ich unter meiner Doofheit leide.«

»Und ein Sprücheklopfer bist du.«

»Na, ist doch perfekt. Ich klopf Sprüche und du spuckst Feuer. Damit können wir zusammen beim Supertalent auftreten.«

Kathi unterdrückte ein Lachen.

»Nee, lass mal«, gab sie ironisch zurück und setzte an, zur Tür zu gehen. Tim klopfte ihr sanft auf die Schulter und begleitete sie ins Wohnzimmer. Dort legte sie erstmal ihrer Mutter, die in einem Sessel saß, von hinten die Arme um die Schultern.

»Sorry, Mama.«

Anschließend setzte Kathi sich neben Melli auf die Couch.

»Gut, Kathi«, ergriff Tim das Wort, »dann spitz mal die Ohren. Wir haben nämlich eine kleine Bitte an dich. Anna?«

»In der Tat, Kathi«, übernahm Anna, »du bist ja noch ein aktives Mitglied der Theater-AG, ist es nicht so?«

Kathi nickte.

»Entsinne ich mich recht, dass ihr in der neunten Klasse eine Parodie auf ›Barbie‹ aufgeführt habt?«

»Ja, stimmt«, lachte Kathi, »›Barbie und Kira.‹ Das war eine echt peinliche Aufführung.«

»Dennoch«, fuhr Anna fort, »habt ihr die Requisiten heute noch in Verwahrung?«

»Ja, klar«, bestätigte Kathi. »Aber warum fragst du danach?«

»Nun, Kathi, wir möchten dich fragen, ob du veranlassen könntest, dass wir für einen Tag über zwei der Requisiten verfügen könnten.«

»Ich kann das gerne mal abklären. Aber warum braucht ihr die denn von uns? Wäre es nicht einfacher, du kaufst irgendwo welche?«

»Das wäre selbstverständlich die unkompliziertere Lösung, doch die Zeit ist dabei leider ein entscheidender Faktor.«

»Okay… Wie gesagt, ich kann gerne morgen mal nachfragen.«

»Kathi«, schaltete Tim sich ein, »wenn es dir auf diese Weise gelingt, ist das toll. Nur, für den Fall, dass deine Lehrerin ablehnt, würden wir die Sachen trotzdem brauchen. Verstehst du, was ich meine?«

»Du meinst, ich soll sie stehlen?«

»Nein, nicht stehlen. Nur ausleihen. Für einen Tag.«

Kathi schaute ihre Mutter an.

»Kann ich das machen, Mama?«

Marianne atmete tief ein und seufzte: »Normalerweise auf gar keinen Fall. Aber wenn Tim und Anna darum bitten, kann man bestimmt eine Ausnahme machen.«

»Es ist für Frau Dr. Uebelacker, richtig?«, hakte Kathi bei Anna nach. Die nickte.

»Okay, dann mach ich's.«

Die Freunde hatten sich am Abend besonders früh im Messing eingefunden. Dies hatte den Vorteil, dass noch extrem wenig los war und sie im Großen und Ganzen noch einigermaßen frei reden konnten. Während sie auf Isi warteten, die als einzige noch nicht da war, machten die Jungs sich über die Programmflyer des örtlichen Kinos her.

»Hey, seht mal, Leute!«, rief Alex erfreut aus und deutete auf das Programm, »ab morgen kommt der neue Avengers-Film!«

»Sehr cool!«, freute sich Julian, »wollen wir uns den am Wochenende zusammen ansehen?«

»Na klar!«, rief Michael in die Runde. »Wer ist noch alles dabei?«

Sowohl Damian, Tim, Julian als auch jede der jungen Frauen hoben begeistert die Hände.

»Einstimmig angenommen«, kommentierte Michael froh. Julian legte Damian kumpelhaft den Arm um die Schultern.

»Und, Motte?«, neckte er ihn. »Hast dich ja richtig rausgeputzt. Machste heute den nächsten Schritt bei Nessi?«

»Ach, ich weiß nicht«, zierte sich Damian. »Mir ist es lieber, wenn ich sie irgendwann mal alleine sehe. Dann fühl ich mich sicherer, als wenn ihr beide dauernd zuguckt.«

»Quatsch, Motte, das sagst du nur, weil du Schiss hast. Dabei brauchst du das gar nicht. Guck dich an: Du hast ein neues Hemd an, du riechst frisch rasiert ...«

»Und du hast die Haare schön«, lachte Michael, worauf Damian die Augen verdrehte.

»Siehste? Hawkens lästert schon wieder!«

»Nein, nein«, hielt Julian dagegen, »er hat recht. Ich find's klasse, wie du sie jetzt oben wieder was lockiger trägst. Zusammen mit dem Undercut kommt das richtig gut. Das gefällt den Mädels.«

»Na ja, wenn du das sagst, Boggy ...«

In dem Moment tippte Nessi Melli an.

»Ein Tänzchen, bis Isi da ist?«

»Klar«, stimmte Melli zu, »warum nicht?«

»Alter!«, raunte Julian. »Die gehen tanzen! Los, mach was! Jetzt!«

»Aber was soll ich denn sagen?«

Noch während Damian die Frage stellte, schubste Michael ihn in Nessis Richtung und rief: »Hey, Nessi! Motte will dir was sagen!«

Nessi, die gerade angesetzt hatte, um Melli zur Tanzfläche zu folgen, hielt inne und sah Damian aufmerksam lächelnd an.

»Äh, ja«, druckste er, »wenn ich gewusst hätte, dass Hawkens sich zu 'nem Problemhund entwickelt, hätte ich ihn im Tierheim gelassen.«

Der Spruch zauberte zumindest ein herzhaftes Lachen auf Nessis Gesicht. Doch bevor Damian sich richtig darüber freuen konnte, fragte Nessi auch schon: »Und? Was ist es denn, was du mir sagen möchtest?«

Damian versuchte, sich zu fassen und begann: »Ja, Nessi, em … Ich wollte fragen … Hast du am Wochenende schon was vor?«

Auf Nessis Gesicht zeichnete sich eine belustigte Verwirrung ab.

»Aber ja!«, lachte sie. »Wir wollen alle zusammen ins Kino gehen. Schon vergessen?«

Damit hob sie die Hand, wuschelte Damian durch seine lockige Haartolle und kicherte: »Du bist mir schon so eine merkwürdige Pflanze, was?«, und schon machte sie kehrt und lief zu Melli aufs Parkett. Der arme Damian stand da wie vom Donner gerührt. Michael und Julian gesellten sich lässig von beiden Seiten her zu ihm.

»Hast es drauf, Kumpel«, lästerte Julian.

»Halt bloß die Klappe«, murrte Damian.

»Hast du am Wochenende schon was vor?«, zitierte Michael kichernd, worauf Damian zischte: »Schnauze, Hawkens!«

»Eine Frage, Motte«, meinte Julian mit einem breiten Grienen. »Als sie dir durch die Haare gewuschelt hat, … hat ihr Handgelenk da geduftet?«

Michael und Julian prusteten laut los. Damian fuhr herum und schimpfte: »Ihr blöden Säcke! Ich pfeif auf eure Hilfe! Ich hol mir jetzt richtigen Rat. Und zwar den besten, den ich kriegen kann. Von einem Menschen, der sich im Gegensatz zu euch mit Beziehungen auskennt!«

Mit einer abwinkenden Handbewegung entfernte sich Damian von Michael und Julian. Er hielt geradewegs auf Alex, Tim und Anna zu.

»Na, was meinst du, Hawkens? Wen sucht er sich aus? Ditze oder Trip?«

»Wahrscheinlich Trip. Der kennt sich besser mit Nessis familiärem Umfeld aus.«

Doch es waren am Ende alle vier Männer, die verwundert aus der Wäsche schauten, als Damian fragte: »Kann ich mal mit dir reden, Anna? Alleine?«

»Gewiss«, sagte Anna im Aufstehen. »Wollen wir uns ein wenig abseits zusammensetzen?«

»Nein«, lehnte Damian ab, »lass uns zur Bar gehen. Komm mit, ich geb dir einen aus.«

Anna begleitete Damian zur Theke. Er rückte einen der Barhocker etwas zurück und deutete Anna an, Platz zu nehmen. Dann setzte er sich auf den Nachbarhocker und winkte Ben, den Barkeeper heran.

»Was darf es sein, Damian?«

»Machst du Anna bitte einen Martini bianco, mit einem Scheibchen Zitrone? Und für mich bitte einen Schwermatrosen.«

»Sehr gerne.«

Damian überlegte noch, wie er das Gespräch anfangen sollte. Sich vor Nessis Cousine dämlich anzustellen, wäre schließlich auch nicht optimal. Deshalb wartete er ab, bis

Ben die Drinks fertig gemacht und sie vor Anna und ihm platziert hatte.

»Danke, Benni«, nickte Damian und griff nach seinem Glas.

»Vielen Dank, Damian«, sprach auch Anna und nahm ihr Getränk auf. Damian prostete ihr zu und nippte an seinem starken Cocktail. Anschließend sah er Anna fest an und ergriff das Wort.

»Hör zu, Anna. Das kostet mich jetzt echt Überwindung, aber ich muss dir was anvertrauen. Ich hab mich total in deine Cousine verliebt.«

»Ich empfinde dein Geständnis als sehr mutig, Damian. Obschon ich bereits um deine Gefühle weiß.«

»Aha. Dann hat Trip es dir also schon gesagt.«

»Nein. Ich habe es selbst bemerkt.«

»Oh. Ist das so offensichtlich?«

»Es muss dir nicht unangenehm sein. Ich finde es ganz reizend.«

»Okay … Es tut schon mal gut, das zu hören. Dann kannst du mir vielleicht auch sagen, was ich machen soll.«

»Was genau meinst du denn?«

»Na ja, was ich machen soll, um sie zu beeindrucken. Damit sie mich nicht länger für einen Idioten hält.«

»Was lässt dich denn annehmen, dass dem so ist?«

»Sie hat mich vorhin eine merkwürdige Pflanze genannt.«

»Oh. Nun ja, das klingt in der Tat nicht sehr vielversprechend.«

»Siehst du?! Und genau das will ich ändern.«

»Ich bin nicht sicher, ob ich dir hilfreich sein kann, Damian, doch zumindest so viel kann ich dir sagen:

Frauen schätzen es, wenn ein Mann aufrichtig ist und, wie soll ich sagen, durchaus über ein gerüttelt Maß an Tiefgang verfügt. Das macht es aus deiner Sicht erforderlich, weniger Possen zu reißen und Nessi eine ernsthafte Seite zu präsentieren.«

»Hm. Toll. Das klingt alles so einfach. Aber ich krieg ja kaum ein Wort raus, wenn ich vor ihr stehe.«

»Oh, ich bin völlig sicher, dass dir all das keinerlei Schwierigkeiten bereiten wird.«

»Jaja, das sagst du jetzt nur, um mich aufzumuntern.«

»Ganz und gar nicht. Sieh dich an: Du hast selbstsicher bestimmt, wo du mit mir hingehen möchtest. Du hast gleichsam souverän eines meiner Lieblingsgetränke bestellt, wobei du ausgesprochen höflich mit dem Personal umgegangen bist. Und während wir hier sitzen, hast du über deine Gefühle gesprochen und eine ernsthafte Konversation mit mir geführt.«

»Ja, und?«

Da lächelte Anna, legte ihre Hand auf Damians Unterarm und betonte: »Das ist alles, was es dazu braucht, lieber Damian. Wenn dies hier ein erstes Kennenlernen zwischen uns gewesen wäre, dann hättest du jetzt einen sehr guten Eindruck bei mir hinterlassen.«

Damian strahlte über das ganze Gesicht, fast schon wie ein kleiner Junge.

»Wow! Und das von so 'ner vornehmen Lady wie dir… Danke, Anna. Das macht mich glatt 'nen Meter größer.«

»Nicht doch. Keine Ursache. Ich danke dir für den Drink.«

Nach einer Pause hakte Damian nach: »Kannst du mir vielleicht einen Tipp geben? Wie soll ich es anfangen?«

»Nun, du hast dich doch in sie verliebt«, gab Anna zurück. »Dafür wird es gewiss Gründe geben.«

Damian ließ den Blick über die beleuchtete Regalwand des Barbereichs schweifen. Nachdenklich blieben seine Augen an den Reihen von Gläsern und Spirituosen hängen.

»Nun?«, beharrte Anna. Damian blickte unsicher zu ihr zurück.

»Wie? Du willst wissen, warum ich mich in sie verliebt habe, oder was?«

Anna nickte bekräftigend.

»Und wozu?«, wollte Damian wissen. Dann dämmerte es ihm.

»Ah, ich verstehe«, brummelte er. »Du willst bewerten, ob meine Absichten gut genug für deine Cousine sind.«

»Nein, das ist es nicht«, bestritt Anna ruhig. »Es geht mir um Nessi selbst. Du musst wissen, sie ist es ganz und gar nicht gewohnt, dass Männer sie ansprechend finden. Sie wird es sein, die deine Absichten kritisch hinterfragt. Überaus kritisch. Und nicht vornehmlich deinetwegen, sondern ihrer selbst wegen.«

»Meinst du echt?«

»Ich fürchte, ja. Schau: Sie kennt den Frauentyp, den du üblicherweise ansprechend findest, und sie weiß genau, dass sie die entsprechenden Kriterien nicht erfüllen kann. Umso eindringlicher wird sie sich fragen, was deine Zuneigung zu ihr auslösen könnte. Daher verzeih mir, wenn ich dich erneut bitte, es mir zu erklären.«

Nun war Damian noch ein wenig mehr verunsichert. Sollte er sich Anna gegenüber so weit öffnen? Er senkte den Blick und begann leise: »Na ja …«

Anna bemerkte seine feuerroten Ohren und ermutigte ihn mit einem Lächeln.

»Es ist, weil, …«, druckste Damian, »weil … Sie hat so einen schönen Mund. Besonders wenn sie lacht. Ich muss dann immer hingucken. Und … Sie hat uns doch mal so ein Gedicht von sich vorgelesen … und Bilder gezeigt. Na ja, ich sag mal so: Da hab ich sie auf einmal ganz anders gesehen.«

»Das ist zauberhaft, Damian. Sei nicht beschämt deswegen.«

»Und außerdem …«

Damian grinste verlegen und fing an, an seinen Fingerspitzen herumzuspielen.

»Ja?«, ermutigte Anna ihn. »So sprich nur!«

»… außerdem ist das mit meinem Frauengeschmack nur ein Vorwand, damit die Jungs nicht über mich lachen, weil, ehrlich gesagt: Ich find Mini-Loempias ziemlich heiß.«

Anna machte ein zutiefst verwundertes Gesicht.

»Nun«, erklärte sie verwirrt, »das liegt in der Natur der Sache. Frühlingsrollen, auch die kleinen, werden zumeist frittiert und entsprechend heiß serviert. Ich verstehe nur nicht, was deine Speisevorlieben mit Vanessa zu tun haben.«

»Nein, nein«, wehrte Damian verlegen ab, »das mein ich ja auch gar nicht. Pass auf: Einmal, als nur wir Jungs im Asia-Bistro waren, da gab's Mittagsbuffet, und der Behälter mit den Loempias war leer. Und ich so: ›Ach Mist, die Loempias sind alle.‹ Da hat Ditze mich angestupst und auf 'ne Frau gezeigt, die 'nen total tiefen Ausschnitt hatte, und er so: ›Vergiss es, Motte, guck dir lieber mal die

Loempias von der Kleinen da an.‹ Na ja, und seitdem nennen wir …«

»Danke, Damian«, unterbrach Anna ihn schmunzelnd, »das genügt. Ich glaube, ich habe verstanden.«

Sie ließ ihr Glas in den Schoß sinken und schaute kopfschüttelnd und lachend in den Gastraum.

»Du liebe Zeit! Selbst nach all den Jahren muss ich mich hin und wieder fragen, auf was ich mich mit euch eingelassen habe.«

Dann versuchte sie, Damians Ausführungen zu ihrem sicheren Verständnis zusammenzufassen: »Also, Loempias, sagst du. Das bezeichnet die normale Größe, wenn ich es richtig verstanden habe?«

Damian nickte bedächtig. Anna spiegelte sein Nicken mit konzentrierter Miene, während sie sich weiter rückversicherte.

»Und Mini-Loempias, das wären demzufolge …?«

»A-Cups und kleiner.«

»Ah ja. Wie überaus charmant. Ich darf annehmen, dass diese Terminologie ausschließlich unter euch Jungs Anwendung findet?«

»Rein unter uns Jungs«, bekräftigte Damian. Noch einmal lachte Anna hellstimmig in sich hinein, dann wurde sie wieder ernster.

»Na schön. Nun, da dies geklärt ist, lieber Damian, darf ich dir einen wichtigen Rat geben: Entspanne dich etwas dabei. Setze dich weniger unter Druck.«

»Sagst du so leicht. Und wenn ich Schiss hab, es zu vermasseln?«

»Davon solltest du dich völlig frei machen. Nessi ist noch nicht in dich verliebt, und es steht durchaus offen, ob sie es je sein wird. Die Welt sollte für dich nicht untergehen, wenn sie deine Gefühle nicht erwidern sollte.«

Damian verdrehte die Augen.

»Klar. Für eine wie dich ist das einfach.«

»Wie meinst du das?«

»Ach, komm schon, Anna! Du weißt, dass du hammermäßig aussiehst. Jemand wie du kann es sich leisten, einen sausen zu lassen, weil du jeden Tag unter zwanzig neuen aussuchen könntest.«

Ein leicht spöttischer Seufzer erklang aus Annas Mund.

»Du machst dir ja keine Vorstellung. Glaubst du in der Tat, dass es so einfach ist?«

»Ja klar! Das Leben muss doch herrlich sein, wenn man nur gut genug aussieht.«

Anna beugte sich leicht auf ihn zu und sprach: »Dann möchte ich deine Sichtweise einmal etwas erweitern. Kannst du dir vorstellen, wie es ist, wenn du von klein auf ständig gesagt bekommst, wie hübsch du bist und du deswegen immerzu hofiert wirst? Wenn du dessen mit zehn Jahren nicht überdrüssig geworden bist, stehen die Chancen überaus gut, narzisstisch veranlagt zu sein, das sage ich dir. Es gipfelt schließlich im Jugendalter, wenn du sowohl von den Jungs als auch den Mädchen ständig nur wegen deiner Schönheit beachtet wirst. Das mag so lange befriedigend scheinen, wie du schlichten Gemütes bist, doch wisse, sobald du Persönlichkeit und Ambitionen entwickelst und obendrein von Intellekt bist, wirst du feststellen, dass du einen Kampf gegen Stereotype zu führen hast, und einen wahrhaftig kräftezehrenden dazu.«

Damian zog beeindruckt die Mundwinkel nach unten.

»Scheiße, so hab ich das noch nie betrachtet. Dann müssen die Jungs dir wohl all die Jahre tierisch auf den Zeiger gegangen sein.«

»Ich hatte vor Tim nichts, was man eine Liebesbeziehung nennen könnte. Genügt dies als Antwort?«

»Ja, absolut. Aber dann würd ich echt gern wissen, wie Trip es angestellt hat, bei dir zu landen.«

Über Annas Gesicht huschte ein romantisches Lächeln.

»Es war eine völlig unerwartete Erfahrung«, erzählte sie. »Er war von Beginn an eine Erscheinung.«

»Weil er gut aussieht und Muckis hat, schon klar«, warf Damian ein.

»Nein«, widersprach Anna. »Das machte anfänglich keinen Eindruck auf mich. Es war seine Wesensart, die mich ansprach. Verstehst du? Er war nicht so farblos wie die Jungs, die ich bereits kannte. Als ich zu Anfang erfuhr, was man ihm nachsagte, ja, man könnte fast sagen, da fürchtete ich mich vor ihm. Dennoch ging von seiner Persönlichkeit eine gewisse Faszination aus. Während des Aufenthalts im Ferienpark Albenhain fielen mir an ihm all die Dinge auf, die nicht in das Bild passten, welches meine Freundinnen mir von ihm zeichneten. Sein Engagement in der Betreuung der Jugendlichen war eine solche Unstimmigkeit. Sein Auftreten mir gegenüber ebenfalls. Er war respektvoll. Aber da war auch diese humorige Unverfrorenheit, die ich nicht gewohnt war. Er war der erste Mann, der den Menschen in mir vor meine Schönheit stellte, und er vermittelte mir damit eine Erfahrung, die einerseits für mich völlig neu war und anderseits auch ihn in meinen Augen einzigartig machte.«

»Ja, das ist Trip«, nickte Damian anerkennend. »Von Tussis war er immer nur genervt. Obwohl du ja damals auch eine warst. Und was für eine, mein lieber Mann!«

»Was auch wieder bezeichnend ist«, fügte Anna hinzu. »Er verstand es, hinter das Äußere zu blicken. Diese Fähigkeit war ein wesentlicher Grundstein für unsere Beziehung.«

»Ich verstehe«, lächelte Damian. »Ich muss für Nessi auch jemand Besonderes sein. Ich glaub, das kann ich.«

Anna strich ihm freundschaftlich über den Oberarm.

»Gewiss kannst du das«, bekräftigte sie. »Lass uns nun zurück zu den anderen gehen. Isi wird sicher in wenigen Minuten zu uns stoßen.«

»Was habt ihr so lange bequatscht?«, fragte Tim neugierig, als Anna und Damian sich wieder zu den jungen Männern an den Tisch setzten. Anna sah ihn verschmitzt an und erklärte: »Wir hatten eine anregende Unterhaltung über Loempias.«

Kurz darauf, während das Lokal sich zusehends füllte, traf auch Isi endlich ein. Anna nahm ihr Erscheinen mit besonderer Erleichterung auf. Entsprechend erwartungsvoll sah sie ihr entgegen.

»Jetzt wird es richtig spannend, Leute!«, kommentierte Julian den Vorgang, wie Isi ihre große, dunkle Lederumhängetasche von der Schulter nahm und auf einem freien Stuhl absetzte.

»Wisst ihr eigentlich, wie furchtbar das war?«, beschrieb Isi ihr Erlebnis. »Ich musste ja durch den Keller rein, die Rahmen aufsammeln und wieder unten raus. Die ganze Zeit hab ich gedacht, Scheiße, wenn da jetzt einer von den Typen auf mich lauert! Gott, war das gruselig.«

Stück für Stück nahm Isi die kleinformatigen Steckrahmen aus der Tasche und legte sie auf einen der Bistrotische. Anna ließ ihren Blick darüber schweifen.

»Ich hab gleich alle mitgebracht, die noch in Ordnung waren«, erklärte Isi. »Ich wusste nicht, welchen genau du brauchst.«

»Danke, Isi«, antwortete Anna. »Das war eine gute Idee. Ich benötige den Rahmen mit dem Hauhechelbläuling … hier ist er!«

Behände und sorgsam zugleich ergriff sie den gesuchten Rahmen. Mit kundigem Blick schaute sie sich seine Rückseite an. Dann legte sie ihn mit dem Glas nach unten auf den Tisch und machte sich daran, die vier Klämmerchen zu drehen, die die Rückwand am Rahmen hielten.

»Fallen die Schmetterlinge jetzt raus?«, erkundigte sich Melli. Anna schüttelte den Kopf.

»Nein, ich entnehme nur die rückwärtige Wand. Die Steckplatte verbleibt im Rahmen. Ach, siehe da!«

Als Anna die Rückwand in der Hand hielt, wurde auf deren Innenseite eine Anordnung von Zahlenkolonnen sichtbar. Dabei entsprach die Position eines jeden Zahlenblocks der Position eines bei geschlossenem Rahmen davor liegenden Schmetterlings.

»Einer sollte draußen Schmiere stehen«, warf Tim ein. »Nur für den Fall, dass Brochnes wieder unerwartet hier reinschneit.«

»Ich mach das!«, meldete sich Damian sofort und sprang auf.

»Danke, Motte.«

»So, ich habe es«, meldete Anna. »Der Hauhechelbläuling befindet sich an fünfter Stelle. Am entsprechenden

Platz auf dem Karton stehen zwei Zahlenreihen. Oben 493802, und darunter 054035.«

»Postleitzahlen?«, warf Melli ein.

»Zu lang«, erklärte Tim und streckte die Hand nach dem Rückwandkarton aus. »Und außerdem zu ungenau, um eine bestimmte Adresse zu finden. Darf ich das Ding mal sehen?«

Anna übergab ihm die Rückwand. Er überflog alle Zahlenkolonnen und folgerte: »Wie ich es mir gedacht habe. Das sind immer sechs Ziffern. Die ersten beiden ergeben beliebige Zahlen. Aber der zweite und dritte Zweierblock, das sind immer Zahlen kleiner als 60. Jede Wette, das sind geografische Koordinaten. Und wenn ich richtig liege, dann bezeichnet die Zahlenfolge hinter unserem Schmetterling einen Ort irgendwo im Grenzgebiet Belgien/Luxemburg/Frankreich, so die Ecke.«

»Wie kannst du denn das so schnell erkennen?«, rief Julian aus. Tim sah ihn an und zwinkerte ihm zu. »Berufskrankheit.«

Dann nahm er sein Handy hervor und begann zu tippen.

»Alles klar«, meinte Alex anerkennend, »dann schlage ich vor, wir lassen das jetzt mal den Piloten machen.«

Die Freunde warteten gespannt, was Tim herausfinden würde. Der hantierte mit seinem Smartphone und murmelte: »Umgerechnet ins Dezimalsystem wird daraus 49,633906 und 5,676287. Dann geben wir das mal in Google Maps ein ... und ... aha! Wir befinden uns im südlichen Zipfel von Belgien. Nördlich von Châtillon ist eine Grube, und westlich davon eine lang gezogene Waldlichtung. Und genau in dieser Lichtung liegt die rote

Markierung … Mal näher ranzoomen … Jawoll, da steht ein Häuschen! Süße, wir haben es!«

Anna hielt sich entzückt die Hände an die Wangen. Alex ballte die Faust und jubelte: »Ja! Geiler Scheiß!«, dann sah er auf seine Armbanduhr und verkündete: »Leute, es ist zwanzig Uhr vierunddreißig. Trip übernimmt das Kommando über die Operation ›Blendgranate‹. Wie lauten deine Befehle?«

Tim deutete zuerst auf Julian.

»Boggy, eine Liste mit deinen freien Tagen. Nessi, du überbringst deiner Schwester eine Bitte von uns. Ditze, wir brauchen ein Auto fahrbereit bei La Boutique … Wär doch gelacht, wenn wir nicht schlauer wären als ein paar Rechtsverdreher und ihr Exbullenschnüffler!«

»Klasse!«, rief Michael ausgelassen. »Endlich mal wieder Action hier!«

– Kapitel 6 –

Die Stufen der Raumspartreppe knarrten, als Philipp am frühen Morgen hinauf ins Krähennest stieg. Rüdiger hatte das Headset auf. Er bemerkte Philipp aus den Augenwinkeln und drehte für einen kurzen Moment den Kopf in seine Richtung.

»Gibt's was Neues?«, wollte Philipp kurz angebunden wissen. Rüdiger stellte die Abhöranlage auf Lautsprecher um, sodass Philipp mithören konnte.

»Gerade tut sich was.«

Beide Männer horchten angespannt auf das, was sie nun zu hören bekamen.

»… ich finde es dennoch ausgesprochen lästig, dass Onkel Ansgar dich ausgerechnet jetzt zurückruft.«

»Ich auch, Süße. Aber was soll ich machen? Er ist mein Boss.«

»Das ist Papa auch.«

»Und hat er was dagegen gesagt? Nein.«

»Ach, es ist so unerfreulich. Er durchkreuzt unsere gesamten Pläne. Es ist anzunehmen, dass du nun eine Woche fort bist.«

»Ich weiß. Das klaut uns unnötig viel Zeit… Hör zu, Anna, vielleicht machst du in der Zwischenzeit einfach mit Marilena weiter? Die hat keiner auf dem Schirm. Könnte doch ein gutes Ablenkmanöver sein.«

»Ich denke darüber nach… Auf Wiedersehen, mein Liebster.«

»Tschau, mein Schatz.«

Kurz darauf beobachteten Philipp und Rüdiger, wie Tim in seiner Uniform und mit seinem Pilotenkoffer die Zur-Heyden-Villa verlies, in sein Auto stieg und davonfuhr.

»Da fährt er, der Sunnyboy«, grinste Philipp.

»Soll ich ihm nach?«, fragte Rüdiger, doch Philipp wiegelte ab: »Nein. Nicht nötig. Das war eindeutig. Der hat jetzt erstmal anderweitig zu tun, und wir haben die kleine Annabelle für uns alleine.«

Die Reifen des alten Wranglers erzeugten beim Bremsen eine gehörige Staubwolke. Die Tür flog auf, und Tim sprang auf die notdürftig mit Lava abgedeckte Parkfläche des nahe gelegenen Flugplatzes. Mit eiligen Schritten näherte er sich dem Hangar Nummer zwei. Aus der Tür kam ihm einer der Fluglehrer der Flugschule »Eifel-Aar« entgegen.

»Tim! Was machst du so früh hier? Du kamst ja geradezu angerauscht.«

Tim klopfte ihm zur Begrüßung im Gehen auf die Schulter und nahm ihn am Arm, sodass der gute Mann auf dem Absatz umdrehte, um Tim zurück zum Hangar zu begleiten.

»Morgen, Rainer. Ich bin froh, dass du da bist. Wir müssen die Lima-Delta fertig machen.«

»Kein Problem. Ein Eileinsatz?«

»Kann man so sehen.«

Es machte »Klack!«, und das breite Sektionaltor fuhr klappernd in die Höhe. Es gab den Blick auf ein edles, zweimotoriges Geschäftsflugzeug des Typs Piper Seneca frei. Wie sein schwarz-weißer Lack und die silbernen Propeller in der tief stehenden Morgensonne glänzten! Die frische Außenluft vermischte sich langsam mit dem Werkstattgeruch aus dem Inneren des Hangars. Tim und Rainer machten sich ans Werk. Rainer nahm die

Maschine mit einem der gelben Minitraktoren in Schlepp, um sie aus dem Hangar raus auf den Auftankplatz zu ziehen. Tim bereitete die Sicherheitschecks vor. Als sie sämtliche Startvorbereitungen getroffen hatten, ging Tim eine abschließende Runde um das Flugzeug und prüfte alle Ruder und Verschlüsse.

»Sieht von meiner Seite alles gut aus«, kommentierte Rainer, »bist du mit deinen Checks durch?«

»Positiv«, bestätigte Tim.

»Bist du länger weg?«

»Kommt drauf an. Wenn ich soviel Überzeugungskraft habe, wie ich mir erhoffe, dann bin ich heute um eins drei null null zurück.«

»Na dann, guten Flug!«

Tim stieg ein und verschloss die Kabine. Einen Moment später sprangen die Propeller an. Mit blinkenden Positionslichtern rollte das Flugzeug vorwärts und schwenkte schließlich auf eine der beiden Startbahnen.

»Lima Delta, ready for departure, runway zero eight Charly.«

»Lima Delta, wind zero six five, two knots, cleared for take-off, runway zero eight.«

Das war der Moment, in dem Tim den Schubregler bis zum Anschlag nach vorne drückte. Die Motoren brüllten auf und entfalteten eine Beschleunigung, die Tim regelrecht in seinen Sitz presste. Laut brummend hob die Maschine ab und flog auf die Sonne zu.

Die Haustür fiel so heftig ins Schloss, dass der Rumms in dem offenen Haus widerhallte. Philipp stellte seinen Aktenkoffer auf den Boden und nahm sein graues

Anzugjackett ab. Mit fahrigen Bewegungen hängte er es an die Garderobe.

»Philipp«, begrüßte ihn Frau Hinkheim, die ihm entgegenkam, weil der Knall der Tür und das Klappern der Kleiderbügel ihre Aufmerksamkeit erregt hatten, »wie fühlst du dich?«

»Mir geht's gut«, gab Philipp bärbeißig Antwort.

»Hast den Tag über etwas gegessen? Hast du genug getrunken?«

»Ich hab gesagt, mir geht's gut, Mutter.«

»Bist du sicher?«

»Ja, ich bin sicher. Und jetzt lass mich bitte in Ruhe. Ich hab zu tun.«

Philipp schwenkte weiträumig um seine Mutter herum und ging mit langen Schritten tiefer ins Haus hinein.

»Philipp?«, rief seine Mutter ihm nach. Er blieb stehen und drehte sich um.

»Was ist denn noch?«

Frau Hinkheim näherte sich ihm mit langsamen Schritten.

»Ich verstehe, dass Vater und du mir nichts erzählt, weil es eine berufliche Angelegenheit ist. Ich bekomme aber so einiges mit. Daher weiß ich, es involviert Wolfgang und Vivienne. Und damit auch … Du weißt, wen ich meine.«

Philipp hob die Unterarme mit nach oben gerichteten Handflächen.

»Und? Sonst noch was?«

»Ich möchte nur, dass dir bewusst ist, dass ich weiß, wie es dir geht.«

»Wie ich schon sagte, Mutter: Es geht mir gut.«

Damit wandte Philipp sich erneut ab. Kurz darauf krabbelte er zu Rüdiger ins Krähennest.

»Und?«

»Nix.«

Philipp setzte sich rücklings neben das Fenster vor die Wand und schloss die Augen. Er atmete tief ein und aus. Plötzlich schrak er auf. Ein zusammengeknülltes Blatt Papier hatte ihn am Kopf getroffen. Etwas dösig sah er sich um.

»Hinkheim!«, zischte Rüdiger.

»Was zum Teufel soll das, Brochnes?«, maulte Philipp noch, doch Rüdiger zischte mürrisch und raunte: »Es tut sich was. Gerade ist ein Auto angekommen.«

Philipp hielt seine bequeme Sitzposition bei. Die Unterarme auf seinen rangezogenen Knien abgelegt, erteilte er Anweisungen.

»Genauer. Marke ... Modell ...«

»Silbergrauer BMW. Ein Fünfer, M-Ausstattung.«

»Ach, ist ja lustig! Wer steigt aus? Eine Frau in meinem Alter, wette ich. Lange blonde Haare ...«

»Genau so sieht sie aus. Mm, hohe Stiefel, knackige Jeans. Hat 'nen geilen Arsch, die kleine Sau.«

»Interessiert nicht, Brochnes. Viel relevanter ist, dass Anna tatsächlich ihre nervige Cousine herbestellt hat.«

»Cousine? Nee, Hinkheim, das ist nicht das Brett mit Warzen, das immer mit dem Rest der Bande abhängt.«

»Ach, Schnauze, Brochnes! Anna hat zwei Cousinen! Sie reden von Vanessa. Die hier heißt Marilena.«

Philipp drehte sich zum Fenster und verfolgte aus der Ferne, wie Anna die Tür öffnete und ihren Besuch in die Arme schloss.

»Ahahaha««, äffte er ein aufgesetztes Frauenlachen nach, »hallo Lena … hallo Belle … ahahahaha‹ … Mann, jetzt 'ne Handgranate …«

Rüdiger grinste bis zu den Ohren.

»Nicht gut zu sprechen auf die Kleine, was? Mal 'ne Abfuhr gekriegt?«

»Quatsch!«, herrschte Philipp ihn an. »Nur noch so eine, die 'nen feuchten Schoß kriegt, wenn sie den blonden Surferboy sieht …«

»Aaah!«, machte Rüdiger. »Ich kapier. Um Richthof geht's. Sind wir 'n bisschen neidisch auf ihn?«

Energisch schüttelte Philipp den Kopf.

»Kein Stück. Und jetzt halten Sie sich bedeckt, klar?«

Doch Rüdiger dachte gar nicht daran, sich zurück zu halten. Er deutete mit dem Finger auf Philipp und stieß ein leises, heiseres Lachen aus.

»Jetzt geht mir ein Licht auf! Ah! Sie waren damals auch scharf auf das schwarzhaarige Luder, aber sie hat Sie nicht gewollt und sich für Richthof entschieden!«

Wieder folgte das leise, aber hämische Lachen aus Rüdigers Hals. Philipp machte einen Satz auf ihn zu und keifte: »Halt das dumme Maul, du unterprivilegierter Asi! Sieh lieber zu, dass du die Weiber im Auge behältst!«

»Hey, hey, alles cool«, feixte Rüdiger und rutschte zum Fernrohr zurück. »Nicht gleich aufregen.«

Er griff zum Headset und setzte es auf. Er lauschte. Philipp legte sich auf den Rücken und sah starr nach oben. Plötzlich bemerkte Rüdiger amüsiert: »Ha! Die nennen sich wirklich Lena und Belle. Wie tussig. Und sie wollen zu Nicole … Wer ist Nicole? Fangen Sie was mit dem Namen an.«

»Oh, ja«, stöhnte Philipp. »Nicole Eichendorf. La Boutique, schon mal gehört?«

»Ach, die Nobel-Buddick!«, begriff Rüdiger. »Dann gehen die beiden Mamsellchen jetzt erstmal schön Shopping machen, was?«

»Sieht so aus«, knurrte Philipp.

»Moment!«, meldete Rüdiger. »Diese Marilena hat gerade gesagt, dass sie noch Hotelprospekte bei der Tourist-Info abgeben will. Wie passt das denn zusammen?«

»Das geht schon klar«, erklärte Philipp. »Sie und Vanessa sind die Töchter von den Hohenborner zur Heydens.«

»Ach so!«, leuchtete es Rüdiger ein. »Die mit dem Burghotel. Alles klar, kapiert.«

Plötzlich runzelte er die Stirn, und seine Augen verengten sich.

»Jetzt hat sie gerade vorgeschlagen, dass ›Belle‹ schon mal zur Buddick fahren soll. Sie selbst will den Umweg über die Tourist-Info alleine machen und dann nachkommen … Und jetzt … Boah, wenn ich die zur Heyden reden höre, könnt ich kotzen. Mit der würd ich noch nicht mal 'ne Cola trinken gehen, wenn Sie's genau wissen wollen.«

»Will ich aber nicht.«

»Pst! … So, sie hat jetzt geantwortet, dass ›Lena‹ das ruhig so machen soll. Sie würde sich dann schon mal ein Taxi rufen … Was soll denn jetzt diese Umstandskrämerei?«

Philipp wurde hellhörig. Dann schmunzelte er. Sein Schmunzeln ging in ein Grinsen über. Ein leises und überhebliches Lachen entfuhr ihm.

»Tja, Mädels, nicht schlecht«, höhnte er, »aber ein bisschen zu viel Aufwand. Die planen was. Die haben eine Ahnung, dass wir sie verfolgen werden. Deswegen trennen sie sich, um uns leichter abzuschütteln. Ohren auf, Brochnes! Wenn die rauskommen, fahren Sie Anna hinterher. Ich übernehme ihre Cousine. Unterwegs halten wir Kontakt. Behalten Sie alles im Auge, was sie macht. Folgen Sie ihr überall hin! Verstanden?«

Rüdiger nickte. Dann warteten sie wortlos ab. Einer konnte den anderen atmen hören, so still war es in dem Krähennest. Dementsprechend zuckten Sie beide zusammen, als Philipps Handy klingelte.

»Ja, Vater? … In einer Stunde im Gericht. Nein, hab ich nicht vergessen. Ich werde pünktlich sein … Bis nachher.«

Noch während Philipp sein Smartphone in seine Hosentasche zurücksteckte, wurde Rüdiger plötzlich agil.

»Das Taxi ist da!«, kommentierte er die Vorgänge vor der Zur-Heyden-Villa. Eifrig beugte er sich vor, um durch das Spektiv zu sehen. Philipp kam hinzu und peilte mit den Augen am Fernrohr vorbei durch die Ritze der Rolladen. Rüdiger beschrieb, was er durch die Optik erkannte.

»Da kommen sie. Jap, alles am Mann für eine Shoppingtour. Was für große Handtaschen … Ui, unsere Hoheit hat sich auch hohe Lederstiefel angezogen. Sexy. Mit silbernen Knöpfchen.«

»Typisch«, gab Philipp hinzu. »Die waren immer ein Kopf und ein Arsch, wenn sie ihre Tussiallüren rausgekehrt haben. Zusammen sind die zwei ausgesprochen unerträglich.«

»Okay«, entschied Rüdiger, »dann bin ich mal hinterher, oder?«

»Ja«, bestätigte Philipp, »auf jeden Fall! Ich bin gespannt, was die unterwegs aushecken. Ich traue ihnen nicht über den Weg. Und noch mal: Ich verfolge Marilena und Sie Anna. Sie berichten mir alles, was unterwegs passiert.«

»Geht klar«, bestätigte Rüdiger, stand auf und begab sich nach unten. Philipp folgte ihm. Er beobachtete durch ein Seitenfenster, wie Rüdiger aus der Haustür eilte, zu einem der Firmenwagen strebte und schließlich vom Hof fuhr. Erinnerungen kamen in im auf. Er sah Anna, wie sie auf ihre Großmutter zuhüpfte, nachdem sie sich von ihm so kurz angebunden aus dem Krähennest verabschiedet hatte.

Leyental, 22. Juli 2008

»Liebchen!«, empfing die alte Frau das Mädchen. »So rasch bist du hier unten angelangt? Du musst gehuscht sein.«

»Ja, Oma«, bestätigte Anna freudig die Vermutung, während Helene Komtess zur Heyden sich von Herrn Dr. Hinkheim in ihren Kaschmirmantel helfen ließ.

»Dein kindlicher Eifer«, lächelte Helene warmherzig. »Nun halte einmal fein still und lass dir deinen Mantel anlegen. Philipp, mein Lieber, wärst du wohl so freundlich?«

Philipp war Anna nur widerwillig beim Anziehen behilflich. Nie hatte er von ihrer Seite ein Bedauern für den Abschied wahrgenommen. Stattdessen hatte er am Seitenfenster gestanden und ihr hinterhergesehen, während die Großmutter zu ihr sprach.

»Nun, mein Schatz, als Dame wirst du dich dereinst anmutiger fortbewegen. Verstehst du? Du wirst nicht huschen, sondern schreiten.«

»Was bedeutet schreiten, Oma?«

»Oh, es ist eine elegante Form des Gehens. Wir werden es einmal gemeinsam üben. Stell dir vor, wir haben Gesellschaft. Es ist dein Debütantinnenball, und alle Gäste erwarten dein Erscheinen mit großer Vorfreude. Wenn es soweit ist, werden sie gewiss nicht angetan sein, wenn eine Annabelle zur Heyden mit ihren immerhin schon sechzehn Jahren in den Festsaal huscht. Daher wirst du sie mit Grazie und Anmut beeindrucken. Schau her, Liebchen: Setze einen Fuß vor den anderen und nimm eine aufrechte Haltung ein. Blicke stets geradeaus. So ist's recht, mein Kind. Doch wir wollen dabei nicht stolz wirken, oh nein, wir wollen den Anwesenden zulächeln und Liebreiz erwecken …«

Das Gespräch klang mit jedem Schritt, den sich die beiden von der Haustür entfernten, leiser.

– – –

»Philipp!«, klang die Stimme von Frau Hinkheim an sein Ohr. Er zuckte zusammen.

»Vater lässt dich erinnern, dass du pünktlich sein möchtest.«

Philipp griff nach Jackett und Aktenkoffer und murrte: »Ich bin ja schon unterwegs.«

Philipp steuerte dem BMW M5 in großem Abstand hinterher. Das Fahrzeug nahm tatsächlich den Weg, der üblicherweise eingeschlagen wurde, wenn man vom Fasanenberg zum Rathaus fahren wollte. Dort befand sich auch die Tourist-Information.

Vor dem Rathaus angekommen verfolgte Philipp aus der Ferne, wie die dynamische junge Frau aus ihrem Auto stieg und das Rathaus betrat. Philipp beschloss abzuwarten, bis sie wieder herauskommen und zu ihrem Auto zurückkehren würde. Doch das tat sie nicht. Stattdessen benutzte sie den Aufzug ins Untergeschoss und verließ das Gebäude über den rückwärtigen Ausgang. Dort stieg sie in Julians Auto ein.

»Fast pünktlich«, grinste Julian und musterte sie von oben bis unten. »Na, dann mal los!«

Rüdiger beobachtete aus dem Auto heraus, wie sein Observierungsobjekt das Modehaus betrat. Auch er hatte seinen Wagen in größerer Distanz geparkt. Nun stieg er aus, mit dem Handy am Ohr.

»Die zur Heyden ist gerade in den Laden rein.«

»Brochnes? Die heißen beide zur Heyden!«

»Ja, dann eben Anna, Herrgott! Nochmal: Die ist in den Laden rein. Was soll ich machen?«

»Lassen Sie sich nicht abhängen! Ich kann hier nichts mehr machen. Marilena scheint sich da drinnen ihren Rest Gehirn

auszuquasseln. Die kommt und kommt nicht raus. Wie auch immer, ich muss jetzt losfahren, zum Gericht ... Vermasseln Sie das nicht!«

Als Rüdiger das Geschäft betrat, erkannte er gerade noch, wie eine weibliche Silhouette mit langen schwarzen Haaren an einem Regal vorbei in den Flur zu den Personalräumen huschte. Einen Augenblick später verschwand sie in der Damentoilette.

»Billiger Trick«, dachte Rüdiger höhnisch. »Aufs Klo gehen und zum Fenster rausklettern. Aber nicht mit mir.«

Was er nicht wusste: Die Toilettenräume hatten zwar Fenster, doch waren sie viel zu klein, als dass man sich durch sie hätte verkrümeln können. Rüdiger sah sich um. Es war niemand in seiner Nähe, der ihn sehen konnte. So begann er, zur Toilettentür hin zu schleichen.

Im Damen-WC nahm Annas Begleiterin sich hastig die lange, schwarze Perücke vom Kopf. Kurze, rotbraune Haare kamen zum Vorschein. Anna setzte ihrerseits ihre blonde Perücke ab und löste den Gürtel ihrer Jeans.

»Ich muss schleunigst diese Hose ausziehen«, flüsterte sie angestrengt. »Es ist unerträglich.«

»War es schwer, Philipp abzuschütteln?«, erkundigte sich Annas Komplizin im kaum hörbaren Flüsterton.

»Nein, ganz und gar nicht. Doch hatte ich nicht recht, als ich anfänglich erwähnte, dass beide uns verfolgen würden, er und dieser Herr Brochnes? Deshalb musste ich Marilena spielen. Philipp kennt meine Cousine gut. Daher war es erforderlich, ihren forschen Gang einigermaßen glaubhaft zu imitieren.«

»Und das hätte ich niemals hinbekommen. Dazu war ich viel zu nervös.«

Als Anna sich bis auf die Unterwäsche entkleidet hatte, öffnete sie einen Putzschrank und nahm ein nagelneues Alexander-McQueen-Outfit samt Schuhen heraus. Sie reichte es ihrer Freundin.

»Tausend Dank, liebe Fabienne«, flüsterte Anna leise.

»Ziehe dich nun rasch um. Denke daran, die Stiefel vor dem Klosett abzustellen.«

Fabienne nickte und begann sich auszuziehen. Anna schlüpfte in eine Kittelschürze, die sie in ihrer Tasche mitgebracht hatte. Zwischendurch nahmen beide immer mal wieder ihre Stiefel in die Hände und führten mit ihnen Laufbewegungen auf dem gefliesten Boden aus. Rüdiger, der im Flur an der Tür horchte, wähnte sich dadurch in Gewissheit, dass die Frauen sich auch wirklich im Toilettenraum befanden.

Wie Fabienne stellte auch Anna ihre Stiefel vor eine Toilettenschüssel, mit den Fußspitzen in Richtung Kabinentür. Als Fabienne fertig umgezogen war, ergriff Anna zum Abschied ihre Hände. Sie spürte, wie Fabienne der Pulsschlag durch die Adern pochte.

»Es ist alles gut. Er kennt dich nicht. Du kannst nun ganz unbeschwert hinausgehen. Julian wartet auf dich im Verkaufsraum. Und Fabienne: Die Ausstattung darfst du behalten. Sie gehört dir.«

Fabienne lächelte. Sie umarmte Anna und gab ihr einen Kuss auf die Wange. Dann drehte sie sich zur Tür. Anna ging im Waschbeckenbereich in Deckung, während sie sich ihr Kopftuch anlegte und in abgetragene Birkenstocksandalen schlüpfte.

Rüdiger schreckte zurück, als Fabienne energisch die WC-Tür aufstieß und in den Flur trat, denn er hatte die

Tür fast gegen den Kopf bekommen. Fabienne schaute Rüdiger befremdet ins Gesicht, woraufhin er den Blick von ihr abwandte.

»Te!«, machte sie schnippisch und entfernte sich zielstrebig und erhobenen Hauptes in Richtung Verkaufsraum. Rüdiger verfolgte sie mit den Augen, bis sie rechts hinter der Wand verschwunden war. Dann horchte er wieder an der Tür zum Damen-WC. Alles, was er hörte, war das Geräusch eines Schrubbers, der über den Boden wischte. Sachte stieß er die Tür auf und trat in den Vorraum. Als er sich weit genug im Raum befand, sodass er die Toilettenkabinen sehen konnte, ging er auf alle Viere hinab und spähte durch die Lücken unter den Trennwänden. Erleichtert sah er die Füße von Anna und Marilena, oder zumindest das, was er dafür hielt. Da fuhr ihm ein Schrubber mit nassem Putzlappen über die rechte Hand. Hastig drehte er den Kopf in die Richtung, aus der das Reinigungsgerät gekommen war. Er erblickte noch kurz ein Paar Füße in krumpeligen Nylonstrümpfen und Birkenstocksandalen, die aus einer Kittelschürze herausragten, da stieß der Schrubber kraftvoll gegen seinen Arm.

»Wos wollen Se hier? Hier kennen Se net de Hoisen runterlossen!«

Nervös und hektisch richtete Rüdiger sich auf. Er versuchte, den heftigen Schrubberstößen auszuweichen, die sich gegen seine Füße richteten.

»Vor de Tir!«, zeterte die vermeintliche Reinemachfrau. »Mochen Se sich vor de Tir!«

Rüdiger hatte keine andere Wahl, als augenblicklich die Flucht zu ergreifen und den Raum zu verlassen, doch Anna kam ihm hinterher und griff nach seinem Arm. In gebückter Haltung zog sie an seinem Ärmel und zeigte zum Herren-WC.

»Do gehn se rejn!«

»Ja, ist ja gut!«, fauchte Rüdiger, riss sich los und trat die Tür zum Männerklo auf, die nur angelehnt war.

»So ein Schmegecki!«, rief Anna ihm nach. »Meldn werd ich Se bei's Gericht!«

Inzwischen hatte Rüdiger den Vorraum des Herren-WC durchquert und stellte sich vor ein Urinal, wobei er vorne an seiner Hose nestelte.

»Zufrieden jetzt?«, blökte er.

»Farmachen Se de Tir!«, kommandierte Anna im ungehaltenen Ton.

»Wat willste?«, bellte Rüdiger.

»De Tir zu!«, zeterte Anna. »De Tir zu!«

»Boah!«, dröhnte Rüdiger, drehte sich um und trat die Tür zum Vorraum ins Schloss. Anna nicht faul, nahm den Generalschlüssel aus ihrer Schürzentasche und schloss Rüdiger heimlich und leise im WC ein. Ebenso lautlos schloss sie von außen die Tür zum Flur ab. Als sie sich kurz darauf im Damen-WC flink ein leichtes Sommerkleid anzog und ihre Frisur aufhübschte, hörte sie Rüdiger gedämpft durch die Wand schreien und gegen die Tür bullern. Sie schnürte noch schnell ihre hochhackigen Riemchensandalen zu, dann begab sie sich eilig zu ihren Freunden in den Ladenbereich, wo Nicole, Julian, Fabienne und Tim, der sich inzwischen seiner Pilotenuniform entledigt hatte und wieder Jeans und T-Shirt trug, auf sie warteten.

»Ich hoffe sehr, er wird nicht alles kurz und klein schlagen«, äußerte Nicole angstvoll.

»Nichts, wofür ich nicht aufkommen werde«, beruhigte Anna sie. »Doch durchaus ein weiterer Grund, nicht mehr lange zu verweilen. Danke für alles! Ich werde es euch niemals vergessen!«

Kurz und schmerzlos verabschiedeten sich Tim und Anna. Ihre Freunde sahen ihnen durch die Schaufensterscheiben zu, wie sie in das bereitgestellte Auto stiegen und losfuhren.

»Was für ein Tag!«, stöhnte Fabienne. »Zuerst klingelt Tim mich aus dem Bett, und dann verschleppt er mich nach Leyental, damit ich Lockvogel für Anna spiele. Nicht, dass ich es nicht gerne gemacht habe, aber das ist mir doch ein bisschen an die Nerven gegangen. Und wie geht es jetzt überhaupt weiter? Wer bringt Annas Cousine ihr Auto zurück? Und viel wichtiger: Wer bringt mich wie versprochen nach Tübingen zurück?«

»Marilena braucht ihr Auto so schnell nicht wieder«, erklärte Julian. »Sie ist zur Zeit in Frankreich. Was dich betrifft, Fabienne, erkläre ich mich gerne bereit, dich höchstpersönlich nach Hause zu fahren.«

»Ach ja?«, antwortete Fabienne verwundert.

»Aber selbstverständlich«, fügte Julian hinzu. »Ich meine, du hast einiges auf dich genommen, um meinen Freunden zu helfen. Dafür muss ich mich irgendwie erkenntlich zeigen. Wie wäre es, wenn ich dich zur Entschädigung heute Abend zum Essen einlade? Du kennst bestimmt die angesagten Restaurants in Tübingen?«

Fabienne drehte das Gesicht zur Seite und sah Julian aus den Augenwinkeln an.

»Du willst mich nach Hause fahren? Und zum Essen einladen? Ist das nicht etwas zuviel des Guten?«

»Ja, ich weiß«, stöhnte Julian mit gespielter Erschöpfung. »Aber einer muss die harten Jobs ja übernehmen. Und du hast dir heute jede Freundlichkeit verdient, von daher …«

»Soso«, entgegnete Fabienne amüsiert. »Bevor wir jedoch zu den Freundlichkeiten übergehen, wirst du mir bestimmt im Auto ein bisschen was über dich erzählen, nicht wahr?«

»Verlass dich drauf«, grinste Julian und lud Fabienne mit charmanter Geste ein, mit ihr das Ladenlokal zu verlassen. Noch auf dem Weg zum Auto fragte Fabienne: »Solltest du nicht erst noch zurück gehen und den Mann befreien?«

Julian lachte auf und widersprach: »Ich doch nicht! Wir lassen ihn jetzt erstmal 'ne gute Stunde warten. In der Zeit sind Trip und Anna auf dem Weg nach Belgien. Dann kommt Ditze her und befreit Brochnes. Der kann immerhin Karate, für den Fall, dass der Typ ausrastet.«

»Ich hoffe sehr, dass unser Plan aufgeht«, äußerte Anna mit Bangen, während Tim zwei Reisetaschen aus dem Kofferraum hob, »und wirklich niemand damit rechnet, dass wir die Eisenbahn nehmen.«

»Deswegen steigen wir auch nicht in Leyental ein«, erklärte Tim. »Wir machen's wie besprochen. Als erstes fahren wir mit dem Bus nach Gerolstein. Dort nehmen wir den Zug nach Trier. Und da steigen wir um, Richtung Luxemburg. Je gründlicher wir unsere Spuren verwischen, desto besser.«

»Zumindest dürfen wir einer beschaulichen Fahrt entlang einer landschaftlich reizvollen Strecke entgegensehen«, schmunzelte Anna, »was wiederum bedeutet, dass wir ein ausgiebiges Maß an Zeit zu zweit genießen werden.«

Tim grinste vergnügt.

»Und genau darauf freue ich mich am allermeisten, mein Annaschatz.«

Der Bus war abfahrbereit. Tim und Anna machten es sich in der drittletzten Reihe bequem. Die Sonne stand hoch am Himmel. Die Temperaturen stiegen. Der Bus brummte durch die Landschaft, vorbei an Weiden und grünen Gerstefeldern. Fichten mit frischem Grün an den Astspitzen wechselten mit goldgelb blühendem Ginster. Schließlich fuhr der Bus in der Brunnenstadt ein. Von der Bundesstraße 410 kommend, am Rondell vorbei, fuhr der Bus in einen Kreisverkehr. Nach der kleinen Brücke machte er einen großen Bogen über den ehemaligen Postvorplatz und hielt gleich neben dem Bahnhof. Tim und Anna konnten sogleich ihr Gepäck aufnehmen und zum Bahnsteig durchgehen.

»Haben wir ein Glück!«, freute sich Tim, »der Regionalexpress steht schon bereit. Keine Wartezeit für uns. So liebe ich das.«

Kurz darauf saß das Paar im Zug. Nun begann der von Anna beschriebene beschauliche Teil der Reise. Mal links, mal rechts der Kyll rauschte die Bahn durch nicht weniger als zehn Tunnel. Das enge Kylltal hatte stellenweise einen urwüchsigen Charakter, und Tim und Anna sahen fast nur Bäume und Gebüsch an sich vorbeiziehen. Dann aber öffnete sich das schmale Tal, und die Trasse schwang sich durch urbanes Gebiet auf Deutschlands älteste Stadt zu.

Alex hatte es nicht so genau genommen. Rüdiger Brochnes musste etwas länger als geplant in seinem »Gefängnis« schmoren. Nun aber trat Alex durch den breiten, gläsernen Eingang des Modegeschäfts geradeaus zum zentralen Büro, in dem Nicole und ihre Mitarbeiterin warteten. Die Verkäuferin, die selbst einen dunklen Hosenanzug, eine weiße Bluse mit großem Kragen und eine blonde Hochsteckfrisur trug, quittierte Alex' Cargojeans-und-Kapuzenpulli-Outfit mit einem leisen, schnippischen Auflachen.

»Tag, die Damen«, grüßte Alex. »Ich komm wegen dem Mann auf dem Klo.«

»Wegen des Mannes im Toilettenraum«, verbesserte ihn die Verkäuferin. Nicole griff im Sitzen in das Schlüsselkästchen an der Wand.

»Bitte sehr«, kommentierte sie. »Ich würde mich freuen, wenn Annas Freunde die Höflichkeit besäßen, sich an die Abmachungen zu halten. Ich bin kein kleinlicher Mensch, doch ich finde, ich bin in dieser Situation mehr als großzügig gewesen.«

»Machen Sie sich keine Sorgen, Frau Eichendorf«, versuchte Alex, gut Wetter zu machen. »In ein paar Minuten ist er weg und der ganze Spuk vorbei. Und ich pass natürlich auf, dass er keinen Ärger macht.«

»Solange Sie uns nur informieren, sobald er das Haus verlassen hat«, seufzte Nicole. »Bitte kümmern Sie sich umgehend.«

»Kein Thema«, nickte Alex und drehte sich um. Beim Verlassen des Büros hörte er, wie Nicole hinter ihm abschloss. Zügigen Schrittes begab er sich zur Männertoilette.

Was machte Rüdiger gerade? Alex konnte durch die erste Tür nichts hören. Mit größter Behutsamkeit versuchte er, den Schlüssel so lautlos wie möglich ins Schloss zu stecken und rumzudrehen, doch er konnte es nicht so leise wie Anna. Als er den WC-Vorraum betrat, war es wirklich mucksmäuschenstill. Angestrengt versuchte Alex, durch die Tür zum Toilettenraum etwas zu hören. Nichts. Es war, als ob Rüdiger am schlafen wäre. Also versuchte Alex erneut, den Schlüssel in den Schließzylinder einzuführen. Allein dieser Vorgang schruppte schon deutlich hörbar, da hatte er noch kein bisschen gedreht.

›Wie zum Teufel macht Anna das, Herrgott noch mal? Ach, jetzt ist es auch egal.‹

Alex drehte den Schlüssel, das Schloss entriegelte sich, und die Tür flog auf. Wie der Blitz raste Rüdiger auf seinen Befreier zu, holte aus und schlug mit der Faust zu. Er verfehlte Alex, weil der so geschickt auswich, dass Rüdiger ins Leere boxte. Zwei Griffe am Arm, eine Drehung, und Rüdiger klebte an der gefliesten Wand des Vorraums.

»Mach lieber keinen Scheiß, Alter«, riet Alex dem wehrlosen Rüdiger im ruhigen Ton.

»Ihr verfluchten Hunde!«, knirschte Rüdiger durch die Zähne.

Alex begann seinen Griff langsam zu lockern.

»Ich lass dich jetzt los«, kündigte er Rüdiger an. »Ich sag's dir noch mal: Mach keinen Scheiß!«

Vorsichtig lies Alex los, jede noch so kleine Reaktion Rüdigers verfolgend. Unversehens wandte Rüdiger sich heraus und setzte zu einem zweiten Faustschlag an. Doch Alex war auf Zack. Er wich Brochnes nicht nur aus, sondern nutzte den Schwung des Angreifers zu einem weiteren Abwehrmanöver, an dessen Ende Rüdiger auf dem Boden saß.

»Hast du was mit den Ohren, Junge?«, fragte Alex unbeeindruckt. »Letzte Warnung. Beim nächsten Mal tu ich dir weh.«

»Dreckige Bande!«, schimpfte Rüdiger und rappelte sich mühsam auf. »Ihr seid so hohl, dass ihr brummt! Ich wollte hier die Gelegenheit nutzen, mit der zur Heyden zu reden. Geheim, unter vier Augen. Keiner von den scheiß Anwälten hätte was gemerkt. Aber ihr musstet ja unbedingt eure bescheuerten Kinderspielchen durchziehen.«

Alex zuckte mit den Schultern.

»Sie vertraut dir eben nicht. Und wenn du mich fragst: Mit allem Grund.«

»Schon mal dran gedacht, dass ein Mann sich in fünf Jahren auch ändern kann?«, motzte Rüdiger.

»Komischerweise merken wir davon nichts!«, hielt Alex dagegen.

»Wie auch, wenn ihr mir nicht vertraut?«

»Vertrauen, Brochnes, das musst du dir erstmal verdienen.«

»Ach, fick du dich doch ins Knie!«

Mit diesen Worten setzte Rüdiger zur Flucht an. Er rannte durch den Flur, warf im Verkaufsraum noch mutwillig einen voll behängten Kleiderständer um und verschwand nach draußen. Alex stellte den Ständer wieder auf. Die edlen Kleidungsstücke aber lagen zum großen Teil noch auf dem Boden verstreut. Er begann, eine Bluse nach der anderen aufzuheben und sie mit ihrem Bügel zurück an die Ausleger zu hängen. Es dauerte nicht lange, und die Verkäuferin tauchte neben ihm auf.

»Lassen Sie's gut sein«, ordnete sie spitzzüngig an. »Geben Sie mir den Schlüssel, und dann gehen Sie! Ohne Diskussion.«

Alex reichte ihr ganz cool den Schlüssel. Dann verabschiedete er sich, wortlos, mit zwei Fingern an der Stirn grüßend.

In Trier mussten Tim und Anna ein wenig warten. Der Anschlusszug nach Luxemburg war noch nicht eingefahren. Tim warf die Reisetaschen lässig neben einer Bank ab, die, wie alle Sitzgelegenheiten, von Reisenden besetzt waren. So blieben Tim und Anna stehen. Sitzen würden sie in den nächsten Stunden ohnehin noch zur Genüge. Während sie warteten, ergriff Anna Tims Hand. Sie streichelte sie und drückte sich seitlich an ihn. Er bemerkte, wie sie ihn anlächelte, und er lächelte liebevoll zurück. Da fuhr auch schon der Zug ein. Als die Türen sich öffneten, gab Anna Tim plötzlich einen zarten Kuss auf die Wange. Tim, der in dem Moment nicht mit dieser Liebesbekundung gerechnet hatte, fragte seine Freundin geschmeichelt: »Wofür war der denn jetzt?«

Anna legte ihre Hände an Tims Unterkiefer und flüsterte sanft: »Der war dafür, dass du mich anders ansiehst, als es die Männer hier auf dem Bahnsteig tun.«

Mit diesen Worten wandte sie sich ab und stieg in den Waggon, der direkt vor ihnen zum Halten kam. Tim nahm die Taschen wieder auf und folgte ihr. Es gelang ihnen, ein leeres Abteil zu finden. Dort setzten sie sich beide einander gegenüber ans Fenster.

»Weißt du, Schatz«, nahm Tim den Faden wieder auf, »ich würde es ihnen nicht übel nehmen. Ich seh dich manchmal auch so an.«

Mit einem glücklichen Gesichtsausdruck beugte Anna sich vor und ergriff Tims Hände, die er locker in seinem Schoß liegen hatte.

»Das stimmt. Aber immer dann, wenn es darauf ankommt, tust du es nicht. Dies ist mir vorhin noch einmal deutlich bewusst geworden, und es war mir ein Bedürfnis, es dir mitzuteilen.«

Ein langer Pfiff ertönte, und mit einem sanften Ruck fuhr der Zug an. Tim gab Anna einen Kuss auf die Lippen und lehnte sich dann wohlig in seinem Sitz zurück.

»Nur, so ganz verwunderlich ist das ja nicht, wenn du immer im Mini rumläufst«, neckte er seine Freundin. Sie schmunzelte und wandte ein: »Du weißt aber, womit das zusammenhängt.«

Tim überlegte kurz.

»Ja, da war was. Du hast mal gesagt, es hängt mit deinem Wärmeempfinden zusammen. So ganz kapiert hab ich es aber bis heute nicht. Ich weiß nur, dass du damals schon, als wir zusammengekommen sind, Kälte viel besser vertragen konntest als Hitze. Obwohl das ja für eine Jugendliche nichts Ungewöhnliches war.«

»Dann möchte ich die Gelegenheit nutzen, es dir einmal ausführlich zu schildern«, begann Anna. »Es ist wahr, im Jugendalter findet es sich häufig, dass ein Mensch niedrige Temperaturen nicht als zu kalt empfindet. Bei mir ist es jedoch so geblieben. Im Alter von zwanzig Jahren hatte ich Gefallen an Hosenanzügen gefunden. Möglicherweise kannst du dich entsinnen?«

»Stimmt!«, erinnerte sich Tim, »das hatte immer was von Agent Scully aus Akte X, wenn du einen von denen anhattest.«

»Darüber hinaus«, fuhr Anna fort, »hatte ich zu dieser Zeit häufig beachtliche Hitzeschübe, ohne dass es dabei jedoch zu Schweißausbrüchen gekommen war.«

»Ja, jetzt fällt's mir wieder ein!«, nickte Tim. »Du bist dann mal deswegen zum Arzt gegangen.«

»Ganz recht«, bestätigte Anna, »und dort wurde ich ausgiebig untersucht. Der Herr Doktor stellte schließlich fest, dass ich eine leichte Schilddrüsenfehlfunktion habe. Das alleine wäre noch nicht so gravierend, doch fand er zudem heraus, dass ich ausgesprochen inaktive Schweiß-drüsen besitze. Auch wenn noch keine Anhidrose angezeigt ist, so ist es doch die Kombination beider Faktoren, die meinen Körper leicht überhitzen lässt.«

»Gibt's denn dagegen keine Tabletten?«

»Gewiss. Doch der Herr Doktor machte einen Vor-schlag, der mir aus mehreren Gründen eher zusagte. Er sagte wörtlich: ›Bei der eher schwachen Ausprägung der Befunde möchte ich einem so jungen Menschen nicht gerne zeitlebens Medikamente verordnen. Tragen Sie doch einfach Shorts oder kurze Röcke. Ihre Beine ma-chen nahezu 40% Ihrer Körperoberfläche aus. Genug, um ausreichend Wärme an die Luft abzugeben.‹ Und tat-sächlich, seitdem ich wieder Minimode trage, fühle ich mich rundherum wohl.«

»Du benutzt deine Beine also als Kühlrippen«, fasste Tim zusammen. »Find ich aber cool von dem Doc, dass er dir nicht gleich was verschrieben hat, sondern es erst-mal mit 'ner chemiefreien Nummer versucht.«

Anna nickte bestätigend und ergänzte froh gelaunt: »Ganz recht. Angewandte Physik statt chemischer Keule. Das ist doch bemerkenswert. So ist es am Ende zu unser beider Wohlgefallen, nicht wahr?«

Tim lachte und rief aus: »Da wirst du von mir keine Widerworte hören!«

Mit gleichmäßigem Tempo folgte der Zug dem Lauf der Mosel. Immer wieder beugte Anna sich leicht vor, um einen weiträumigen Blick aus dem Fenster zu genießen.

»Ist es nicht zauberhaft hier?«, schwärmte sie, als bei der Moselüberquerung in Konz die Saarmündung zu sehen war.

»Ja, Süße, das ist es«, stimmte Tim ihr lächelnd zu. Was für ein wonniges Gefühl er verspürte. Ganz intensiv sah er sie an, und er genoss das Bild, das sie abgab. Da saß sie, in ihrem kurzen, blauen Sommerkleid, vornehm und elegant mit aneinander gelegten Knien, die Unterschenkel diagonal zum Boden verlaufend. In den hochhackigen Sandalen verlängerten ihre Fußrücken optisch ihre Unterschenkel. Natürlich hatte sie recht mit dem, was sie eben so kess über ihre schönen Beine angedeutet hatte. Tim legte seinen Kopf an die Waggonwand und verfolgte mit verliebtem Blick das Mienenspiel seiner Freundin, während sie aus dem Fenster sah und über die Landschaft blickte. Die großen Augen mit den langen, weichen Wimpern blinzelten von Zeit zu Zeit. Vor ihren Ohren hingen wellige, schwarze Haarsträhnchen herab. Doch was ihm an Annas Gesicht nach wie vor am besten gefiel, waren drei Dinge: Diese perfekten, schwarzen Augenbrauen, die sie niemals nachmalen musste, die zierliche, ganz leicht aufwärts gebogene Nase, und dieses winzige

Grübchen in ihrer Nasenlippenfurche, das je nach Lippenbewegung mal hervorblitzte und dann wieder verschwand. Doch diese Frau war nicht nur betörend schön, sondern auch klug und gewitzt und vor allem immer für eine Überraschung gut. War das noch normal, einen Menschen so lieb zu haben?

›Worauf wartest du eigentlich noch, alter Junge?‹, sprach Tim in Gedanken zu sich selbst.

Anna entging nicht, wie intensiv Tim sie ansah. Sie stand auf und kam zu ihm hinüber. Sie umfasste sanft seinen Bauch, als sie sich an ihn schmiegte, und sie legte ihren Kopf an seinen.

Im Gang vor den Abteilen erklangen schwere Schritte. Sie wurden lauter. Plötzlich schob ein Mann im Anzug die Glastür auf. Er hatte eine von schwarzen, angegrauten Haaren umrahmte Glatze und einen Schnurrbart. Er musste so um die fünfzig gewesen sein. Als er Tim und Anna erblickte, murmelte er: »Herrje … Entschuldigung …«, zog die Tür wieder zu und setzte seinen Weg durch den Gang fort. Die beiden Verliebten mussten kichern. Kein Wunder, dass der Mann aus Anstand weiterging, so wie sie sich gerade aneinanderkuschelten.

Hinter Wasserbillig verließ die Bahnstrecke den Mosellauf. Der Weg verlief nun durch das Luxemburger Land. In der Hauptstadt des kleinen Landes mussten Tim und Anna zum letzten Mal umsteigen.

»Jetzt wäre es soweit«, bemerkte Tim, nachdem sie den Zug gewechselt hatten. Anna nickte bekräftigend und nahm ihr iPhone aus der Handtasche. Nachdem sie eine Adresse gegoogelt hatte, tippte sie eine Nummer an und hielt das Smartphone ans Ohr.

»Bonjour. Suis-je bien chez ›Europcar‹? … Très bien. Je souhaite louer un véhicule …«

Tim hörte Anna gespannt zu. Er verstand zwar kein Wort, doch es gefiel ihm ungemein, wie fließend Anna Französisch konnte. Als das Telefonat beendet war, erklärte sie: »Es funktioniert. Wenngleich die Auswahl recht bescheiden ist.«

»Aber zumindest klappt es.«

»Ja. Sobald wir in Arlon angekommen sind, begeben wir uns zu Europcar. Sie verfügen so kurzfristig jedoch nur über einen Fiat 500. Ich hoffe, es macht dir nichts aus?«

»Passt schon«, grinste Tim. »Hast du gut gemacht. Und Anna? Eins noch …«

»Ja bitte?«

»Du fährst.«

– Kapitel 7 –

Die Anmietung des Autos verlief unkompliziert und reibungslos. Schon kurz nach der Unterzeichnung des Mietvertrags saß das Paar in dem Kleinwagen und trat die kurze Fahrt nach Châtillon an. Anna saß wie beschlossen am Steuer. Sie führte zu diesem Zweck immer ein Paar Ballerinas mit, die im Sinne der Verkehrssicherheit ihren Hochhackigen vorzuziehen waren, doch so gut wie nie zu ihrem Outfit passten. Daher gehörte beim Ein- und Aussteigen unbedingt ein Schuhwechsel zum Prozedere.

Hinter dem kleinen Ort Châtillon merkten sowohl Anna als auch Tim eine deutliche Anspannung in sich aufkommen. Die Abzweigung in den Wald stand bevor. Anna warf einen Blick in den Rückspiegel.

»Wir sind nicht alleine«, vermeldete sie, »uns folgt ein Fahrzeug mit zwei Insassen.«

Tim drehte sich mühselig nach hinten, um aus der Heckscheibe hinauszusehen.

»Ein Suzuki Jimny«, beschrieb er, »der Fahrer scheint ein Förster zu sein. Ich würde sagen, keine Gefahr. Wir brauchen nicht nervös zu werden.«

Anna setzte den Blinker, um rechts abzubiegen. Der Fahrer des Jimny blinkte ebenfalls. Kurz hinter dem von Anna geführten Fiat 500 bog auch der Jimny in die schmale Straße ein. Immer wieder sah Anna mit sorgenvollem Blick in den Rückspiegel. Nach dem letzten Anwesen passierten sie einen See. Dahinter kam nur noch Wald. Mit Erleichterung beobachtete Anna, wie der kleine Geländewagen hinter dem See am Waldrand langsamer wurde und anhielt. Noch fünfhundert Meter, dann würde rechts die Lichtung auftauchen.

Der Fiat holperte gemächlich den Waldweg entlang. Plötzlich wurde es hinter den Bäumen heller, und die ausgedehnte Waldlichtung öffnete sich vor den Augen des Paares. Einige Bäumchen verteilten sich lose auf der freien Fläche. Dazwischen, über einen rauen, unbefestigten Weg zu erreichen, stand ein Holzhaus. Es hatte durchaus die Größe eines kleinen Einfamilienhauses. Seine Wände bestanden aus Blockbohlen, und das Dach war über und über mit Moos bewachsen. In den Wänden befanden sich nur kleine Sprossenfenster aus Holz. Vor der Haustür war ein nicht allzu großer Platz zum Parken und Wenden angelegt. Ein alter, rostiger Mercedes-Oldtimer fiel den beiden Besuchern sogleich ins Auge. Anna stellte den Fiat neben der Rostlaube ab. Sie und Tim öffneten gleichzeitig ihre Türen und stiegen aus. Ein warmer Duft von Moos und Harz wehte ihnen angenehm um die Nasen.

»Ich bin so über die Maßen aufgeregt«, flüsterte Anna mit zitternder Stimme. Tim nahm ihre Hand, und gemeinsam gingen sie auf die Haustür zu. Ein gusseiserner Klopfring war die einzige Möglichkeit, sich bemerkbar zu machen. Anna betätigte ihn. Zaghaft. Dreimal. Sie warteten. Still war es um sie herum. Dann hörten sie ein Scharren aus dem Inneren des Hauses. Das Schloss rührte sich, und eine Frau um die vierzig öffnete die Tür. Ihr braunblondes Haar trug sie offen. Sie war schlank. Soviel war trotz des weiten Strickponchos zu erkennen. Auf dem Kopf hatte sie eine offenbar selbstgehäkelte, grobmaschige Baskenmütze.

»Bonsoir?«, grüßte sie zurückhaltend durch den Türspalt.

»Bonsoir, madame«, reagierte Anna sofort höflich. »Je m'apelle Annabelle zur Heyden. Voici mon partenaire Tim Richthof. Nous recherchons Madame Docteur Uebelacker. Serait-elle eventuellemont chez vous?«

Man war bestimmt nicht überempfindlich, wenn man sagte, dass die Frau das Paar von oben bis unten mit äußerstem Misstrauen musterte. Nach ein paar endlosen Sekunden nahm sie Luft und antwortete: »Je suis désolée, mademoiselle. Apart moi, il n'ya personne qui vit ici.«

Annas Gesichtszüge erschlafften vor Enttäuschung. Leise antwortete sie: »Je comprends. Merci beaucoup. Au revoir.«

Mit einem leisen Klacken fiel die Tür ins Schloss. Anna sah Tim traurig an.

»Was hat sie gesagt?«

»Ich habe sie rundheraus gefragt, ob Frau Dr. Uebelacker hier wäre. Sie gab zur Antwort, außer ihr wohne hier niemand.«

Tim und Anna machten kehrt, um zum Auto zurückzugehen. Da öffnete die Frau erneut die Tür und rief: »Mademoiselle?«

Anna antwortete: »Pardon?«

Daraufhin sprach die Bewohnerin des Waldhauses zu Anna: »Mademoiselle, il se fait tard. N'importe qui vous cherchez, vous n'allez plus la trouver ce soir. 'Ne voulez vous pas rester par diner avec moi?«

Anna nickte und weihte Tim ein.

»Sie sagt, es wird spät. Wen immer wir suchen, wir werden sie heute Abend nicht mehr finden. Sie bietet uns daher an, zum Abendessen ihre Gäste zu sein. Ich denke, es wäre vernünftig, ihr freundliches Angebot anzunehmen. Eine Stärkung wird uns gut tun.«

Tim hatte nichts dagegen. Die Frau öffnete die Tür nun bis zum Anschlag und bat ihn und Anna herein. Ein derber, hölzerner Tisch mit ebensolchen Stühlen stand mitten im Raum, der in erster Linie eine Wohnküche war. Dahinter führte eine Treppe nach oben ins obere Geschoss. Die Dame des Hauses verschwand inzwischen emsig in ihrer Vorratskammer, um einen Eimer mit Kartoffeln hervorzuholen.

»Ich bin so unsagbar enttäuscht«, seufzte Anna. »Ich hatte so sehr gehofft, Frau Dr. Uebelacker hier vorzufinden.«

Da knarrte es am oberen Ende der Treppe.

»Seien Sie nicht verzagt, Annabelle!«, erklang die Stimme einer älteren Frau. »Sie haben sie gefunden!«

Tim und Anna wagten kaum, ihren Augen zu trauen. Die ältliche Dame mit dem grauen Dutt und der braunen Kleidung begann, die Treppe hinunter zu steigen. Anna tat einen tiefen Atemzug und legte die Hände vor der Brust zusammen.

»Frau Dr. Uebelacker!«, jauchzte sie. »Sie sind wahrhaftig hier!«

»So ist es, Annabelle zur Heyden«, bekräftigte die Lehrerin Annas Worte am unteren Ende der Treppe. »Ich stelle mit Zufriedenheit fest, dass Ihre Kombinationsgabe so gut ist, wie es diese Situation nun einmal auch erfordert.«

»Ich finde keine Worte«, schwärmte Anna, der ein schwerer Stein vom Herzen gefallen war.

»Wie wäre es zunächst mit ›Guten Abend?‹«, schlug Frau Dr. Uebelacker mit Nachdruck vor, worauf Anna verlegen auflachte.

»Aber ja«, antwortete sie und reichte der Lehrerin ihre Hand. »Wo habe ich nur meinen Kopf? Guten Abend, Frau Dr. Uebelacker.«

Nachdem sie Annas Gruß erwidert hatte, reichte die resolute Frau auch Tim ihre Hand.

»Herr Richthof. Seien auch Sie mir gegrüßt. Ich bin recht angetan von Ihrer Karriere; Bezug nehmend auf Ihr mittelmäßiges Ergebnis bei der Abiturprüfung kommt dies durchaus überraschend.«

»Ganz und gar nicht, Frau Dokter«, entgegnete Tim lässig beim Händeschütteln. »Ich hab mich einfach auf die wichtigen Sachen konzentriert. Ich wusste ja von Anfang an, was ich werden wollte.«

»Natürlich«, gab die Lehrerin zurück. »Und mit gleichsam durchdachtem Kalkül haben Sie Annabelle dabei unterstützt, meinen Aufenthaltsort zu finden.«

Dann wies sie mit der ausgestreckten Hand auf die Hausherrin und präsentierte:

»Und meine Freundin Thérèse haben Sie bereits kennen gelernt.«

»Bonsoir, Thérèse«, grüßte Anna sie. Tim nickte unsicher lächelnd dazu.

»Bonsoir«, antwortete Thérèse schmunzelnd und fuhr fort: »Elvire, tu avais raison. Monsieur Richthof est un homme séduisant.«

Die Bemerkung sorgte für Heiterkeit unter den Frauen.

»Was ist mit mir?«, wunderte sich Tim und raunte Anna zu: »Was hat sie über mich gesagt?«

Frau Dr. Uebelacker, die es gehört hatte, warf ein: »Ich hatte Thérèse angekündigt, dass Sie sie wahrscheinlich an ihren ersten Ehemann erinnern würden.«

»Oh, okay«, kam es unsicher von Tim zurück. »Ist das jetzt gut oder schlecht?«

Da die Frauen allesamt amüsiert lächelten, begnügte sich Tim damit als Antwort. Frau Dr. Uebelacker hatte ohnehin bereits andere Gedanken im Kopf.

»Annabelle«, bestimmte sie, »Sie sind hierher gekommen, um den Grund für meinen Rückzug zu erfahren. Wie Sie sich werden denken können, ist das nicht alles, was ich Ihnen zu sagen habe. Ich brauche Ihre Hilfe.«

»Was immer es sein mag«, versicherte Anna, »es wird mir eine Selbstverständlichkeit …«

»Versprechen Sie nichts vorschnell«, unterbrach die Lehrerin sie. »Noch wissen Sie nicht, um was es sich handelt. Ich schlage vor, dass Herr Richthof nun Thérèse bei der Zubereitung des Abendessens hilft. Währenddessen unterbreite ich Ihnen die Fakten.«

»Moment mal!«, protestierte Tim. »Nicht, dass ich was dagegen hätte, mich nützlich zu machen. Aber ich möchte die Fakten gerne auch aus erster Hand erfahren.«

»Dem stimme ich zu, Frau Dr. Uebelacker«, pflichtete Anna ihm bei. »Nicht nur ich bin Ihretwegen angereist. Auch mein Freund war tief besorgt, und ohne ihn …«

»Ach«, wehrte Frau Dr. Uebelacker herrisch ab, »dann wird es Stunden dauern, weil ich ihm jeden Hintergrund herleiten muss.«

»Gewiss nicht jeden«, hielt Anna dagegen, »und im Übrigen, so denke ich, haben wir heute Abend wohl im ausreichenden Maße Zeit.«

»Also schön. So machen wir eben Geschichtsunterricht mit Herrn Richthof …«

Tim gesellte sich nun zuversichtlich an Thérèse' Seite. Es musste sich nur noch zeigen, ob die Küchenfertigkeiten, die er sich vor Jahren während seiner großen Tour um die Welt angeeignet und im Laufe der Jahre gepflegt hatte, sich mit denen der Hausherrin in Einklang bringen ließen. Thérèse hatte inzwischen das Spülbecken voll Wasser laufen lassen und deutete Tim nun wortlos an, sich um den Eimer mit Kartoffeln zu kümmern. Sie selbst hatte auf dem Arbeitsbereich neben dem Becken einige Zwiebeln zurechtgelegt und sich ein passendes Messer geschnappt. Tim nickte selbstsicher und griff nach der ersten Kartoffel. Wie er es gewohnt war, schälte er sie gekonnt in einem Stück. Thérèse staunte nicht schlecht, als er die fertig geschälte Kartoffel demonstrativ grinsend ins Wasser plumpsen ließ.

»Mon dieux!«, rief Thérèse aus und hob die Hände zum Himmel. »Il peut éplucher les pommes de terre! Quelle surprise!«

Dann knuffte sie Tim mit dem Ellenbogen gegen den Arm und stichelte: »Annabelle doit être une femme heureuse.«

Die Frauen lachten herzhaft. Tim stand da und verstand kein Wort.

»Ihr könnt mir gar nix«, höhnte er. »Ihr glaubt, ihr seid im Vorteil, weil ich kein Französisch kann. Aber ich weiß, wann ich eine Frau beeindruckt habe. Dazu braucht es keine Worte.«

Die Zubereitungszeit wie auch das Abendessen verliefen in guter Laune. Es gab Boulets à la liégoise. Thérèse brachte dazu einen guten Rotwein auf den Tisch. Sein Duft ergänzte die kulinarische Atmosphäre in der rustikalen Wohnküche, während die Schüsseln geleert wurden.

»Ich muss gestehen«, richtete Anna nach dem Mahl das Wort an ihre ehemalige Lehrerin, »dass ich vor Neugierde zergehe. Was hat Sie veranlasst, hier bei Ihrer Freundin Unterschlupf zu suchen?«

Frau Dr. Uebelacker setzte ihr Glas ab. Für ein paar Sekunden beobachtete sie, wie die Oberfläche des Rotweins darin schwankte. Dann sah sie Anna an und gab zur Antwort:

»Um es kurz und präzise auf den Punkt zu bringen: Der DeGeKo.«

Sie quittierte Annas ratloses Zusammenziehen der Augenbrauen mit einem milden Lächeln.

»Dass Sie mit dieser Abkürzung nichts anzufangen wissen, ist weder eine Überraschung noch eine Schande. Auch ich weiß von dieser Vereinigung erst seit wenigen Wochen. Doch was ich in der Zeit über sie herausgefunden habe, gibt Anlass zur Sorge.«

Die Lehrerin legte eine Erzählpause ein. Offenbar suchte sie nach den richtigen Worten. Tim und Anna warteten gespannt darauf, dass sie weitersprach.

»Dass Beste wird sein, ich erzähle die Geschichte ganz von Anfang an. Es begann vor drei Monaten. Ich lernte damals ein Rentnerehepaar aus Pelm bei Gerolstein kennen. Es zeigte sich, dass die Frau ihrerseits Lehrerin war und sich bereits seit längerem mit einem brisanten Aspekt der Eifeler Geschichte befasste. Sie wissen ganz bestimmt, wer Clara Viebig war, nicht wahr, Annabelle?«

»Aber ja«, nickte Anna. »Die Schriftstellerin. Geboren 1860 in Trier, verstorben 1952 in Berlin.«

»Den Namen hab ich auch schon mal gehört«, warf Tim froh ein.

»Bravo, Herr Richthof«, gab Frau Dr. Uebelacker ihm zurück. »Darüber sind wir sehr erfreut. Nun, Annabelle, was wissen Sie über Clara Viebigs Umgang im Eifelland?«

»Da fällt mir Ernst Müller ein«, beschrieb Anna. »Er war Bürgermeister von Hillesheim, und zwar, nun muss ich überlegen … von 1929 bis 1934, wenn ich nicht irre. Er soll bis zu ihrem Tode ein Freund und Vertrauter Clara Viebigs gewesen sein.«

»Wundervoll!«, lobte Frau Dr. Uebelacker und schlug leise die Hände zusammen. »Es ist wie immer eine Freude, mit Ihnen Fachgespräche zu führen.«

»Vielen Dank. So hat es mit diesem Herrn zu tun, wie ich annehme?«

»So ist es. Das Ehepaar, von dem ich eingangs sprach, ist in den Besitz von alten Dokumenten gelangt, aus denen hervorgeht, dass Herr Müller nicht der edle Fürsorger war, als den er sich Frau Viebig und der Gesellschaft verkaufte. Die Fakten belegen stattdessen, dass er ein gerissener Hochstapler, Opportunist und Erbschleicher war, der Clara Viebigs Verhältnis zu ihrem eigenen Bruder vergiftete und ihren Willen so lenkte, dass Herrn Müllers Ehefrau das gesamte Erbe Claras erhielt.«

»Das sind bemerkenswerte Erkenntnisse«, staunte Anna. »Doch wen könnte deren Auftauchen derart gegen Sie aufbringen, dass Sie die Flucht ergreifen müssen?«

»Dazu komme ich nun«, fuhr die Lehrerin fort. »Herr Müller verstand es, zu jedem Zeitpunkt die Strippen zu seinen Gunsten zu ziehen. So wurde er zum Beispiel während seiner Amtsperiode als Bürgermeister Hillesheims zu einem Märzgefallenen.«

»Ja, auch das ist mir bekannt. Jedoch ...«

»Entschuldigung!«, warf Tim dazwischen. »Was ist denn ein Märzgefallener?«

»Märzgefallene«, erklärte Anna ihm ruhig, »sind im ursprünglichen Sinne die Todesopfer der Märzrevolution von 1848. Der Begriff wurde später jedoch ironisch für diejenigen verwendet, die sogleich nach Adolf Hitlers Sieg bei der Reichstagswahl im März 1933 den Eintritt in die NSDAP beantragten.«

»Ah!«, begriff Tim. »Dieser Herr Müller war also auch noch ein Drecks-Nazi.«

»Ganz so offenkundig ist es nicht«, gab Frau Dr. Uebelacker zu bedenken. »Er streute Zweifel an seiner möglichen nationalsozialistischen Gesinnung, indem er kurz vor dem Ende des Zweiten Weltkriegs aus der NSDAP austrat.«

»Und wenn schon«, hielt Tim dagegen. »Das hat der doch garantiert nur gemacht, um ungeschoren davonzukommen. Tatsache ist, er hat freiwillig bei dem Haufen mitgemischt. Also: Mitgegangen, mitgefangen, mitgehangen.«

»Von diesem Motiv ist auszugehen, ja, Herr Richthof. Das schätzen Sie richtig ein. Wie auch immer, seine Nazi-Vergangenheit ist letzten Endes der Grund für die Gefahr, in der ich mich augenblicklich befinde.«

Anna fuhr mit dem Zeigefinger zart über ihr Kinn.

»Weil es eine Vereinigung gibt«, mutmaßte sie, »die durch die Aufdeckung der Wahrheit, oder sagen wir lieber, durch den Umgang der Öffentlichkeit mit den Fakten, das Andenken Ernst Müllers bedroht sieht: Den vorgenannten DeGeKo.«

»Sie sagen es, Annabelle«, bestätigte Frau Dr. Uebelacker kopfnickend. »Dieser Verein nennt sich voll ausgesprochen ›Deutscher Geheimbund der Kornspatner‹. Es handelt sich um eine verfassungsfeindliche, gewaltbereite Splittergruppe der Neonazi-Szene, deren anführende Mitglieder vermögende Unternehmer sind. Das ist der Grund, weswegen sie es sich leisten können, eine teure Anwaltskanzlei zu beauftragen. Hinkheim & Gielchen sind sich nicht zu schade, die Interessen dieser Unmenschen zu vertreten. Zu allem Überfluss erhielt ich konkrete Drohungen aus dem Inneren des DeGeKo. Daher sah ich mich veranlasst unterzutauchen, jedoch nicht ohne Ihnen einen Hinweis zu meinem Verbleib zu hinterlassen.«

Ein schauriges Schweigen herrschte in der Wohnküche. Tim unterbrach es als erster.

»Puh. Das ist starker Tobak. Verdammt starker Tobak … Gibt es irgendwas genaueres, was wir über den Verein wissen?«

»Nur, dass sie ein starkes Zugehörigkeitsgefühl zum RAD haben«, antwortete Frau Dr. Uebelacker.

Tim gab mit seiner Mimik unverhohlen zu verstehen, dass er abermals auf dem Schlauch stand, worüber die Lehrerin die Augen verdrehte.

»R A D«, betonte Anna, »das steht für Reichs-Arbeits-Dienst. Es gibt ihn heute freilich nicht mehr. Doch seine Ideologie hat offenbar neue Anhänger gefunden.«

Dann atmete sie plötzlich hörbar ein.

»Aber natürlich! Kornspatner! Die Hausflagge des Reichsarbeitsdienstes zeigte ein Symbol, das aus einem Spaten und zwei Kornähren bestand. Korn-Spatner! Auf diese Weise wird die Verbindung offenkundig.«

»Okay«, ergriff Tim das Wort, »dann wird es Sie interessieren, Frau Dr. Uebelacker, dass die Penner Ihr Haus auf den Kopf gestellt haben.«

»Davon bin ich bereits fest ausgegangen.«

»Also haben die was gesucht. Etwas ganz konkretes. Etwas, das man in größeren Bilderrahmen vermuten könnte, aber nicht in kleinen. Vielleicht eine Mappe? Irgendwelche Dokumente über Ernst Müller. Oder lieg ich da falsch?«

»Nein, Herr Richthof, Sie liegen ganz und gar nicht falsch. Kompliment an Ihren Scharfsinn. Es gibt Unterlagen, mit denen sich einige der Machenschaften Ernst Müllers belegen lassen. Sie sind jedoch nicht in meinem Besitz. Das waren sie nie.«

»Und wo befinden sie sich?«, wollte Anna wissen. Die Augen der Lehrerin verengten sich, als sie verkündete: »Sie werden höchstwahrscheinlich bis zum heutigen Tag im Hillesheimer Stadtarchiv aufbewahrt. Ohne Wissen der heutigen Stadtführung könnten sie zwischen alten, vergessenen Dokumenten lagern.«

»Wer weiß alles davon?«, raunte Tim mit gedämpfter Stimme.

»Sie meinen außer dem Ehepaar aus Pelm?«, antwortete Frau Dr. Uebelacker gleichsam leise. »Nur wir drei. Das hoffe ich zumindest.«

»Man denke nur«, fügte Anna hinzu, »da stößt eine Heimatforscherin auf ein winziges Detail deutscher Geschichte, und unversehens findet sie sich in lebensbedrohende Umstände verwickelt.«

»Da haben Sie recht«, stimmte Frau Dr. Uebelacker zu, »doch nun bin ich nicht mehr alleine. Ich habe zwei helle Köpfe an meiner Seite, die heute Abend gezeigt haben, wie brillant sie sind. Darf ich mit Ihrer Unterstützung rechnen? … Annabelle? … Herr Richthof?«

»Nun«, meinte Anna mit einem Blick zu Tim. »Ich denke, wir sind nicht hierher gekommen, um Frau Dr. Uebelacker ein Hallo zuzuwerfen und fröhlich wieder abzureisen, habe ich recht?«

»Darauf kannst du wetten«, pflichtete Tim ihr ohne zu zögern bei. »Wir sind sowieso schon Zielobjekte, ob wir wollen oder nicht. Das waren wir schon, bevor wir überhaupt wussten, was los ist.«

»Seien Sie sich unserer Unterstützung gewiss«, sicherte Anna ihrer ehemaligen Lehrerin zu. Die nickte zufrieden mit dem Kopf und schloss: »Das lobe ich mir. Ich danke Ihnen von Herzen. Und nun sollten wir alle zu Bett gehen. Lassen Sie uns morgen gleich nach dem Frühstück Entschlüsse fassen.«

Die Zahl der Räume war begrenzt in dem urigen Holzhaus. Im Dachraum gab es zwei Schlafräume. Den einen bewohnte Thérèse, den anderen nutzte Frau Dr. Uebelacker. Nach kurzem Überlegen wurde der Küchentisch ein Stück auf Seite gerückt, und Thérèse brachte zwei Luftmatratzen herbei. So hatten Tim und Anna einen notdürftigen Schlafplatz zwischen Küchentisch und Außenwand. Die Fenster besaßen keine Verdunklungsmöglichkeiten, doch das spielte überhaupt keine Rolle, denn als die Lichter im Haus ausgeschaltet wurden, zeigte sich der

Effekt der abgeschiedenen Lage des Hauses. Es war so dunkel, dass man im Raum nichts, aber auch gar nichts erkennen konnte. Nur der tiefdunkelblaue Nachthimmel verriet die Position der kleinen Fenster. Tim und Anna schliefen auch recht bald ein.

In der zweiten Nachthälfte öffnete Tim einmal kurz die Augen. Zwischen Dämmerschlaf und Wachzustand ließ er seinen Blick durch die dunkle Küche schweifen. Der Himmel hatte sich ein klein wenig aufgehellt. Die Morgendämmerung hatte begonnen. Tim beobachtete die sechs blauen Quadrate des Sprossenfensters über der Spüle. Ohne einen Gedanken starrte er dorthin. Doch was war das? Das unterste, rechte Quadrat war gar nicht quadratisch. Sein unterer Rand war nach oben gebogen. Tim war nicht wach genug, um die Ursache für die merkwürdige Deformierung zu ergründen. Er sah einfach nur hin. Auf einmal krümmte sich der Bogen zurück und das Element war wieder exakt quadratisch. Tim wandte sich ab und richtete das Gesicht nach oben. Er wünschte sich, wieder richtig einzuschlafen. Nach einer Weile nahm er ein langsames, gleichmäßiges Atemgeräusch war. Das musste Anna sein, die tief und feste neben ihm schlief. Er drehte sich mit dem ganzen Körper zu ihr hin. Mit einem Mal lief ihm ein prickelnder Schauer über den Rücken, als er bemerkte, dass das Atemgeräusch hinter ihm erklang. Mit einem lauten »Hah!« schrak er auf. Sofort tastete er nach seinem Handy und aktivierte das Licht. Anna saß senkrecht auf ihrer Luftmatratze und sah Tim mit weit aufgerissenen Augen an. Beide verspürten ihren heftigen Herzschlag. Tim leuchtete in Richtung des seitlichen

Fensters, von wo er das Geräusch wahrgenommen hatte. Es war nichts zu sehen.

»Was ist geschehen, Tim?«, keuchte Anna. »Was hast du denn?«

Tim legte sich zurück, immer noch prickelte es ihm heftig im Rücken, den Hals hoch bis in die Wangen. Dann antwortete er: »Nichts … Es ist nichts … Ich hab bloß Mist geträumt, schätz ich.«

Annas angstvoller Gesichtsausdruck legte sich. Eng an ihren Freund gekuschelt schloss sie die Augen. Kurz darauf schliefen beide wieder ein.

»Alors!«, erklang es plötzlich, begleitet von einem hellen Lichtschein, der durch das Fenster in die Küche fiel, »levez vous, mademoiselle et monsieur!«

Der Aufruf riss Tim und Anna aus dem Schlaf, was ganz in der Absicht der guten Thérèse lag. Sie war fix und fertig angezogen und machte sich daran, Kaffeebohnen in einer altertümlichen Handmühle zu mahlen. Kurz darauf erfüllte der Duft des Kaffeepulvers die ganze Küche. Nachdem sowohl Tim als auch Anna das Badezimmer aufgesucht und sich fertiggemacht hatten, setzten sie sich zu Thérèse und Frau Dr. Uebelacker, die inzwischen ebenfalls nach unten gekommen war, an den Frühstückstisch.

Irgendwann fiel Tims Blick auf das Küchenfenster über der Spüle. Ein wenig gruselte es ihn, als er das untere rechte Glasquadrat betrachtete. Da traute er seinen Augen nicht. Er blickte in ein Gesicht! Heftig erschauderte er am ganzen Körper. Ein Glatzkopf mit Schnurrbart reckte seinen Kopf aus einigen Metern Entfernung in die

Höhe und starrte ins Haus. Tim sprang so heftig auf, dass sein Stuhl umkippte.

»Verdammte Scheiße!«, brüllte er wutentbrannt. »Jetzt hab ich aber die Schnauze voll!«

Wie von der Tarantel gestochen stürmte er zur Tür, riss sie weit auf und machte einen Satz nach draußen. Dort setzte er zum Sprint an. Die Frauen standen ebenfalls hastig vom Tisch auf und verteilten sich an Tür und Fenster. Sie sahen erschrocken dabei zu, wie Tim einem fremden Mann hinterher spurtete, ihn einholte und zu Boden warf, wie er ihn am Kragen packte und in vornüber gebeugter Haltung zu einem Faustschlag ausholte.

»Nein!«, schrie der Mann in panischer Angst. »Bitte, Herr Richthof, bitte boxen sie mich nicht! Bitte! Bitte nicht!«

Tims Faust fror ein. Der Mann hatte die Augen zusammengekniffen und hielt sich schützend den Unterarm vors Gesicht. Er wimmerte.

»Na gut«, knirschte Tim und zerrte den Fremden in eine aufrechte Position. »Mit reinkommen, du Creep!«

Der Mann trug einen Anzug. Tim war das egal. Das Revers knautschte und knitterte unter seinem energischen Griff. Tim schleuderte den Mann an den Frauen vorbei durch die Tür, worauf dieser polternd auf alle Viere fiel. Dann knallte Tim die Tür zu und ging mit schweren Schritten auf sein Opfer zu, das erneut zu jammern begann.

»Bitte tun Sie mir nichts, Herr Richthof! Bitte, so haben Sie doch Mitleid! ... Frau Komtess, bitte helfen Sie mir!«

»Bitte lass ab, Liebster«, schritt Anna beschwichtigend ein. »Offensichtlich ist der Mann keine Bedrohung.«

»Ich tu ihm schon nichts«, knurrte Tim, fasste den Fremden erneut am Kragen und setzte ihn wirsch auf einen Stuhl. »Wie heißt du? Los, raus mit der Sprache!«

»Ich bin auf Ihrer Seite«, beteuerte der Mann. »Bitte glauben Sie mir!«

»Zuerst dein Name!«, beharrte Tim.

»Gernot … Gernot Gielchen. Ich bin der Bruder von Dr. Bernhard Gielchen.«

»Dr. Gielchen!«, entfuhr es Anna. »Sie sind der Bruder von Herrn Dr. Gielchen? … Ja, gewiss, ich erkenne die Ähnlichkeit.«

»Soso«, übernahm Tim wieder, »Gielchen. Von Hinkheim & Gielchen. Von wegen auf unserer Seite. Sie sind ein Schnüffler, den Philipp und sein Alter uns nachgeschickt haben!«

»Nein, bitte!«, wehrte Herr Gielchen ab. »So ist es nicht. Ganz und gar nicht! Bitte lassen Sie es mich Ihnen erklären!«

Anna, Tim und Frau Dr. Uebelacker traten nahe vor Herrn Gielchen hin und betrachteten ihn skeptisch von oben herab.

»Wir hören«, zischte Frau Dr. Uebelacker.

»Bitte sprechen Sie!«, forderte Anna ihn auf.

»Also«, begann Herr Gielchen zu erzählen, »es ist wahr, ich bin Ihnen gefolgt, seit Sie die Modeboutique verlassen haben.«

»Der Typ im Zug«, erkannte Tim. »Sie waren das.«

»Ja«, nickte Herr Gielchen bekräftigend. »Ein bedauerlicher Fehler. Ich dachte, das Abteil sei frei. Und dann habe ich mich beinahe verraten. Später dann, in dem Fahrzeug hinter Ihnen, da saß ich ebenfalls mit drin. Ein mit meinem Bruder befreundeter Jagdpächter hatte mich gefahren.«

»Ein Freund Ihres Bruders?«, warf Anna ein. »Ihr Bruder ist Partner der Kanzlei, die uns hinterherjagt. Das lässt Sie nicht vertrauenswürdig erscheinen.«

»Das möchte ich Ihnen ja erklären, Frau Komtess. Herr Dr. Hinkheim und sein Sohn wissen nicht, dass ich den Kontakt mit Ihnen suche. Nur mein Bruder weiß es. Sie müssen wissen, er ist ganz und gar nicht einverstanden, dass sein Partner gemeinsame Sache mit rechtsradikalen Subjekten macht. Daher lässt er Sie durch mich bitten, seine Hilfe anzunehmen.«

»Was meinst du, Schatz?«, fragte Tim nach einer Pause, in der Herr Gielchen angst- und hoffnungsvoll von einem zum anderen blickte. Anna sah ihn eindringlich an und überlegte.

»Ich glaube ihm«, beschloss sie schließlich. »Seine Erklärung klingt nachvollziehbar und schlüssig. Zudem wirkt er keineswegs bösartig.«

Tim hakte seine Daumen in die Hosentaschen.

»Na, da haben Sie aber Glück, Gielchen, dass meine Freundin so eine zivilisierte Frau ist … Ich für meinen Teil behalte Sie allerdings im Auge.«

»Sie haben doch gewiss die ganze Nacht vor dem Haus verbracht«, bemerkte Anna. »Sie sollten etwas zu sich nehmen. Bitte, nehmen Sie Platz … Eine Tasse Kaffee für Sie?«

»Vielen Dank, Frau Komtess«, erwiderte Herr Gielchen beim Hinsetzen. »Sie sind sehr freundlich. Mein Bruder erwähnte mir gegenüber Ihre außergewöhnlich guten Manieren.«

»Schleimer!«, ranzte Tim von der anderen Seite des Tisches herüber. »Sie sind noch net lans Schmitz' Backes. Ein paar Fragen hab ich noch an Sie.«

Annas Blick in Richtung Tim sagte eindeutig aus: Nun lass den armen Mann doch endlich zufrieden. Doch Sie wusste auch, dass Tims Skepsis angebracht war. Tim erwiderte Annas Blick. Ein kurzes Spiel mit den Augenbrauen, und die beiden waren sich einig. Je eher sie ihn ausquetschten, desto weniger faule Storys konnte er sich ausdenken. Das Spiel »Guter-Cop-Böser-Cop« eignete sich dazu prächtig.

»Liebster«, sprach Anna bedächtig, »würdest du Thérèse bitten, noch eine Kanne Kaffee aufzusetzen?«

Tim stand energisch auf, wobei er mit der flachen Hand einen kräftigen Schlag auf die Tischplatte ausübte. Dann entfernte er sich. Anna setzte sich neben Herrn Gielchen auf einen Stuhl und legte dem verängstigten Mann ihre rechte Hand auf den Unterarm.

»Herr Gielchen«, mahnte sie freundlich, »ich weiß, dass Sie von Furcht ergriffen sind. Mein Partner ist sehr aufgebracht. Bitte beantworten Sie seine Fragen wahrheitsgemäß. Sollte er Unstimmigkeiten in Ihren Antworten bemerken, wird er, so fürchte ich, außer sich geraten, und ich weiß nicht, ob ich ihn dann noch beschwichtigen kann.«

»Ich sage die Wahrheit!«, beteuerte Herr Gielchen. »Ich schwöre es! Oh, wäre diese fürchterliche Situation doch bereits überstanden!«

Tim kehrte zu Anna und Herrn Gielchen zurück und knallte eine Kaffeekanne auf den Tisch. Das ganze Geschirr rappelte dabei.

»Vielen Dank, Tim«, bemerkte Anna. »Wärst du so freundlich, Herrn Gielchen eine Tasse Kaffee einzuschenken?«

Tim deutete auf dem Tisch herum.

»Da ist die Kanne. Tasse steht direkt vor ihm. Er hat Hände.«

»Sieh ihn dir doch an!«, beharrte Anna. »Er zittert am ganzen Körper. Er ist außerstande, sich Kaffee einzugießen, ohne ihn zu verschütten.«

Doch Tim dachte gar nicht daran einzulenken. Er ließ sich wortlos und seelenruhig auf seinem Stuhl direkt gegenüber von Herrn Gielchen nieder. Anna seufzte und griff selbst nach der Kaffeekanne.

»Ein wenig Milch dazu? Zucker?«

»Schwarz, bitte … Danke, Frau Komtess.«

»Also«, dröhnte Tim, nachdem der Mann einen Schluck genommen hatte, »warum hängen Sie die ganze Nacht da draußen ab? Wenn Ihr Motiv so edel ist, warum haben Sie gestern Abend nicht geklopft und uns angesprochen?«

Herr Gielchen antwortete wie aus der Pistole geschossen.

»Weil ich sah, dass noch zwei weitere Personen im Haus waren. Außer Ihnen beiden keine weitere Personen einzubinden, war ausdrückliche Anordnung meines Bruders.«

»Wenn er uns Hilfe anbietet, warum macht er das nicht selbst? Warum schickt er Sie?«

»Ja, sehen Sie, er konnte Ihnen ja nicht selbst folgen. Das wäre aufgefallen. So bat er mich um diesen Gefallen.«

»Das heißt, er ist in diesem Augenblick in Leyental?«

»Ja. Er verfolgt die Aktivitäten seines Partners und dessen Sohnes, um auf dem Laufenden zu bleiben.«

»Was genau bietet er uns an?«

Herr Gielchen blickte sich unsicher um.

»Soll ich das hier sagen? Vor den beiden Frauen?«

Tims Augen wurden zu Schlitzen. Er beugte sich über den Tisch auf Herrn Gielchen zu.

»Soll das heißen, die beiden Damen sind Ihnen unbekannt?«

»Ja, Herr Richthof. Ich kenne sie nicht. Müsste ich dies denn?«

»Nein«, entspannte sich Tim. »Es sind zwar Freunde von uns, aber wir sehen sie nicht oft. Wir machen hier Zwischenstation auf der Suche nach Frau Dr. Uebelacker.«

»Das bringt mich zu einer Frage, die mein Bruder mir mitgab. Es interessiert ihn sehr, ob Sie einen Anhaltspunkt haben, wo sich die Frau Doktor aufhalten könnte.«

»Ha!«, rief Tim lautstark, sodass Herr Gielchen zusammenzuckte. »Hab ich euch! Die Polizei in Leyental geht davon aus, dass sie entführt wurde. Wieso denkt ihr Bruder, dass sie es nicht ist?«

»Nein, Herr Richthof«, beteuerte Herr Gielchen schlotternd, »dem ist nicht so. Die Polizei geht aufgrund Ihres Verschwindens seit gestern davon aus, dass keine Entführung vorliegt, sondern eine Flucht, und Herr Polizeihauptmeister Adolphs denkt, dass Sie und die Frau Komtess wissen, wo Sie die Frau Doktor zu finden gedenken.«

»Woher wollen Sie das wissen?«

»Mein Bruder teilte es mir gestern Abend per SMS mit.«

Tim atmete tief ein und wieder aus und schaute zwischen Anna und Frau Dr. Uebelacker hin und her. Er zwinkerte ihnen spitzbübig zu.

»Ich glaube, er sagt die Wahrheit. Nach meinem Dafürhalten können wir ihm vertrauen. Was meinst du, Schatz?«

»Nun«, begann Anna, »nachdem du Herrn Gielchen ja so gewissenhaft verhört hast, dürfte seine Geschichte über jeden Zweifel erhaben sein.«

»So seh ich das auch«, freute sich Tim und griff zur Kaffeekanne. »Entschuldigen Sie, Herr Gielchen, dass ich ein bisschen gemein zu Ihnen war. Wir mussten auf Nummer Sicher gehen. Noch eine Tasse Kaffee?«

»Ja, bitte. Vielen Dank, sehr freundlich.«

»Aber klar doch«, sang Tim, schenkte ihm ein und stellte die Kanne wieder ab. »Nur, eins möchten wir natürlich noch gerne wissen: Wie soll denn die Hilfe aussehen, die Herr Dr. Gielchen uns anbietet?«

Herr Gielchen nahm einen Schluck, und zum ersten Mal zitterte er nicht.

»Er bietet an, Ihnen Informationen über die Aktivitäten seines Partners zukommen zu lassen. Er bekommt nicht sonderlich viel mit, doch das, was er erfährt, ist er bedingungslos bereit mit Ihnen zu teilen.«

»Das klingt doch sehr vernünftig«, meinte Tim, sich zufrieden zurücklehnend. »Richten Sie ihm aus, dass wir akzeptieren.«

»Vielen Dank, Herr Richthof«, frohlockte Herr Gielchen. »Das wird ihn sehr freuen. Darf ich in seinem

Namen denn auch die Information erbitten, wo sie den Aufenthaltsort Frau Dr. Uebelackers vermuten?«

Tim schaute zu Anna. Er lächelte sie an, während er seine Hände gemütlich hinter dem Kopf zusammenlegte. Das Lächeln wurde zu einem verwegenen Grinsen.

»In Paris«, antwortete er.

»In Paris?«, gab Herr Gielchen verwundert zurück. Die nicht minder verwunderten Gesichter der Frauen hinter ihm bemerkte er nicht.

»Ja, in Paris«, bestätigte Tim ihm und erhob sich, »der Stadt der Lichter. Genau dort fahren wir heute noch hin. So ist der Plan. Sie, Herr Gielchen, reisen nach Leyental zurück und geben alles ihrem Bruder weiter.«

»Wie Sie wünschen«, antwortete Herr Gielchen und stand ebenfalls auf. »Nun, dann … werde ich sogleich aufbrechen. Viel Glück weiterhin. Frau Komtess, es war mir eine Freude, Ihre Bekanntschaft zu machen.«

Anna ergriff die Hand, die er ihr zum Abschied reichte. Unversehens schmatzte er ihr einen betulichen Handkuss auf, den sie überrascht, doch ordnungsgemäß mit einem Knicks quittierte.

»Meine Damen, es hat mich sehr gefreut«, verabschiedete er sich im Rückwärtsgehen. Tim hielt ihm die Haustür auf. Durch die Fenster verfolgten er und die Frauen, wie sich der sonderbare Mann entfernte.

»Herr Richthof!«, rief Frau Dr. Uebelacker sogleich begeistert aus. »Das war brillant! Nun kann ich unbesorgt hier bei Thérèse bleiben.«

»Ja, Tim«, schloss Anna sich an, »da hast du famos reagiert. Nur verrate mir bitte, was du mit Paris im Sinn hast.«

»Ganz einfach«, gab Tim lässig zurück. »Wir sollten ein paar Tage später als Herr Gielchen nach Leyental zurückkehren, damit man nicht direkt auf eine Verbindung schließen kann. Und außerdem: Ein paar Tage zu zweit in Paris haben wir uns verdient. Vielleicht feiern wir meinen Geburtstag bei 'nem schicken Abendessen nach?«

»Was für eine zauberhafte Idee!«, schwärmte Anna sofort. »Am liebsten möchte ich alsogleich aufbrechen. Jedoch, ein wenig Zeit benötigen wir freilich noch, um mit Frau Dr. Uebelacker das weitere Vorgehen zu besprechen.«

»Klasse!«, freute sich auch Tim. »Ich schreib Boggy dann mal schnell, dass wir noch was länger unterwegs sind.«

Während Tim mit seinem Smartphone hantierte, begannen Anna und die Lehrerin zu diskutieren.

»Es ist meines Erachtens unumgänglich«, begann Anna, »die fragliche Akte im Hillesheimer Stadtarchiv aufzuspüren.«

»Sehr richtig, liebe Annabelle. Wenn diese Verbrecher sie vor uns in die Finger bekommen, werden sie sie zweifellos vernichten. Das müssen wir unbedingt verhindern.«

»Es wird ein bedeutender Fund sein«, fügte Anna hinzu. »Er wird insbesondere die Eifeler Heimatkunde bereichern.«

Tim rieb sich kurz über Lippen und Kinn, dann hob er die Hand, wie damals im Unterricht.

»Davon bin ich überzeugt«, begeisterte sich Frau Dr. Uebelacker. »Es wird das zeitgenössische Bild Ernst Müllers in ein völlig neues Licht rücken.«

»Ehm«, machte Tim und schnipste mit den Fingern der aufzeigenden Hand.

»Man denke nur!«, stimmte Anna ein. »Der vermeintlich so fürsorgliche Freund Clara Viebigs war nichts weiter als ein gewiefter Intrigant.«

Inzwischen hatte Tim seine Hand wieder herunter genommen und schlug nun rhythmisch auf die Tischplatte.

»Das wird einige Personen mehr als nur aufhorchen lassen!«, meinte die Lehrerin mit bestimmter Miene.

»Heeeey!«, blökte Tim lautstark. Die Frauen verstummten und drehten ihre Gesichter in Tims Richtung.

»Was um alles in der Welt haben Sie denn?«, wunderte sich Frau Dr. Uebelacker. Tim nahm Luft. Die Gestik seiner Hände deutete an, dass er jeden Moment etwas sagen wollte, doch noch nach Worten suchte.

»Leute«, begann er, »eure Fachsimpelei in allen Ehren. Das ist vielleicht 'ne große Sache, von mir aus. Aber wir dürfen doch eins dabei nicht vergessen!«

»Was denn bitte, Liebster?«, hakte Anna nach, als Tim sich erneut über das Gesicht rieb.

»Es geht doch um viel mehr als das!«, erklärte er. »Ich meine, wir reden doch hier die ganze Zeit von einer Verbrecherbande. Die Polizei sucht nach denen. Und wir wissen, wer die sind!«

»Nun ja«, wandte Frau Dr. Uebelacker ein, »wir wissen es im Grunde nicht. Diese Organisation ist ein Geheimbund, den bis jetzt niemand auf dem Papier hatte. Den Namen DeGeKo kenne ich nur aus meiner persönlichen Recherche. Er ist öffentlich nirgends zu finden.«

»Doch ich muss Tim beipflichten«, gab Anna zu bedenken. »Immerhin handelt es sich nicht um eine gewöhnliche Untergrundorganisation. Sie ist zutiefst verfassungsfeindlich und schreckt ganz offensichtlich vor Straftaten nicht zurück.«

Tim deutete zur Bekräftigung mit dem Finger auf Anna.

»So sieht's aus, Süße. Und deshalb sage ich: Wir müssen dieses Pack ans Messer liefern. Das ist in meinen Augen wichtiger als alles andere.«

»Wie stellen Sie sich das vor, Herr Richthof?«, gab die Lehrerin verächtlich zurück. »Diese Menschen sind rücksichtslos, ohne Gewissen und ungewöhnlich brutal. Wollen Sie den Heldentod sterben?«

»Wollen Sie sich für den Rest Ihres Lebens hier verkriechen?«, hielt Tim energisch dagegen.

»Wenn es sein muss …«, trotzte Frau Dr. Uebelacker. Tim lehnte sich weit nach vorne.

»Ich persönlich habe wesentlich mehr Schiss davor, dass diese Penner irgendwann wieder was zu kamellen haben! Sie kennen die politische Wetterlage. Die warten doch nur darauf, dass eine der nächsten Wahlen zu ihren Gunsten ausgeht!«

Frau Dr. Uebelacker schwieg. Anna saß in ihrer vornehmen Haltung neben ihr. Die Lehrerin blickte ihre ehemalige Schülerin angstvoll an.

»Ich muss meinem Freund zustimmen«, erklärte Anna im ruhigen Ton. »Wenn sich die Gelegenheit bieten sollte … Ich sehe derzeit nicht, wo und wann dies geschehen mag … Doch sollte sie sich eröffnen, dürfen wir nicht zagen. Zu viel steht auf dem Spiel.«

Bedächtig und langsam nickte die ältliche Frau. Sie lächelte Anna zaghaft an.

»Ich bewundere Ihren Mut. Ich hätte ihn nicht. Doch es bewegt mich, ihn in den Augen so junger Menschen zu sehen. Ich bin gerade sehr stolz auf Sie. Auf Sie beide.«

Es wurde schließlich Zeit, Abschied zu nehmen. Tim leitete den Vorgang ein, indem er aufstand. Sein Smartphone hielt er in beiden Händen vor sich.

»Darf ich fragen, mit wem du unentwegt schreibst?«, erkundigte sich Anna bei ihm.

»Mit Boggy«, gab Tim zur Antwort. »Ich hab ihm mitgeteilt, dass wir noch was länger brauchen. Und ich hab ihn auf den aktuellen Stand gebracht, damit sie zu Hause alle wissen, was Sache ist.«

»Das war vernünftig«, nickte Anna zufrieden und sprach die weitere Planung an. »Wie viel Zeit werden wir benötigen, bis wir in Paris eintreffen?«

»Dreieinhalb Stunden, schätz ich«, meinte Tim. »Ich schlage vor, ich fahre die erste Etappe. In Reims machen wir Fahrerwechsel und du übernimmst den Rest, was meinst du?«

»Ich möchte gerne die Etappe bis Reims fahren«, schlug Anna vor, »wenn du nichts dagegen hast?«

»Kein Problem«, stimmte Tim zu. »Ganz wie du möchtest. Dann suchen wir uns jetzt noch schnell ein Zimmer aus. Das darfst du dann noch fix buchen mit deinem astreinen Französisch.«

»Selbstverständlich«, schmunzelte Anna vergnügt und zückte ihr iPhone.

Tim und Anna hatten ihre Taschen schnell wieder gepackt. Tim verstaute alles in dem kleinen Kofferraum des Fiat 500. Dann verabschiedeten sie sich herzlich von Thérèse und Frau Dr. Uebelacker.

– Kapitel 8 –

Eine große Müdigkeit überfiel das Paar, als sie Ihre Suite im »Hôtel Palais des Ètoiles« im 16. Arrondissement von Paris bezogen. Sie beschlossen, einen sehr entspannten Abend zu verbringen. Also machten sie einen Spaziergang zum gegenüberliegenden Seine-Ufer. Dort, auf dem Champ de Mars rund um den Eiffelturm, flanierten sie an den unzähligen Marktständen entlang und kosteten von den internationalen Köstlichkeiten, die dort unter einem dunkelblauen Abendhimmel angeboten wurden. Tim versprach Anna, sich für den nächsten Abend um ein feines Restaurant zu kümmern, um seine kleine Geburtstagsfeier zu zweit mit seiner geliebten Freundin nachzuholen.

Er hätte Anna mit diesem Kurztrip kaum glücklicher machen können. Sie genoss die Zeit mit ihm im höchsten Maße. Es war lange her, dass sie zuletzt so viel Zeit miteinander verbringen konnten, und so kümmerten sich die beiden auch am nächsten Tag nicht sonderlich darum, welche der berühmten Sehenswürdigkeiten einen Besuch wert waren. Anna kannte die besonderen Ecken der Stadt: Kleine Parkflächen und Gärten, in denen es ruhiger zuging als in den großen Grünanlagen entlang der Ost-West-Achse der Stadt. Dort war es für ein verliebtes Pärchen am romantischsten. Doch bei all dem Flair kam Tim nicht daran vorbei, Anna zu Louis Vuitton zu begleiten. Zu seiner Freude fand sie dort ein »Kleines Schwarzes« mit silbernen Säumen, das unter dem Hals mit einem Knopf geschlossen wurde, darunter jedoch einen linsenförmigen Ausschnitt fürs Dekolleté aufwies. Ein Besuch bei Liliana Casanova rundete den Einkauf ab. Hier allerdings bestand Anna darauf, dass Tim vor der Tür auf sie wartete, und der geheimnisvoll verwegene Blick, den sie ihm zuwarf, als sie das Geschäft wieder verließ, sagte ihm genug, um keine Fragen zu stellen.

Tim hatte für den Abend ein ganz besonderes Restaurant ausgesucht. Es befand sich im Obergeschoss eines der für die Stadt typischen mehrstöckigen Häuser. Der Speisesaal nahm zwei Drittel des gesamten Grundrisses ein. Die großen Tische waren mit beachtlichem Abstand zueinander platziert, sodass man an seinem Platz relativ ungestört war. Entlang des Giebels befand sich eine lange Glasfassade, aus der man hinaus auf die Dachterrasse blicken konnte. Die war zwar nicht bestuhlt, doch konnte man zwischen den Gängen oder am Ende des viergängigen Menüs nach Herzenslust an die frische Luft gehen. Schon vom Gastraum aus blickte man über die Dächer der Stadt. Das beste aber war, dass der Eiffelturm keine 500 Meter entfernt war und prominent aus dem Häusermeer hinausragte. In dieser Szenerie saßen Tim und Anna zu Tisch.

Obwohl das Restaurant an diesem Abend ausgebucht war, waren nicht ständig alle Tische besetzt. Stets hielten sich mehrere Gäste gleichzeitig an den langen Terrassengeländern auf. Und wie vielseitig die Persönlichkeiten waren! Rechts in der Ecke stand ein weiteres Pärchen in Tims und Annas Alter, das gemeinsam, Kopf an Kopf, über Paris blickte. Auch sie trugen elegante Abendgarderobe. Ein gutes Stück weiter links stütze sich ein groß gewachsener Mann im hellen Anzug mit den Unterarmen auf das Geländer. Er hatte auffällig langes Haar, das er hinten zusammengebunden hatte. Ihm zur Seite stand eine zierliche Frau im langen Abendkleid. Die beiden hatten ein Stativ mitgebracht und versuchten nun, schicke Fotos vom Eiffelturm zu machen.

»Welch vielgestaltige Gästeschaft sich hier einfindet, nicht wahr?«, bemerkte Anna, nachdem sie den Oberkörper zurück zu Tim gedreht hatte.

»Total«, bestätigte Tim, »das ist einer der Vorteile der großen Stadt. Jeder lässt den anderen außergewöhnlich sein.«

Anna lächelte.

»Ich muss dir ein Lob aussprechen«, wechselte sie das Thema. »Du hast einen vortrefflichen Geschmack bei der Auswahl des Lokales bewiesen. Mein Kompliment, Liebster.«

»Ich freu mich, dass es dir gefällt«, gab Tim zurück. »Ich wollte dir Gelegenheit geben, zur vollen Form aufzulaufen. Die haben hier aber auch richtig feine Sache aufgetischt, was? Und sieh mich an: Ich pass die ganze Zeit tierisch auf, dass ich nicht die Ellenbogen auf den Tisch stütze.«

»Ich bin beeindruckt«, stichelte Anna zärtlich. »Du zeigst dich ausdermaßen repräsentabel.«

Tim grinste abermals und langte nach seinem Glas Champagner.

»Darf man damit eigentlich anstoßen?«, erkundigte er sich.

»Eleganter ist es«, erklärte Anna augenzwinkernd, »es lediglich zu heben und mir in die Augen zu sehen. Perfekt wäre es, wenn du mir dabei ein Kompliment machst.«

»Das lässt sich einrichten«, schmunzelte Tim und hob sein Glas. »Lass mich dir sagen, dass das Kleid perfekt an dir aussieht. Mir gefällt besonders, wie sich unten in dem Ausschnitt dein Ypsilon andeutet. Und dein Lockenstab hat ganze Arbeit geleistet. Du siehst superelegant und gleichzeitig sehr aufregend aus.«

»Danke«, antwortete Anna vornehm und erwiderte die Geste. »Wir werden das Stichwort ›aufregend‹ später noch einmal aufgreifen.«

Sie tranken einen Schluck des edlen Schaumweins. Ein Kellner erschien und servierte ihnen den letzten Gang: Crème brûlée. Welche Ruhe im Saal herrschte! Niemand sprach laut oder ließ sein Lachen durch den Raum hallen. Man war in Gesellschaft und doch für sich. Hin und wieder war leises Klimpern von Besteck zu hören. Annas Umgang mit den Esswerkzeugen vollzog sich gewohnt elegant und lautlos. Sie war selbst in diesen Kreisen unerreicht. Tim musste feststellen, dass er immer noch Schmetterlinge verspürte, wenn er seine Freundin ansah.

»Ich möchte gerne auf die Terrasse gehen«, äußerte Anna nach dem Dessert ihren Wunsch.

»Aber klar«, nickte Tim und erhob sich von seinem Stuhl. Lächelnd stand auch Anna auf. Mit High Heels war sie ein bisschen größer als er. Sie legte ihre Hand in seine Armbeuge, und gemeinsam schritten sie durch die offen stehende Glasdoppeltür nach draußen. Zwischen den Leuten, die bereits am Geländer standen, traten sie an den Handlauf. Anna legte ihre Hand nun von hinten auf Tims Schulter und schmiegte sich sanft an ihn. Sie schaute nach dem Pärchen, das fünf Meter weiter rechts von ihnen stand.

»Die beiden sehen auch sehr verliebt aus, nicht wahr?«, säuselte Anna.

»Find ich auch«, gluckste Tim.

Anna betrachtete das Kleid der jungen Frau sowie ihre Schuhe. Auch ihre Frisur wurde gescannt.

»Sie erinnert mich ein wenig an Melli«, fand Anna.

»Ach!«, wiegelte Tim ab. »Doch nur wegen den roten Haaren.«

»Wenn ich es nicht besser wüsste ...«, begann Anna.

Da musste die junge Frau am Geländer kichern. Lachend drehte sich das Paar zu Tim und Anna um.

»Zwölfmal zwiegenäht!«, rief Anna aus. »Es sind wahrhaftig Melli und Alex!«

Mit Lachtränen in den Augen fiel Melli ihrer Freundin um den Hals. Anna lachte auch, aber immer noch mit ungläubigem Blick. Dann wandte sie sich Tim zu und jauchzte: »Das hast du ausgeübt! Deshalb hast du gestern so oft dein Mobiltelefon gezückt, du Filou!«

Plötzlich quiekte sie ganz leise auf. Jemand hatte ihr von hinten in die Lenden gepiekt. Sie fuhr herum und erkannte die Täterin.

»Isi!«, freute sie sich. »Und Julian! Du liebe Zeit, sind etwa alle unsere Freunde nach Paris gekommen?«

»Darauf kannst du Gift nehmen!«, tönte es von der Seite. Michael und Damian, ungewohnt stattlich gekleidet, näherten sich der Gruppe. Überwältigt umarmte Anna einen nach dem anderen.

»Ich hab mir gedacht«, erklärte Tim, »wenn wir schon meinen Geburtstag nachfeiern, dann gefälligst alle zusammen.«

Dem spendeten die Freunde entschieden Beifall.

»Oh, was für eine zauberhafte Überraschung!«, schwärmte Anna mit gefalteten Händen und blickte umher. »Aber wo ist Nessi?«

Da drehte Tim den Kopf nach rechts und rief über die Terrasse hinweg: »Wie ist das Foto vom Eiffelturm geworden?«

Die zierliche Frau in dem langen Kleid rief zurück: »Ganz gut. Ich bin zufrieden!«

Nessi ließ ihre Ausrüstung stehen und ging auf ihre Freunde zu. Doch wer war der große Mann mit dem Pferdeschwanz, der die ganze Zeit neben ihr gestanden hatte. Der grinste bis zu den Ohren, als er sich herumdrehte. Über seinem Hemdkragen traten seine Tattoos hervor, und im Abendschein glänzten die Piercings in seinem Gesicht. Anna schlug die Hände vor den Mund und atmete tief ein. Sie brachte kein Wort heraus.

»Na, du elender Schlunzbüggel?«, begrüßte Tim seinen alten Freund. Der grüßte ausgelassen zurück: »Tim! Alter Strauchdieb, hinterlistiger!«

Die beiden Männer schlugen ihre Hände ein und umarmten sich.

»Oh, Armin!«, wisperte Anna, als sie die Arme ausstreckte. Armin drückte sie, und lachend hob er sie kurz hoch.

»Na, ist das ’ne Aktion oder was?«, jubelte Damian.

»Die ganze Clique zusammen in Paris!«, schwärmte Isi. »Das haben wir noch nie gebracht!«

»Das ist so wunderschön!«, schloss sich Anna an. »Also werden wir nun aufbrechen und am Pariser Nachtleben teilhaben.«

»Nicht so eilig, mein Schatz!«

Tim hatte die Hand gehoben, und er sah seine Freundin eindringlich an.

»Als erstes haben wir noch ein Hühnchen mit dir zu rupfen.«

Anna verharrte in ihrer Haltung und staunte Tim an.

»Mit mir?«

»Ja. Ich meine, wir sind zwar alle deine Freunde, und wir wollen dir nichts Böses. Aber es muss heute mal gesagt werden: Wir finden, dass du übertreibst.«

Mit großen Augen und offenem Mund blickte Anna von einem zum andern, bevor sie wieder Tim anschaute.

»Wie bitte? Ich übertreibe? Aber inwiefern denn nur?«

»Es ist die leidige Geschichte mit deinem Namen«, begann Tim ernst zu erklären. »Er wird jetzt wirklich allmählich zu lang. Überleg mal, du heißt Annabelle Patrizia Josephine Komtess zur Heyden. Und in einem Jahr kommt auch noch ein ›Dr.‹ vorne dran. Du musst doch zugeben, dass das ausufert.«

»Nun ja«, sah Anna gewitzt ein, »es wird zumindest immer dann zu einem Problem, wenn am Ende eines Formulares ein Feld von sieben Zentimetern Länge auszufüllen ist, unter dem steht: Bitte deutlich mit vollem Namen unterschreiben.«

»Siehst du? Und das müssen wir einfach angehen. Es geht so nicht weiter.«

»Aber was soll ich denn tun? Ein Anfang könnte freilich sein, dass ich meinen Adelstitel ablege.«

Tim deutete mit seiner Mimik ein Einsehen an und meinte: »Na, ich glaube, das ist nicht nötig. Es gibt da was besseres. Die Technik ist heute so weit, dass kürzlich die ersten IEDs auf den Markt gekommen sind.«

»IEDs?«, wiederholte Anna ungläubig.

»Du hast richtig gehört«, erklärte Tim. »IED steht für ›Identity Editing Device‹. Ich hab Ditze im Vorfeld gebeten, eins zu besorgen. Du weißt ja, wenn es um technisches Spielzeug geht, ist er der Mann.«

»Ja, aber ich hab leider keins!«, warf Alex mit starker Betonung ein. Tim reagierte entsprechend gekünstelt: »Wie, du hast keins? Ditze, darüber haben wir doch ganz klar gesprochen. Du solltest ein IED mitbringen. Warum hast du keins besorgt?«

»Ich hatte einfach keine Zeit«, stammelte Alex. »War nix zu machen. Aber ich hab Armin angerufen und ihm gesagt, er soll sich drum kümmern.«

Anna wollte das Spiel ja gerne mitspielen, doch sie hatte keine Ahnung, was die Jungs gerade von ihr wollten. Tim schwenkte den Blick um 180 Grad von Alex zu Armin hin.

»Armin? Wie kommt Ditze darauf, dass ausgerechnet du ein IED besorgen sollst?«

»Na, ganz einfach«, triumphierte Armin und griff in die Innentasche seines Jacketts, »weil ich viel mehr Ahnung von den Dingern habe.«

Er brachte eine flache Pappschachtel hervor, auf dem der Schriftzug »USB 4.0« und ein Windows-Logo zu erkennen waren. Anna verfolgte den Vorgang mit ihren Augen und konnte sich keinen Reim darauf machen.

»Geh aber vorsichtig damit um, Tim«, bat Armin. »Ich hab dafür 'ne Nachtschicht eingelegt.«

Mit einem ganz wichtigen Gesichtsausdruck öffnete Tim das Schächtelchen und zog zwei Lagen Schaumgummi heraus. Er klappte sie auseinander und hielt letztendlich einen goldenen Ring in der Hand. Er war liebevoll mit Laubmustern ziseliert, und winzige Steinchen symbolisierten eine Blüte. Als Anna ihn erblickte, schlug sie augenblicklich beide Hände vor den Mund. Ein helltoniges Jauchzen klang zwischen ihren Fingern hindurch, und ein lautes, verzücktes Fiepen ertönte in der Sekunde, als Tim vor ihr auf die Knie ging.

»Anna. Die einzige Möglichkeit, die ich sehe, ist mithilfe dieses IEDs deinen Namen zu verkürzen. Es wäre nur ein Buchstabe, aber immerhin. Aus der Komtess würde eine Gräfin werden.«

In diesem Moment wurden Annas Finger von reichlich Salzwasser benetzt. Tim fuhr fort: »Ich kann das aber nicht ohne dein Einverständnis. Deshalb meine Frage an dich: Möchtest du mich heiraten?«

Anna war nicht fähig, ein Wort zu sagen. Sie blickte unter Tränen auf Tim hinab und brachte nur ein Nicken zustande, während sie nach dem Papiertaschentuch griff, das Melli ihr reichte. Es dauerte eine Weile, bis ihr ein deutlich artikuliertes »Ja!« über die Lippen kam. Lächelnd und schluchzend erlebte sie den Moment, wie Tim ihr den Ring an den Finger steckte. Anschließend ergriff sie seine Hände, um ihn beim Aufstehen zu sich heran zu führen. Sogleich umfasste sie sein Gesicht mit beiden Händen und gab ihm einen liebevollen Kuss auf den Mund, bevor sie glücklich in seine Arme fiel. Gleichzeitig reckten die Freunde unter lauten »Ja!«- und »Hurra!«-Rufen die Hände in die Luft.

Ein paar Augenblicke dauerte es, bis Anna sich sammelte. Wie sie strahlte! Immer wieder musste sie sich ihren Verlobungsring ansehen. Zwischendrin nahm sie freudig die Gratulationen ihrer Freunde entgegen. Auch Tim erhielt seine Schulterklopfer. Er war an diesem Abend nicht minder zu beglückwünschen. Ausgelassen packte er Armins Schädel zu beiden Seiten und schüttelte ihn.

»Du bist der Größte, Armin!«, frohlockte er. »Das ist ein Wahnsinnsring!«

Schließlich stand Tim wieder vor Anna. Er legte beide Hände an ihre Hüfte und lehnte seine Stirn an die ihre.

»Na, Überfliegerin?«, flachste er. »Damit hast du nicht gerechnet, he?«

»Nicht einmal ansatzweise«, stimmte Anna glückselig zu, »und dabei habe ich diesen Moment so sehr herbeigesehnt.«

»Wirklich? Seit wann das denn?«

»Seitdem du deine Ausbildung zum Piloten abgeschlossen hast. Da dachte ich mir erstmalig, hm, nun spräche doch nichts mehr dagegen.«

»Sorry, dass du so lange warten musstest.«

»Nicht doch. Es hat sich wahrhaftig gelohnt.«

Da grinste Tim und stichelte: »Und wegen mir wird dein Name jetzt kürzer. Ätschi.«

Mit einem Mal begann Anna ausgelassen hinter vorgehaltener Hand zu kichern.

»Was hast du?«, fragte Tim verdutzt. »Was ist auf einmal so lustig?«

Anna fasste sich und sprach: »Kannst du dich an das letzte Mal erinnern, als wir zusammen ›Dame‹ gespielt haben? Du glaubtest, du hattest einen brillanten Zug vollführt, doch dann habe ich dich geradezu vernichtend geschlagen.«

Tim antwortete lässig: »Na ja, wer könnte dich schon in einem Spiel schlagen, das ›Dame‹ heißt. Worauf willst du hinaus?«

Wieder kicherte Anna: »Ich habe den Eindruck, dass dir nicht einmal ansatzweise bewusst ist, welche Konsequenzen es nach sich zieht, einer Adeligen einen Heiratsantrag zu machen.«

»Ja, doch«, widersprach Tim. »Das hast du mir ja schon hundertmal erklärt. Sobald eine Komtess heiratet, wird sie zur Gräfin.«

»Das ist richtig. Nun stelle dir einmal vor, ich würde mich dafür entscheiden, als Nachnamen ›Gräfin zur Heyden-Richthof‹ zu wählen. Dann wäre dein fein ausgeklügelter Zug gleichermaßen zunichte gemacht, so wie dein Angriff im Dame-Spiel.«

»Oh, hm«, räusperte sich Tim, »ich gebe zu, von dieser Seite habe ich es noch gar nicht betrachtet.«

»Aber darauf möchte ich im Grunde gar nicht hinaus«, wandte Anna ein, und beim Anblick von Tims verdutztem Gesicht begann sie abermals herzhaft zu lachen.

»Was hat sie?«, erkundigte sich Julian. Die ganze Clique stand um das Paar herum und verfolgte das Gespräch. Anna schaute äußerst belustigt in die Runde.

»Offenbar habt ihr alle noch nicht erfasst, was nun auf Tim zukommt, nicht wahr?«

»Na, was kommt denn auf mich zu, Anna?«, forderte Tim sie heraus. »Jetzt sag doch mal!«

»In Ordnung«, und nun deutete Anna ein vornehmes Hüsteln an. »Nun, mein Liebster, wie ich dir ja vorhin zu verstehen gab, habe ich deinem Antrag mit höchster Vorfreude entgegengehofft.«

»Ja. Und weiter?«

»Du musst wissen, dass ich in der Zwischenzeit bereits durchgängige Überlegungen angestellt habe, was die mit unserer Eheschließung verbundene Änderung unserer Namen betrifft.«

»Unserer Namen?«

»Ja, ganz recht. Glaubst du denn wirklich, es wirkt sich nicht auf deine Personalien aus, wenn du ein adeliges Mädchen zur Frau nimmst? Machst du mich per Heirat von einer Komtess zur Gräfin, wirst du im selben Zuge Graf.«

»Oh, Scheiße!«, entfuhr es Tim, dem soeben die Kinnlade runtergefallen war. Nicht nur seine Gesichtszüge erschlafften, auch seine Arme fielen schlapp an seinem Körper herunter.

Julian war der erste der Freunde, der zu gackern begann: »Guckt euch Trip an! Der fällt gerade ins Leid!«

»Ich glaub, diesmal haut's ihn wirklich um!«, rief Michael lauthals lachend.

»Und das ist in deinem Fall bei Weitem noch nicht alles, liebster Tim«, triumphierte Anna heiter, »immerhin leitet sich dein Nachname von einem alten und berühmten Adelsgeschlecht ab, dem du kraft Eheschließung mit mir wieder zugeordnet werden wirst. Ich sage es am besten ohne Umschweife: Unsere Vermählung macht dich zu Timotheus Johann Graf von Richthofen.«

Tims Beine schwankten plötzlich. Er sah aus, als würde er gleich wie ein leerer Sack zusammenfallen. Armin trat schnell hervor und fasste ihn unter den Achseln.

»Hey!«, flachste er. »Wer wird denn gleich aus den Latschen kippen, alter Junge?«

»Er muss sich setzen!«, warf Melli ein, und Isi gackerte: »Das war eindeutig zu viel für ihn.«

Armin drehte Tim gemeinsam mit Michael zum Geländer hin. Es stand auf einer Maueraufkantung, die hoch genug zum Sitzen war. Dort setzten die Jungs ihren Freund ab und lehnten ihn gegen einen der Pfosten. Mit starrem Blick und offenem Mund saß er regungslos da. Isi trat vor ihn hin und schnippte mit den Fingern vor seinen Augen herum.

»Oh je!«, seufzte sie. »Ich glaube, er ist katatonisch!«

»Ach ja?«, rief Melli aus und drängte Isi ab, damit sie Tim ins Gesicht blicken konnte.

»Hola?«, sprach sie betont zu ihm. »Com estàs? Estàs bé?«

An der Stelle war es Isi, die ihre Freundin wegschubste und sich erneut vor Tim stellte.

»Ach!«, widersprach sie Melli. »Ich sagte katatonisch! Nicht katalonisch!«

Da brach die ganze Truppe in schallendes Gelächter aus. Auch Tim konnte sich nicht mehr beherrschen und prustete durch die Lippen. Dann beugte er sich vor, stützte die Ellenbogen auf die Knie und vergrub das Gesicht in seinen Händen.

»Verdammte kalte Axt!«, hörte man ihn zwischen den Fingern hervorkeuchen. »Ist das ein krasser Scheiß!«

Er stand auf und wandte sich Anna zu, die ihn verschmitzt und doch liebevoll anlächelte.

»Und das ist kein Scheiß?«

»Keineswegs.«

»Ich mein ja nur. Weil dein Kleid nicht dreckig ist. Da hätt's ja sein können, dass du Witze machst.«

»Ich kann dir versichern, dies alles entspringt gründlicher Recherche. Was denkst du nun? Ist dieser Umstand zu viel des Guten? Möchtest du deinen Antrag noch einmal überdenken?«

Tim schlang seine Arme um Annas Taille und zog sie zärtlich an sich heran.

»Auf gar keinen Fall. Von mir aus können sie mich auch ›Graf Arschkrampen von Nillekäs‹ nennen – Hauptsache, die tollste Frau dieses Planeten will mich heiraten. Nur darauf kommt's an.«

Sanft legte Anna ihre Arme um Tims Schultern.

»Nur dieses Planeten?«

»Och, da mach dir mal keine Gedanken. Ich glaub nicht, dass außerirdische Frauen auf uns attraktiv wirken. Du bist absolut sicher.«

»Wie schön.«

Jubelnd gönnten die Freunde den Frischverlobten die Zeit für den langen Kuss, den sie sich nun gaben. Anschließend beglich Tim noch schnell die Rechnung, und der Tross der Freunde verließ das Lokal. Heute war feiern angesagt!

Im Büro von Herrn Dr. Hinkheim brannte noch Licht. Der Schein des dunkelblauen Himmels, der ins Zimmer fiel, kontrastierte mit der warmen, gedämpften Beleuchtung des Innenraums.

»Sie sind mir schon so ein Weltmeister, was?«

Herr Dr. Hinkheim hatte niemand anderen als Rüdiger Brochnes im Visier, der dem Inhaber der Anwaltskanzlei an dessen Schreibtisch gemeinsam mit Philipp Hinkheim gegenübersaß.

»Wie, Weltmeister?«

»Lässt sich mit einem billigen Auftritt aus einem Schmierentheater auf dem Herren-WC einer Boutique festsetzen. Von zwei Modepüppchen.«

»Moment bitte, Vater«, meldete Philipp sich zu Wort.

»Von wegen Modepüppchen. Du unterschätzt Annas Intelligenz, wenn du sie so …«

»Ja, Philipp«, unterbrach Herr Hinkheim ihn, »ich weiß um ihren Intellekt. Und ich weiß auch, dass sie von ebendiesem nicht einmal ein Prozent einsetzen musste, um unseren Beschattungsspezialisten hier hinters Licht zu führen.«

»Sie war verkleidet!«, protestierte Rüdiger. »Und sie hat ihre Stimme verstellt.«

Philipp hielt ihm von der Seite her die Handfläche entgegen, um ihm Schweigen zu signalisieren, dann begann er großspurig zu reden.

»Ich muss mich für Herrn Brochnes entschuldigen, Vater. Ich wäre Anna besser selbst gefolgt und hätte Marilena ihm überlassen sollen. Ich mach mir schwere Vorwürfe.«

Er deutete dabei geringschätzig mit dem Daumen auf Rüdiger.

»Was bist du denn für ein Rübenschwein?«, krakeelte Rüdiger ihn an. »Willst du mich jetzt als den Doofen hinstellen oder was?«

»Jedenfalls hätte ich mich nicht auf der Toilette einschließen lassen«, hielt Philipp verächtlich dagegen.

»Ach ja?!«

»Ruhe!«, dröhnte Herr Hinkheim dazwischen. Für eine Sekunde verharrte er regungslos, so als ob er das Echo seines Ausrufes abwarten wollte. Dann kehrte er zur gemäßigten Stimmlage zurück.

»Sohn«, sprach er, »was wissen wir über Marilena zur Heyden?«

Zuerst schaute Philipp seinen Vater nur verwirrt an. Als dieser eine auffordernde Geste seiner Hand folgen ließ, begann Philipp: »Sie ist Annas extrem nervige Cousine. Ich kann sie nicht ausstehen, diese vorlaute, von sich eingenommene …«

Herr Hinkheim winkte ab.

»Unabhängig von deinen Gefühlen für die beiden Frauen, die ja gegensätzlicher kaum sein könnten, …«

»Haha!«, platze Rüdiger lachend heraus. »Das hab ich auch schon gecheckt.«

»Klappe, Brochnes!«

»… unabhängig deiner Gefühle«, fuhr Philipps Vater mit Nachdruck fort, »was wissen wir über Marilena? Ich gebe dir Hilfestellung: Wir wissen es seit letzter Woche.«

Da ging Philipp ein Licht auf.

»Oh«, klang es kleinlaut aus ihm heraus, »sie ist für Ansgar zur Heyden nach Carcassonne geflogen. Sie hält dort für ihn die Stellung, weil sein Termin in England länger dauert und sich daher mit der Konferenz in Frankreich überschneidet.«

»Aha«, kommentierte Herr Hinkheim. »Und dieses Symposium dauert insgesamt zwei Wochen. Gehst du davon aus, dass sie, so mir nichts dir nichts, einfach mal für einen Tag zurückkommen kann, um ihrer Cousine bei einem Stückelchen zu helfen?«

»Na ja«, druckste Philipp, »das könnte ich mir bei den beiden schon vorstellen.«

»Tatsächlich? Und würde sie sich stattdessen für eine Familienfeier entschuldigen?«

»Nein, auf keinen Fall! Die würde sie in jedem Fall vorziehen, sofern sie nicht gerade einen wichtigen Geschäftstermin hätte.«

»Du meinst so einen wie in Carcassonne?«

»Ja, genau.«

Herr Hinkheim hörte nicht auf, seinen Sohn anzublicken, als er sich in seinem Schreibtischsessel zurücklehnte und die Hände mit überkreuzten Fingern vor dem Bauch zusammenlegte. Nachdem er eine Weile dabei zugesehen hatte, wie Philipp ihn mit einem geistlosen Gesichtsausdruck anstarrte, öffnete er endlich den Mund und nahm Luft zum Sprechen.

»Nimm mal dein Smartphone zur Hand.«

Philipp fasste mürrisch in die Innentasche seines Jacketts.

»Und dann?«

»Dann schau dir mal die Neuigkeiten in den sozialen Netzwerken an … Facebook, Instagram, völlig egal. Bitte, nur zu.«

Philipp, in seinen Stuhl gefläzt mit der linken Hand in der Hosentasche, wischte mürrisch mit dem Daumen seiner rechten Hand über das Display. Auf einmal erstarrte seine Hand, zusammen mit seinem Gesicht.

»Sieht sie nicht zauberhaft aus?«, beschrieb Herr Hinkheim. »Ich muss zugeben, dass sie wirklich eine Schönheit ist. Und sieh nur, wie glücklich sie in ihre Handykamera lächelt, während sie das Selfie aufnimmt. Ihr Verlobter, wie wir ihn seit heute Abend nennen dürfen, strahlt mit ihr um die Wette. Und um die beiden herum ist die ganze

Mannschaft versammelt. Wer der Große mit den Piercings ist, weiß ich nicht, aber schau: Sogar ihre jüngere Cousine Vanessa ist anwesend. Bestimmt hatten sie auch Marilena eingeladen, doch, wie ich von den Erzählungen Ansgars weiß, dürfte sie aktuell derart beschäftigt sein, dass es ihr absolut nicht möglich war, Zeugin dieses wundervollen Anlasses zu sein.«

Schweigen. Starren aufs Handy. Schweres Atmen. Es war Rüdiger, der die Stille lautstark unterbrach.

»Dann hättest du wissen müssen, dass die Blonde nicht diese Marilena sein kann! Aber du hast ja noch nicht mal aus dem Fenster geguckt, sondern dich nur auf meine Beschreibung verlassen! Du hast es verkackt, Hinkheim! Nix Weltmeister hier!«

Mit einem Mal knallte Philipp sein Handy auf den Tisch.

»Es war ihr Auto, verdammt!«, schrie er vor sich hin. »Es war ihr scheiß Auto!«

Er sprang auf und rannte zur Tür.

»Wo willst du hin?«, rief sein Vater.

»Nach Hause!«, schnaubte Philipp. »Es Mutter erzählen!«

»Es ist zwecklos, mein Junge!«, rief Herr Hinkheim ihm noch hinterher, doch Philipp war schon auf dem Weg nach draußen.

»Puh!«, kommentierte Rüdiger das Geschehen. »Der ist jetzt erstmal durch.«

Herr Hinkheim wandte ihm sein Gesicht zu und zuckte mit dem Kopf Richtung Tür.

»Das ist für heute alles, Herr Brochnes. Machen Sie, dass Sie raus kommen.«

Rüdiger ließ sich nicht zweimal bitten. Er schlug lässig auf seine Oberschenkel und stand breitbeinig auf. Als er das Haus verlassen hatte, ging eine andere Tür zum Flur auf und ein rundlicher Mann in Hemd und Anzughose, mit schwarzem Vollbart und Vollglatze, ein Stück größer als Herr Hinkheim, trat aus ihr hervor. Vorsichtig erschien er in der offenen Bürotür seines Partners.

»Ist alles in Ordnung hier?«

Herr Hinkheim blickte von seinem Tisch auf.

»Bernhard. Auch noch fleißig?«

»Ja«, nickte Herr Dr. Gielchen und näherte sich seinem Kollegen. »Die Alflerbach-Sache. Unheimlich viel zu lesen … War das Philipp gerade eben?«

Herr Hinkheim nahm tief Luft.

»Ja, so ist es. Er hat eben erfahren, dass Annabelle zur Heyden seit heute offiziell die Braut Herrn Richthofs ist.«

»Ach, wie schön!«, lächelte Herr Gielchen. »Das freut mich für Annabelle.«

»So?«

»Aber ja. Ich weiß natürlich, dass Philipp darüber nicht glücklich ist, und es tut mir auch ein bisschen leid für ihn, aber es ist wie es ist. Liebe kann man nicht erzwingen, und der zur Heydens Wolfgang ist seit Jahren ein guter Freund von uns, da sollten wir der jungen Annabelle ihr Glück doch nicht missgönnen.«

Erneut lehnte Herr Hinkheim sich entspannt zurück.

»Was weißt du über Tim Richthof, mein alter Freund?«

Herr Gielchen strich sich über den Bart und überlegte.

»Er ist dem Richthofs Michel sein Jüngster. Hat es nicht leicht gehabt, der Jung. Sein Vater ist nicht zimperlich mit ihm umgegangen, und das ist noch milde ausgedrückt. Wir sprechen hier von extremer häuslicher Gewalt.«

»Er scheint es aber überlebt zu haben.«

»Ja, Gott sei Dank. Ein schneidiger junger Mann ist er geworden. Berufspilot. Damit hat er alle Lügen gestraft, die an seiner Integrität gezweifelt haben, nicht wahr?«

»Die Ausbildung haben ihm doch Ansgar und Wolfgang bezahlt.«

»Sie haben in seine Ausbildung investiert, damit er für sie arbeitet. So wird ein Schuh draus.«

»Du scheinst ja viel von ihm zu halten.«

»Ich bin einfach beeindruckt, wie er aus diesen widrigen Bedingungen heraus sein Leben gemeistert hat. Insofern, ja.«

»Sein Leben gemeistert? Hm. Kunststück, meinst du nicht auch? Ein Mädchen aus wohlhabendem Hause hat er angelacht. «

Herr Gielchen reagierte an der Stelle mit einem humorigen Glucksen.

»Ich verstehe deine Verstimmung, Josef. Da bist du nicht der einzige.«

Herr Hinkheim runzelte die Stirn.

»Was willst du damit sagen?«

»Ich bitte dich! Von dem Tag an, als dieses Mädchen laufen gelernt hat, war jedem in Leyental klar, dass sie eines Tages die Partie sein würde. Eine Menge Eltern haben sich Hoffnung für ihre Söhne gemacht. Am Ende hat sie jeden hier mit ihrer Wahl überrascht. Und dabei so manchen Leuten ungewollt vor den Kopf gestoßen. Mir ist völlig klar, dass das wehtut.«

»Machst du dich gerade über Philipp lustig?«

»Keineswegs. Wie ich schon sagte, es tut mir durchaus leid für ihn. Aber er war von allen Kandidaten der aussichtsreichste. Er war sechzehn Jahre lang direkt am Ball und hat es nicht geschafft, sie für sich zu gewinnen. Anstatt zu jammern, solltet ihr euch lieber überlegen, woran es gelegen hat.«

»Tja, lieber Bernhard, da möchte ich dir widersprechen. Meines Erachtens ist sie, wie es für Frauen typisch ist, schlicht und einfach auf ein paar Muskeln und einen finsteren Ruf angesprungen.«

»Das, lieber Josef, sind Eigenschaften, die ich nie mit Annabelle zur Heyden in Verbindung bringen würde. Deine Einschätzung stützt meine Theorie, meinst du nicht? Ich wünsche dir einen schönen Feierabend, mein Lieber.«

Kapitel 9

In den Straßen von Paris dämmerte der Morgen. Unsere Freunde hatten sich auf einer Stufenanordnung am Seine-Ufer ausgebreitet. Teils sitzend, teils liegend ließen sie den Tag über sich anbrechen. Mit Ausnahme von Anna hatten sich die Frauen ihre Strickwesten über die Abendkleider gezogen. Was die Garderobe betraf, so saß an den Männern nichts mehr so wie am Abend. Die Krawatten hatten sie irgendwo hingeworfen und die Hemdkrägen geöffnet. Ihre Jacketts dienten einigen von ihnen nun als Unterlage, während sie sich auf den Betonstufen lang machten.

»Der Eiffelturm leuchtet nicht mehr«, stellte Isi fest.

»Aber schon lange nicht mehr«, antwortete Julian ohne sie anzusehen.

»Dafür hat Nessi alles im Kasten«, bemerkte Damian und dreht sich in Vanessas Richtung. Gerade jetzt setzte sie wieder an, an weiteres Motiv abzulichten. Sie hatte Damians Worte gehört und schaute für einen Moment lächelnd zu ihm hin.

»Darauf könnt ihr euch verlassen«, gab sie zurück, »ihr dürft eure Erinnerungen bei Bedarf jederzeit bei mir auffrischen.«

»Wir sind mega froh, dass wir dich haben«, scherzte Damian.

»Gell, Motte?«, fügte Michael verschmitzt hinzu. Damian ignorierte es.

»Hey, Leute!«, warf Alex ein, der auf dem Rücken lag und die Fäuste in die Luft reckte. »Wisst ihr, was für eine geile Nacht das war? Das sollten wir echt viel öfter zusammen machen.«

»Klar!«, rief Michael. »Die nächste Verlobung kommt bestimmt.«

Alex zwinkerte ihm zu und gab zurück: »Ich hoffe doch, dass wir so lange nicht damit warten.«

»Was soll das denn bitte heißen?«, meldete sich Melli, halb amüsiert, halb empört. Gelächter erhob sich unter den Freunden.

»Tja, Ditze«, gluckste Tim auf. »Musst jetzt aufpassen, was du sagst, schätz ich.«

Anna hatte ihre Hände auf Tims Schulter übereinander gefaltet und ihren Kopf mit der Wange darauf abgelegt. Selig lächelte sie und sagte nichts. Ihre Lider mit den langen Wimpern hatte sie geschlossen.

In einiger Entfernung zu ihnen hatte sich eine andere Gruppe niedergelassen. Sie hatten die Nacht offenbar wesentlich exzessiver verbracht als unsere Freunde. Einer von ihnen robbte sich in diesem Moment zum Ufer und übergab sich ins Wasser. Das Stöhnen und das Brechgeräusch drangen durch die Stille des Morgens. Mit gerümpften Nasen blickten Melli und Isi von einem zum anderen.

»Apropos«, schmunzele Julian. »Ditze, erzähl doch mal: Lief eigentlich alles glatt mit unserem alten Freund R. Brochnes in der Boutiquetoilette?«

»Jaja«, winkte Alex lässig ab, »wollte mir gleich eine semmeln, der Arsch, aber ich hab ihn direkt mal an die Wand genagelt. Dann hat er sich aufgeregt, wie blöd wir wären, weil er Anna doch nur gefolgt wäre, um mit ihr zu reden.«

Anna schlug die Augen auf und hob den Kopf.

»Tatsächlich? Hat er auch dargelegt, was er sich von dieser Unterhaltung versprochen hatte?«

»Nein. Hat sich nur aufgeregt, weil wir ihm nicht vertrauen würden. Hab ihm dann gesagt, dass er sich das erstmal verdienen muss.«

»Ausgezeichnet«, nickte Anna. »Da hast du vortrefflich reagiert.«

»Zieht euch das mal rein«, bemerkte Damian. »Will der Ditze direkt mal eine zimmern. Da ist er aber an den Falschen geraten.«

»Und da kann er noch froh sein«, kicherte Isi. »Ditze wird mit ihm fertig, ohne ihm weh zu tun. Bei Trip hätte er direkt wieder 'ne blutige Nase gehabt.«

Tim lachte auf: »Nicht unwahrscheinlich.«

»Irgendwie spannend«, warf Nessi ein. »Ein Boxer und ein Kampfsportler. Wer würde wohl gewinnen, wenn Trip und Ditze gegeneinander kämpften?«

»Sauschwierig«, meinte Michael. »Ditze hat die Geschicklichkeit aus dem Kung Fu. Trip ist aber hundertmal stärker. Und schnell sind sie beide. Ditze würde wahrscheinlich so lange abwehren, bis Trip einen gezielten Treffer landet. Und dann würden bei Ditze die Lichter ausgehen.«

Die Gruppe lachte ausgelassen. Dann fragte Melli herausfordernd: »Na, Schatz, wie ist denn deine Einschätzung dazu?«

»Wie Hawkens schon sagt«, antwortete Alex ruhig. »Es ist schwierig zu beurteilen. Immerhin verfügst du im Kung Fu auch über Angriffsstrategien, und da würde ich mir schon Chancen ausrechnen. Aber jetzt mal ernsthaft,

Trip. Ich meine, seit ich mich intensiv mit Kampfsport beschäftige, hab ich auch Einblick in verschiedene Techniken. Und bei dir ist das wirklich was Besonderes. Du boxt nicht einfach nur. Wenn du kämpfst, dann fast immer mit einer ganz klaren Absicht zu verletzen. Dein Ziel ist es, den Gegner möglichst schnell und dauerhaft kampfunfähig zu machen. So was lernt man nicht von alleine. Im Gegenteil, das kriegt man ganz gezielt beigebracht. Hab ich recht, Kumpel?«

Gespannt schauten alle zu Tim, der sich seelenruhig über die Schenkel wischte und in sich hinein lächelte.

»Gut erkannt«, grinste er schließlich in Richtung Alex.

»Ich wusste es!«, freute sich Alex. »Und wann während deiner großen Tour ist das passiert?«

»Ziemlich früh, kann man sagen«, gab Tim zur Antwort und vergrößerte damit nur das Interesse seiner Zuhörer.

»Also schön«, lenkte er nach einem kurzen Moment ein, »dann erzähl ich euch das mal. Als ich in Hamburg auf das Schiff ging, tja, da gab's 'ne kurze Vorgeschichte. Ich hab da ein paar Typen getroffen, die waren von der Mannschaft, und ich hab die angequatscht und gefragt, was ich machen muss, um Seemann zu werden. Bevor ich wusste, wie mir geschah, hatten die mir schon Papiere besorgt und mich an Bord gebracht.«

»So schnell ging das?«, warf Isi ein. »Da war doch garantiert was faul.«

»Darauf kannst du wetten«, nickte Tim ihr zu. »Ich glaub, ihr Jungs erinnert euch noch gut daran, was für ein dünner Hering ich damals war.«

»Oh ja!«, gackerten die Männer.

»Ach ja?«, wunderte sich Nessi mit großen Augen.

»Ja, absolut«, versicherte Tim. »Sag's ihr, Armin!«

Nessi schaute erwartungsvoll zu Armin hin. Der grinste ihr zu, während er die Faust hob, aus der er den kleinen Finger nach oben streckte. Verblüfft schürzte Nessi die Unterlippe.

»Am Anfang haben die noch richtig auf Kumpel gemacht«, erzählte Tim weiter, »denn wir hatten ja noch einen Landgang in Cork vor uns, bevor es über den Teich nach Kanada ging.«

»Cork in Irland?«, erkundigte sich Nessi.

»Exakt«, bestätigte Tim. »Da hab ich übrigens den Schweren hier kennen gelernt.«

Lachend gab er Armin einen Klaps auf den Oberschenkel.

»Mann, wie gut ich das noch weiß«, erinnerte sich Armin. Tim nickte, dann fuhr er fort.

»Als ich wieder auf dem Dampfer war, ging es los. Ich red jetzt nicht um den heißen Brei rum. Die hatten so eine Aktion öfter gemacht, ich meine, irgendein grünes Jüngelchen auf dem Kahn einzuschleusen. Dafür gab's nämlich 'nen Grund. Die hatten da in der Mannschaft 'nen pädophilen Philippino, den sie regelmäßig mit Material versorgt haben. Ihr versteht.«

»Oh Scheiße!«, hauchte Melli und legte ihre Hand auf den Mund. »Und du warst für den bestimmt? Das hast du uns nie erzählt.«

»Bin ich auch nicht wild drauf, Leute, ohne Witz. Jedenfalls, die reißen mir die Klamotten vom Leib und stecken mich zu dem Typen in die Kabine. Der ist auch schon splitternackt und will direkt ans Ziel. Ich hab versucht mich zu wehren, aber ich kam nicht gegen ihn an. Als er gerade in Position war und ich wie ein Wilder zusammengekniffen hab, da sprang die Tür auf, und der Bootsmann kam rein. Das war 'ne Ecke, sag ich euch! So schnell konnte ich gar nicht gucken, wie der den Pädo ausgeknipst hat. Draußen im Gang lagen die Anderen mit blutigen Gesichtern. Dann packt die Ecke mich am Arm und bringt mich in sein Quartier. Na ja, kurz und gut, durch den kam ich dann auf die Schiene mit dem Boxen. Boxen und mehr, ihr wisst schon.«

»Boah, ist das krass!«, staunte Isi erschrocken, »Anna, wusstest du das schon?«

»Aber ja«, lächelte Anna und streichelte Tim über den Nacken. »Er hatte es mir alsbald erzählt, als wir zusammenkamen.«

»Und seit diesem Vorfall …«, begann Julian. Tim nickte grimmig und übernahm das Wort: »… seit diesem Vorfall gibt es sie richtig in die Fresse, wenn mir einer blöd kommt.«

Eine zeitlang sahen die Freunde Tim wortlos an. Sie wussten, dass er es ernst meinte. Sie wussten aber auch, dass das Gelübde ihres Kumpels auch sie selbst mit einschloss. Wer immer sich an ihnen vergreifen mochte, würde Tim zum Feind bekommen und die Konsequenzen buchstäblich zu spüren kriegen.

Damian unterbrach als erster das Schweigen.

»Hört, hört!«, flachste er. »Das verträgt sich aber ganz und gar nicht mit dem Adelsstand, den sie dir demnächst verpassen, Alter. Oder, Anna? Wie siehst du das?«

»Nun ja«, antwortete Anna, »ich verabscheue Gewalttätigkeiten. Ich weiß jedoch, dass Tim, so ich ihn nicht zu besänftigen vermochte, seine Kampfeskraft ausschließlich zum Guten einsetzen würde. Niemals würde er grundlos angreifen.«

»Na na!«, rief Julian lachend. »Was wird das, Anna? Willst du ihn zum Ritter schlagen?«

Anna schaute Tim süß lächelnd an, legte ihren rechten Arm um seine Schultern und ihre linke Hand auf seine Brust. Verliebt säuselte sie: »Dazu besteht keine Notwendigkeit. In seinem Herzen ist er das bereits.«

Durch den Freundeskreis ging ein humoriges Raunen.

»Uuuuuh!«, machten sie, und Alex fügte hinzu: »Jetzt packst du hier aber die Hardcore-Romantikerin aus, was?«

»Lasst sie!«, machte Nessi sich bemerkbar. Sie saß auf einer Stufe, den Oberkörper schräg abgestützt. Ihren Kopf neigte sie zur Seite, sodass ihre Wange und Schulter sich berührten. »Anna hat völlig recht. Und schon bald ist er Graf Timotheus von Richthofen. Ihr müsst zugeben, dass das sehr ritterlich klingt.«

»Ich weiß nicht, ob ich mich daran gewöhnen kann«, erwiderte Tim gedankenvoll, »da wird ich wohl noch 'n bisschen Zeit für brauchen.«

»Cool ist das aber schon«, meinte Alex, »überlegt mal: Manfred Freiherr von Richthofen war ein berühmter Jagdflieger, der sein Flugzeug rot angemalt hatte. Deswegen wurde er der ›Rote Baron‹ genannt. Was meinst du, Trip, wie sollen wir dich nennen? Bist du dann der ›Rote Graf‹ oder was?«

»Ach, ich weiß nicht«, scherzte Tim zurück. »Dann müsste ich ja unseren Flieger rot lackieren. Der gefällt mir aber so, wie er ist.«

»Der Rote Graf …«, sinnierte Isi. »Das klingt eher wie der Name des Anführers einer Untergrund-Widerstands-gruppe, die immer aus dem Verborgenen zuschlägt und ihre Gegner verwirrt …«

Tim lachte laut auf.

»Jetzt ist's aber gut. In letzter Zeit zu oft im Kino gewesen, was? Wie wär's wenn wir uns jetzt mal ein, wie heißt das doch gleich, gönnen …?«

Er sah Anna fragend an. Sie antwortete kess: »Ein petit dejeuner? Sofern du von einem Frühstück sprichst? Ich fürchte, du hättest es wohl nie zum Piloten gebracht, wenn der internationale Funksprechverkehr auf Französisch geführt würde.«

»Meine Güte, Anna!«, raunte Tim im Aufstehen. »Du kannst dir ja richtig finstere Szenarien ausdenken. Echt, da läuft's einem eiskalt den Buckel runter.«

Er nahm seine schöne Braut bei den Händen und hob sie zu sich nach oben. Dann rief er: »Auf geht's! Kaffee und Crepes für meine Braut und meine Freunde!«

»Wie schön, dass wir euch nun auch persönlich beglückwünschen konnten«, meinte Vivienne mit einem Glas Wein in der Hand. Sie, Wolfgang sowie Tim und Anna hatten sich am Abend nach der Rückreise im Wohnzimmer von Annas Elternhaus zusammengesetzt.

»Ich fand es äußerst lieb, Kleines«, fuhr die Mutter fort, »dass du uns gestern gleich nach Tims Antrag angerufen hast. Wir sind beide sehr erfreut darüber, dass ihr euch entschlossen habt, eure Verbindung zu legalisieren.«

»In der Tat«, stimmte Wolfgang zu. »Mein Bruder und ich hatten schon in Erwägung gezogen, Wetten abzuschließen, wann es endlich soweit sein würde. Du hast dir ganz schön Zeit gelassen, Tim, das muss ich schon sagen.«

»Jap«, lachte Tim und hob die Hände, »schuldig im Sinne der Anklage. Als ich Anna im Zug so angesehen habe, da fiel es mir erst ein. Und ich hab zu mir gesagt, Alter, bist du doof? Und dann hab ich hinter ihrem Rücken alle Hebel in Bewegung gesetzt, damit sie ein unvergessliches Wochenende erlebt. So eine kleine Wiedergutmachung für die Wartezeit.«

»Das hast du wunderbar eingefädelt«, sicherte Anna ihm zu, wobei sie ihre Hand auf seine legte. »Es war eine über alle Maßen gelungene und obendrein zauberhafte Überraschung.«

»Wann werdet ihr in die Planung gehen?«, fragte Vivienne erwartungsvoll. »Habt ihr schon einen Termin ins Auge gefasst? Gib deinem Onkel nur ja rechtzeitig die Informationen, Annabelle! Er hielt in den letzten Jahren stets vorsorglich an einigen Wochenenden den Saal frei, für den Fall, dass du …«

»Mama, bitte!«, entgegnete Anna nachdrücklich. »So weit sind wir noch nicht gediehen. Und wer weiß zu diesem Zeitpunkt denn schon, was uns noch alles an möglichen Orten in den Sinn kommt.«

»Na, du wirst doch Onkel Ansgar nicht vor den Kopf stoßen wollen!«

»Schatz«, beschwichtigte Wolfgang seine Frau, »nun lass die beiden erstmal zur Ruhe kommen. Und überlasse es ihnen, was sie machen werden. Bestimmt wollen Sie lieber die Dachterrasse auf der Bank buchen.«

»Papa!«, mahnte Anna ihn.

»Schon gut«, lachte Wolfgang herzlich. »Es war nur ein Witz, Schätzchen. Ich fand es einfach charmant, wie eifrig deine Mutter in die Planungsfragen eingestiegen ist, von daher …«

Er knipste Tim ein Auge. Der deutete zur Bestätigung feixend mit dem Finger auf ihn.

»Nun, Themenwechsel«, ordnete Vivienne an. »Was geschieht nun weiter in der Angelegenheit mit der Frau Doktor? Ich nehme an, ihr seid mit neuen Erkenntnissen zurückgekehrt?«

»Können wir denn inzwischen wieder frei reden?«, antwortete Tim. »Ist die Sprachsteuerung mittlerweile wieder unter eurer Kontrolle?«

»Na, aber gewiss!«, trumpfte Vivienne auf. »Weshalb hätten wir damit noch abwarten sollen? Ich lasse mich doch in meinem Haus nicht dazu nötigen, auf jedes Wort zu achten. Wer bin ich denn?«

»Wir haben alles während eurer Abwesenheit zurücksetzen lassen«, erklärte Wolfgang. »Alle Passwörter sind neu eingerichtet. Da durch euren Trick mit La Boutique für eure Gegner offenkundig wurde, dass ihr den Spieß umgedreht habt, sahen wir keine Veranlassung, weiterhin so zu tun, als wüssten wir von nichts.«

Tim und Anna nickten zur Bestätigung. Sie erzählten nun ausführlich von ihrem Besuch bei Thérèse und Frau Dr. Uebelacker und von dem überraschenden Auftauchen Herrn Gernot Gielchens, dem Bruder des Rechtsanwalts Dr. Bernhard Gielchen. Die Geschichte um die Hintergründe der Verfolgung der Lehrerin durch den DeGeKo malte Bestürzung auf die Gesichter von Annas Eltern.

»Wo wird das hinführen?«, seufzte Vivienne, kopfschüttelnd zum Fenster schauend.

»Wir sind besorgt, Annabelle«, richtete Wolfgang das Wort an seine Tochter. »Kannst du uns versichern, dass du dich nicht in ebensolche Gefahr begibst wie Frau Dr. Uebelacker?«

Anna suchte für einen Moment nach Worten.

»Ich vermag es kaum einzuschätzen. Sie ist das Objekt, auf das sich vornehmlich die Feindseligkeiten richten. Inwiefern ich durch mein Handeln die Aufmerksamkeit auf mich ziehe, wird sich erweisen.«

»Im Augenblick weiß ja keiner, was du tun wirst«, erklärte Tim. »Wenn wir das schön für uns behalten und drauf achten, was hinter unserem Rücken passiert, sollten wir einigermaßen sicher sein.«

Dem stimmte Anna zu: »In diesem Sinne werde ich morgen Nachmittag nach Hillesheim fahren, um die Akten über den ehemaligen Bürgermeister Ernst Müller einzusehen. Vorausgesetzt, ich erhalte Zutritt zum Stadtarchiv. Das werde ich jedoch morgen in aller Frühe telefonisch abklären.«

»Du alleine?«, fragte Vivienne nach. »Wird Tim dich nicht begleiten?«

»Nein«, erläuterte Anna, »wir hatten vorhin versucht, den Wrangler zu starten, und es erwies sich, dass er nun endgültig dem Ende seiner Betriebstauglichkeit entgegenstrebt.«

»Und deshalb«, schloss sich Tim an, »werd ich die Gelegenheit nutzen und in die Werkstatt fahren. Ich lass ihn jetzt das letzte Mal reparieren. Und währenddessen seh ich mich nach 'nem neuen Auto um.«

Vivienne presste ihre schmalen Lippen zusammen, sodass ihr Mund für einen Moment wie eine kurzer Strich aussah.

»Das gefällt mir nicht sonderlich. In Anbetracht der Umstände hielte ich es für vernünftiger, keine getrennten Wege zu gehen. Eure Gegner sind ohne Zweifel äußerst gefährlich.«

»Ach was«, wiegelte Tim schmunzelnd ab. »Anna ist schon ein großes Mädchen. Sie kann auf sich aufpassen. Und noch mal: Es weiß keiner von unserem Plan. Die Penisse wollten ja nur, dass wir sie zur Uebelacker führen. Das hat nicht geklappt. Und uns zu bespitzeln werden sie nicht noch mal versuchen, jetzt, wo wir sie damit geleimt haben.«

»Und im Übrigen«, übernahm Anna wieder, »handelt es sich ja lediglich um einen Besuch auf dem Amt. Dort wird mir wohl schwerlich jemand nach dem Leben trachten.«

Vivienne verdrehte die Augen.

»Du mit deinem lakonischen Tonfall«, gab sie ihrer Tochter zurück. »Du kannst so viel Gefühl zeigen, Kleines, doch abseits davon machst du dir diese tonlose Sprechweise zueigen. Damit hast du mich als Jugendliche mit schöner Regelmäßigkeit rasend gemacht.«

Tim grinste bis zu den Ohren, während er unhörbar in sich hineinlachte. Das veranlasste seine zukünftige Schwiegermutter, das Wort an ihn zu richten.

»Du scheinst das ja sehr ansprechend zu finden.«

»Ich steh total drauf!«, antwortete Tim nachdrücklich. »Ich weiß noch genau, wie ich sie zum ersten Mal reden gehört hab. Da ging's bloß um Erdbeerquark, aber diese

Überlegenheit, die sie da ausgestrahlt hat, die fand ich hammer.«

Geschmeichelt lächelte Anna ihm zu.

»Nun ja«, meinte Vivienne, »du siehst sie als Frau. Verzeiht mir, wenn ich meinen mütterlichen Blickwinkel nicht aufgeben kann.«

»Vergeben und vergessen«, flachste Tim.

»Sehr großherzig, Tim«, meldete Wolfgang sich zu Wort, »dann wäre alles weitestgehend geklärt … Bis auf die Frage, wie du morgen nach Hillesheim kommst, Schätzchen, da dein Auto in Tübingen steht.«

»Das ist wahr«, nickte Anna. »Ich für meinen Teil habe mir vorgestellt, Mamas Wagen zu nehmen, wenn keine schwerwiegenden Argumente dagegen sprechen.«

»Wenn es dir nichts ausmacht«, wandte Vivienne ein, »dann nimm doch bitte den Zweitwagen. Mir ist er zu niedrig beim Ein- und Aussteigen.«

»Nun, gerne«, antwortete Anna zart beeindruckt. »Ich freue mich, dass ihr ihn mir inzwischen anvertraut. Allein, er wirkt doch etwas weniger gediegen. Was denkst du, Liebster?«

»Schatz!«, lachte Tim auf. »Ob du da morgen mit 'nem Maybach oder 'nem Panamera auftauchst, das wird die Wutz nicht fett machen.«

Die Hochdruckwetterlage hatte sich festgesetzt. Mitteleuropa ächzte unter einem der heißesten Sommer, den man je erlebt hatte. Da blieb auch die sonst so feuchtkalte Vulkaneifel nicht verschont. In Daun und Gerolstein flimmerte die Luft über dem Asphalt der Straßen. Aus Richtung Walsdorf kommend, näherte sich ein Porsche dem Ortschild von Hillesheim. Die trockenen Grashalme am Straßenrand bogen sich so träge in seiner Druckwelle, dass man den Eindruck haben konnte, sie hätten durch die Hitze keine Kraft mehr, sich zu bewegen.

Das Rathaus lag schräg gegenüber eines kleinen Eiscafés, in dessen direkter Umgebung sich zwei Gaststätten und ein Döner-Laden befanden. Es war Nachmittag, und die meisten Leute mussten noch arbeiten. Durch das sonnige Wetter herrschte jedoch durchaus Leben um die Eisdiele herum.

Das leise Brummen eines behutsam gefahrenen Edelautomobils erregte die Aufmerksamkeit der Menschen. Ihre Köpfe richteten sich wie Kompassnadeln auf das luxuriöse Auto, unter dessen Reifen es sanft knirschte, als es vor dem Rathaus zum Halten kam. Alles schaute hin, insbesondere zwei befreundete Ehepaare an den Eiscafétischen reckten die Köpfe.

»Wat öss dat dann?«, raunte einer der Männer verblüfft, »Pitter, kik d'r enns dää Wooan aahn!«

Der angesprochene Mann murmelte andächtig: »Dat öss en Panamera. Sakratjis nochees! Dään han ich och noch net in Echt jeseehn.«

»Wä soll dat da sen?«, wollte eine der Frauen wissen, und ihre Freundin antwortete: »Dat moos eine möt vill Jeld sen, su säid et baal üss.«

»Kik ees no dämm Nummereschöld«, beschrieb der erste Mann, was alle sahen. »Leyentaler Zeichen ... ZH 3 ... Wat soll dään hei welle?«

»Steischt do denn och enns einen üss?«

»Ah, ewille ... Nää, de jiss bekloppt! Dat öss e Fraumensch!«

»Un wat fürren jung Dönge!«

»Kik ees, watt datt für Klamotten aahn hät!«

»Öss datt en Baronin oder watt?«

»Dä Rock könnt rohisch jet langer sen. Pitter! Kik ees jefällischst woannisch hin!«

»Oh, wat öss dat e schün Wedder höck. Loas dat Mädche doch en kuhrze Rock aahdoon!«

»Va mir üss. Mött de schwarze Hoar hät datt höck Oawend suwiesu en Sunnestich. Da fängt datt möt dir och nöist mie aahn!«

Lautes Gelächter erhob sich rund um die Eisdiele. Anna ahnte, dass es in irgendeiner Weise mit ihr zu haben musste. Unbeirrt setzte sie ihren Weg fort. Die Straße war nicht breit, und schon ein paar Sekunden später erreichte sie die Tür zum Bürgerbüro.

Zur gleichen Zeit sprach Herr Hinkheim in seinem klimatisierten Konferenzzimmer vor mehreren Anwesenden. Neben Philipp und Rüdiger befanden sich noch zwei Männer im Raum. Einer von ihnen, er musste so etwa Mitte vierzig sein, trug einen Edelanzug und eine dunkle Sonnenbrille. Sein Haar war wuschelig, und seine Oberlippe zierte ein kräftiger Schnauzbart. Der Rest seines Gesichts war stoppelbärtig. Am anderen Ende des Tisches lungerte flegelhaft ein kräftiger Enddreißiger auf einem der Stühle. Er war mit einem labberigen T-Shirt, einer Cargohose und derben, schwarzen Schnürstiefeln bekleidet. Sein Schädel war stoppelig rasiert, mit einem scharf abgegrenzten Deckel aus mittellangen Haaren auf dem Scheitel. Sein Nacken war mit einem hammerförmigen Symbol tätowiert. Er hielt ein Smartphone in der rechten Hand und wirkte gelangweilt, während er mit dem Daumen auf dem Display herumscrollte.

»… und deshalb lassen Sie uns nicht von einem Versagen sprechen, meine Herren«, unternahm Philipps Vater einen diplomatischen Vorstoß. »Es ist immerhin so, dass die hiesige Polizei nach wie vor völlig im Dunkeln tappt. Herr Brochnes hier war vor einigen Jahren selbst noch bei der …«

An der Stelle unterbrach ihn wirsch der Schnauzbart im Anzug.

»Das interessiert mich nicht! Langweilen Sie mich nicht mit irgendwelchen Schönfärbereien über ihren unfähigen Lakaien hier. Wir könnten die Sache längst abgehakt haben. Nächsten Monat ist die Versammlung. Ich will bis dahin den verdammten Wisch in der Hand haben! Das haben Sie mir verbindlich zugesichert, Hinkheim!«

»Ja, das habe ich«, nickte Herr Hinkheim, »und so wird es auch sein. Richthof und die junge Frau zur Heyden sind allem Anschein nach ergebnislos aus Paris zurückgekehrt. Nun, mit Ausnahme des Ergebnisses, dass sie nun verlobt sind. Es spricht von unserer Warte aus alles dafür, dass die beiden Herrn Brochnes nur deshalb ausgetrickst haben, weil sie bei diesem besonderen Ereignis nicht beschattet werden wollten.«

»Hinkheim!«, bellte der Schnauzbart. »Das sind alles wieder nur nutzlose Erklärungen. Ich will Ergebnisse!«

»Und die werden Sie bekommen. Wir werden uns ab sofort persönlich darum kümmern. Philipp, wende dich bitte umgehend an die Stadtverwaltung in Hillesheim und erbitte einen Termin zur Einsichtnahme in die Akten den ehemaligen Bürgermeister Ernst Müller betreffend.«

»Ja, Vater, umgehend«, wiederholte Philipp, stand auf und langte nach dem Bürotelefon. Von den Augen seines Vaters und Rüdigers verfolgt, wählte er die Nummer und hielt sich den Hörer ans Ohr.

»Stadtverwaltung Hillesheim, guten Tag.«

»Ja, ehm, Anwaltskanzlei Hinkheim & Gielchen, Leyental, Hinkheim mein Name. Guten Tag. Ich bitte um einen Termin zur Einsichtnahme in Ihr Aktenarchiv betreffs der Unterlagen über den ehemaligen Bürgermeister Ernst Müller.«

»Ernst Müller? Wie interessant.«

»Interessant?«

»Ja, da war heute nämlich schon jemand hier mit derselben Anfrage. Da Sie in Ihrer Eigenschaft als Rechtsanwalt anrufen, ist diese Information bestimmt wichtig für Sie.«

Philipp ließ in seinem Erstaunen den Unterkiefer fallen und glotzte in die Runde.

»Heute?«, wiederholte er verwundert. »Mit derselben Anfrage?«

Da spitzten der Schnauzbart und der gestiefelte Geselle die Ohren und hoben gleichzeitig die Köpfe. Der Schnauzbart fuhr herum und stand eilig, doch ruhig auf. Er sah Philipp eindringlich in die Augen. Er legte einen Zeigefinger vor seinen Mund und deutete mit dem anderen auf den schnurlosen Telefonhörer. Wortlos übergab Philipp ihm das Gespräch.

»Sie sagen, es war schon jemand bei Ihnen?«

»Ja, das sagte ich doch gerade.«

Der Mann setzte ein betulich herzliches Lachen auf und fuhr damit fort zu versuchen, seriös und involviert zu wirken.

»Na, dann hat sich ja offenbar schon jemand aus unserem Team gekümmert.«

»Wer sind Sie bitte?«

»Oh, verzeihen Sie bitte. Meine Manieren. Richthof ist mein Name. Ich bin der Mandant von Hinkheim & Gielchen.«

»Schon gut, Herr Richthof. Keine Entschuldigung nötig. Ich muss halt nach dem Namen fragen. Nun, es war eine junge Frau hier. Vor ein paar Minuten.«

»Eine junge Frau? Ah, ich ahne es schon. Lassen Sie mich raten: Lange schwarze Haare, bildhübsch, gut gekleidet …?«

»Ja, genau. Eine ganz liebe und vornehme junge Frau, wenn ich das sagen darf.«

»Ja, das ist sie. Meine Nichte Annabelle. Wollte ihrem alten Onkel wohl einen Gefallen tun. Wo ist sie denn gerade? Ist sie wieder gegangen?«

»Oh nein, sie nimmt gerade Akteneinsicht. Soll ich ihr etwas ausrichten?«

»Mm, nein, nicht nötig. Sie ist jetzt sicher sehr beschäftigt. Stören Sie sie bitte nicht.«

»In Ordnung. Kann ich sonst noch etwas für Sie tun, Herr Richthof?«

»Nein. Vielen Dank. Auf Wiederhören!«

Das freundliche Gesicht des Mannes erschlaffte zu einer ernsten, grimmigen Miene. Er deutete wortlos auf den Gestiefelten. Der hantierte sofort emsig mit seinem Handy.

»Na, das war ja eine perfekte Idee, Hinkheim, in Hillesheim anzurufen. Manchmal muss man einfach nur Schwein haben, was?«

»Haben Sie gefunden, wonach Sie suchen, Frau zur Heyden?«, erkundigte sich freundlich der Mitarbeiter des Rathauses.

»Bedauerlicherweise noch nicht«, gab Anna mit einem leisen Seufzer zur Antwort. »Ich fürchte, ich werde am Ende wohl doch noch beim Zentralarchiv in Koblenz vorstellig werden müssen.«

»Das tut mir leid, Frau zur Heyden. Auch, dass wir leider nicht mehr für Sie tun können … Ein Forschungsprojekt der Universität Tübingen, so etwas haben wir hier nicht jeden Tag. Das unterstützen wir grundsätzlich gerne.«

»Das ist sehr freundlich von Ihnen, vielen Dank. Nun, ich denke, dass ich die Suche in wenigen Augenblicken an einem leicht wieder aufzunehmenden Punkt unterbrechen kann. Würden Sie mir noch eine Minute einräumen?«

»Das sollte passen. Das Bürgerbüro schließt in genau sechs Minuten, von daher wollte ich Sie ohnehin bitten, nun zum Ende zu kommen und mir den Schlüssel zurück zu geben. Sie können dann gerne ein andermal weitermachen.«

»Danke schön für diese Möglichkeit. Das wird sicher das Vernünftigste sein.«

Anna klappte den Ordner zu und schob ihn ins Regal zurück. Dann verließ sie zusammen mit dem Mitarbeiter das Stadtarchiv, das in einem separaten Gebäude links vom Rathaus untergebracht war. Dort übergab sie den Schlüssel zurück ans Personal und verabschiedete sich. Vor dem Ausgang blieb sie noch kurz stehen. Sie nahm ihr Smartphone aus der Handtasche.

Hallo, Liebster. Leider war meine Suche fürs Erste nicht erfolgreich. Ich verfüge mich nun zurück nach Hause.

Hey Süße. Schade. Ich hab gehofft, wir finden die Unterlagen schnell.

Wie verlief dein Besuch in der Autowerkstatt?

Normal. Die Karre muss hier bleiben. Aber die haben da einen schönen Cherokee stehen. Neues Modell, wenig gefahren. Ist interessant.

Das ist ganz zauberhaft. Das würde sicherlich auch Mama freuen. Wo hältst du dich denn gerade auf?

Ich bin bei deinen Eltern. Wir freuen uns alle auf dich.

Wie reizend. Ich freue mich ebenfalls. Bis nachher denn also. Ich liebe dich. ♡

Ich liebe dich auch. Bis gleich! ♡

Anna verstaute ihr Handy und nahm ihre Schritte wieder auf. Als sie aus dem Bürgerbüro nach draußen trat, bemerkte sie eine dünne Wolke aus Zigarettenrauch, die ihr ins Gesicht wehte. Sie hüstelte vornehm. Aus den Augenwinkeln nahm sie wahr, dass links und rechts des Ausgangs, an die verputzte Wand gelehnt, jeweils ein Mann stand. Während sie noch das Knistern der glühenden Zigarettenspitze und das Absetzen der Kippe von den saugenden Lippen hörte, lenkte sie ihren Gang in Richtung Auto. Wieder blies ihr eine Wolke aus Tabakrauch um den Kopf. Das Geräusch der pustenden Lippen klang so nahe, dass sie zusammenzuckte. Im selben Moment griffen Hände fest in ihre Armbeugen, und sie wurde in eine andere Richtung gedrängt.

Kapitel 10

»Hallo Schätzchen«, raunte eine raue Stimme rechts von ihr, während sich ein harter spitzer Gegenstand schmerzhaft an ihren Rücken drückte.

»Mach keine Zicken, klar? Dann passiert dir auch nichts.«

Der Vorgang ging blitzschnell. Noch während die letzten Worte gesprochen wurden, wurde Annas Kopf hinuntergedrückt, und schon fand sie sich im Inneren eines Pkw wieder, der auch sofort aufbrummte und gemächlich los fuhr.

»Sie können mich nicht einfach so zur Mitfahrt nötigen«, protestierte Anna. »Bitte halten Sie an, und lassen Sie mich aussteigen!«

Die Hand hatte ihren Hinterkopf noch nicht losgelassen. Sie hatte direkt unterhalb des Ansatzknotens ihres hoch ansetzenden Pferdeschwanzes zugepackt. Jetzt verstärkte sie ihren Griff. Der spitze Gegenstand verließ ihre Lende und tauchte vor ihrem Gesicht auf. Es war die schäbige Klinge eines alten Armeemessers, auf der die Worte »Blut und Ehre« eingraviert waren. Anna erkannte, dass die Männer sie nicht aussteigen lassen würden.

»Pass auf, Engelchen«, grunzte die Stimme neben ihr, »einigen wir uns direkt dadrauf, dass wir nich blöder sind als du. Dann hastes viel leichter, okay?«

Annas Hinterkopf schmerzte.

»Ich bin einverstanden. Darf ich Sie gleichwohl bitten, mich loszulassen? Sie tun mir entsetzlich weh.«

Die Hand des Entführers lies kein bisschen locker.

»Das muss so sein … Dein Handy!«

»Wie meinen Sie bitte?«

Mit einem Mal legte sich das Messer auf ihre Wange. Die Schneide berührte ihre Nase.

»Weißte, Kleine, das ist da vorne alles nur Knorpel. Ein kurzer, kräftiger Schnitt und zack … Das merkste nich mal. Aber deine hochherrschaftliche Visage wäre nich mehr ganz so hübsch, kapierste? Glaubste, ich würd dir gern die Fresse zerschnitzen?«

Vor Angst starr griff Anna in ihre Handtasche. Im nächsten Moment präsentierte sie zitternd ihr Telefon. Das Messer verschwand aus ihrem Gesicht. Der Entführer riss ihr wirsch das Handy aus der Hand. Anna sah, wie der Daumen des Mannes den Hauptschalter gedrückt hielt, wie der angebissene Apfel erschien und das Display schwarz wurde. Im nächsten Moment flog das Handy unsanft in ihren Schoß. Hastig umgriff sie es.

»Einstecken! Und wehe dir, du machst es wieder an!«

»Und jetzt?«, rasselte die tiefe Stimme des Fahrers. »Direkt zurück?«

»Ja«, brummte der Mann neben Anna.

»Wo werden Sie mich hinbringen?«, wimmerte Anna angstvoll.

»Geht dich nix an«, war die barsche Antwort. Gleich darauf wurde Annas Kopf mitsamt ihrem Oberkörper nach unten gedrückt, hinunter zu den Knien des Mannes, zwischen die er ihr Gesicht presste und kraftvoll festhielt. Anna drang der Geruch des Leders der Militärstiefel und der verschwitzten Hose in die Nase.

»Kannst fahren«, waren die Worte, die sie über sich wahrnahm.

Der Wagen hielt nach zehn Minuten an. Als der Diesel ausgebrummt hatte, erfüllte Stille die heiße Luft in dem nach Altwagen und kalter Asche riechenden Fahrzeug. Noch immer hatte der grobschlächtige Mann Annas Kopf wie einen Handball im Griff. Wie weh das tat! Sie kämpfte gegen ihre Tränen an. Die Türen auf der Fahrerseite sprangen auf. Der Geruch nach heißem, trockenem Wildgras drang an Annas Nase. Er wirkte angenehm auf sie. Im selben Moment wurde sie vom Rücksitz ins Freie gezerrt. Die Zange an ihrem Kopf war längst unerträglich geworden. Ihr Peiniger musste seinen Arm recht weit hoch halten. Anna war ja ohnehin keine kleine Frau, und mit ihren übermäßig hohen Schuhen lag die Oberkante ihres Kopfes bei einem Meter fünfundachtzig. Trotz des Schmerzes und des grellen Tageslichts versuchte sie ihre Augen offen zu halten. Wo war sie? Sie erkannte gepflasterten Boden und niedrige Randmäuerchen, hinter denen es über eine Wiese mit hohem Gras, auf dem einige Birken und Nadelbäume standen, in ein dichtes Buschland überging. Doch dorthin ging die Reise nicht. Die zwei Männer führten Anna an einem Gebäudetrakt mit Holzfenstern und schmutziggrauem Verputz vorbei. Dann standen sie vor einer modernen, verglasten Holztür. Schlüsselklimpern. Der Sicherheitsbeschlag der Tür gab den Weg ins Innere des Gebäudes frei. Steinbelag. Annas unregelmäßige Schritte pochten laut durch die Flure. Die Sohlen zweier Stiefelpaare quietschten. Es ging eine enge Treppe hinab in einen Keller. Rechts um eine Ecke. Dann links um eine Ecke. Und wieder rechts. Eine Tür wurde aufgedrückt, und Anna fand sich vorwärts beschleunigt im kurzen Laufschritt wieder. Mit Erleichterung spürte sie, wie ihr Kopf freigegeben wurde. Rechts im Raum standen einige Holztische, Stühle und ein Flachbildmonitor. Links eine kahle Wand, davor eine Liege, die aus dem Wellness-Bereich eines Hotels hätte stammen können. Anna hatte noch nicht alles erfasst, da wurde schon nach ihrer linken Armbeuge gegrapscht. In verzweifelter Verwirrung bemüht, sich zu wehren, wurden ihr sowohl ihre Handtasche als auch ihr Blazer vom Körper gerissen. Ein Träger ihres Edeloberteils rutschte von ihrer Schulter, als sie herumgewirbelt wurde. Jetzt stand sie erstmalig frontal ihren Entführern gegenüber. Doch bevor sie die Männer betrachten konnte, wurde sie mit einem Stoß vor den Schlüsselbeinbereich auf die Liege geschubst, auf der sie dadurch im ersten Moment nur zum Sitzen kam. Ein weiterer Stoß des Fahrers versuchte, sie in eine Liegeposition zu zwingen. Hinter ihm, an den Tischen, durchsuchte der andere hektisch ihren Blazer.

»Fassen Sie mich nicht an!«, begehrte Anna auf. »Ich ersuche Sie, von mir abzulassen!«

Sie versuchte, den groben Menschen abzuwehren, doch der schlug immer wieder ihre Arme beiseite und drückte sie schließlich, mit der Hand unterhalb ihres Halses in die Rückenlage. Gleichzeitig langte er nach Annas Fußfesseln, um auch ihre Beine auf die Liege zu bringen.

»Will sie nicht?«, lachte der andere, der gerade einen kurzen Blick in Annas Handtasche warf, um sich zu vergewissern, dass ihr iPhone immer noch ausgeschaltet war. »Ein kleines widerspenstiges Luder, he? Sieh zu, dass du mit ihr fertig wirst!«

»Darauf kannst du Gift nehmen«, knurrte sein Partner angestrengt beim Versuch, Anna am Strampeln zu hindern. Verbissen nahm er beide Hände zu Hilfe. Für einen kurzen Moment verlor er die Übersicht, was Anna in die Lage versetzte, mit dem rechten Bein Schwung zu nehmen und mit ihrem Stilettoabsatz voran auf das Gesicht des Mannes zu zielen. Doch seine Reaktion war gut. Er wich mit dem Kopf zurück, und Annas Tritt verfehlte knapp seine Wange. Der Verteidigungsversuch machte ihn fuchsteufelswild. Energisch langte er nach Annas Unterschenkeln, bekam sie zu fassen und klemmte ihre Fußknöchel fest unter seine linke Achsel. Mit der rechten Hand holte er aus, und mit einem lauten Klatschen schlug er Anna so kraftvoll auf den Oberschenkel, dass sie in ihrem Schock tief nach Luft schnappte und unwillkürlich den Oberkörper aufrichtete. Eine Einladung für den Gewalttäter. Noch einmal holte er aus und schlug Anna derart auf die Wange, dass es abermals laut im Raum widerhallte. Das brach Annas Widerstand. Sie spürte ihren Körper unter den brennenden Schmerzen erschlaffen. Das heiße Prickeln ihrer Wange zog bis in ihre Nase. Ein heller Ton schrillte in ihrem Kopf. Sie wollte um alles in der Welt tapfer sein, keine Schwäche zeigen, doch das hier überstieg ihre Willenskraft. Bitterlich begann sie zu weinen.

»Dir bring ich bei, mich zu treten, Fräulein! Scheiß Weiber! Wird Zeit, dass euer Platz wieder vorm Herd ist, wo ihr hingehört. Hörst du, was ich sage? Ihr Weiber habt in der Küche zu stehen, und zwar nackt und schwanger!«

So außer Gefecht gesetzt, während ihr die Tränen über die Schläfen rannen, ließ sie es mit sich geschehen, wie der brutale Mann sie erniedrigte und beleidigte, und wie er ihre Arme mit einem Hanfseil unter der Liege hindurch zusammenband. Anschließend wurden ihr gleichsam gefühllos die Schuhe von den Füßen gerissen.

Mit stechenden Schritten kehrte Vivienne zum achten Mal aus dem Flur zurück ins Wohnzimmer.

»Also, jetzt wird es mir aber doch langsam zu bunt. Wolfgang!«

Ihr Mann erhob sich aus dem Ledersessel und trat unruhig an das große Panoramafenster heran. Sein Blick schweifte über die Dächer der Stadt, ohne irgendwo zur Ruhe zu kommen. Schließlich wandte er sich zurück in den Raum und sah zwischen Vivienne und Tim hin und her.

»Ich mache mir inzwischen auch große Sorgen. Sie hätte vor zwei Stunden eintreffen müssen. Noch immer keine Veränderung?«

Seine Frage galt Tim, der sein Smartphone aus der Tasche nahm und WhatsApp aufrief.

»Nein. Zuletzt online um 16 Uhr 29. Seitdem nichts mehr.«

Tim sah auf. Sein Blick traf Wolfgangs.

»Wir fahren jetzt da hin, was meinst du?«

Wolfgang nickte wortlos, doch entschlossen. Vivienne spürte Panik in sich aufkommen.

»Oh mein Gott!«, wimmerte sie und presste sich ihre Hand vor den Mund. Wolfgang strich ihr über den Oberarm und dann über die Wange.

»Es wird sich schon alles zum Guten herausstellen«, versuchte er seine Frau zu beruhigen. »Wahrscheinlich taucht sie auf, während Tim und ich unterwegs sind. In dem Fall meldest du dich sofort bei uns, ja?«

Vivienne nickte. Sie begleitete die Männer zur Tür und blieb dort stehen, bis Tims Auto außer Sicht war.

Anna zitterte. Zum einen ängstigte sie die Aussicht, ein weiteres Mal geschlagen zu werden. Diese Männer waren gewalttätig, ohne Gefühl und ohne Gewissen. Von diesen Ungeheuern angefasst zu werden, noch dazu an den Beinen und Füßen, entsetzte sie. Besonders der Fahrer mit seiner ledrigen, grobporigen Gesichtshaut flößte ihr blanke Furcht ein. Und nun lag sie hier. An die Pritsche gefesselt. Und alles, was sie am Körper hatte, waren neben ihrer Unterwäsche nur ein Mini und ein schulterfreies Trägertop. Sie befürchtete zutiefst, dass diese Männer auch vor sexuellen Übergriffen nicht zurückschrecken würden. Der andere Grund, warum Anna so zitterte, war der, dass ihr zum ersten Mal in ihrem Leben kalt war. Im Raum mussten es zu dieser Tageszeit immer noch 26 Grad sein, und doch war ihr kalt. Die Entführer warteten im Bereich der Fenster bei den Tischen. Der Flachbildschirm flimmerte schwach. Seine Kontrollleuchte war an. Anna kannte die Namen der Männer nicht. Mit Sicherheit würden sie sich ihr nicht vorstellen. Um die beiden Schurken in Gedanken auseinander zu halten, aber auch, um sie für ihre ungehörigen Handlungen zu bestrafen, gab sie ihnen insgeheim gehässige Spitznamen. Den Mann, der im Auto neben ihr gesessen und ihren Kopf festgehalten hatte, nannte sie »Klauenbold«, und den Fahrer, der sie so sehr geschlagen hatte, taufte sie »Mumienfratz«.

Mumienfratz war es auch, der auf jede ihrer Bewegungen ansprach und zu ihr rüber sah. Auf die kurze Distanz fiel es Anna leicht zu erkennen, wo genau er hinsah. Es waren nur drei Stellen: Ihre Brust, ihre Oberschenkel und ihre Füße.

Anna überflog mit den Augen ihre Umgebung. Der Monitor stand auf einem Tisch an der Wand, davor ein Stuhl. Hinter dem Stuhl kam wieder ein Tisch, und auf dem stand ihre Handtasche. Ihre Schuhe hatte Mumienfratz in seinem Jähzorn neben der Tür gegen die Wand geknallt. Dort lagen sie nun vor der Fußleiste am Boden.

Mumienfratz stupste seinen Kameraden an.

»Heh!«

»Was?«, antwortete Klauenbold. Mumienfratz deutete lässig auf Anna.

»Was machen wir mit der Kleinen? Die Akte hat sie nicht bei sich, soviel ist sicher.«

»Keinen Schimmer. Soll der Chef entscheiden.«

»Ich mein ja nur … Wenn sie uns nichts nützt, na ja, dann …«

»Dann was?«

Was Mumienfratz darauf antwortete, konnte Anna nicht verstehen, denn er raunte es flüsterleise ins Ohr seines Kollegen. Doch auch ohne diese Information empfand sie den Gesprächsverlauf alles andere als beruhigend. Sie beschloss, so gut es ging, ruhig liegen zu bleiben und die Decke anzuschauen.

Die Sonne sank hinter die Turmspitzen des Krimihotels. Nun begann es vor dem Rathaus und der Sitzterrasse des Eiscafés, schattig zu werden. Unter den Besucherinnen der Eisdiele begannen die ersten, ihre vorsorglich mitgebrachten Westen überzuziehen.

Tim fand einen Parkplatz direkt vor dem Optiker in der Burgstraße. Dumpf rüttelte der Wagen beim Abstellen des Motors. Tim und Wolfgang hatten während der Fahrt kaum miteinander gesprochen. Jeder von ihnen hatte alleine über Annas Situation nachgedacht. Nun stiegen sie aus und erblickten auch beide sofort den Porsche Panamera, der immer noch entlang des Geländers gegenüber dem Rathauseingang parkte. Stimmen drangen an ihre Ohren. Es waren die Gäste des Eiscafés und des Burger-Restaurants schräg gegenüber. Sie waren offenbar allesamt bei bester Stimmung. Keine Anzeichen deuteten darauf hin, dass sie irgendetwas Bemerkenswertes mitbekommen hätten.

Tim und Wolfgang schritten nun aufs Rathaus zu. Ihre Gesichter waren verkniffen, ihre Augenbrauen tief hinuntergezogen. Während sie um das Gebäude herumgingen, warfen sie immer wieder Blicke ins Innere, doch da im Rathaus alle Lichter ausgeschaltet waren, konnten sie nichts erkennen. War Anna im Rathaus eingeschlossen? Hatte man sie bei Feierabend womöglich vergessen? Nein, das konnte nicht sein. Sie hatte ja geschrieben, dass sie sich auf den Weg machen würde. Wolfgang blickte sich um. Er suchte nach einer Stelle, an der er ungestört mit Tim sprechen konnte. Der kleine Brunnen oberhalb des Amtsgebäudes behagte ihm nicht. Zu nah war die offene Tür des Dönerladens. Etwas oberhalb, auf dem Graf-Mirbach-Platz, war es totenstill. Da hätte man ihr Gespräch wahrscheinlich sogar verfolgen können, wenn sie flüsterten.

»Straßen in der Eifel haben tausend Ohren«, interpretierte Tim Wolfgangs Nervosität in die richtige Richtung.

»Findest du nicht auch? … Ich weiß, wo wir uns hinsetzen können. Komm mit.«

Wolfgang folgte Tim zurück zum Wagen. Sie passierten Tims Fahrzeug und bogen nach links ab. Dort, unter dem Gebäudevorsprung, neben dem Eingang zum Fotostudio, stand eine Sitzbank.

»Was denkst du?«, raunte Tim noch beim Hinsetzen. Wolfgang zog die Beine seiner Anzughose sachte nach oben und nahm neben Tim Platz. Seine Augen blickten leer über die Straße hinweg.

»Ich werde mir gerade über das Schlimmste bewusst«, antwortete er gedämpft, »das, woran wir alle denken aber nicht auszusprechen wagen.«

»Dann sag ich's jetzt«, brummte Tim. »Sie haben sie abgefangen und mitgeholt.«

Er sah Wolfgang an, der stumm nickte und die Augen schloss. Sein Kinn zitterte. Tim legte eine Hand auf die Schulter von Annas Vater und rüttelte sie sanft.

»Hey. Es geht ihr gut.«

Wolfgang nahm einen tiefen Atemzug und sammelte sich wieder.

»Woher willst du das wissen, Tim?«

»Weil für uns drei, Vivienne, dich und mich, nichts anderes in Frage kommt. Anna braucht uns jetzt, mehr als jemals zuvor. Wir müssen jetzt unseren ganzen Hirnschmalz einsetzen. Aber wenn wir uns jetzt auch nur für eine Sekunde vorstellen, dass sie verletzt ist oder leidet, dann werden wir Banane. Und dann nützen wir ihr nichts. Verstehst du mich?«

Wolfgang nahm wieder tief Luft. Er schluckte hörbar. Dann ergriff er Tims Schulter und nickte entschlossen.

»Du hast recht, mein Junge. Absolut recht.«

Tim nickte bekräftigend zurück und gab Wolfgang ein paar aufmunternde Klapse auf den Oberschenkel.

»Okay. Wir kriegen das hin. Also, was meinst du, haben die Leute in der Eisdiele vielleicht was gesehen?«

»Das erscheint mir nicht so. Sie wirken unbekümmert.«

»Dann muss es schnell und vor allem leise gegangen sein. Sie ist auf dem Weg zum Auto abgefangen worden, und dann haben sie sie ratzfatz in ihre Karre gesteckt.«

»Vielleicht hat jemand von der Belegschaft des Rathauses etwas bemerkt?«

Tim schüttelte den Kopf.

»Wenn das so wäre, dann hätte dieser Jemand das sofort gemeldet, und dann hätte uns die Polizei schon längst informiert.«

»Da hast du erneut recht. Und wenn wir jetzt anfangen, die Leute auf der Straße zu befragen, dann stechen wir in ein Wespennest und richten womöglich mehr Schaden an als Nutzen. Vielleicht kannst du es arrangieren, dass morgen einer eure Freunde sich ganz unauffällig umhört. Hat Isabel derzeit nicht häufiger in der Nähe zu tun.«

»Hat sie, ja. Gute Idee. Ich red mit ihr. Sie wird das bestimmt machen.«

»Sehr gut. Nun, hier können wir nichts mehr tun. Ich schlage vor, wir fahren nach Hause. Ich nehme den Panamera mit zurück.«

Anna fand keine Ruhe. Noch immer warteten ihre Entführer an den Tischen und bewachten sie. Plötzlich drang ein dumpfer Knall an ihr Ohr. Es musste die Kellertür gewesen sein. Kurz darauf öffnete sich die Tür in den

Raum, und ein Mann mit elegantem Anzug, Schnurrbart und Lockenkopf trat zufrieden grinsend ein. Als er Anna erblickte, nahm er großspurig seine Sonnenbrille ab und sprach: »Oh, Besuch, wie charmant.«

Dann lachte er.

»Gut gemacht Leute«, rief er seinen Lakaien zu.

»Ja«, bestätigte Klauenbold, »war ein Kinderspiel. Wir haben sie direkt vorm Rathaus gekascht. Keine Gegenwehr.«

»Und was für ein bezauberndes Geschöpf«, kicherte der Anführer der Bande. »Bis jetzt habe ich Sie nur auf Fotos gesehen, Frau Komtess zur Heyden. Aber ich muss sagen, in natura sind Sie noch zehnmal schöner.«

»Komtess?«, entfuhr es Mumienfratz. »'Ne Blaublütige? Wird ja immer doller!«

Anna richtete ihren Oberkörper auf, zumindest so weit es ihre verbundenen Arme zuließen.

»Bitte ersparen Sie mir ihre unaufrichtigen Komplimente«, richtete sie ihre Worte an den Anführer, »sie kommen zur Unzeit und klingen nach nichts als Spott und Hohn. Wenn Sie nur halb so zivilisiert wären, wie Sie es so betulich vortäuschen, würden Sie mich auf der Stelle losbinden und vor mir Abbitte erfragen.«

Die drei Männer sahen sich kurz an. Klauenbold und Mumienfratz brachen sofort in hell pfeifendes Gelächter aus. Kurz darauf stimmte auch der Anführer mit ein.

»Was habt ihr mir denn da gebracht, Jungs? Sie mag ja geil aussehen, aber man versteht sie nicht!«

»Tja«, gackerte Mumienfratz, »liegt bestimmt daran, dass sie nicht arisch ist. Guck dir nur das schwarze Fell auf ihrem Kopf an.«

»Na, das haben wir gleich«, gluckste der Chef und trat an die Liege heran. Einmal mehr fand sich Anna buchstäblich am Schopf gepackt. Der Chef fasste den Knoten ihres Pferdeschwanzes wie einen Knauf und drehte ihren Kopf gefühllos hin und her, während er ihn begutachtete.

»Mann!«, rief er überrascht. »Die hat ja fünf Finger im Gesicht! Und ihr Bein! Scheiße! Was habt ihr mit ihr gemacht?«

»Na ja«, gab Mumienfratz humorig zurück, »ich sag mal so: Sie hat 'ne kleine erzieherische Maßnahme gebraucht.«

»Aha«, nahm der Chef es zur Kenntnis, und er tadelte: »Bevor du ihr das nächste Mal eine tachtelst, will ich erst wissen, warum, ist das klar?«

»Wozu? Wenn sie es nicht auf der Stelle kriegt, dann ist der erzieherische Effekt weg.«

»Ich ordne es so an, Ende«, beharrte der Chef. Gleich darauf betrachte er wieder Anna.

»Hmm«, machte er, »runde Stirn, kurzer Nasenrücken, blasse Haut … Ein bisschen was nordisches steckt drin. Aber die Haare … ganz klar was Unreines. Vielleicht ein Zigeunerweib im Spiel gewesen.«

»Also nix zum Heiraten, Chef«, warf Mumienfratz ein.

»Nein, zum Fortpflanzen ist das nichts«, dozierte der Chef, während er Annas Kopf weiter von allen Seiten bewertete, »aber so was kannst du dir nebenbei ganz gut als Fickspielzeug halten.«

Anna stieß einen spitzen Schrei aus.

»Hören Sie auf!«, rief sie. »Wie können Sie nur so unflätig sprechen? Wie verkommen und verstört muss ein Mensch sein, bevor er sich auf eine solch niedere Stufe begibt? Das ist selbst für Ihresgleichen ausdermaßen nieder!«

»Aber nicht doch!«, lachte der Chef, ließ Anna los und kniff ihr in die ungeschwollene Wange. »Wir machen doch nur ein bisschen Spaß unter Männern.«

»Darüber kann ich nicht lachen«, erwiderte Anna trocken, nachdem sie mit einer energischen Kopfdrehung ihre Wange aus seinen Fingern gezogen hatte.

»Natürlich nicht. Sie sind ja auch eine Frau. So, und nun möchte ich gerne das Thema wechseln.«

»Ich bitte darum.«

Wieder griente der Chef zynisch, schnappte sich einen Stuhl und setzte sich zu Anna neben die Liege.

»Sie können sich bestimmt vorstellen, warum ich Sie in meine bescheidene Hütte eingeladen habe, nicht wahr?«

»Ich verspüre den Drang, Sie mit einem Kraftausdruck zu bedenken. So weit bringen Sie mich.«

»Wie liebenswürdig. Nun, ich frage Sie noch mal. Warum habe ich Sie herbestellt?«

»Wenn Sie es nicht wissen, woher soll ich dann die Antwort darauf kennen?«

An der Stelle hob der Chef die rechte Hand und begann mit leiser und ruhiger Stimme zu sprechen.

»Frau Komtess zur Heyden. Sie mögen Ihre trotzige Haltung gerade sehr originell finden. Es ist jedoch sehr unklug von Ihnen, meine Geduld auf die Probe zu stellen. Sie sind doch eine Frau. Sie müssen bemerkt haben, wie mein Kamerad hier Sie die ganze Zeit ansieht. Ich meine, sogar mir als Mann fällt das auf.«

Er wies mit der Hand auf Mumienfratz. Anna sah kurz zu ihm hin. Dann blickte sie wieder zurück zum Chef.

»Wie würde es Ihnen gefallen, wenn ich mal kurz, na ja, verzeihen Sie, ich umschreibe es mal eben, wenn ich mal eben zulasse, dass er des Krieges Hund auf Sie loslässt?«

»Das werden Sie nicht wagen!«, hauchte Anna. »Sie verlassen sich darauf, dass meine Eltern Lösegeld für mich bezahlen, diesen Zusatzeffekt werden Sie sich meiner Einschätzung nach nicht entgehen lassen.«

»Ach!«, winkte der Chef wirsch ab. »Ich mache jede Wette, dass Ihre Eltern Sie auch geschändet zurücknehmen. Und sehen Sie mich an: Sehe ich aus wie jemand, dem es um Geld geht? Kindchen, ich bin schon vermögend.«

Anna hatte sich längst von ihm abgewandt.

»Also, ich frage Sie noch mal: Warum habe ich Sie hier herbringen lassen?«

Anna drehte ihr Gesicht zurück zu ihm.

»Das klingt schon deutlicher nach der Wahrheit. Ich will Ihnen antworten: Sie erhoffen sich von mir … Auskünfte.«

»Ja, ganz genau. Auskünfte welcher Art?«

»Auskünfte nach dem Verbleib der Akte über den ehemaligen Bürgermeister Ernst Müller, einen Nationalsozialisten, wie Sie einer sind. Aus diesem Grund haben Sie die Absicht …«

Der Chef wedelte ausladend und energisch mit beiden Händen.

»Stopp, stopp, stopp!«, unterbrach er Anna. »Alles Quatsch! Alles Quatsch!«

Er erhob sich vom Stuhl und brachte sein Gesicht ganz nah an Annas heran.

»Was ich von Ihnen will«, knirschte er, »ist die Auskunft, wo Ihre alte Lehrerin sich aufhält. Dann erledigt sich der Rest von ganz alleine.«

»Das werde ich Ihnen unter keinen Umständen verraten«, gab Anna mit entschlossener Miene zurück.

Der Chef aber grinste: »Nun ja. Sie haben die Wahl. Den Aufenthaltsort von der Uebelacker … oder … des Krieges Hund … Ihre Entscheidung.«

Die Sonne ging unter, als die beiden Fahrzeuge die Villa der Familie zur Heyden auf dem Fasanenberg erreichten. Viviennes kurze Freude beim Anblick des Panamera wich tiefer Enttäuschung, als Tim und Wolfgang mit zerknirschten Gesichtern aus ihren Autos stiegen. Sie kämpfte mit den Tränen.

»Es tut mir leid, Schatz«, drückte Wolfgang hervor. »Wir haben lediglich den Wagen vorgefunden. Unsere Befürchtungen dürfen wir damit wohl als bestätigt betrachten.«

Vivienne presste ihre Hand auf den Mund. Sie schloss die Augen ganz feste und schluchzte leise auf. Sie wandte den Männern den Rücken zu und ging ein paar Schritte in die weite Diele hinein. Dann blieb sie stehen und nahm die Hand aus ihrem Gesicht. Mit einem leisen, aber langen Stöhnen atmete sie ein, legte kurz den Kopf in den Nacken und sagte leise: »Nun, das war ja nur eine Frage der Zeit, nicht wahr?«

»Was meinst du bitte?«, fragte Wolfgang verdutzt nach.

»Ja«, schloss sich Tim an. »Wovon redest du?«

Vivienne drehte sich um. Ein geringschätziges Lächeln lag auf ihren Lippen.

»Es musste ja so kommen«, fügte sie mit bitterem Tonfall hinzu, begleitet von einem hektischen Kopfschütteln.

Die Männer sagten nichts. Sie warteten darauf, dass Annas Mutter ihre Gedanken von sich aus erläuterte. Dies tat sie im nächsten Moment, eingeleitet von einem abwertenden Seufzer.

»Bitte. Als ob ihr Leben nicht schon vor fünf Jahren gefährlicher geworden wäre.«.

Sie deutete auf Tim und fuhr fort: »Als er in ihr Leben trat, musste jedem von uns klar gewesen sein, dass sein Milieu Probleme heraufbeschwören würde. Nun haben wir den Salat.«

Tim und Wolfgang zogen die Augenbrauen zusammen und sahen Vivienne an, als brauchten sie eine Brille.

»Schatz, ich bitte dich!«, stieß Wolfgang fassungslos hervor.

»Ernsthaft jetzt!«, gab Tim hinzu. »Vielleicht bedenkst du mal, dass die Uebelacker sich selber in die Situation gebracht hat, indem sie ihre Nase zu tief in ein heikles Thema gesteckt hat. Sie ist Annas Lehrerin und Mentorin. Die beiden haben sich schon gekannt, bevor ich auf der Bildfläche erschienen bin. Das Ganze wär ohne mich genauso passiert.«

Hastig und mit Tränen in den Augen ging Vivienne auf Tim zu.

»Und dennoch wagst du dich ohne sie in mein Haus zurück!«, schimpfte sie. Sie legte mit einer Backpfeife nach, die Tim kein bisschen weh tat, ihn doch aber sehr überraschte. Noch überraschter aber war er, als Vivienne ihm sogleich darauf in die Arme fiel und heftig zu weinen begann. Was sie während dieses Weinkrampfes zu sagen versuchte, war nicht zu verstehen. Nur die Worte »Bitte bring sie mir zurück!« waren ein ums andere Mal zu vernehmen.

Tim war überwältigt. Es war das erste Mal, dass er Annas Mutter so nahe war. Instinktiv legte er seine Arme um sie und drückte sie an sich. Er hielt sie, bis sie sich langsam beruhigte. Wolfgang hatte inzwischen eine Schachtel mit Papiertaschentüchern besorgt. Er nickte Tim zu und klopfte ihm anerkennend auf die Schulter. Nach einem weiteren tröstenden Drücker fasste Tim Vivienne an den Schultern und trat sachte zurück, um ihr ins Gesicht zu schauen.

»Das werde ich!«, versprach er. »Ich bringe sie zurück, ganz dickes Ehrenwort. Ich fang direkt an.«

Vivienne nickte. Wortlos drehte sie sich zu Wolfgang hin und schmiegte sich an ihn. Sie zitterte wie welke Blätter an einem Baum. Tim schlug beide Hände vors Gesicht und bekämpfte den dicken Kloß in seinem Hals. Zu dritt begaben sie sich zu der weißen Sofazeile und setzen sich hin.

»Hast du denn überhaupt eine Idee, wie du es anstellen willst?«, fragte Vivienne bedrückt. Tim antwortete nicht sofort. Seine Gedanken mussten erst klarer werden. Viviennes Frage stand im Raum, in brennender Erwartung von Tims Antwort. Doch alle wussten, dass er dafür Zeit brauchte. Und so verharrten die drei. Hoffend, bekümmert, grübelnd. Zwanzig Minuten saßen sie dort im Zwielicht.

»Ja«, brummte Tim schließlich. »Ich weiß, wie ich es mache.«

Eine Pause. Niemand sprach ein Wort.

»Das ist gut«, flüstere Vivienne matt. »Wir vertrauen dir. Das weißt du. Wir haben dir unsere Tochter anvertraut. Jetzt vertrauen wir dir ihr Leben an.«

»Ja«, raunte Tim abermals. »Aber ich brauche deine Hilfe, Vivienne.«

Vivienne hob den Kopf.

»Meine? Aber wie …?«

»Es gibt etwas, worin du richtig gut bist. Ich meine, so richtig gut. Und genau darum bitte ich dich jetzt.«

Es bullerte kräftig an die Tür des kleinen Holzhauses. Im Wohnzimmer, das nur durch eine winzige Eintrittsdiele von der Tür getrennt war, flimmerte schwaches blaues Licht über die Wände und über die erschrockenen Gesichter von Melli und Alex.

Alex schälte sich aus der riesigen Wolldecke heraus, die zu Mellis unverzichtbarer Standardausrüstung auf der Couch gehörte, selbst zu dieser Jahreszeit. Wieder bullerte es wie wild.

»Scheiße, ja!«, blökte Alex und sprang behände in seine Jeans. Den Gürtel schloss er auf dem Weg zur Tür. Er machte auf.

»Trip! Kumpel! Was ist los, Alter? Komm rein.«

»Meine Sachen. Meine alten Sachen. Hast du die noch?«

»Ja, logisch. Hab ich dir doch versprochen.«

»Gut. Ich muss jetzt an die Kartons.«

»Ja, sicher, kein Thema. Aber willst du uns nicht erstmal erzählen, was los ist?«

Tim blickte sich nun zum ersten Mal um.

»Hey, Melli.«

»Hey, Trip. Du siehst voll fertig aus. Komm, setz dich jetzt erstmal. Ich hol dir was zu trinken. Schatz, geh du am besten schon mal nach den Kartons gucken.«

Während Tim sich in einen Sessel fallen ließ, schlüpfte Melli aus ihrer Decke. Mit Höschen, T-Shirt und dicken Socken bekleidet huschte sie in die Küche. Tim hörte das Öffnen und Schließen einer Hängeschranktür sowie das Klimpern von Gläsern gefolgt von einem Zischen und Gluckern.

»Hier«, erklang Mellis Stimme neben ihm.

»Danke.«

Tim nahm einen kräftigen Zug Mineralwasser. Melli setzte sich auf die Couch zurück. Kurz darauf erschien Alex mit zwei Umzugskartons. Nachdem er sie neben Tims Sessel auf den Boden gestellt hatte, setzte er sich zu seiner Freundin.

»Jetzt red doch mal«, forderte Alex. Tim schaute vor sich ins Leere und knurrte: »Die Dreckswichser haben Anna.«

»Was?«, rief Melli erschrocken aus. Alex machte große Augen.

»Was heißt das?«, antwortete er.

»Das, was es heißt«, gab Tim zurück. »Anna ist entführt worden. Wie es aussieht, von dem Drecksnazipack.«

»Scheiße. Hast du 'ne Ahnung wohin?«

»Keinen Dunst. Kann überall sein. Sie haben sie heute Nachmittag in Hillesheim vorm Rathaus abgefangen. Das ist aber auch schon alles, was ich weiß.«

Für mehrere, endlose Sekunden lag ein beklemmendes Schweigen im Raum. Melli hielt es nicht aus und unterbrach die Stille.

»Was willst du denn jetzt nur machen?«

Tim streckte seinen Arm aus, um das Glas auf den Couchtisch zu stellen. Dann griff er zielbewusst nach einem der Kartons. Er öffnete ihn. Schon brachte er eine flache Holzschachtel zum Vorschein. In aller Seelenruhe legte er sie auf den Tisch und klappte sie auf. Melli und Alex brachten kein Wort heraus, als sie den Inhalt erkannten. In dem gepolsterten Etui befand sich etwas, das wie eine Mischung aus Messer und Kurzschwert aussah, mit einem derben Holzgriff und einer 35 Zentimeter langen, doppelschneidigen Klinge, die am Griff bei einer Breite von 10 cm anfing und in einer symmetrisch geschwungenen Dreiecksform spitz zulief.

»Was ist das denn bloß?«, entfuhr es Melli. Tim nahm das respekteinflößende Werkzeug heraus und hielt es senkrecht vor sich hin, wobei er die Klinge von beiden Seiten betrachtete.

»Man nennt es einen Wildschweintöter«, erklärte er nüchtern.

»Na ja!«, wandte Alex ein. »Ich kenne Wildschweintöter. Aber keiner, den ich je gesehen habe, war so groß wie das Teil da.«

»Das ist auch ein ganz besonderer«, raunte Tim, »für ganz besonders große Wildsäue.«

»Ich frag erst gar nicht, wo du den her hast«, meinte Alex, »und auch nicht, wie du den über den Zoll gekriegt hast. Aber was du jetzt damit vorhast, das würde ich schon gerne wissen.«

Wortlos kramte Tim ein weiteres Mal in dem Karton. Es war die Scheide zu seinem Messer, an der mehrere Riemen angebracht waren. Tim schlüpfte gekonnt in die

Riemenanordnung, die es ihm ermöglichte, das Gerät mit dem Griff nach unten auf dem Rücken zu tragen. Er brauchte nur mit der rechten Hand hinter seine Lende zu greifen, um den Wildschweintöter zu ziehen.

»Hilfst du mir?«, fragte er seinen Kumpel.

»Was für 'ne Frage!«, antwortete Alex ironisch. »Auf jeden Fall!«

»Danke«, kam es kurz von Tim. Er zückte sein Handy. Sein Daumen wischte und tippte über das Display. Dann hob er das Handy zum Ohr.

»Ja?«

»Ich bin's. Und?«

»Es war in der Tat einfach. Die Nachbarn sind sehr redselig. Philipp fährt jeden Montagabend pünktlich um Viertel nach zehn fort. Es weiß niemand, wohin er fährt, jedoch ist die Regelmäßigkeit so bemerkenswert, dass die Leute darüber sprechen.«

»Saubere Arbeit, Vivienne. Wirst noch 'ne richtige Agentin.«

»Papperlapapp. Sieh lieber zu, dass dein Plan aufgeht.«

»Keine Sorge.«

Aufstehen und das Handy wegstecken war eins.

»Alles klar, los geht's.«

Kapitel 11

»Da kommt er«, bemerkte Alex vom Beifahrersitz aus, »präzise wie ein Quarzkristall.«

Tim und Alex hatten sich ganz unten am Fuß des Fasanenbergs postiert, um Philipp abzupassen. Dies war der Weg, den alle nahmen, die aus Leyentals vornehmstem Wohnviertel herausfahren wollten. Die beiden Freunde warteten noch, bis Philipp sich nach dem Einbiegen dem Kreisverkehr auf der Bundesstraße näherte, dann schaltete Tim das Licht ein und trat sachte aufs Gas. Den Motor hatte er wohlweislich schon früher angeworfen.

»Er hält sich nach Osten«, beschrieb Alex. »Ich bin tierisch gespannt, wo er hin will.«

»Interessiert mich ’nen Scheiß«, knurrte Tim. »Irgendwo hält der an, und dann gehört sein Arsch mir.«

»Was, wenn er in der Sache mit drin steckt?«, mutmaßte Alex. »Was, wenn er uns geradeaus zum Versteck der Asis führt? Dann wüssten wir wenigstens, wo Anna ist.«

»Vielleicht«, überlegte Tim, »aber der fährt diese Tour nicht erst seit kurzem. Mein Gefühl sagt mir, dass sein Ziel nichts mit Anna zu tun hat.«

»Ich weiß nicht«, widersprach Alex. »Wenn die das schon länger planen, dann würd’s Sinn ergeben.«

Tim zuckte kurz mit den Schultern.

»Wir werden’s ja gleich sehen, schätz ich.«

Philipps Coupé fuhr gleichmäßig in moderatem Tempo. Keine Raserei, keine halsbrecherischen Manöver. Sie näherten sich einer Linksabbiegerspur. Dort war der Abzweig ins Gewerbegebiet Leyental II. Gegenüber befand sich ein Wirtschaftsweg. Straßenbegrenzungspfosten mit orangefarbenen Katzenaugen markierten ihn. In diesen Feldweg bog Philipp ein und bremste langsam ab. Tim rauschte an ihm vorbei, den Blick im Rückspiegel.

»Was will er denn da?«, wunderte sich Alex beim Zurückblicken.

»Ich fahr mal da auf den Rastparkplatz«, entschied Tim. Die Zufahrt zu dem Seitenrastplatz ließ es zu, dass er ungebremst abbiegen konnte. So war es weniger riskant, ohne zu blinken die Fahrbahn zu verlassen. Nichts sollte Philipp den Hinweis geben, dass jemand Interesse am Ziel seiner Fahrt hatte. Tim hielt an und schaltete das Licht aus. Gemeinsam schauten die Freunde aus der beuligen Kunststoffscheibe des weichen Verdecks in Richtung des Feldweges, auf dem Philipp mit Standbeleuchtung wartete. Ab und zu fuhr ein Auto auf der Bundesstraße vorbei. Immer dann blendete ihr Licht Tim und Alex in dem zerkratzten Fenster.

»Er fährt weiter«, bemerkte Alex.

»Was hat der vor?«, fügte Tim hinzu.

Gespannt beobachteten die beiden, wie der Audi TT langsam ein Stück weiter in den Feldweg zuckelte. Dann drehte er nach rechts ab, offenbar in einen anderen Weg. Die Rückfahrleuchten sprangen an, und das Fahrzeug schwenkte rückwärts in den Feldweg zurück.

»Er wendet«, flüsterte Alex. Er konnte schemenhaft erkennen, wie Tim in der Dunkelheit dazu nickte. Alex fuhr fort: »Hat er uns bemerkt und fährt jetzt zurück nach Hause?«

Die Freunde schauten weiter zu, wie der Audi zurück in Richtung Hauptverkehrsstraße holperte. An der Kreuzung hielt er kurz an. Sie war frei. Mit einem kurzen Aufdröhnen des Motors schoss Philipp über die Kreuzung hinein in das Gewerbegebiet.

»Was sollte das denn?«, wunderte sich Tim beim Einschalten der Beleuchtung. Schon trat er aufs Gas und kehrte zurück auf die Bundesstraße.

»Scheiße!«, knurrte er. »Jetzt haben wir ihn verloren. Kackmist, elender.«

»Da würde ich nicht drauf wetten«, kicherte Alex, und er grinste bis zu den Ohren. »Ich glaub, ich weiß warum der so ein Bohei aus seinem Abbiegemanöver gemacht hat.«

»Ach ja?«

»Fahr weiter. Hier, ins Industriegebiet … Und da hinten, die dritte rechts, da rein.«

Tim steuerte seinen Jeep die Straße entlang. Das gelbe Licht der Straßenbeleuchtung hellte die Gesichter der beiden Männer immer wieder kurz auf. Tim folgte Alex' Fahranweisungen bis zu einem Grundstück, um welches ringsherum ein moderner, hoher Industriezaun aufgestellt war. Direkt hinter dem Zaun ragten dichte Zierhecken bis auf 3 Meter Höhe empor. Sie verbargen von außen den Blick auf das Anwesen. Sie mussten noch einmal links abbiegen, um die unmarkierte Zufahrt zu erreichen. Das Zauntor stand weit offen. Beim Durchfahren blickten Tim und Alex auf einen zweigeschossigen Backsteinbau mit schummerig beleuchtetem Eingang. Am Giebel des Gebäudes hing ein großes Werbefoto. Es zeigte eine schöne Frau mit rot geschminkten Lippen in Reizunterwäsche und mit hochhackigen Lackpumps. »Club Excite« leuchtete darüber in roter, geschwungener Neonschrift.

»Da!«, rief Alex lachend und zeigte nach vorne. »Da parkt er gerade ein! Ich wusste es!«

»Nicht zu fassen«, murmelte Tim und trat aufs Gas. Die Reifen schruppten über den Splitt, als er den Wagen abbremste. Die Jungs warfen die Türen auf und sprangen heraus. Der lange, schlaksige Philipp, der gerade aus dem niedrigen Fahrzeug herausgeklommen war, schrak auf und schwang sich augenblicklich wieder auf den Fahrersitz zurück. Tim rannte, sich hinter den Rücken greifend, auf die Beifahrertür zu. Der völlig überrumpelte Philipp musste erleben, wie Tim die Wagentür aufriss, auf ihn zuhechtete und ihm die Klinge unter den Hals drückte. Alex postierte sich neben der Fahrertür, womit jeder denkbare Fluchtversuch Philipps unterbunden war.

»Na, Don Philipe?«, raunte Tim mit betulicher Freundlichkeit. »Wie haben wir's denn so? Freuste dich, mich wieder zu sehen?«

Philipp, der regungslos in den Sitz gepresst dasaß, griff krampfhaft in den Stoff seiner Hose und atmete schwer, während er versuchte, mit dem Kinn von Tims Klinge zurückzuweichen. Der aber hatte mit dem linken Arm um die Kopfstütze gegriffen und legte seine Handfläche schwer auf Philipps Stirn. So hielt er ihn fest.

»Oh, Hinkebein, du sitzt so in der Scheiße, weißte?«

Philipps Haltung verkrampfte sich noch etwas mehr. Er atmete mit hoher Frequenz durch die Nase ein und durch den Mund aus. Tim sah ihm ein paar Sekunden dabei zu.

»Mach die Zündung an!«, befahl er schließlich. »Und lass das Fenster runter. Mein Kumpel möchte sich gerne bei unserem Plausch einbringen.«

Philipp folgte Tims Anweisung.

»Hey, Hinki«, feixte Alex, »was läuft?«

»Ihr kommt damit nicht durch«, bibberte Philipps Stimme. »Jeder kann sehen, was ihr hier macht.«

»Ja klar«, gab Tim im ironischen Tonfall zurück. »Weil hier ja alle Fenster unverhangen sind. Und die Nutten rufen bestimmt direkt die Polizei bei, wie heißt es so schön, ›milieutypischen Handlungen‹. Meinst du das so?«

»Wo wir gerade dabei sind«, warf Alex von der anderen Seite ein. »Wir sind ganz schön überrascht, dass wir dich gerade hier aufgespürt haben, Hinki. Das macht uns neugierig.«

Philipp wollte verwundert zu Alex hinsehen, doch mit dem Messer unter dem Kinn wäre das keine gute Idee gewesen. Stattdessen rollte er nur seine Augen nach links.

»Ja, glaub's ruhig«, bekräftigte Alex. »Wir haben ja immer gedacht, du wärst einfach nur so 'n abgewichster Anwaltskotzbrocken. Und jetzt stellen wir fest, dass du menschliche Bedürfnisse hast.«

Philipps Augen rollten angstvoll zu Tim rüber. Der aber zuckte mit dem Kinn in Alex' Richtung.

»Na los, red mit ihm«, raunte er.

Alex zückte sein Smartphone.

»Jeden Montag um dieselbe Zeit«, überlegte er. »Das klingt doch, als hättest du hier einen Liebling. Lieg ich da richtig?«

Philipp kniff die Augen zusammen. Alex scrollte auf der Webseite des Etablissements rauf und runter und grinste sich einen.

»Hey, Philipp!«, staunte er schließlich mit gespielter Anerkennung. »Da ist ja eine schöner als die andere!

Sehen die wirklich so aus? Gehen die ernsthaft so aufgedonnert mit einem ins Bett?«

Alex drehte sich nun so zum Auto, dass Philipp mit auf das Display sehen konnte.

»Komm, sag mal, welche ist deine Kleine? Hm? Vielleicht die hier? Lukrezia? Was bietet die denn so? Oh … SM, Bondage, Trampling, leichte und harte Erziehung … Ist sie das? He?«

»Nein«, keuchte Philipp, »nein, ist sie nicht.«

»Na komm, Philipp, dann zeig sie uns mal. Zeig uns, welche Lady dich heute erwartet.«

»Die da«, murmelte Philipp. »Patricia.«

Alex zog beeindruckt die Mundwinkel nach unten und drehte das Handy zu Tim hin.

»Wow, alle Achtung, Philipp. Die ist nicht von schlechten Eltern. Tolle schwarze Haare. Guck mal, Trip.«

»Ja, sieht nett aus. Hast ’nen guten Geschmack, Hinkheim. Aber das wissen wir ja von dir.«

»Was bietet die denn so an?«, machte Alex weiter. Er tippte auf das Profil der Sexarbeiterin und scrollte zu ihren Kundeninformationen durch.

»Besonderer Service«, las er vor. »Uuuh, jetzt kommt’s: Girlfriendsex. Wow, Philipp! Girlfriendsex! Macht sie Girlfriendsex mit dir? Das ist bestimmt schön, gell? Und das hier: Privater Empfang. Das musst du mir erklären. Was ist privater Empfang, Philipp?«

Zuerst zierte Philipp sich, doch ein kurzer Aufwärtsruck des Wildschweintöters motivierte ihn zu antworten.

»Das heißt, das Mädchen empfängt dich zur vereinbarten Zeit persönlich an der Tür. Und zwar so, wie du sie bestellt hast.«

»Du kannst dir aussuchen, wie sie dich empfängt?«, fragte Alex übertrieben interessiert nach. »Du meinst, was sie anhat und so?«

Philipp nickte.

»Und wie hast du Patricia bestellt? Das interessiert mich jetzt aber. Hast du sie in lila Strapsen bestellt? Oder vielleicht nackt? He? Philipp? Komm. Hast sie nackt bestellt, was? Alter Romantiker.«

»Nein«, keuchte Philipp, diesmal energischer, »nein verdammt. Sie trägt schicke Sachen.«

»Sie trägt schicke Sachen? Hat sie denn soviel Zeug im Haus, dass sie immer was tragen kann, was dir gefällt?«

»Nein, Mensch. Die besorge ich ihr. Ich kaufe ihr die Sachen.«

»Na, wenn das nicht edel ist, Philipp. Respekt. Aber wo kaufst du denn für sie ein? Gehst du etwa mit ihr shoppen?«

»Im Internet.«

»Im Internet? Klar, das versteh ich. Ist perfekt. Soll ja keiner wissen. Also kaufst du ihr die Sachen bei Amazon? Oder bei Zalando? Oh, ich weiß: Bei Shein, richtig?«

»Nein. Die Seite heißt net-a-porter.«

Wieder tippte Alex auf dem Bildschirm seines Smartphones umher. Lachend hielt er Tim das Ergebnis entgegen.

»Guck mal, Trip! Mein ich das nur, oder sind das wirklich exakt dieselben Sachen, die du auch bei der Eichendorf kriegst?«

Tim lachte heiser. Er schüttelte mitleidvoll den Kopf und fügte hinzu: »Hinkheim, Hinkheim, du bist echt ein krankes Schwein, weißt du das?«

»Lasst mich jetzt bitte in Ruhe!«, maulte Philipp. »Ich hab viel Geld für den Termin bezahlt, also …«

»Oh! Oh, Hinkheim!«, widersprach ihm Tim und verstärkte seinen Griff. »Das ist jetzt aber sehr unhöflich von dir. Jetzt, wo wir Freunde sind und uns unsere tiefsten Geheimnisse anvertrauen, da willst du deine neuen Kumpels gleich für 'ne Alte versetzen? Das kannst du doch nicht machen, Mann. Bruder geht vor Luder. Weißt du doch.«

»Was wollt ihr denn noch von mir?«

»Ich mach es kurz, Hinkebein: Wo haben sie Anna hingebracht? Und ich rate dir gut, mir jetzt nicht auf den Piss zu gehen!«

»Ich kann dazu nichts sagen«, druckste Philipp. »Ich darf keine Informationen über Mandanten rausgeben.«

Tim und Alex sahen sich kurz mit unbeweglichen Mienen an. Im nächsten Moment senkte Tim wortlos das Messer und setzte es in Philipps Schritt an.

»Oh nein!«, jammerte der, verzweifelt bemüht, von der langen, breiten Klinge wegzurücken. »Scheiße! Scheiße! Nein!«

Aber Tim hielt ihn weiter unerbittlich fest.

»Wenn das in Zukunft noch zwischen dir und Patricia funktionieren soll, dann spuckst du jetzt ohne Umschweife die Informationen aus, die ich brauche, klar? Wenn du dich zierst, heißt es in der neuesten Karl-May-Verfilmung: Bleichgesicht wichst mit gespaltener Nudel. Also, raus mit der Sprache!«

Nach kurzem Wimmern und Klagen begann Philipp zu reden: »Der Anführer der Mandantschaft ist ein großer Geschäftsmann aus Frankfurt. Er betreibt eine Kette von

Spielhallen. Er hat sich in der Eifel Grundbesitz zugelegt.«

»Ich will einen Namen!«

»Den kennt nur mein Vater. Die wollen das Risiko minimieren, erkannt zu werden. Deswegen weiß ich nicht genug, um dir zu helfen. Ich schwöre, das ist die Wahrheit. Bitte!«

»Wo ist dieser Grundbesitz?«

»Ich weiß nur, dass er irgendwo in der ehemaligen Verbandsgemeinde Hillesheim liegt. Das habe ich zwischendurch mal aufgeschnappt. Die haben von einer Versammlung gesprochen und sich ganz großspurig gefreut, dass der Ort angeblich so hervorragend zu ihrer Organisation passt.«

»Organisation, dass ich nicht lache. Du und dein Alter, ihr arbeitet schamlos und wissentlich mit eindeutig Rechtsradikalen zusammen. Wie tief kann man eigentlich noch sinken?«

»Wenn ihre Ansprüche legitim sind, spricht rechtlich nichts dagegen.«

»Rechtlich nichts dagegen! Und was ist mit moralisch? Kennt ihr das Wort überhaupt? Du bist ein Wichser, Hinkheim. Und dein Alter ist auch ein Wichser. Sag deinem Alten, wenn Anna was zustößt, dann reiß ich euch beiden die Eier ab und steck sie euch in den Hals. Hast du kapiert?«

»Ja.«

»Und Girlfriendsex ist für heute gestrichen, hast du gehört, Arschloch? Du fährst jetzt augenblicklich zurück und übermittelst deinem Alten meine Grüße, und zwar wortgetreu. Und wenn ihr es wagen solltet, irgendwas gegen mich einzuleiten, dann komm ich und fackel euch die Bude ab, ihr Hunde!«

Mit einem Mal ließ Tim Philipp los. Der fuchtelte sofort wie wild an seinen Armaturen rum, warf den Motor an und den ersten Gang rein und brauste davon. Tim und Alex standen sich gegenüber, eine Autobreite voneinander entfernt. Sie horchten auf das leiser werdende Brummen von Philipps Sportwagen. Plötzlich zuckte Tim zusammen. Ein Schatten näherte sich mit hohem Tempo seinem Freund von hinten.

»Ditze!«, warnte er.

Alex fuhr herum. Er erkannte eine Gestalt, die einen Ast über seinem Kopf schwang und auf ihn zu rannte. Blitzschnell reagierte er, fasste den Angreifer, nutzte dessen Schwung und warf ihn über sich hinweg. Dumpf prallte die Gestalt auf dem Splittbelag auf. Sie verlor den Ast dabei. Gleich darauf sprang der stämmige Mann auf, ballte die Fäuste und unternahm einen weiteren Versuch, auf Alex loszugehen. Dessen Fuß aber beschrieb einen hohen Halbkreis, den der Angreifer sozusagen mit seinem Gesicht abfing, woraufhin er abermals zu Boden ging. Dieses Mal blieb er liegen. Alex blieb erstmal noch in Abwehrhaltung.

»Ditze, Alter!«, staunte Tim. »Wie cool, dich mal in Aktion zu erleben.«

Alex löste seine Kampfsporthaltung.

»Freut mich, wenn's dir gefallen hat«, gab er zurück. »Aber wer ist der Penner?«

»Na, wollen mal nachsehen«, beschloss Tim und bückte sich nach dem Fremden. Er drehte ihn auf den Rücken und leuchtete ihn mit dem Handy an.

»Ach!«, entfuhr es den beiden, und Alex fügte hinzu: »Und da haben wir die andere Hälfte von unserem grandiosen Dreamteam. Von wegen die Seite wechseln und euch helfen. Drecksack bleibt Drecksack.«

Tim testete mit ein paar Klapsen auf die Wange den Zustand Rüdigers.

»Der ist in ein paar Minuten wieder auf Deck.«

Dann richtete er sich auf und blickte zur Eingangspforte des Hauses.

»Ich hab da 'ne Idee«, winkte er Alex heran. »Komm, hilf mir.«

Tim und Alex nahmen Rüdiger in die Mitte und schleppten ihn zum Hauseingang. Tim klingelte. Kurz darauf öffnete sich die Tür und eine junge Frau mit langen, schwarzen Haaren und einem eleganten Kostüm stand vor den Männern. Ihr anfänglich süßes Lächeln wich schnell einem erstaunten Gesichtsausdruck.

»Es tut mir Leid«, begann Tim, »aber Philipp kann heute nicht. Wir sollen Ihnen ausrichten, dass Sie die Bezahlung behalten dürfen. Er freut sich auf das nächste Mal.«

Die Nachricht löste ein sichtbar vergnügtes Schmunzeln auf dem Gesicht der Dame aus. Sie machte auch gleich kehrt und entfernte sich. Im selben Moment trat die Hausdame heran und winkte das unerwartete Trio ins Haus. Leise schloss sie die Tür hinter dem sonderbaren Gespann.

»Und ihr wünscht außerdem?«

»Wir bringen unseren Kumpel vorbei. Er hat heute Geburtstag, und wir wollen ihm ein besonderes Geschenk machen.«

»Ist er betrunken? Wenn ja, kann er nicht …«

»Nein, nein«, sprach Tim weiter. »Hat nur auf der Party vorhin was eingeworfen. Der ist in ein paar Minuten wieder fit, und dann wäre es förderlich, wenn er sich gleich in der Behandlung einer Ihrer Schönheiten wiederfinden würde.«

Alex kicherte: »Ich find's immer zum Schießen, wenn du versuchst wie Anna zu reden, Trip.«

Die Hausdame sah ihn nur kurz an, dann sprach sie gleich wieder mit Tim.

»Ich verstehe. Wart ihr denn schon mal bei uns?«

»Nein«, antwortete Tim, »aber wir haben uns vorab über Ihren Service informiert, und wir kennen die Vorlieben unseres Kumpels, von daher ist das im Grunde ganz einfach.«

Die Hausdame wirkte für einen Moment etwas unsicher und ratlos. Sie drehte die Handflächen nach oben und breitete kurz die Unterarme aus, bevor sie sie wieder vor dem Bauch zusammenführte und ihre Hände faltete.

»Tja, und welche unserer Damen haben Sie für Ihren Freund ausgesucht?«

»Wenn das möglich wäre«, erklärte Tim, »würden wir gerne Lukrezia buchen. Sofern sie frei ist.«

»Ja, da habt ihr Glück. Lukrezia ist frei. Bitte folgt mir in den Empfangsraum. Ich rufe Lukrezia für euch.«

In dem Warteraum herrschte eine gedämpfte Beleuchtung. Ein parfümartiger Raumduft umspülte die Nasen unserer Freunde. Sie sahen sich um. Einige Vollaktplastiken zierten die Randbereiche des Raumes. In der Mitte luden einige Sessel und Sofas zum Sitzen ein. Ein Groß-bildfernseher zeigte mit abgestelltem Ton eine Schleife von Szenen aus Softpornofilmen. Ein erstes Grunzen war aus Rüdigers Mund zu vernehmen.

»Wo bleibt diese Lukrezia denn?«, nuschelte sich Alex in den nicht vorhandenen Bart. »Der pennt nicht ewig.«

Da öffnete sich die Tür und eine Frau um die dreißig erschien vor den Männern. Sie war ausgesprochen athletisch, mit recht breiten und geraden Schultern. Ihr schwarzer Lacklederbody hatte hohe Beinausschnitte. Lederbänder mit Nieten umspannten ihre Schenkel und Oberarme.

»Hallo, Jungs. Ich bin Lukrezia. Alles, was ihr möchtet, verhandelt ihr mit mir.«

»Unser Kumpel hier«, übernahm Tim wieder das Wort, »er heißt Rüdiger. Er ist auf 'nem kurzen Trip und kommt jeden Moment zu sich.«

»Jaja«, bestätigte Lukrezia, »das wurde mir schon gesagt. Dann sagt mal schnell, was ihr euch vorstellt.«

»Also, er steht total auf Fesseln und harte Erziehung. Was nimmst du denn da so?«

»Wenn's nur Erziehung ist und kein GV, kein OV und so, dann sind das 80 die Stunde.«

»Klasse. Ich geb dir 200, und dafür gibst du's ihm so richtig, okay?«

»Geht klar, kommt mit. Ihr müsst ihn mir auf die Pritsche legen. Allein mach ich das nämlich nicht, wenn er bewusstlos ist.«

»Kein Problem, machen wir. Er wird auch langsam wach, siehst du? In 'ner Minute kannst du loslegen.«

Tim und Alex folgten Lukrezia mit dem untergehakten Rüdiger in ihr Zimmer. Dort platzierten sie den allmählich Erwachenden auf der blanken Holzpritsche, die mitten im Raum stand. Lukrezia begann sofort, ihn tüchtig an der Apparatur anzubinden.

»Er ist übrigens sehr hart im Nehmen«, versicherte Tim, »und er kann sich so richtig in die Situation reinsteigern. Dann auf keinen Fall nachlassen, okay?«

»Ja klar«, meinte Lukrezia, »damit hab ich Erfahrung. Aber dann brauch ich auf jeden Fall sein Safeword.«

»Natürlich«, nickte Tim, »so eins hat er, klar. Das hat er uns vorhin noch gegeben. Es lautet: Klimmerkitschikatschabombamirabelladikaraffa.«

»Ach du Scheiße!«, staunte Lukrezia. »Könnt ihr mir das vielleicht aufschreiben?«

Tim und Alex stellten sich vor der Zufahrt des Club Excite an die Straße.

»Jo«, meinte Alex, »bietet sich ja jetzt an.«

Tim nickte zur Bestätigung.

»Eben. Ab sofort verfolgt keiner mehr meine Karre. Deshalb lass ich die jetzt einfach hier stehen. Aus, Ende.«

»Und wenn sie sie abschleppen lassen?«

»Dann schleppen sie sie ab. Unsichtbar sein ist jetzt angesagt ... Da kommt unser Taxi!«

Der Fahrer des Taxis grüßte die beiden Freunde mit vorzüglicher Heiterkeit.

»'N Abend, Freunde«, lachte er ihnen zu, als sie beide auf dem Rücksitz Platz genommen hatten. »Und? Hattet ihr einen ... schönen Abend?«

Er sah dabei in den Innenspiegel und spielte mit seinen Augenbrauen.

»Danke der Nachfrage«, rief Tim nach vorne. »Wir hatten einen phantastischen Abend.«

»Na, das glaub ich euch sofort«, grinste der Fahrer verwegen. »Wo soll's denn hingehen?«

»In die Stadt zurück. Einfahrt Kaulenforstweg.«

Der Taxifahrer gab »Daumen hoch« und fuhr an.

»Weißt du was, Trip?«, warf Alex gut gelaunt ein. »Das war wirklich eine geile Aktion. Hat mich an früher erinnert. Nur krasser.«

Der Fahrer sah immer wieder in den Rückspiegel und lächelte Tim und Alex interessiert zu.

»Was hat dir denn so gut gefallen, Ditze?«, erkundigte sich Tim.

»Na ja, die ganze Aktion. Was du mit Philipp gemacht hast. Hast ihm dein Mordsteil ja fast in den Hals gedrückt. Und als er sich geziert hat, hast du dir mal ganz locker und flockig seine Eier vorgenommen.«

Tim grinste: »Du warst aber auch nicht ohne. Wie du es Rüdiger gegeben hast. Wusch! – Mitten ins Gesicht! Mann, das hätte ich gerne in Zeitlupe gesehen.«

»Ja!«, jauchzte Alex. »Haben lange nicht mehr zusammen so viel Scheiße abgedrückt.«

»Hat mir für den Moment auch richtig gut getan«, gab Tim zu.

Zurück in Leyental, vor Mellis und Alex' Zuhause, stiegen die Jungs aus. Tim bezahlte den Fahrer, der auch sofort mit zügigem Tempo abrauschte.

»Komischer Kerl«, bemerkte Tim nachdenklich, dem Taxi nachblickend. »Hat am Anfang noch den Eindruck gemacht, als wollte er gerne ein Schwätzchen mit uns halten. Und von jetzt auf gleich guckt er nur noch nach vorne und sagt gar nichts mehr.«

»Jap«, stimmte Alex zu, »kam mir auch seltsam vor. Was der wohl plötzlich hatte? … Na ja, muss uns nicht kümmern. Komm, gehen wir rein.«

Melli hatte das Taxi gleich bemerkt, als es vor dem abgelegenen Häuschen angehalten hatte. Sie stand in der Tür und erwartete die Jungs.

»Schatz«, grüße Alex seine Freundin, »warum hast du dich komplett angezogen? War dir etwa kalt?«

Ein Schmunzeln huschte über Mellis Gesicht.

»Kommt einfach rein«, sagte sie leise. »Habt ihr was erreicht?«

»Haben Hinkheim ausgequetscht«, antwortete Tim. »Viel hat er aber nicht auf Lager gehabt.«

»Wir sind ihm bis zum Puff nachgefahren«, fügte Alex hinzu. »Er hatte da einen Termin.«

»Nee!«, staunte Melli. »Ernsthaft jetzt? Ich meine, so richtig? Nicht geschäftlich?«

»Och«, meinte Tim, »geschäftlich war das schon, schätz ich. Jedenfalls denke ich nicht, dass die Kleine, die er bestellt hatte, es ihm umsonst machen würde.«

»Ich fasse es nicht!«, schüttelte Melli den Kopf. »Der ist echt gestört.«

»Oh, du ahnst ja gar nicht, wie gestört!«, legte Alex nach und schritt mit Tim Seite an Seite ins Wohnzimmer.

»Jedenfalls müssen wir jetzt gut überlegen«, führte Tim aus, »was wir mit den äußerst spärlichen Informationen …«

Weiter kam er nicht. Als er erkannte, wer alles im Wohnzimmer herumlungerte, verschlug es ihm die Sprache. Da saß die ganze Bande, sein treuer Freundeskreis. Sie alle begrüßten Tim.

»Hey, Trip.«

»Finstere Sache, das mit Anna.«

»Du kannst auf uns zählen.«

»Sag uns, wie wir dir helfen können.«

Isi sah ihn an, rückte auf der Couch ein Stück an Michael heran und tappte mit der flachen Hand neben sich auf das Polster. Erfreut ließ Tim sich nieder.

»Oh Mann, Leute«, sprach er in die Runde, »ihr seid wirklich die Besten.«

Dann berichtete er detailliert von den Ereignissen des Tages. Michael sprach daraufhin als erster.

»Warum seid ihr nicht längst zur Polizei gegangen?«, fragte er Tim und sah anschließend von einem zum anderen. Als er Nessi anschaute, lächelte sie ihn milde an und schüttelte den Kopf.

»Das kommt für Annas Eltern nicht in Frage«, gab Tim zur Antwort, worauf Nessi eine präsentierende Handbewegung in Richtung Tim machte. »Jedenfalls noch nicht. Solange ich Herr meiner Kräfte bin, wollen Sie, dass ich das übernehme.«

»Warum?«, wollte Julian wissen.

»Papa würde das genauso sehen«, erklärte Nessi. »Wenn bekannt würde, dass eine zur-Heyden-Tochter entführt wurde, wäre das ein Signal, dass die Familie angreifbar und verwundbar sei. Deswegen darf die Öffentlichkeit jetzt bloß nichts von Annas Entführung erfahren. Ist es nicht so, Trip?«

»Exakt so, Nessi«, nickte Tim ihr zu und sprach weiter. »Das einzige, was wir machen können, ist ganz unauffällig mal in der Eisdiele nachhorchen, ob irgendjemandem irgendwas aufgefallen ist. Immerhin ist Anna da mit dem

Panamera vorgefahren und nicht wieder eingestiegen. Das muss doch jemand gesehen haben. Vielleicht hörst du dich morgen mal um, Isi?«

»Klar, mach ich«, bekräftigte Isi.

»Falls dabei nichts rauskommt«, führte Tim weiter aus, »dann nehm ich mir Hinkebeins Alten persönlich vor. Bis dahin bereite ich mich darauf vor, die Gegend aus der Luft abzusuchen. Ditze, ich stell mir das so vor: Ich möchte eine Kamera am Flieger anbringen, die senkrecht nach unten aufnimmt. Dann brauche ich einen Copiloten, der die Bilder auf dem Laptop ansieht. Wenn man in das Bild klickt, sollen die geografischen Koordinaten angezeigt werden. Geht das?«

Alex nickte: »Wenn ich die Kamera ans GPS koppel, hab ich eh die Koordinaten der Bildmitte. Aus dem Bildwinkel des Objektivs und der Flughöhe krieg ich dann leicht die Koordinaten für jeden Pixel raus. Das schaff ich.«

»Super. Dann können wir aus der Luft jedes verdächtige Objekt direkt an Hawkens und Boggy senden, die mit dem Auto im Zielgebiet patrouillieren.«

»Und wir fahren dann da hin und schauen nach«, schloss Julian. »Coole Sache!«

»Alles klar«, besiegelte Tim den Plan, »dann geht jetzt schlafen. Wir treffen uns morgen wieder.«

Annas Schultern schmerzten. Die Momente der Müdigkeit, die sie in der Nacht erfassten, hatten mehrere Male zu unruhigen Schlafphasen geführt. Sie dachte nun über die Ereignisse dieses neuen Tages nach: Als es hell geworden war, hatte Mumienfratz wieder nach ihr gesehen. Sie hatte ihm verständlich gemacht, dass sie zur Toilette musste. Daraufhin hatte er sie von der Liege befreit und am Seil, mit dem ihre Hände angebunden waren, aus dem Zimmer gezogen. Da ihre Hände hinter dem Rücken zusammengebunden waren, führte die unwirsche Methode des Entführers dazu, dass Anna größtenteils seitwärts bis halb rückwärts tippeln musste. Annas Gefängnis gegenüber, durch einen schmalen Korridor getrennt, befanden sich zwei separate Türen zu großzügigen Waschräumen. Anna war zuerst in die Herrentoilette geschubst worden, da deren Tür dem Kellerraum näher lag als die Damentoilette. Doch dann war Mumienfratz offenbar eingefallen, dass der Raum ja zwei Fenster hatte. Deshalb riss er Anna zurück in den Flur, schob sie ein Stück weiter und nötigte sie in die fensterlose Damentoilette. Er hatte ihr zwei Minuten gegeben, sich zu erleichtern, was er aber nicht so dezent ausgedrückt hatte. Nichts war Anna in dem Moment so wichtig, wie diesen Zeitrahmen zu unterschreiten. Es gelang ihr, fix und fertig im Vorraum zu stehen, ganz so als wartete sie bereits auf Mumienfratz, als der in den Raum gepoltert kam.

»Arrogantes Flittchen«, hatte er gebrummt, Anna wieder am Seil gepackt und zurück in den Kellerraum gezerrt.

So schnell und unsanft dieser Ausflug auch vonstatten gegangen war, Anna war es gelungen, einige neue Eindrücke ihrer Umgebung zu sammeln. Diese verarbeitete sie nun gedanklich.

›Dieser Raum verfügt über zwei Fenster. Da der Eintritt ins Gebäude ebenirdisch erfolgte, wir uns jedoch höchst offenkundig im Untergeschoss befinden, muss das Haus eine Hanglage aufweisen – eine tüchtige noch dazu – über eine volle Geschosshöhe. Das legt diese grobschlächtige Holztür am Ende des Flures nahe.‹

Anna sah in Richtung der Fenster. Eine Raumnische befand sich seitlich des linken Fensters. Dort ragte auch der schmale Tisch mit dem Monitor hinein. Auf dem Stuhl davor hatte sich Mumienfratz niedergelassen. Er begann, seitlich an dem Monitor herumzufummeln. Kurz darauf leuchtete die Kontroll-LED auf. Der zweite Tisch, ebenfalls nicht breiter als ein Bierzelttisch, stand somit direkt hinter Mumienfratz, etwas näher an Annas Liege, und auf diesem stand immer noch ihre Handtasche.

›Ich hoffe inständig, dass er sie kein weiteres Mal durchsucht. Tief unter meinen Pflegeutensilien liegt mein Pfefferspray. Wenn ich nur loskommen und der Sprühdose habhaft werden könnte! Es tut so entsetzlich weh, gefesselt zu sein. Wie kam es, dass dieses Scheusal mich nicht losbinden musste, um mich von der Liege zu befreien? Wie ist doch gleich ihr Erscheinungsbild? Aber ja, es liegt zweifellos an der Anordnung des Standes: Ein zentraler Fuß trägt die Liegefläche. Also hat er meine Hände nur hinter der Rückenlehne zusammengebunden. Genau genommen hieße es unterhalb, da sie ja herabgelassen ist. So brauchte er das Seil lediglich über die Kopfstütze zu führen. Das jedoch würde bedeuten, dass ich mich selbsttätig befreien könnte. Würde er so nachlässig sein und mir einen solchen Vorteil einräumen?‹

Anna versuchte, ihre Unterarme vom Standfuß der Liege wegzuführen. Da dies schwierig und schmerzvoll war, unterstütze sie die Bewegung, indem sie ihren Körper mit leichtem Druck aus den Füßen heraus in

Richtung Kopfende drückte. Da merkte sie, dass das Seil blockierte. Es musste in einer Art Mechanik eingehakt sein, die zur Bewegung des Liegestuhls diente. Anna versuchte, ihren Körper noch stärker aus den Beinen heraus in Richtung Kopfende zu drücken, doch ihre Füße fanden auf dem Kunstleder des Polsters nicht genug Haftung und rutschten ab. Das Gleitgeräusch war nur leise, doch in dem stillen Raum hörte Mumienfratz es sofort. Er fuhr herum.

»Was machst du da?«

»Ich liege recht unbequem. Ich versuche, mich in eine angenehmere Position zu bewegen.«

Mit einem breiten Grinsen stand Mumienfratz auf und kam um den Tisch herum, auf dem nach wie vor Annas Handtasche stand.

»Sag doch was. Dann helf ich dir. Bin ja schließlich hier, um auf dich Acht zu geben.«

»Ich benötige Ihre Hilfe nicht. Unterstehen Sie sich, Hand an mich zu legen!«

Doch der Mann trat näher und streckte seine Finger aus. Schon legte er seine Hand auf Annas Bauch.

»Was willst du dagegen machen, Schätzchen? Um dich treten und dir wieder eine fangen? Würd ich dir nicht raten. Du fängst gerade erst wieder an, schön auszusehen.«

Anna presste für eine Sekunde die Augen zusammen, um ihre Abscheu zu überwinden. Dann hob sie den Oberkörper an und präsentierte Mumienfratz mit trotzigem Blick ihre Wange.

»Dann zögern Sie nicht! Bitte, schlagen Sie mir ins Gesicht! Ich habe gehört, was Ihr Anführer gestern angeordnet hat. Zweifellos wird er Ihnen heute wieder seine

Aufwartung machen. Ich möchte wissen, wie er auf eine neuerliche Misshandlung reagieren wird. Bitte schön. Lassen Sie Ihrem Instinkt freien Lauf …«

Langsam und mit einem Murren nahm Mumienfratz seine Hand an sich.

»Sinnlos«, presste er durch die Zähne, »aber das wird er am Ende selber sehen. Und dann komm ich zu meinem Spaß, darauf kannste Gift nehmen.«

Mumienfratz trottete zu seinem Platz vor dem Monitor zurück. Er hatte eine Webseite aufgerufen. Anna konnte den Inhalt nicht erkennen. Die Schrift war zu klein. Sie war aber ohnehin anderweitig beschäftigt. Zu sehr verstörten sie ihre Angst und Übelkeit.

Nach einer Zeit ertönte der entfernte, dumpfe Rumms der Kellertür im Erdgeschoss. Anna zählte die Sekunden bis zum Erscheinen des Chefs. Nach einer sich endlos anfühlenden Dreiviertelminute ging die Tür zum Kellerraum auf, und das rote Gesicht des Schnurrbarts im Anzug erschien im Zimmer.

»Na, wie geht es unserer Komtess heute? Sie machen einen guten Eindruck, muss ich sagen. Sie sehen schon viel besser aus als gestern.«

Anna drehte den Kopf von der Wand zu ihm hin. In ihrem monotonen Tonfall erwiderte sie: »Sind Sie nun plötzlich Stationsarzt geworden?«

Die Retourkutsche löste tatsächlich ein räusperndes Lachen bei dem Mann aus. Er setzte sich zu Anna auf die Kante der Liege.

»Ich muss sagen, mir gefällt Ihr Humor. Ist das so eine Art Galgenhumor, oder sind sie immer so sarkastisch?«

Anna schwieg.

»Was ist?«, erkundigte sich der Chef. »Diesmal keine originelle Antwort parat?«

Anna drehte den Kopf wieder zur Wand.

»Ich beschränke meine Konversation mit Ihnen auf das äußerst notwendigste.«

Der Chef nickte betont.

»Wie Sie meinen. Das passt mir auch gut in den Kram. Dann sind wir ja schnell durch. Also: Wo genau hält sich Frau Dr. Elvire Uebelacker auf?«

Keine Reaktion von Anna. Der Chef schaute mit gleichgültigem Blick zu einem der Fenster.

»Ich verstehe. Sie möchten nicht gleich zur Sache kommen. Bei Ihnen muss ein Mann sich mehr Mühe geben, richtig? Na ja. Ich kann dazu nur sagen, dass Ihr Parfüm äußerst angenehm den Raum erfüllt. Die eine Nacht in unserer Obhut hat Ihrer Attraktivität noch nicht viel anhaben können. Ich fürchte nur, dass selbst Sie nach einer weiteren Nacht nicht mehr ganz so frisch wirken, und dann hat auch mein Kamerad hier nicht mehr so viel Spaß an der Sache. Von daher schlage ich vor, dass wir es kommende Nacht ein letztes Mal versuchen. Sagen wir um Mitternacht? Das ist doch ein schönes Ultimatum, nicht wahr?«

Ohne jedes weitere Wort stand der Chef auf und verließ den Raum. Anna hörte in der Stille seine sich entfernenden Schritte, den Rumms der Kellertür, sowie einige Zeit später das Motorgeräusch eines wegfahrenden Autos.

Kapitel 12

Den Grad der Sonneneinstrahlung konnte man auch prima an dem Odor von Sonnenmilch messen, der über den Tischen der Außenterrasse des Eiscafés schwebte. Isi hatte es für eine gute Idee gehalten, sich unter die Gäste zu mischen und zu horchen, worüber die Leute sprachen. So saß sie an einem der Bistrotische und löffelte, nicht ganz ohne Genuss, einen Krokantbecher. Doch die Leute sprachen nicht über Anna oder über ein Ereignis, dass Isi in irgendeiner Weise mit Anna hätte verknüpfen können. Selbst davon ausgehend, dass heute ganz andere Leute die Eisdiele besuchten als gestern, so würde solch ein Vorfall doch innerhalb eines Tages Gesprächsthema sein, noch dazu so nahe am Ort des Geschehnisses. Doch dem war nicht so. Also beschloss Isi, vor den Servicekräften etwas konkreter zu werden. Sie stand auf, um ihren Eisbecher an der Verkaufstheke im Inneren des Cafés zu bezahlen. Eine Serviererin trat vor der Theke mit ihrem breiten Portemonnaie an Isi heran und sprach sie freundlich an.

»Hat es Ihnen geschmeckt?«

»Ja, war lecker. Darf ich Sie mal was Spezielles fragen?«

»Und was bitte?«

»Haben Sie gestern zufällig gesehen, wie eine Frau in meinem Alter hier ins Rathaus gegangen ist?«

»Da gehen wohl viele Leute rein. Wieso soll mir da jemand spezielles aufgefallen sein?«

»Diese Person wäre Ihnen aufgefallen. Sie kam mit einem Porsche hier an.«

»Ach, die! Ja, die hab ich aussteigen sehen. Mein lieber Mann … Aber wieso fragen Sie?«

»Sie ist eine Freundin von mir. Ich suche sie. Aber ich weiß halt nicht, wo sie hinterher hingegangen ist.«

»Entschuldigung, nix gegen Sie, aber die sah nicht so aus, als ob sie mit *Ihnen* befreundet wäre.«

»Wenn Sie meinen … Aber darum geht's nicht. Haben Sie gesehen, wann Sie wieder raus kam?«

»Das nicht, aber …«

»Aber was?«

»Ich weiß nicht, ob ich Ihnen das sagen darf. Ich glaub nämlich irgendwie nicht, dass sie Ihre Freundin ist. Sorry.«

Isi rollte kurz mit den Augen und nahm ihr Handy hervor. Sie hielt es der Dame vor die Nase.

»Ist sie das?«

»Ja, ich erkenne sie. Genau die ist hier ausgestiegen.«

»Okay, und die blonde da, erkennen Sie die auch wieder?«

»Na gut, überzeugt. Also, ich hab da nämlich was beobachtet. Das fand ich sehr merkwürdig, und da hab ich mir schon gedacht, das ist irgendwie unheimlich.«

»Erzählen Sie! Bitte!«

»Also, da waren so zwei Typen, die kamen hier an in so 'ner alten Karre.«

»Ja? Und weiter?«

»Die sind hier still und verstohlen ums Rathaus rumgeschlichen, als ob sie was zu verheimlichen hätten.«

»Wie sahen sie aus?«

»Total unterschiedlich. Der eine war leger angezogen, und der andere hatte 'nen guten Anzug an. Und der mit dem Anzug war es auch, der in den Porsche von dem Mädchen eingestiegen und damit weggefahren ist. Total spooky, oder?«

Isis Anspannung lockerte sich schlagartig. Ernüchtert stieß sie einen Seufzer aus und antwortete: »Ja. Danke. Sie haben mir wirklich unglaublich geholfen. Also, was kostet mein Eis?«

Als die Sonne tiefer sank und das goldene Abendlicht den Kellerraum in ein Schummerlicht tauchte, überkam Anna mehr und mehr ein Schüttelfrost. Wie ernst meinten ihre Entführer es mit ihrer Drohung? Durfte sie für eine Sekunde davon ausgehen, dass es sich um einen Bluff handelte? Es war ihr nicht möglich, diese Option als auch nur ansatzweise wahrscheinlich einzustufen. Und so wuchs ein Gefühl der Panik in ihr heran. Sie schaute angstvoll zu Mumienfratz hin. Der saß an seinem Monitor und zockte. Er verzichtete dabei auf das Tragen von Kopfhörern. Den Ton des Computers hatte er leise gestellt, da er trotz allem mitbekommen wollte, ab Anna sich rührte oder der Chef im Anmarsch war. Anna zitterte. Dieser Mann würde sie heute Nacht vergewaltigen, davon musste sie ausgehen. Sie schloss die Augen.

›Denke nach, Annabelle!‹, redete sie in Gedanken auf sich selbst ein. ›So denke doch nach!‹

Die leisen Geräusche des Egoshooters, in den Mumienfratz vertieft war, klangen unheilvoll durch den Raum. Da kam Anna ein Einfall. Sie drückte ihre Armbeugen zusammen, so fest es ging. Das Polster ihrer Liege war am Rand weich, so schaffte sie es, ihre Hände zwei, drei Zentimeter näher zueinander zu bringen. Plötzlich spürte

Anna, wie das Seil durchhing und pendelte, ganz so wie ein Springseil nach dem letzten Umschwung. Es musste in der Mechanik festgehangen haben, mit der die Liege verstellt werden konnte. Wenn Anna es jetzt gelingen würde, stückweise nach oben zu rutschen, würde sie ihre gefesselten Arme um die Kopfstütze herum befreien können. Dazu musste sie schnell und leise sein, doch genau das war das Problem, denn sie musste für jeden Schritt die Arme so fest gegen den Rand der Liege pressen, dass sich das Blut staute und ihr alles furchtbar weh tat. Es war die einzige Chance. Herzpochen. Adrenalin und Angst rangen miteinander. Was von beidem würde sich durchsetzen? Anna kämpfte sich voran, Zentimeter um Zentimeter, die Zähne fest zusammengebissen, die Lippen offen, die Augenlider zusammengepresst. In Richtung Kopfstütze wurde die Lehne schmaler. Es ging nun viel leichter. Doch plötzlich geschah es. Mumienfratz schrie auf und schlug mit der Faust auf die Tastatur. »Game over« stand auf dem Monitor in roten Buchstaben. Anna erstarrte in ihrer Kauerposition am Kopfende. Sie sah, wie Mumienfratz sich auf seinem Stuhl nach hinten lehnte und den Kopf grunzend überstreckte, sodass seine Augenbrauen und seine Nasenspitze sichtbar wurden. Mit beiden Händen griff er hinter sich und berührte dabei Annas Tasche. Er fasste sie zu beiden Seiten, hob sie hoch und hielt sie über seinen Kopf. Dann setzte er sie auf seinem Gesicht ab. Als Anna sich noch fragte, was er damit bezweckte, hauchte er hörbar einen Atemstoß aus und nahm gleich darauf ganz tief Luft. Er sog den Geruch der Tasche tief ein. Es schien ihm sehr zu gefallen. Schließlich luden seine Arme wieder nach hinten aus, und er setzte die Tasche wieder auf der Tischplatte ab. Annas Herz klopfte heftig vor Angst. Das Pochen polterte geradezu in ihrem Schädel. Unbeweglich verfolgte sie Mumienfratz' Handlungen. Er schwang sich wieder nach vorne und startete ein neues Spiel. Kurz darauf klangen wieder die vertrauten Töne durch das Zimmer. Anna zwang sich für einen Moment zu einigen tiefen, beruhigenden Atemzügen durch den offenen Mund, bevor sie sich weiter rückwärts bewegte. Dann aber war es soweit. Ihre Arme hatten die Kopfstütze mitsamt Seil überwunden. Nun rutschte Anna zurück in Richtung Fußende. Langsam und leise, beinahe so, als würde sie die Turnübung »Brücke« andeuten, krabbelte sie voran. Dann senkte sie ihren Rücken ab und zog die Beine an, ganz weit, bis ihre Knie ihr Kinn berührten. Nun konnte sie das Seil über ihren Po und unter ihren Fußsohlen entlang führen, bis sie die Hände vor dem Körper hatte.

Anna plante nichts. Sie improvisierte. Das einzige Ziel, das sie vor Augen hatte, war ihre Tasche. Ganz zart setzten ihre Füße auf dem Boden auf. An den Tisch hinter Mumienfratz heranzuschleichen war leicht, doch ihre Tasche zu öffnen und sie bis zu ihrem Grund zu durchsuchen, war in ihrer derzeitigen Verfassung eine besondere Herausforderung. Unhörbar durch den Mund atmend, steckte sie ihre rechte Hand in die Tasche. Bedingt durch das Seil musste sie die linke hinterherführen. So ertastete sie ihr Handy.

»Verflucht!«, keifte da Mumienfratz, was Anna dermaßen erschreckte, dass wohl nicht viel zu einer Ohnmacht gefehlt hatte.

»Blöder Wichser! Ich knall dich ab!«

Emsig klackerte der Verbrecher auf seiner Tastatur herum, gebannt auf den Monitor starrend. Anna hatte inzwischen die kleine Spraydose fast erreicht.

›Hier muss sie einfach sein!‹, dachte sie flehentlich. Sie wusste, dass es jetzt ein Geräusch geben würde. Sie durfte nicht danebengreifen!

Ein Rascheln. Mumienfratz fuhr auf der Stelle herum, die Augen vor Zorn weit aufgerissen.

Da zischte es.

Mumienfratz fing laut zu schreien an. Sein Kopf und Oberkörper waren immer noch zu Anna gedreht. Seine Augen waren zu verzerrten Schlitzen zusammengepresst, und sein Maul stand weit offen. Instinktiv sprühte Anna ihm noch einen ordentlichen Strahl in den Rachen. Das Schreien endete abrupt. Es ging in ein erbärmlich pfeifendes Röcheln über. Wild fuchtelte ihr Peiniger mit den Armen, blind bemüht, nach der Tasche und Annas Armen zu greifen. Doch er verfehlte beides, rutschte vom Stuhl und tobte, dem Ersticken nahe, auf dem Boden weiter.

Anna hatte sich ihre Tasche geschnappt, ihren Blazer über die linke Armbeuge geworfen und griff hektisch nach ihren Schuhen. Doch die waren durch Mumienfratz' Jähzorn vom Vortag beschädigt worden. Vom linken Schuh war der Absatz von der Sohle abgebrochen. So gab Anna ihr Schuhwerk auf und hastete zur Tür. Sofort bog sie nach links ab, zur nahen Holztür. Leider war sie verschlossen. Anna musste einen anderen Weg nehmen. In einem Haus, dass sie nicht kannte. Hastig drehte sie sich zurück in den Flur. Der Rumms der Kellertür im Erdgeschoss fuhr ihr durch Mark und Bein. Sie lief los. Dort, wo der Gang in den Hauptflur mündete, drehte sie sich nach rechts, denn gestern waren sie von links gekommen, also würde sie dort jetzt todsicher einem ihrer Entführer in die Arme laufen. Wieder stand sie vor einer Tür. Eine moderne Kellertür. Vorsichtig drückte sie die Klinke. Welch ein Glück, sie war offen! Schnell huschte sie hindurch, die Tür hinter sich zuziehend. Es war so dunkel! Nur mit Mühe erkannte sie, wo sie sich befand. Es war ein weiterer Flur, nur viel kürzer als der erste. Auch er schloss mit einer Kellertür ab. Durch die flüchtete Anna ebenfalls. Dann stand sie in einem Treppenhaus. Kurz entschlossen setzte sie an, die Steinstufen hinaufzulaufen. Zwei Podeste, noch ein langer Treppenlauf, und sie stand vor einer weiteren massiven Holztür. Mit aller Behutsamkeit griff Anna nach dem Beschlag und bewegte ihn. Diese Tür war zum Glück nicht abgeschlossen. Das Beste aber war: Sie führte nach draußen! Anna zog sie weit genug auf, um hindurchschlüpfen zu können. Lautlos führte sie das schwere Türblatt anschließend zurück ins Schloss. Und dann rannte sie los, über den Hof, eine Böschung hinauf und geradewegs durch die Sträucher.

Inzwischen hatte Klauenbold seinen Kumpanen im Kellerraum vorgefunden. Was für ein Anblick! Wasser strömte aus Mumienfratz' rot geschwollenen Augen. Sein Mund stand offen, zwei gebleckte Zahnreihen mit einer verkrampften Zunge leuchteten in der schwachen Raumbeleuchtung hervor. Und dieses Geräusch! Es klang wie das Zischen eines aufgebrachten Krokodils und verkündete unmissverständlich, dass der Betroffene verzweifelt nach Atemluft rang.

»Scheiße, Bornmeier!«, raunte Klauenbold. »Was zum Henker ist passiert? Wo ist die Schlampe?«

Mumienfratz pfiff etwas aus seinem Hals, doch Klauenbold sorgte sich wenig um seinen Kameraden.

»Halt mal die Fresse!«, herrschte er ihn mit gedämpfter Stimme an und drehte seinen Kopf hin und her, aufmerksam in das stille Gebäude lauschend.

»So eine Kacke!«, knirschte er und nahm sein Handy aus der Hosentasche. Tuten und Röcheln wetteiferten gegen die Ruhe, die schwer auf dem Anwesen lag.

»Chef? … Schlechte Neuigkeiten. Bornmeier hat 'ne Sekunde nicht aufgepasst … Jo, die Kleine hat sich irgendwie befreit. Bornmeier liegt jetzt da mit 'ner Ladung Abwehrgas in der Visage … Ach, dem passiert nix. Der überlebt das schon … Nein, die Kleine ist nicht weg. Die ist irgendwo im Haus … Weil die nicht weg sein kann! Die Türen sind massiv und schwergängig. Und hier in dem Kasten ist es totenstill. Das hörst du, wenn die 'ne Tür benutzt … Ja, ich geh sie jetzt direkt suchen … Der? Ach, drauf geschissen. Bis der wieder was sieht, dauert's noch. Ich mach das allein … Ich ruf an, sobald ich die Ische zurückgebracht hab … Nee, geht klar.«

Anna rannte, wie sie noch nie gerannt war. Ihre Oma Leni hätte unter diesen Umständen bestimmt nichts dagegen gehabt, dass ihre Enkelin huschte.

»Lauf, mein Liebes!«, würde sie ihr gewiss hinterher rufen. »So lauf, mein Schatz!«

Mit Tränen in den Augen hastete Anna zwischen den Birken durch, deren weiße Rinden sie gut erkennen konnte. Auch die weit stehenden Kiefern passierte sie ohne Probleme. Dahinter wurden die Büsche dichter, und Äste schlugen Anna ins Gesicht. Zweige griffen in ihre Haare, und es ziepte. Schluchzende Laute der Anstrengung klangen mehr und mehr aus Annas Mund. Doch sie hielt nicht an. Das Rascheln von Blättern und Gras unter ihren Füßen spornte sie an, beinahe so sehr wie die Ungewissheit, ob sie verfolgt wurde.

Bald hatte Anna die Büsche hinter sich. Sie eilte über ein Feld, überquerte einen Wirtschaftsweg und lief dann wieder ein Feld hinauf, bis hin zu einem 50 Meter breiten Waldstreifen. Hier hielt sie an und verschnaufte. Doch nicht für lange, denn ihre Angst war immer noch ihr mächtigster Berater. So durchquerte sie behutsam den unwegsamen Waldstreifen, an dessen Rand sie zum Spurt über eine Wiese ansetzte. Da plötzlich schrie sie auf. Sie strauchelte und fiel zu Boden.

Anna war in eine Distel getreten. Der zunehmende Mond beleuchtete ihr schmerzverzerrtes Gesicht. Sie tastete nach ihrem rechten Fuß. Als sie unter ihn fasste, schrie sie abermals auf. Wie viele Stacheln mochten es sein? Weinend kroch Anna auf allen vieren voran. Sie wollte unbedingt die offene Flur hinter sich lassen. Sie schaffte es gerade noch über einen schmalen Acker. Doch dann, mitten in einem krautigen Stück Brachland mit hohem Gras, brach sie endgültig zusammen.

Ein horizontaler Sonnenstrahl fiel durch das Giebelfenster einer kleinen Zwei-Zimmer-Dachgeschoss-wohnung und traf auf die Augenpartie einer jungen, wasserstoffblonden Frau. Ihre Nase begann im selben Moment zu zucken. Mit einem gequältem Gesichtsausdruck und einem ungehaltenen Knurren drehte sie sich zur Seite und öffnete langsam ihre Lider.

›Schon wieder die doofen Jalousien vergessen‹, dachte Isi, die es hasste, auf diese Weise geweckt zu werden. Mehr noch als das hasste sie die Temperaturen in ihrem Schlafraum, die selbst noch zu Nachtzeiten nur knapp unter die 30-Grad-Grenze absanken. Sie pflegte ja schon mit freiem Oberkörper zu schlafen, nur mit einer ganz kurzen Schlafanzughose, und doch pappte ihre Haut an jedem Morgen so sehr, dass es sie förmlich unter die Dusche zog, auch wenn sie sich allzu gerne noch einmal umgedreht hätte.

So tapste Isi mit ihren strubbeligen Haaren in Richtung Badezimmer. Im Gegenschein des Sonnenlichts, das durch das Fenster flutete, leuchteten die zahllosen zauseligen Härchen um ihren Kopf wie eine Aura. Sie erinnerte sich an den gestrigen Tag.

»Nix«, hatte sie Tim am Abend geschrieben.

»Dreck«, hatte der geantwortet.

Auf halbem Weg zum Bad glitt Isi seitlich mit ausgestreckten Fingern in die Bündchen von Schlafanzughose und Slip und schob sie zusammen nach unten, bis zu den Knien. So nach vorne gebeugt, fiel ihr Blick zur Wohnungstür. Was war das denn? Da lag ein weißer Briefumschlag auf dem Boden, vielleicht fünf Zentimeter vom Türschlitz entfernt. Bedächtig zog sie ihre Sachen wieder hoch und ging auf den Umschlag zu. Sie sah auf ihn herab und kniff leicht die Augenbrauen zusammen.

»Ick?«, klang es skeptisch aus ihrem Mund. Tatsächlich war dieses Wort in Großbuchstaben auf den Brief geschrieben.

»Soll das der Absender sein?«, murmelte sie im Bücken, »dann braucht man auch gar nichts draufzuschreiben.«

Isi drehte das Kuvert ein paar mal vor sich hin und her. Nichts weiter stand auf ihm geschrieben als das sonderbare ICK.

›Ich brauch wohl doch erstmal 'nen Kaffee‹, dachte sie und ging sofort zu ihrer Küchenzeile, auf der sie den Brief mit der Schrift nach oben ablegte. Anschließend fischte sie aus einem der Oberschränke ihre Kaffeedose hervor. Ihre Augen schafften es nicht, den Brief außer Acht zu lassen.

»Oh, Mann!«, rief sie plötzlich aus und ließ die Hände auf ihre Schenkel klatschen. »Ich bin so blöd! Ick! I-C-K! Isabel Carola Krüger! Gott, schusselige Kuh!«

Mit einem letzten Kopfschütteln über sich selbst und der Gewissheit, dass der Brief wirklich an sie adressiert war, griff Isi erneut nach dem Umschlag. Den kleinen Finger der freien Hand streckte sie aus und bohrte ihn von der Seite her unter die Verschlusslasche. Nach drei Anläufen hatte sie das Kuvert aufgefetzt. Es enthielt folgenden Brief:

Liebe Frau Krüger,
bitte seien Sie nicht verwundert. Es schreibt Ihnen ein Freund. Bitte verzeihen Sie auch die Verstohlenheit der Zustellung dieses Schreibens. Sie werden noch verstehen, dass diese nachvollziehbar ist.
Erwarten Sie im Verlauf des Tages weitere Kontaktaufnahmen dieser Art. Behandeln Sie die Briefe vertraulich, und lassen Sie sich keine Verwunderung über ihren Erhalt anmerken. Die Angelegenheit ist von großer Bedeutung. Auf gutes Gelingen!

Isi hielt den Brief noch eine zeitlang in der Hand und betrachtete ihn. Es war ein Computerausdruck. Kein Name. Kein Datum. Während sie grübelte, bemerkte sie plötzlich einen Hauch ihres Achselgeruchs.

»Nee!«, stöhnte sie auf und warf den Brief auf die Anrichte zurück. »Ich geh jetzt doch erstmal duschen. Lasst mich in Ruhe, ihr Spacken!«

Der Himmel über dem Flugplatz war stahlblau. Die Sonne stieg langsam im Osten empor. Durch das vollständig aufgerollte Tor warf sie ihre Strahlen in den Hangar, was zur Folge hatte, dass sich sein Inneres aufwärmte und der ganze Technikgeruch sich verstärkte.

Hinter dem Rad des Bugfahrwerks der Piper Seneca saßen sich Tim und Alex im Schneidersitz gegenüber, umgeben von Werkzeug und frisch ausgepackten Elektronikbauteilen.

»Guck mal, Trip«, rief Alex stolz aus, während er eine Mechanik mit einer Minikamera in die Höhe hielt. Tim blickte auf und fixierte das Bauteil mit seinen Augen.

»Hab ich aus einer Drohne ausgebaut«, erklärte sein Kumpel. »Kannst du auf Knopfdruck senkrecht nach unten ausrichten. Aber trotzdem kannst du auch rundum schwenken, wenn du mal schicke Luftaufnahmen machen willst.«

»Sehr gut«, lobte Tim, »dann hat die noch eine Full-HD-Auflösung, schätz ich.«

»Ja«, bestätigte Alex, »aber das reicht völlig für unseren Zweck.«

Tim griff nach einer Schachtel. Sorgsam packte er ihren Inhalt aus. Sie enthielt eine knapp 30 Zentimeter lange,

278

tropfenförmige Schale aus Acrylglas mit einer umlaufenden Krempe, ähnlich einem Hutrand.

»Hey, wie cool ist das Ding denn?«, rief Alex begeistert aus. »Ist das ein Gehäuse für die Kamera?«

»So ist es«, nickte Tim. »Ist perfekt stromlinienförmig. Es muss am Ende unbedingt gut aussehen, verstehst du? Ansgar und Wolfgang sind zwar mit der Modifikation einverstanden, aber sie verlangen ausdrücklich, dass wir das professionell machen, damit der Flieger nicht verschandelt wird.«

Alex lachte auf.

»Ich hatte jetzt auch nicht vor, den Kabelbaum außen rum mit Panzertape anzukleben und ihn durchs offene Cockpitfenster reinzuführen.«

Über diese Vorstellung musste Tim auch lachen, vor allem, wenn er sich dazu die Gesichter der beiden Besitzer der Maschine vorstellte.

»Dann sind wir uns ja einig«, meinte er. »Also, grob zusammengefasst: Schnell, aber mit Zylinderhut.«

»So wie du es am liebsten machst«, grinste Alex.

»Doofen!«, brummte Tim ihm zu.

Isi war heute bei der Arbeit immer wieder abgelenkt. Sie hatte dieses ungute Gefühl, dass jemand sie beobachten würde. Besonders unbehaglich fühlte sie sich, wenn die Kreissäge oder die Fräsbank lief, da sie dann überhaupt nicht hören konnte, was sich in der Werkstatt oder vorne im Empfang abspielte. Entsprechend oft blickte sie hinter sich, wobei ihr ein leichter Schauer über den Rücken lief. Ihr war klar, dass dies keine guten Bedingungen waren, um an Maschinen zu arbeiten. Nach einer Stunde entschied sie sich, eine Pause einzulegen. Es war 10 Uhr. Vielleicht war die Post schon gekommen?

Draußen vor der Tür sah Isi sich um. Keiner der wenigen Passanten nahm Notiz von ihr. Sie schloss den Briefkasten auf und fand drei Briefe vor. Bei zweien rollte sie gleich mit den Augen. Der eine war von der Berufsgenossenschaft, und der zweite war ein Werbebrief eines Anbieters von bedruckten Kugelschreibern. Sie erfühlte durch den Umschlag das Probeexemplar.

»Bestimmt haben sie mich wieder mit zwei ›l‹ und ›e‹ am Ende geschrieben«, brummelte sie. Als sie diesen Brief, wie schon den ersten, in ihrer Hand nach hinten sortiert hatte, prickelte es ihr wieder im Rücken. Sie blickte auf ein weißes Kuvert, das als Anschrift nichts weiter als ihre Initialen enthielt.

›Woher kennt der meinen Zweitnamen‹, fuhr es Isi durch den Kopf. ›Das ist voll unheimlich.‹

Sie stieß mit dem Oberarm die Tür auf und drückte sich zurück in ihr Geschäft. Rasch schloss sie die Tür ab. Dann zog sie einen feinen Stechbeitel aus ihrem Arbeitsgürtel, mit dem sie den Brief deutlich sauberer öffnete als den am Morgen. Gleich beim Lesen des ersten Satzes lief es ihr eiskalt den Rücken runter.

Liebe Frau Krüger,
es ist unbedingt erforderlich, dass wir uns treffen. Bitte wundern Sie sich nicht über die Geheimniskrämerei, die wir betreiben. Es wird Ihnen alles klar werden, sobald wir persönlich miteinander gesprochen haben. Begeben Sie sich bitte umgehend und auf zügigstem Wege zum Sitz der Firma F. F. L. Industriebau GmbH im Gewerbegebiet Leyental I. Es sollte möglichst nach

einer Dienstfahrt aussehen. Tragen Sie daher Ihre Arbeitskleidung, und führen Sie Ihr Werkzeug sowie einige Möbelbaubretter mit.
Wir erwarten Sie. Kommen Sie bitte ohne Begleitung.

›Wir?‹, wunderte sich Isi. ›Und wieso zu F. F. L.? Die sind seit mindestens fünf Jahren pleite. Was soll das? Scheiße. Soll ich echt da hin? Die sagen, es schreibt mir ein Freund. Vielleicht geht es um Anna? Ach, komm, ich riskier's. Aber vorher schreib ich Melli und Nessi, wo ich hin gehe.‹

Anna hatte von der Nacht nicht viel mitbekommen. Sie hatte in dem hohen Gras tatsächlich durchgeschlafen, zu erschöpft war sie nach der erniedrigenden Behandlung durch diese Verbrecher. Doch nun hatten die Schmerzen in ihrem Fuß sie geweckt. Sie roch das taufeuchte Gras. Ihre Kleider fühlten sich klamm und schwer an. Mit einem zarten Stöhnen tastete sie nach ihrem verletzten Fuß. Als sie einen der Distelstacheln auch nur sanft ertastete, quiekte sie auf und sackte schlaff zusammen.

»Hilfe«, wimmerte sie leise. Sie zog ihre Handtasche zu sich heran und griff hinein. Nervös erfummelte sie den Hauptschalter ihres Smartphones und drückte ihn. Die Sekunden des Hochfahrens kamen ihr ewig vor. Endlich war das Gerät entsperrt und einsatzbereit. Doch dann die Ernüchterung: Kein Empfang. Noch nicht einmal E-Netz. Gar nichts. Anna schaltete ihr Handy noch mal aus, um es gleich darauf wieder zu starten. Als sie aufgefordert wurde, ihre PIN einzugeben, tippte sie 1 1 2 und bestätigte. Dann blieb ihr nichts anderes übrig, als zu warten. Wie still es war. Aus einem entfernten Waldstück drangen

Vogelstimmen an ihr Ohr, die immer wieder vom Summen einiger Fliegen übertönt wurden, die sich auf ihrem hell apricotfarbenen Rock niederließen.

Die große Stahlhalle war gespenstig leer. Schritt für Schritt wagte Isi sich ins Innere. Tageslicht flutete durch die Fensterreihe in dem Sektionaltor sowie durch die vergleichsweise kleine Öffnung, die die Tür darstellte, durch die Isi hereingekommen war. Ein heller, weiß leuchtender Fleck zog ihre Aufmerksamkeit auf sich. Es war ein weiterer Brief, der von der Sonne angestrahlt wurde. Die junge Frau fasste sich ein Herz und langte nach dem Schreiben.

Liebe Frau Krüger,
vielen Dank, dass Sie sich herbemüht haben.
Bitte haben Sie noch ein paar Minuten Geduld.
Wir möchten sichergehen, dass Ihnen niemand gefolgt ist. Begeben Sie sich doch einstweilen die Treppe hinauf in das Dienstaufsichtsbüro. Wir haben dort Erfrischungen für Sie bereitgestellt.
Wir werden uns in Kürze zu Ihnen gesellen.

›Na, wenigstens sind die höflich‹, dachte Isi und betrat bedächtig die offene Stahltreppe, die ein Geschoss nach oben führte, direkt auf das Podest vor einer großen Fensterfront. Ihre Schritte hallten metallisch durch die verlassene Anlage. Nessi hätte hier ganz sicher ihre Freude gehabt. Sie stand total auf Lost Places. Isi im Grunde auch, doch im Augenblick war ihr trotz der freundlichen Zusicherungen ihrer noch unbekannten Gastgeber alles andere als behaglich zumute.

Auf dem Podest, am Ende der Treppe, blieb Isi erstmal stehen. Durch die große Glasscheibe blickte sie ins Innere des Bereitschaftsraumes, in dessen Mitte ein aus kleineren Tischen zusammengestellter Besprechungstisch aufgebaut war. Mittig auf dieser Anordnung standen eine Kaffeekanne, Kaffeegeschirr, Besteck, einige Mineralwasserflaschen in einem Flaschenkühler, sowie eine große, prall gefüllte Papiertüte aus einer Bäckerei. Isi war sich nicht sicher, ob sie den Raum nun betreten sollte oder nicht.

›Nein danke, sagte die Maus. Behalte den Käse.‹

Dieser Satz schoss Isi durch den Kopf. Doch wer würde einen solchen Aufwand betreiben, wenn er sie in die Falle tappen lassen wollte? Man hätte sie bis hierhin doch leicht überwältigen können. Oder fürchtete man sich vor dem, was sie in Notwehr aus ihrem Werkzeuggürtel ziehen würde? Wohl kaum. Nein, die Worte in den Briefen klangen kultiviert und aufrichtig. Also betrat Isi den Raum, blieb jedoch in der offenen Tür stehen, denn in der Wand gegenüber befand sich eine weitere Tür, aus der immerhin plötzlich jemand hervorspringen konnte.

›Sicher ist sicher‹, dachte sie.

Isi wartete. Sie lauschte. Alles war still. Die Tür war schwer. Nach einiger Zeit wurde es anstrengend, gegen den hart eingestellten Selbstschließmechanismus anzukämpfen. Deshalb lehnte sie sich nun mit dem ganzen Körper seitwärts gegen das Türblatt.

Als die Klinke der Tür zum hinteren Bürotrakt sich endlich nach unten bewegte, geriet Isis Körper in Anspannung. Ihre Beine machten sich bereit, eine 180-

Grad-Wendung einzuleiten, während sie gespannt verfolgte, wie sich die Tür vor ihr langsam öffnete. Der Mann, der zum Vorschein kam, wirkte alles andere als bedrohlich. Ein nicht gerade großgewachsener Mann mit Glatze, die von einem grauschwarzmelierten Haarkranz umfasst wurde, lächelte Isi zurückhaltend an. Seine Lippen waren unter dem schwarzen Schnauzbart kaum zu erkennen. Sein blauer Anzug war maßgeschneidert und saß perfekt.

»Frau Krüger«, begann er, »ich kann Ihnen nicht genug für Ihren Vertrauensvorschuss danken. Mein Name ist Gernot Gielchen. Bitte, machen Sie uns die Freude, Platz zu nehmen.«

»Uns?«, entgegnete Isi. »Wer ist denn außer Ihnen und mir noch hier?«

Herr Gielchen stellte die Antwort auf Isis Frage noch zurück. Er forderte sie mit ausladender Geste zum Hinsetzen auf. Nur zögerlich schritt sie von der Tür, die sogleich hinter ihr zurückschwang, auf den Konferenztisch zu.

»Falls Sie Appetit haben«, erklärte Herr Gielchen freigiebig, »oder durstig sind – bitte sehr. Bedienen Sie sich, Frau Krüger.«

»Danke«, erwiderte Isi die Worte und rückte sich einen Stuhl zurecht. Herr Gielchen schenkte ihr eine Tasse Kaffee ein.

»Sie sind also der, der meinen Freunden nach Belgien hinterher gereist ist«, kam Isi zum Thema, »und jetzt lotsen Sie mich durch die halbe Stadt, weil …?«

»All das wird Ihnen einleuchten, wenn Sie gleich jemanden treffen.«

»Jetzt machen Sie nicht so einen Trara! Wenn Sie was haben, was uns bei der Suche nach Anna helfen kann, dann sagen Sie es!«

»Ich möchte Sie höflich um etwas mehr Geduld bitten, liebe Frau Krüger. Mein Bruder riskiert viel, indem er dieses Treffen arrangiert.«

»Dann treffe ich also gleich Herrn Dr. Gielchen?«

»Nein, ich bedaure. Mein Bruder hält sich bewusst im Hintergrund, damit sein Partner möglichst keinen Verdacht schöpft.«

»Okay, das kapier ich natürlich. Aber ich bin jetzt doch ziemlich neugierig, wen Sie mir vorstellen wollen.«

Herr Gielchen lächelte mild. Er trat zurück an die Tür und nahm die Klinke in die Hand.

»Ich gehe nicht davon aus, dass ich Ihnen die Dame erst noch vorstellen muss …«

Als Isi erkannte, wem Herr Gielchen den Weg in den Raum wies, machte sie große Augen und atmete tief und hörbar ein. Die ältliche Frau mit dem Dutt und der brauntonigen Bekleidung schritt auf sie zu und reichte ihr die Hand.

»Es ist schön, Sie wieder zu sehen, Isabel. Obwohl ich bis heute nicht verstehe, wie Sie Geschichte in der Oberstufe abwählen konnten.«

»Frau Dr. Uebelacker!«, jauchzte Isi. »Das ist ja eine Überraschung! Warum sind Sie hier? Die Sache ist noch nicht vorbei. Es besteht immer noch eine große Gefahr für Sie.«

Die Lehrerin winkte vehement ab.

»Wenn ich gewusst hätte, wie die Dinge sich entwickeln, hätte ich mich nie dazu entschieden, mein Heil in der Flucht zu suchen und andere in Gefahr zu bringen. Wenn Annabelle etwas zustößt, werde ich mir das niemals verzeihen.«

»Woher wissen Sie von ...«, begann Isi. Herr Gielchen übernahm das Wort: »Als ich hörte, dass die Frau Komtess entführt wurde, konnte ich nicht anders. Ich bin nach Châtillon zurück gefahren und habe die Frau Doktor unterrichtet. Ein Glück, dass ihre Identität mir inzwischen bekannt ist, dank meines Bruders.«

»Ja, das ... das war gut«, stammelte Isi. »Wir sind alle voll besorgt, wie es Anna geht. Wie sie behandelt wird und so.«

Mit einem bekümmerten, bedeutungsschweren Blick sahen Frau Dr. Uebelacker und Herr Gielchen sich an.

»Was ist?«, hakte Isi nach, »wissen Sie etwa genaueres?«

Die Lehrerin sah ihr ernst ins Gesicht und sprach leise, aber bestimmt: »Bitte setzen Sie sich, Isabel.«

Doch Isi brauste auf: »Ich will mich nicht setzen! Ich will wissen, was mit Anna ist, und zwar sofort!«

Herr Gielchen nahm tief Luft und erklärte: »Auf dem Weg hierher hat mein Bruder mich angerufen. Er hat ein Telefonat von Herrn Dr. Hinkheim mitgehört. Offenbar ist es der Frau Komtess gelungen zu fliehen. Der Anführer dieser abscheulichen Bande von Unmenschen hat zu verstehen gegeben, dass sie nicht weit gekommen sein kann, und dass er seine Männer hinter ihr herjagen lässt. Und seitdem fehlt von der lieblichen Frau Komtess jede Spur und jedes Lebenszeichen.«

»Aber«, erwiderte Isi mit feuchten Augen, »das muss doch nichts Schlimmes bedeuten. Bestimmt hält sie sich nur versteckt. Sie ist doch raffiniert, nicht wahr?«

»Wenn es so wäre«, wandte Frau Dr. Uebelacker ein, »dann hätte sie inzwischen Kontakt mit euch aufgenommen. Angerufen, eine Nachricht geschrieben, ... Oder sie wäre wenigstens einmal online gewesen. Aber da ist nichts. Gar nichts.«

Isi wischte sich die Tränen ab. Sie schüttelte den Kopf und fuhr sich in die Gesäßtasche.

»Was machen Sie?«, fragte Herr Gielchen. Isi tippte mit den Daumen auf ihrem Smartphone.

»Trip anrufen«, schluchzte Isi. »Er und Ditze bauen das Flugzeug um, damit sie aus der Luft die Gegend absuchen können. Sie müssen erfahren, was passiert ist.«

»Ja? Isi?«

»...«

»Isi? Was ist? Weinst du?«

»Trip ...«

»Ja. Ich bin hier. Was ist denn?«

»Anna ist verschwunden.«

»Was??«

Da sie so heftig schluchzte, übergab Isi ihr Handy an Frau Dr. Uebelacker.

»Tim? Uebelacker hier. Bitte hören Sie zu. Ich bin in Leyental. Ich habe heute durch Herrn Gielchen erfahren, dass Annabelle ihren Entführern entkommen und nun unauffindbar ist. Wir wissen nur, dass sie von den Tätern gesucht wird.«

»Ich habe verstanden. Wir sind hier jeden Augenblick fertig. Sobald wir aufgetankt haben, starten wir. Wir suchen die Hillesheimer Kante ab. Die Schweine haben sich da Besitz zugelegt. Und damit hab ich für Sie gleich 'nen schönen Auftrag: Wir wissen von Philipp, dass die sich über den Kauf besonders gefreut haben, weil er angeblich so gut zu ihrer Organisation passt. Wäre super, wenn Sie darüber was rausfinden könnten, Frau Oberstudienrätin. Bei Ergebnis Textnachricht an Ditze!«

Damit war das Gespräch von Tims Seite aus kurzerhand beendet.

»Na, der ist ja burschikos!«, kommentierte die Lehrerin. »Erteilt der mir doch glatt Befehle! Für wen hält er sich?«

»Trip hat immer das Kommando bei so Aktionen«, stellte Isi klar, »und wenn nicht wollen, dass Anna was passiert, dann machen Sie besser, was er sagt.«

»Tse!«, machte Frau Dr. Uebelacker, doch dann begann sie nachzudenken: »Ein Anwesen, das zu ihrer Organisation passt ... Was mag das wohl bedeuten? Da sollte er doch besser einen Immobilienmakler befragen.«

»Nein!«, quengelte Isi. »So meint er das sicher nicht. Diese Leute sind doch Nazis. Also muss das Gebäude irgendwas mit dem Dritten Reich zu tun haben. Und wenn es da eins gibt, bei Hillesheim, dann wissen Sie das bestimmt.«

Frau Dr. Uebelacker fasste sich ans Kinn.

»Ein Gebäude aus dem Dritten Reich. Da gibt es einige. Die sind aber in der Folgezeit alle anderen Zwecken zugeführt worden. Es wäre vielleicht hilfreich, wenn wir wüssten, welche Immobilien in letzter Zeit verkauft worden sind. Herr Gielchen, wie stehen die Chancen, dass Ihr Bruder uns diesbezüglich helfen kann?«

»Nach meiner Einschätzung nicht gut«, antwortete Herr Gielchen. »Er könnte es zwar über das Notariat erfragen, aber ohne triftigen Grund geben die auch Rechtsanwälten keine Auskunft. Und außerdem würde dies ja in der Kanzlei aktenkundig werden. Das kann er nicht riskieren.«

»Auf wen haben wir Zugriff, der sich mit der Hauskaufszene auskennt?«, warf Frau Dr. Uebelacker ein. »Vielleicht ein Gebäudegutachter oder in der Tat ein großer Immobilienmakler?«

»Dann kommt wohl am ehesten Wladimir Kusnezow in Frage«, überlegte Herr Gielchen. »Über ihn läuft der größte Teil des hiesigen Immobilienmarktes. Aber da hätten wir dasselbe Problem. Aus datenschutzrechtlichen Gründen wird man uns auch dort keine Auskunft erteilen.«

»Ja, das stimmt«, nickte Frau Dr. Uebelacker, »und für die Immobilienabteilungen der Banken gilt das auch.«

Da plötzlich hob Herr Gielchen mit einem frohen Gesichtsausdruck den Zeigefinger.

»Das ist ein guter Einfall!«, frohlockte er. »Aber ja! Der Leiter der Immobilienabteilung der EDA-Bank, Harro Thiesen, er ist ausgesprochen kompetent. Wenn es jemand weiß, dann er.«

»Ja, aber«, widersprach Isi, »der kann es uns doch auch nicht einfach so sagen.«

»Uns vielleicht nicht«, schmunzelte Herr Gielchen, »aber den Eltern der Frau Komtess ganz bestimmt.«

»Genial!«, rief Isi. »Ich ruf direkt mal an. Die sind über Mittag meistens zu Hause.«

Noch einmal hantierte Isi mit ihrem Handy. Kurz darauf war das dumpfe Tuten aus dem Gerät zu hören.

»Zur Heyden.«

»Hallo, Frau zur Heyden. Hier ist Isabel. Ich muss Ihnen dringend was mitteilen.«

»Geht es um Annabelle?«

»Ja.«

»Gut. Mein Mann ist ebenfalls im Raum. Ich darf das Gespräch auf laut stellen?«

»Ja klar. Ich mach das dann auch. Ich sitze hier mit Herrn Gernot Gielchen und Frau Dr. Uebelacker zusammen.«

»Frau Dr. Uebelacker? Wie käme das denn?«

»Sie ist wegen Annabelle zurückgekommen. Sie macht sich voll die Sorgen.«

»Wie freundlich von Ihnen, Frau Doktor. Was gibt es zu berichten?«

»Annabelle konnte fliehen«, erzählte Isi weiter, »doch es kommt kein Zeichen von ihr. Wir haben Angst, dass ihr was passiert ist.«

»Du meine Güte.«

An der Stelle schaltete Wolfgang sich ein.

»Wie weit sind die Jungs mit der Maschine?«

»So gut wie fertig. Sie wollen jeden Augenblick starten.«

»Er weiß doch aber gar nicht, wo er suchen muss.«

»Deswegen rufen wir Sie an. Die Bande hat doch in der Nähe von Hillesheim ein Anwesen gekauft. Es muss sich um ein Gebäude handeln, dass historisch etwas mit der Zeit des Nationalsozialismus zu tun hat. Wir nehmen an, dass Ihr Mitarbeiter, Herr Thiesen, dass er Ihnen vielleicht sagen könnte, welche Immobilien in letzter Zeit verkauft worden sind. Das würde die Suche einschränken.«

»*Ein sehr guter Gedanke. Ich fürchte nur, es wird angesichts der zahlreichen Verkaufsbewegungen etwas Zeit in Anspruch nehmen.*«

»Ich verstehe … Moment, ich krieg gerade 'ne WhatsApp … Trip und Ditze sind in der Luft!«

»*Ausgezeichnet. In der Zwischenzeit sollten wir uns zusammensetzen. Frau Dr. Uebelacker, stimmen Sie dem zu?*«

»Sehr gerne«, antwortete die Lehrerin. »Jedoch halte ich es für zu gefährlich, Sie auch noch hierher zu bestellen. Und wenn ich bei Ihnen zu Hause oder auf der Bank erscheine, wird sofort bekannt werden, dass ich in der Stadt bin.«

Da hatte Isi einen Gedankenblitz.

»Dann treffen wir uns bei Melli … Äh, ich meine, Melina. Das Haus liegt außerhalb, da fällt das nicht so auf.«

»*Einverstanden*«, bestätigte Wolfgang. »*Lassen Sie uns keine Zeit verlieren und auf der Stelle aufbrechen.*«

Kapitel 13

Geradeaus wie ein Pfeil schoss das Flugzeug durch die Luft. Ein Formel-1-Fahrer konnte von solch einer Geschwindigkeit nur träumen. Und doch war im Inneren der Maschine nur an den Instrumenten zu erkennen, wie schnell seine Insassen gerade unterwegs waren.

Tim und Alex waren durch das bordinterne Intercom über Headsets miteinander verbunden.

»Ladies and Gentlemen«, kommentierte Alex das Geschehen, »erleben Sie die Schröder Schrö 1 A ›Adlerauge‹ in ihrem ersten Einsatz als mittelschweres Aufklärungsluftfahrzeug!«

»Schrö 1 A?«, wiederholte Tim ironisch. »Ist das jetzt die offizielle Militärvariante der Piper Seneca?«

»Na klar!«, fuhr Alex fort. »Wir haben sie doch speziell für den Zweck modifiziert. Sie ist jetzt ein Aufklärer. Ist doch cool, oder? Mit ein bisschen weniger Zeitdruck hätte ich ihr gern noch einen Tarnanstrich verpasst.«

»Du machst keine halben Sachen, hm?«, meinte Tim trocken. »Dann nimm du mal Kontakt mit den ›Bodentruppen‹ auf.«

»Adlerauge an Wühlmaus«, funkte Alex, »Adlerauge an Wühlmaus.«

»Wühlmaus an Adlerauge«, knisterte es aus dem Kopfhörer zurück, *»wir hören euch.«*

»Wühlmaus! Bereitschaft herstellen und Position durchgeben.«

»Stehen vor der Markthalle in Hillesheim. Erwarten eure Instruktionen.«

»Alles klar. Trip und ich fangen auf der Linie Gerolstein-Oberbettingen mit der Suche an. Wäre reine Glückssache, wenn wir was entdecken. Wir hoffen, dass wir bald die Info bekommen, um welches Grundstück es sich handelt.«

»Verstanden.«

Julian schob das Mikrofon seines Headsets nach unten. Er saß auf dem Beifahrersitz von Michaels Škoda Roomster. Vor ihm, mit einem Saugnapf an der Windschutzscheibe befestigt, befand sich Michaels Navi. Julian hatte die Aufgabe, die Koordinaten, die Alex ihm senden würde, in das Gerät einzugeben. Das System würde ihn und seinen Freund dann möglichst in die Nähe dieses Punktes führen.

»Mann, ist das wieder eine Bullenhitze heute«, murmelte Michael. Schweißperlen standen ihm auf der Stirn.

»Es müsste endlich mal ein kräftiges Gewitter geben«, fügte er hinzu.

»Sobald wir Anna gefunden haben«, entgegnete Julian, »kann es von mir aus gerne krachen.«

»Wenn wir sie finden«, drückte Michael leise hervor. »Und wenn ja, ob sie dann noch lebt.«

»Scheiße, Hawkens!«, widersprach Julian sofort. »An so was darfst du nicht mal denken. Wir finden sie. Vielleicht hat sie sich den Knöchel verstaucht, kann nicht weitergehen und ist mitten in 'nem Funkloch. Könnte doch sein. Du weißt doch, was für 'n Schweizer Käse das Mobilfunknetz hier in der Gegend ist.«

»Ich hoffe, du hast recht«, druckste Michael, »ich weiß nicht, was ich machen würde, wenn sie …«

Sein Kinn begann zu zittern. Julian ging es nahe, seinen Kumpel, diesen bärenstarken Dreizentnermann, so niedergeschlagen zu sehen.

»Hast sie auch gern, hm?«, hakte Julian nach.

»'Türlich hab ich sie gern«, bekräftigte Michael traurig. »Jeden von euch. Mir ging's bei jedem von euch so.«

»Wirst sehen«, sprach Julian ihm Mut zu, »wir finden sie! Und dann haben wir eine neue Geschichte, die wir uns alle noch oft gegenseitig erzählen werden.«

Klauenbold öffnete den Haupteingang der Alten Strumpffabrik, eine schwere Holztür mit Stichbogen, die auf eine Terrasse mit Steinbelag führte. Von dort aus hatte er einen weiten Blick nach Süden. Mit der rechten Hand hielt er sich ein Fernglas vor die Augen. Gleichzeitig führte er mit der linken sein Handy zum Ohr.

»Chef? Kamerad Hansen hier.«

»Was gibt's noch? Hast du die zur Heyden endlich unter Gewahrsam?«

»Nein, noch nicht.«

Aus dem Handy erklang ein Ton der Verärgerung.

»Ich denk, die ist im Haus? Dann ist sie dir also doch entwischt, du Schwätzer!«

»Deswegen ruf ich ja an. Südlich von hier kreuzt ein Flieger. Fliegt ziemlich niedrig. Kann das sein, dass das der Macker von der Tussi ist?«

»Geh ich schwer von aus. Kannst du die Maschine genauer erkennen?«

Hansen sah angestrengt durch den Feldstecher. Ganz langsam schwenkte er der Bewegung des Flugzeugs hinterher.

»Ist oben weiß und unten schwarz. Und hat zwei Propeller.«

»Das ist er. Was genau meinst du mit ›kreuzt ein Flieger?‹«

»Ich mein damit, dass er immer hin und her fliegt.«

»Dann ist das ein Suchmuster. Die Kleine ist also doch ausgebüxt. Und wie's aussieht, hat er 'ne Ahnung, wo sie steckt. Schnapp dir Bornmeier und such die Gegend genau da ab, wo der Typ rumfliegt!«

»Oh, was ein Scheiß!«

»Selber schuld. Hättet ihr Clowns kürzlich im Haus der Paukerin besser hingeguckt, wär das jetzt alles nicht nötig. Also Klappe halten und Abmarsch!«

Hastig grapschte Melli einige verknitterte Kleidungsstücke vom Sofa. Anschließend brachte sie die beiden Sessel in eine ansprechend aussehende Anordnung. Zum Staubsaugen hatte es jetzt nicht mehr gereicht, also musste es so gehen.

Melli sah sich noch einmal genau um, dann verschwand sie kurz im Schlafzimmer, um die Wäschestücke zu versorgen. Da klingelte es auch schon an der Tür. Ein letzter Rundumblick, und Melli ging zum Eingang, um ihre Gäste zu empfangen. Vivienne war es, die das einfache Holzhaus als erste betrat.

»Hi!«, lächelte Melli.

»Guten Tag, Melina«, grüßte Vivienne zurückhaltend. Mit locker verschränkten Armen trat sie ins Wohnzimmer, sich interessiert umblickend. Wolfgang folgte ihr.

»Hallo Melli«, lächelte er. Melli verfolgte insbesondere Vivienne aufmerksam mit den Augen.

»Sie waren noch nie hier, gell?«

»In der Tat. Annabelle spricht immer sehr löblich über dieses Haus. Ich versuche nachzuempfinden, was sie hier so ansprechend findet.«

Vor der offenen Haustür erschienen nun auch Isi, Herr Gielchen und Frau Dr. Uebelacker. Während Melli und Isi sich in die Arme fielen, bestand die Begrüßung der übrigen Personen aus einer Folge gebührlichen Händeschüttelns.

»Ich freue mich, Frau zur Heyden«, hob Frau Dr. Uebelacker an. »Wir hatten zu Annabelles Schulzeit selten das Vergnügen. So ist es ja zumeist mit begabten, tüchtigen Schülern.«

»Ganz meinerseits, Frau Doktor«, entgegnete Vivienne. »Ich nehme an, durch Annabelles ausführliche Erzählungen wussten wir wohl stets etwas mehr über Sie als Sie über uns.«

»Tja«, warf Melli ein, »am besten setzen wir uns alle erstmal. Bitte!«

Sie breitete die Arme aus und wies mit den Händen auf die Sitzmöbel. Dann eilte sie in die Küche und bereitete ein Tablett mit Flaschen und Gläsern. Isi half ihr. Durch die offene Tür horchten die beiden mit, was im Wohnzimmer gesprochen wurde.

»Herr zur Heyden«, hörten Sie Herrn Gielchen sprechen, »sind Sie durch Herrn Richthof über die fraglichen Details informiert?«

»Ja, Herr Gielchen«, antwortete Wolfgang. »Wir besitzen alle Informationen, die er mit seinen Freunden zusammengetragen hat. Nach einem Gebäude mit entsprechendem historischen Hintergrund zu suchen, halte ich für einen guten Ansatz. Frau Dr. Uebelacker, Annabelle erwähnte uns gegenüber, dass diese rechtsradikale Organisation eine Art Geheimbund sei.«

»Sehr richtig«, antwortete die Lehrerin. »Sie nennt sich ›Deutscher Geheimbund der Kornspatner‹, kurz ›DeGeKo‹. Es muss sich um eine relativ neue Gruppierung handeln.«

»Ja, so beschrieb Annabelle es auch. Sie sagte außerdem, dass der Begriff ›Kornspatner‹ sich auf den Reichsarbeitsdienst rückbezieht.«

»Damit liegt sie richtig. Der RAD brachte seinerzeit die Ideologie der NS-Führung ...«

Mitten im Satz stockte Frau Dr. Uebelacker. Ihre Augen bewegten sich hektisch hin und her, während sie dort saß und den Zeigefinger an ihr Kinn legte.

»Sollte das die Antwort sein?«, hauchte sie.

»Bitte lassen Sie uns an Ihren Gedanken teilhaben, Frau Doktor«, forderte Vivienne sie auf.

»Es ist folgendermaßen«, begann Frau Dr. Uebelacker zu erklären. »In den dreißiger Jahren begann der Reichsarbeitsdienst mit der Errichtung von Arbeitsdienstlagern für Jugendliche. Ein solches speziell für Mädchen war auch in der Nähe von Hillesheim erbaut worden. Es steht heute noch. Es handelt sich um die Alte Strumpffabrik bei Kerpen.«

»Wie faszinierend!«, bemerkte Wolfgang. »In dem Fall wäre das Anwesen geradezu prädestiniert für den DeGeKo. Wir müssen nun nur noch herausfinden, ob die Immobilie in jüngster Zeit weiterverkauft wurde. Ich bin sehr zuversichtlich, dass Herr Thiesen uns dort weiterhelfen kann.«

Wolfgang fasste sogleich in seine Jackett-Innentasche.

»Wir haben auf dem Weg hierher bereits versucht, ihn zu erreichen«, warf Herr Gielchen ein. »Wir landeten aber nur bei der Zentrale, wo man uns anbot, einen Rückruf zu notieren.«

»Das ist verständlich«, schmunzelte Wolfgang. »Er ist natürlich sehr beschäftigt und arbeitet die Anfragen der Reihenfolge nach ab. Ich übernehme das mal eben.«

Wolfgang zückte nun sein Smartphone hervor, tippte einen Kontakt an und hielt es ans Ohr. Nach einmal Tuten erklang eine Stimme aus dem Handy.

»Guten Tag, Herr zur Heyden, Thiesen hier.«

»Guten Tag, Herr Thiesen. Ich habe eine sehr dringende Frage an Sie. Haben Sie kurz Zeit?«

»Selbstredend, Herr zur Heyden. Wie lautet Ihre Frage?«

»Ist Ihnen die Alte Strumpffabrik bei Kerpen bekannt?«

»Ja, Herr zur Heyden. Sie befindet sich allerdings nicht in unserem Portfolio.«

»Wissen Sie etwas über aktuelle Verkaufsbewegungen dieses Objekt betreffend?«

»Sie ist in den letzten Jahren mehrmals weiterverkauft worden. Das letzte Mal ist gar nicht so lange her. Sie ist von Privat an Privat verkauft worden, ohne Makler.«

»Wann ist das gewesen, Herr Thiesen?«

»Ungefähr vor sechs oder sieben Wochen.«

»Herr Thiesen, Sie haben mir sehr geholfen. Ich bedanke mich herzlich bei Ihnen.«

»Gerne, Herr zur Heyden. Stets zu Diensten für Sie.«

Wolfgang verstaute sein Handy wieder in der Innentasche seiner Anzugjacke. Hoffnungsvoll blickte er in die Runde und kommentierte: »Wir haben es.«

»Und wer ist nun dieser ›Ditze‹, der die Nachricht erhalten soll?«, wunderte sich Frau Dr. Uebelacker.

»Ich vermute«, antwortete Vivienne, »dass es sich dabei um Alexander handelt. Er begleitet Tim in diesem Moment in der Maschine. Ist es so, Melina?«

»Ganz genau so«, bestätigte Melli, die schon flink auf ihrem Handy tippte.

»WhatsApp von Melli«, meldete Alex. »Okay … Alte Strumpffabrik, schreibt sie.«

»Wo ist die?«, wollte Tim sofort wissen. Alex las vor: »Kerpen bei Hilleshei… Whooaaa!«

Noch während Alex sprach, machte das Flugzeug eine halbe Rolle nach rechts und scherte blitzartig aus, wobei die Motoren lautstark aufheulten. Tim, das Ruder und den Schubregler entschlossen im Griff, schaute stier geradeaus durch die Frontscheibe.

»Boggy!«, rief er. »Bereitschaft!«

»Alles klar, Trip!«, war die Antwort von Julian.

»Pass auf, Ditze«, befahl Tim weiter, »wir umkreisen den Kasten jetzt erstmal. Achte darauf, wo überall Türen sind! Ich will abschätzen, in welche Richtung Anna gelaufen ist.«

Tim brachte das Flugzeug in eine Schräglage und leitete eine kreisförmige Flugbahn ein, in dessen Mittelpunkt die Strumpffabrik lag. Alex hatte nun über die rechte Tragfläche hinweg gute Sicht auf das Gebäude. Was er sah, glich er mit dem Luftbild auf dem Laptop und dem Kompass auf der Armaturentafel ab.

»Okay«, beschrieb er, »zwei nach Süden, eine im Erdgeschoss, und eine ein Stockwerk tiefer aus dem westlichen Trakt. Dann eine nach Westen aus dem östlichen Trakt … Aus der nördlichen Giebelwand führt auch was raus … Und nach Osten ist auch noch eine kleine Tür. Da geht's von allen Seiten nach draußen.«

»Mag sein«, gab Tim zurück, »aber nach Osten hin liegt Kerpen. Das hätte sie gesehen, und dann hätte sie da irgendwo geklingelt und die Möglichkeit genutzt, sich zu melden.«

»Guter Standpunkt«, stimmte Alex zu, »und wäre sie nach Norden oder Süden rausgerannt, hätte sie das Dorf auch gesehen. Sie kann nur nach Westen rausgelaufen sein!«

»Genau darauf will ich hinaus«, führte Tim aus. »Dann ist sie höchstwahrscheinlich seitlich aus dem Ostflügel getürmt, und zwar schnurgerade in ihrer Angst. Zumindest hatte sie dann schnell Deckung in den Büschen. Ich dreh jetzt noch mal 'ne Runde um das Dorf herum, um Maß zu nehmen, und dann fliegen wir genau diese gedachte Fluchtlinie ab.«

»Gut«, bestätigte Alex. »Wenn sie diesen Weg genommen hat und nicht gerade im Wald rumläuft, sollten wir sie beim ersten oder zweiten Versuch finden. Der Pfad, den die Kamera aufnimmt, ist ja breit genug. Und selbst wenn sie im Wald ist, erkennt sie bestimmt das Flugzeug und kommt raus, damit wir sie sehen.«

Tim orientierte sich an der Burg Kerpen. Sie war eine hervorragende Landmarke, sehr nützlich, um die Suchroute sauber anzuvisieren. Genau über der Strumpffabrik drosselte Tim die Motoren, um die Geschwindigkeit zu reduzieren und Alex genügend Zeit zu geben, den Bildschirm abzusuchen.

»Halt an!«, krähte Hansen seinen Kameraden an, der hinter dem Lenkrad eines roten Opel Sintra mit rostiger Motorhaube saß.

»Und was jetzt?«, fragte Bornmeier, nachdem er den Wagen gestoppt hatte. Hansen sprang aus dem Auto und starrte in den Himmel. Er hatte das Flugzeug aus den Augen verloren.

»Verflucht!«, maulte er. »Der Wichser will uns verarschen. Schlägt da auf einmal 'nen Haken und haut nach Norden ab! Und wir fallen auch noch drauf rein. Ist doch logisch, dass diese vertusste Trulla nicht so weit gelaufen sein kann!«

Aufgeregt schwang er sich auf den Beifahrersitz zurück und knallte die Tür zu.

»Zurück nach Kerpen!«, kommandierte er. »Wir schnappen uns die Schlampe vor ihm! Immerhin kann der da nirgendwo landen. Das ist unser Vorteil.«

Der erste Versuch, Anna aus der Luft zu entdecken, war ohne Erfolg geblieben. Tims Gedanken drehten sich um den Zustand seiner Verlobten, während er eine neue Runde um Kerpen abschloss und erneut zu einem Suchflug anzusetzen. Wo mochte sie denn nur sein? Warum stand sie nicht dort irgendwo auf dem Feld, mit den Armen ausladend dem Flugzeug zuwinkend?

»Da ist was!«, rief Alex plötzlich. »Da, in dem Grasland. Ein kleiner helloranger Fleck mit einem schwarzen Fleck. Einen Moment, ich klick drauf, sobald wir einigermaßen senkrecht drüber sind!«

Tim behielt den Kurs exakt bei und den Flieger in einer möglichst gleichmäßigen und ruhigen Lage. Jetzt hieß es bloß cool bleiben! Tims Gefühlslage durfte sich jetzt nicht auf sein fliegerisches Können auswirken.

»Oh Scheiße!«, jammerte Alex. »Ich kann jetzt Arme und Beine erkennen. Es ist wirklich ein Mensch!«

Ein Klick. Dann die rechte Taste auf dem Touchpad. Senden.

Michael und Julian hatten die Vordertüren weit offen stehen. Ab und zu wehte ein milder, erfrischender Luftzug durch das Auto. Gebannt horchten Sie auf das Brummen der zweimotorigen Maschine. Manchmal konnten sie das Flugzeug sogar in der Ferne am Himmel vorbeiziehen sehen.

Plötzlich piepste Julians Handy. Mit einem Mal waren die beiden Freunde putzmunter.

»Koordinaten!«, rief Julian noch beim Zuschlagen seiner Tür. »Navi! Navi! Also: 50,318386 Nord, … und 6,713244 Ost … und … Route starten!«

Kurz darauf erklang die Computerstimme des Navigationssystems: *»Das Ziel befindet sich in einem nichtbefahrbaren Bereich. Möchten Sie nach Parkplätzen in der Nähe suchen?«*

»Nein«, brummte Julian und lehnte die Option auf dem Bildschirm ab.

»Begeben Sie sich zur markierten Route.«

Auch Michael hatte seine Tür ins Schloss geschwungen und dann den Motor gestartet. Er fuhr vom Viehmarktplatz auf die Trierer Straße, um von dort aus nach Walsdorf abzubiegen.

»Im Kreisverkehr an der dritten Ausfahrt abbiegen.«

Es folgte eine lange, gerade Strecke, die schließlich westlich an Kerpen vorbeiführte. Kurz darauf mussten

Michael und Julian nach links auf einen Wirtschaftsweg abbiegen.

»Hier, das Gebäude da links«, meinte Michael, »ist das die Strumpffabrik?«

»Ich glaub, ja«, antwortete Julian und versuchte, an Michael vorbei aus dem Seitenfenster zu schauen. »Ja, das muss sie sein.«

»Na, tolle Wurst«, brummte Michael, »und wir fahren jetzt mit 'nem Leyentaler Nummernschild ganz dicht dran vorbei. Wenn die uns sehen, wissen die direkt, was wir hier wollen.«

In der Hoffnung, dass man sie nicht gesehen hatte, folgten die Freunde dem Wirtschaftsweg, der nach sechshundert Metern von einem asphaltierten in einen unbefestigten Belag überging. Von dort an führte der Weg am Rand eines Wäldchens entlang. Links und rechts formten die Bäume einen grünen Tunnel. Als der endete, dauerte es nicht lange, und der Wagen näherte sich einer scharfen Rechtskurve. Kurz vor dieser erblickte Julian links einen Spalt in der Heckenreihe, durch den zwei kurze, grobe Spurrillen auf eine Wiese führte. Das Gelände stieg nach links steil an.

»Kommst du hier durch?«, fragte Julian.

»Hmm«, machte Michael, »wird was holperig. Wie weit ist es denn noch?«

»Wir müssen den Hügel da hoch. Ich sag mal so zirka 200 Meter von hier.«

»Okay, dann fahren wir hoch. Wenn der Bauer kommt, erklären wir ihm halt, dass es ein Notfall ist.«

Die Wiese war frisch gemäht. Nur ganz oben befand sich ein Wildwuchsstreifen, der aus nahezu mannshohen

Grashalmen und Wildblumen bestand. Genau auf diesen zuckelten Michael und Julian in dem holpernden und schwankenden Auto zu.

Oben angekommen stiegen die Männer aus.

»Scheiße, ist das heiß!«, stöhnte Julian.

»Meinst du echt, sie ist hier?«, zweifelte Michael. »Da vorn steht doch direkt ein Hochsitz. Von da aus hätte man sie doch sehen müssen.«

»Vielleicht war letzte Nacht niemand auf der Jagd?«, vermutete Julian. »Komm, wir gehen noch ein Stück da hinten rüber. Die Koordinaten liegen ziemlich genau mitten in dem breiten Wiesenstück.«

Das Rascheln der hohen Halme begleitete jeden Schritt der beiden. Heuschrecken zirpten aus dem Gras heraus. Vor dem weiter entfernten Waldrand flimmerte die Luft.

»Da!«, rief Michael und deutete mit dem Finger voraus. Julian spähte in die gezeigte Richtung und erkannte einen blassorangefarben gekleideten Körper. Lange, schlanke Beine, die stark gerötet waren, ragten aus ihm heraus. Die Jungs liefen los. Schließlich gerieten auch die schwarzen, zerzausten Haare in ihr Gesichtsfeld.

»Oh, nein!«, begann Michael zu jammern, und das Sprechen viel ihm immer schwerer, als er sich herabbückte und Anna auf den Rücken drehte.

»Oh nein, Boggy! Sie ist ganz heiß.«

Er tastete ihren Hals und ihre Wangen ab. Als Julian bemerkte, wie seinem Kumpel ein verzweifelter Schluchzer entfuhr, klopfte er ihm mehrmals aufmunternd auf die Schulter.

»Komm schon, Hawkens. Sieh's mal so: Besser sie ist heiß als kalt, oder?«

Michael fühlte Annas Stirn und Wange ab. Julian griff nach ihrem Handgelenk. Einen Moment später bemerkte er: »Sie hat Puls!«

Dann strich er einige feine Samen von einer Grasähre ab. Er legte sie auf das Display seines Handys und hielt es Anna, deren Oberkörper von Michael aufrecht gehalten wurde, unter die Nase. In regelmäßigen Abständen flogen ein paar Samen von dem Gerät herunter.

»Sie atmet!«, entfuhr es Julian mit Erleichterung. »Hawkens, siehst du? Sie atmet ganz gleichmäßig. Es wird alles gut!«

Michael liefen die Tränen über die Wangen. Er fasste Anna unter den Beinen und stand mit ihr auf. Es war beeindruckend, mit welcher Leichtigkeit er sie in den Armen trug. Die Tatsache, dass er ihren Kopf in seiner angehobenen Armbeuge vor dem Zurückfallen bewahrte, wirkte unfreiwillig komisch.

»Ist ein großes Baby, was, Hawkens?«, scherzte Julian, der gerade ein unglaubliches Gefühl der Erleichterung verspürte. »Ich wüsste echt keinen, der das lange Fraumensch besser tragen könnte als du.«

Die ganze Zeit über flog das Flugzeug in einem weiten Kreis über dem Hügel seine Runden. Julian hob den Arm und folgte mit hoch ausgestrecktem Daumen der Position der Maschine. Dann sah er auf sein Handy.

»Ab zum Auto mit ihr. Wir brauchen dringend Netz, damit ich Trip anrufen kann.«

Kurze Zeit später hatten sie Anna auf der Rückbank des Roomsters platziert. Sie hatten zwei Anschnallgurte verwendet, um ihren Oberkörper und ihre Beine davor zu bewahren, nach vorne zu rollen. Äußerst behutsam zuckelte Michael mit seinem Fahrzeug auf den Feldweg zurück. Dort, wo der Belag wieder fest war, blickte Julian rechts eine Anhöhe hinauf.

»Scheiße!«, erschrak er. »Sind das die Typen etwa?«

»Wo?«, wollte Michael sogleich wissen.

»Da oben«, beschrieb Julian und deutete aus dem Beifahrerfenster, »der alte, verranzte Sintra. Die sind anscheinend den oberen Feldweg hochgefahren. Sieht aus, als wär der nicht befahrbar. Sie steigen aus. Oh, verflucht, sie haben uns gesehen! Die kommen den Berg runter gerannt. Gib Gas, Hawkens! Scheiße, fahr schneller!«

Michael trat kräftig aufs Gaspedal. Nur behäbig beschleunigte der Roomster. Hansen und Bornmeier schlugen einen kürzeren Pfad ein, um das Auto abzufangen. Im Laufen bückte Bornmeier sich und nahm einen kindskopfgroßen Kalkstein auf. Kraftvoll warf er ihn.

»Verdammte Kacke!«, brüllte Michael, als er den Stein heranfliegen sah.

»Nicht anhalten!«, schrie Julian. »Geradeaus weiter!«

Mit einem heftigen Knall traf der Stein den rechten Außenspiegel, dessen Gehäuseabdeckung augenblicklich zerbrach. Julian kniff die Augen zusammen und drehte sein Gesicht hektisch vom Fenster weg. Annas Körper wurde auf dem Rücksitz durchgeschüttelt. Immer wieder hakten die Sicherheitsgurte ein und bewahrten die Verletzte davor, in den Fußraum zu fallen. Michael beobachtete im Rückspiegel, wie Hansen und Bornmeier schreiend und fausteschüttelnd zurückblieben. Als die Freunde sich endlich von Kerpen aus in Richtung Süden auf der Straße befanden, griff Julian schwer atmend zum Handy.

»Ja, Boggy? Bericht!«

»Trip! Hatten gerade voll die finstere Begegnung hier unten.«

»Wir haben es gesehen.«

»Vielleicht sagst du Ditze, er soll nächstes Mal noch MGs in den Flieger einbauen.«

»Keine schlechte Idee. Würde den beiden Hackfressen liebend gerne ihre pickeligen, haarigen Arschbacken perforieren … Was ist mit Anna?«

»Wir haben sie!«

»Wie geht es ihr?«

»Sie ist ohnmächtig, aber wir glauben, dass sie stabil ist. Ihre Haut ist glühend heiß, aber seltsamerweise schwitzt sie kaum. Das ist garantiert nicht gut! Hinten über die Beine hat sie einen Sonnenbrand, und ihr rechter Fuß ist dick geschwollen. Sieht aus, als wär sie in was reingetreten. Wo sollen wir sie hinbringen?«

»Nach Leyental. Direkt ins Drei-Burgen-Krankenhaus. Ich will, dass Dr. Neurath sich um sie kümmert.«

»Geht klar, alter Freund! Sind schon unterwegs.«

Vom Auto aus verfolgten Michael und Julian, wie das Flugzeug einen neuen Kurs einschlug und sich entfernte. Der nächste Anruf galt Isi, die beim Annehmen des Telefonats von fünf erwartungsvollen Augenpaaren verfolgt wurde. Mit großen, nassen Augen verkündete sie: »Sie haben sie. Sie sind mit ihr auf dem Weg ins Drei-Burgen-Krankenhaus.«

Schlagartig erhob sich die ganze Versammlung aus den Sitzen. Melli und Isi lagen sich schluchzend in den Armen. Wolfgang, die völlig aufgelöste Vivienne im Arm haltend, begab sich als erster zur Tür. Frau Dr. Uebelacker und Herr Gielchen folgten mit betretenen Mienen.

Melli verließ das Haus als letzte. Sie schloss die Haustür ab, und dann gingen Isi und sie Arm in Arm zum Auto.

Anna hatte einige Tage Aufenthalt im Krankenhaus nötig. Ihr Bett befand sich in einem geräumigen Einzelzimmer in der obersten Etage. Als Tim an diesem Abend durch die breite Zimmertür zu seiner Braut in den Raum trat, hatte er ein Bündel Briefumschläge und Postkarten in der Gesäßtasche seiner Jeans. Anna, mit einem seidenen Nachthemd bekleidet, ließ ihr Modemagazin auf die Bettdecke sinken und lächelte ihren Verlobten herzlich an.

»Na, Schönste?«, grüßte er vergnügt, gab Anna einen Kuss und untersuchte die offene, angebrochene Pralinenschachtel auf dem Beistelltisch.

»Ich sehe, du hast richtig reingehauen«, witzelte er. »Du hast seit gestern tatsächlich schon zwei Pralinen aus Nicoles Schachtel geschafft.«

»Das musst du gar nicht so ironisch sagen, mein Schatz«, gab Anna zurück. »Mir ist durchaus bewusst, dass du den Inhalt der Schachtel bereits vollends verspeist hättest.«

»Aber so was von!«, lachte Tim. »Hallo? Wir reden hier von Schokolade.«

Anna kicherte.

»Eben. Und Schokolade ist etwas ganz Besonderes. Speziell diese Sorte. Ich nasche sie nicht einfach bloß. Ich behalte jedes Stück lange im Mund und genieße es, wie es Schicht um Schicht schmilzt und meinen Gaumen erfreut.«

Ihr Blick fiel auf Tims Hintern.

»Und was hast du mir heute mitgebracht?«

Tim zog das Briefbündel aus seiner Gesäßtasche und begann sie durchzublättern.

»Ein paar Nachzügler, schätz ich«, grinste er und las die Absender vor. »Alina Bäcker …«

»Sie hat an mich gedacht?«, freute Anna sich. »Wie zauberhaft!«

»… Oh, und hier: Pia Stieren! Das ist ja nett! Kennst du Pia noch?«

»Aber ja. Wie könnte ich sie vergessen, die Süße?«

»… Ach du Scheiße, jetzt geht's aber los: Das Kollegium des Pitt-Kreuzberg-Gymnasiums … und … Eberhard-Karls-Universität Tübingen, Büro des Dekans … Alter Schwede! Wolltet ihr die Sache nicht geheim halten, Annabelle zur Heyden?«

»Es muss ja nicht zwangsläufig bekannt sein, welche Umstände zu meinem Krankenhausaufenthalt geführt haben. Ich finde es jedenfalls sehr aufmerksam, dass man mich ausgiebig mit Genesungswünschen bedenkt.«

»Ja, das ist es«, bestätigte Tim mit einem Lächeln.

Anna schlug ihre Bettdecke auf und schwang ihre Beine heraus, um sie auf dem Plumeau abzulegen.

»Ich kann nur nicht unentwegt zugedeckt liegen«, kommentierte sie. »So ist es weitaus angenehmer.«

Tim warf einen prüfenden Blick auf Annas Beine.

»Von dem Sonnenbrand ist gar nichts mehr zu sehen«, stellte er fest. »Du bist noch nicht mal zweifarbig gebräunt.«

»Du weißt«, bemerkte Anna, »dass ich ohnehin nicht zu tiefer Bräune neige. Die vornehme Blässe ist und bleibt nun einmal mein ständiger Begleiter.«

»Ich finde das überhaupt nicht schlimm«, sprach Tim weiter und betrachtete Annas linken Oberschenkel. »Von dem Schlag sieht man auch nichts mehr.«

Anna nahm seine Hand. Während sie seinen Handrücken streichelte, lächelte sie ihn mit zugekniffenen Lippen an.

In diesem Moment öffnete sich die Tür, und Dr. Neurath trat freundlich lächelnd an Annas Bett heran.

»Hallo Tim. Du bist unser Dauergast, was?«

»Hi Doc!«, grüßte Tim flapsig zurück. Der Arzt wandte sich nun Anna zu.

»Kümmert er sich auch gut um Sie?«

»Aber ja«, lachte Anna, schwenkte den Blick zu Tim und drückte seine Hand. »Er ist wunderbar.«

»Das ist ja schön«, fügte Herr Dr. Neurath hinzu. »Ich wollte mir Ihren Fuß und Ihre Beine noch einmal ansehen, Frau zur Heyden. Möchten Sie sich vielleicht noch mal für mich auf den Bauch drehen?«

»Ja, gerne«, bestätigte Anna und drehte sich auf dem Bett herum. Der Arzt hatte ein Handmikroskop mitgebracht, das er nun nach und nach auf Annas Waden, Kniekehlen und Oberschenkel setzte.

»Unsere Kühlumschläge mit Aloe haben gut funktioniert«, beschrieb er. »Ihre Kniekehlen haben mir am meisten Sorgen gemacht, aber da sieht auch alles wieder sehr gut aus. Lassen Sie mich bitte noch rasch einen Blick auf Ihren Fuß werfen.«

Anna winkelte das rechte Knie an, sodass ihr Fuß in eine für den Arzt bequeme Position schwang.

»Vielen Dank. Ja, das ist vorzüglich verheilt. Wie fühlt es sich an, wenn ich die Sohle abklopfe? Tut das weh?«

»Nein. Es kitzelt nur.«

»Prima. Dann bitte ich Sie, sich noch ein letztes Mal umzudrehen.«

Während sich Anna zurück auf den Rücken drehte, wechselte Dr. Neurath zu einem anderen Instrument, mit dem er Anna aus äußerster Nähe in die Augen schaute.

»Ist Ihnen noch schwindelig?«

»Nein, seit heute Vormittag nicht mehr.«

»Das möchte ich hören. Nun, ich sehe keinen Grund für einen weiteren Aufenthalt. Ich lasse Ihre Entlassungspapiere fertig machen, und dann können Sie morgen früh nach Hause.«

»Vielen Dank, Herr Doktor«, freute sich Anna. Der Arzt nickte ihr zu und verabschiedete sich: »Gute Nacht. Und alles Gute. Bis bald mal wieder, Tim, alter Junge.«

»Danke, Doc. Bis bald!«

»Darf ich dich um etwas bitten?«, sprach Anna zu Tim, als der Doktor das Zimmer verlassen hatte.

»Na klar«, antwortete Tim ihr. »Um alles, was du willst, Süße.«

»Bitte nimm meine Füße in die Hand!«

»Okay?«

Etwas verwundert entsprach Tim dem Wunsch seiner Braut.

»Bitte halte sie für einige Augenblicke«, bat Anna. Sie schloss die Augen. Einige Sekunden später fügte sie hinzu: »… Und nun umgreife bitte meine Fußfesseln und halte sie ebenso lange.«

Tim folgte. Er spürte die ebenmäßig zarte Haut von Annas Fußgelenken an seinen Handflächen. Mit den Daumen streichelte er sie.

»Was wird das denn, wenn es fertig ist?«, fragte Tim mit liebevollem Tonfall. Anna streckte ihre Hände nach Tims Händen aus. Er reichte sie ihr. Anna führte seine Handflächen nun zu ihrem linken Oberschenkel und drückte sie auf dessen Außenseite.

»Wir reinigen mich«, flüsterte sie leise, weiter die Augen geschlossen haltend. Anschließend führte Anna Tims Hände zu ihrem Bauch, wo sie sie auflegte.

»Ich weiß, was als nächstes dran ist«, erklärte Tim leise. Er legte eine Hand an Annas linke Wange. Die andere hielt er hinter ihren Kopf. Ganz zart nickte sie zur Bestätigung. Dann öffnete sie die Augen und sah Tim ins Gesicht.

»Bleibst du bei mir?«, fragte sie. »Verbringst du die Nacht bei mir?«

»Natürlich, mein Schatz«, stimmte Tim zu. »Wenn du das gerne möchtest.«

Anna rückte ein Stück zum Rand ihres Betts, um Tim Platz zu machen.

»Ich soll mich zur dir ins Krankenbett legen?«, schmunzelte Tim, und Anna nickte.

»Na schön«, meinte Tim beim Abstreifen seiner Schuhe, »aber ich werd bestimmt wieder auf deinen Haaren liegen. Mehr noch als sonst.«

Er legte sich längs neben Anna auf das Bett. Anna lag auf dem Rücken, den Blick an die Decke gerichtet. Sie klang etwas schwermütig, als sie fragte: »Tim? Was siehst du in meinem Körper?«

Tim drehte sich auf die Seite, um Anna ansehen zu können.

»Was meinst du damit?«

»Ich möchte gerne wissen, was du empfindest, wenn du meinen Körper betrachtest.«

»Das ist jetzt erstmal 'ne komische Frage. Aber … Na ja, ich finde deinen Körper wunderschön. Ich fand's vorhin ganz toll, dich zu berühren.«

»Aber das ist nicht alles, nicht wahr?«

»Nein, auf keinen Fall. Ich meine, immerhin ist dein Körper ja auch ein wesentlicher Bestandteil von dir, also, von deiner Person, mein ich. Ich weiß nicht, wie ich's ausdrücken soll.«

Mit zitternder Stimme fragte Anna: »… Also bin ich kein Sexspielzeug, nicht wahr?«

Tim stütze sich nun auf den Ellenbogen und machte ein verwundertes Gesicht.

»Wie kommst du denn jetzt auf so was?«

Er sah Anna direkt an. Tränen standen seiner Liebsten in den Augenwinkeln.

»Haben sie das zu dir gesagt?«

Anna nickte kurz und begann zu weinen. Tim streichelte ihr Gesicht und küsste ihre Stirn.

»Oh, Schatz. Was die sagen, brauchst du nicht ernst zu nehmen. Das sind Schweine. Widerliche, primitive Schweine. Komm, wein nicht mehr wegen denen. Beruhig dich jetzt erstmal, und dann sag ich dir was dazu, okay?«

Wieder nickte Anna. Nach ein paar leisen Schluchzern war sie aufnahmefähig für das, was Tim nun sagte. Zuerst schob er Annas Nachthemd ein Stück nach oben. Er streichelte ihren Bauch und umkreiste mit der Spitze seines Zeigefingers ihren Bauchnabel. Ihre Bauchdecke zuckte dabei einige Male.

»Weißt du, was das ist?«

»Mein Bauchnabel.«

»Und warum ist der da?«

»Er ist ein Geburtsmal. Er ist von keiner besonderen Bedeutung.«

»Das seh ich anders, Süße. Das ist nämlich die Stelle, an der du vor über zwei Jahrzehnten mit deiner Mutter verbunden warst. Hier hast du sozusagen neun Monate am Tropf gehangen.«

Bei dieser Schilderung musste Anna aufglucksen.

»Das ist ja eine reizende Beschreibung.«

»Gell? Nein, ernsthaft. Ich glaub nämlich, dass das die großartigste Verbindung ist, die die Natur jemals erschaffen hat. Und genau unter diesem Geburtsmal, um es mit deinen Worten zu sagen, wirst du eines Tages die gleiche Verbindung aufbauen. Kannst du dir das vorstellen, dass da irgendwann so ein kleiner Timotheus mit seinen winzigen Fäusten von innen gegen deinen Bauch boxt?«

Anna lächelte und begann leise zu kichern.

»… oder«, scherzte Tim weiter, »dass dir eine kleine Annabelle mit ihren winzigen Stöckelschuhen gegen die Bauchdecke tritt?«

Wie Anna da lachen musste. Sie zog die Beine an, griff nach Tims Handgelenk, kuschelte sich rücklings an seinen Körper und schlang seinen Arm um sich.

»Das ist eine sehr schöne Vorstellung, Liebster.«

Und sie nickte wohlig Zustimmung, als Tim hinzufügte: »Eines Tages, mein Sonnenschein, da wird dein Körper etwas wahnsinnig Cooles machen: Er wird Leben erschaffen und es ernähren. Genügt das als Antwort auf deine Frage?«

Eine zeitlang lagen sie so da. Dann ergriff Tim erneut das Wort.

»Es tut mir unglaublich leid, dass sie dich so mit ihren Worten verletzt haben. Trotzdem glaub ich nicht, dass das alles ist, was dich gerade so beschäftigt.«

»Das wäre wohl möglich«, flüsterte Anna.

»Ich kenne dich, Anna. Es vergeht kein Tag, an dem du keine sexistische Äußerung oder plumpe Anspielung zu hören kriegst. Als schöne Frau aus dem Haus zu gehen, das ist wie ohne Mückenschutzmittel durchs Moor zu laufen. Aber du bist gut darin, die Mücken abzuwehren. Deine Souveränität im Abkanzeln von dummen Sprüchen, echt, da müsste mal einer 'n Buch drüber schreiben. Was ich damit sagen will: Du hast Erfahrung damit. Und deshalb sag ich dir jetzt auf den Kopf zu, wo das Problem wirklich liegt … Du bist Geschichtskundlerin. Du weißt über so ziemlich alles Bescheid, was früher auf der Welt passiert ist. Auch über den Holocaust. Du kennst die Namen der Verantwortlichen und der Täter. Du kennst die Opferzahlen unter allen ethnischen Gruppen. Und du kennst alle Umstände und Zusammenhänge, die zu diesen schrecklichen Ereignissen geführt haben. Einfühlsam wie du bist, lässt du das auch an dich ran. Als du ›Die Befreiung von Auschwitz‹ gesehen hast, musstest du weinen.«

»Es war eine so unsagbar entsetzliche Dokumentation«, wisperte Anna.

»Oh ja«, führte Tim weiter aus, »aber es gibt da noch was, etwas, auf das du nicht gefasst warst. Kein Film und kein Geschichtsbuch der Welt konnte dich darauf vorbereiten: Du hast zum ersten Mal ganz real den Menschenschlag getroffen, der solche Gräueltaten anrichtet! Du hast am eigenen Leib erfahren müssen, dass es ihn immer noch gibt. Und das macht dich fertig.«

»Ja … Es macht mir fürchterliche Angst um die Zukunft.«

»Und genau deshalb ist es so wichtig, dass man diese Menschen mit ihrer Gesinnung zurückdrängt, wann immer sie einem begegnen. Von wegen zuhören oder mit ihnen reden. Alles Quatsch. Bekämpfen müssen wir sie, knallhart bekämpfen und unterdrücken, und wenn es nur mit Worten ist. Aber niemals dürfen wir aus Angst schweigen.«

Anna schlug die Augen auf. Ihr Blick starrte ins Leere.

»Es ist noch nicht vorüber, nicht wahr?«

»Nein«, brummte Tim grimmig. »Erst wenn ich sie dahin getrieben habe, wo sie hingehören, dann ist es vorbei.«

– Kapitel 14 –

Herr Dr. Hinkheim saß an seinem Schreibtisch und blies erschöpft durch die Wangen. Heute wollte er einmal etwas früher Feierabend machen. Sein Partner, Herr Dr. Gielchen, hatte sich den ganzen Tag frei genommen, und Philipp hatte die Kanzlei, zusammen mit der Sekretärin am Empfang, pünktlich um 16:00 Uhr verlassen.

Herr Hinkheim stützte sich sanft mit den Händen auf den Armlehnen ab, als er sich erhob. Seine graue Anzugjacke hing am Kleiderständer links hinter ihm an der Wand neben dem Fenster. Es war sein ganz privater Garderobenständer. Für Mandanten gab es einen Kleiderhaken neben der Tür. In seinem hellblauen Hemd mit Krawatte, die mit einem leichten Knick der Bauchwölbung seiner untersetzten Figur folgte, betrat er den Flur und folgte den Treppenläufen hinab zum Haupteingang, deren zweiflügelige Glastür er nun bedachtsam abschloss. Anschließend begab er sich zurück in sein Büro, um die Akten des Tages in ihre Ordner zurückzuheften. Er langte nach links, nahm eine Einhängemappe in die Hand und drehte sich mit dem Stuhl zum Tisch zurück. Da erschrak er! Zuerst nahm er nur eine schwarze Silhouette neben sich wahr, dann erkannte er einen Mann, der lässig mit dem Hintern an der Tischkante lehnte. Der Mann trug einen perfekt sitzenden schwarzen Zweireiher mit glänzenden Knöpfen. Seine Ärmel schlossen mit zwei aufgenähten, goldenen Bändern ab.

Hektisch zog Herr Hinkheim die Schreibtischschublade zu seiner Rechten auf. Tim erkannte die kurzläufige

Pistole, nach der der Anwalt bereits die Hand ausstreckte. Ein kurzes metallisches Summen begleitete den Vorgang, wie Tim seinen Wildschweintöter zog. Es folgte ein hohles, klapperndes Krachen, als die Spitze des Messers, geführt von Tims festem Griff, in den Boden des Schubfachs donnerte, genau in den Abzugring der Schusswaffe und ganz kurz vor Herrn Hinkheims Fingern. Der zog hastig seine Hand an den Körper zurück.

»Sind Sie übergeschnappt??«, schrie er in seinem Schrecken. »Wissen Sie, was dieser Schreibtisch wert ist?!«

Tim hatte seine rechte Hand lässig auf dem Griff des senkrecht stehenden Messers liegen.

»Bestimmt mehr als Ihr Arsch, Herr Anwalt«, kam die Antwort flach und cool. Herrn Hinkheims Schnappatmung legte sich Atemzug um Atemzug.

»Wie sind Sie hier rein gekommen?«, verlangte er zu erfahren, außer sich vor Entrüstung.

»Das war ganz einfach«, erklärte Tim. »Vor zwei Stunden sind Ihre letzten Mandanten ins Gebäude gekommen. Das nette Ehepaar, wissen Sie noch? Hinter denen bin ich rein gekommen.«

»Das ist nicht möglich«, widersprach Herr Hinkheim. »Das hätte ich auf dem Monitor gesehen. Ich hatte die beiden verfolgt, bis sie den Treppenaufgang erreichten und aus dem Bild verschwanden.«

Tim blieb völlig gelassen. Er lachte höhnisch.

»Deswegen ja! Ich hab unten am Empfang gewartet, bis die beiden außer Sicht waren, und da hab ich mich aufs Besucherklo verkrümelt. Ich hab Ihrer Sekretärin noch ganz charmant zugelächelt, als die nach mir geguckt hatte.«

»Dann frage ich mich, warum meine Sekretärin mir nicht gemeldet hat, dass ein Fremder unangemeldet in die Kanzlei eingedrungen ist.«

Da warf Tim lachend den Kopf zurück.

»Ach, kommen Sie, Hinkheim! Sehen Sie mich an! Ich bin Pilot! Da kommt doch keiner auf die Idee, dass ich was Böses im Schilde führen könnte. Scheiße, ich bin einer von den Guten! Deswegen hab ich mich ja extra für die Uniform entschieden. Ich bin ganz schön klug, was?«

»Gerissen trifft es eher.«

»Oh, vielen Dank, Herr Dr. Hinkheim. Und das von Ihren Lippen!«

»Wie haben Sie es erreicht, dass ich Sie nicht bemerkt habe?«

»Als Sie abgeschlossen haben, bin ich aus dem WC raus gekommen und Ihnen gefolgt. Hier im Büro hab ich mich immer hinter Ihnen gehalten. Da muss man verdammt gut beobachten um vorauszuahnen, wie sich einer bewegt. Aber wenn man's drauf hat, ist das ein echt geiler Trick. Mädchen, die auf Vampire stehen, kann man damit irre beeindrucken.«

Herr Hinkheim brummte ironisch: »Danke für den Tipp, Herr Richthof. Ich werde es mir merken. Und was verschafft mir nun die Ehre Ihres Besuches?«

»Jaaa«, antwortete Tim gedehnt, »da gibt's noch so ein, zwei Infos, die ich von Ihnen brauche. Und ich fürchte, ich werde Sie erst noch überzeugen müssen, mir die zu geben.«

»Ich höre.«

»Erstens: Ich will den Namen von dem Anführer …«

Herr Hinkheim stieß einen verächtlichen Laut aus.

»Ach, Herr Richthof. Wie stellen Sie sich das vor? Ich bin selbstverständlich an meine Schweigepflicht gebunden.«

Tim nickte, mit einem Schmunzeln auf dem Gesicht, dass deutlich machte, dass diese Antwort für ihn nicht akzeptabel war.

»Und dann, zweitens«, vervollständigte er seine Forderung, »möchte ich wissen, wann genau die Versammlung stattfinden soll, von der Ihr Sohn gesprochen hat. Sie wissen schon, während der kleinen Unterredung, bei der ich Ihnen meine herzlichen Grüße ausgerichtet habe.«

»Herr Richthof, ich wiederhole mich: Diese Informationen sind vertraulich. Das müssen Sie verstehen. Ich kann das Risiko nicht eingehen.«

»Was für ein Risiko?«, bellte Tim. »Das Risiko, von irgendeiner Anwaltskammer ermahnt zu werden, oder was?«

»Es gehört nun einmal zum Ehrenkodex unseres Berufsstandes.«

Mit einem spöttisch lachenden Gesicht sah Tim sich im Raum um, bevor er Philipps Vater anherrschte.

»Jetzt labern Sie doch nicht so 'nen Scheiß über Ehre, Mann! Ausgerechnet Sie! Wer macht denn hier gemeinsame Sache mit Nazis und nimmt sie in Schutz, obwohl er genau weiß, dass sie verbrecherische Handlungen begehen? He?!«

»Herr Richthof, ich würde Ihnen ja gerne helfen, aber ich kann nicht. Mir sind die Hände gebunden. Haben Sie eine Vorstellung, welche Repressalien mich erwarten, wenn ich das Mandat jetzt zu diesem fortgeschrittenen Zeitpunkt aufkündige?«

Tim beugte sich nah an den Anwalt heran.

»Ach, darum geht es? Sie haben Schiss davor, was die mit Ihnen machen, wenn Sie auspacken? Jetzt kapier ich. Alles klar, Herr Hinkheim, dann ist die Sache wirklich ganz einfach. Sie haben jetzt die Wahl: Sie können sich die zum Feind machen … oder mich.«

Für ein paar Sekunden sahen sich die Männer wortlos an. Herr Hinkheim unterbrach die Stille.

»Der ›Gruß‹, den Sie mir über meinen Sohn zukommen ließen – er klang so, als seien Sie bereits mein Feind.«

»Im Augenblick«, stellte Tim klar, »bin ich nur Ihr Gegner. Ob ich Ihren Laden in ein paar Minuten als Feind verlasse, das haben Sie jetzt in der Hand.«

Wieder herrschte Schweigen im Raum. Plötzlich zuckten beide Männer zusammen. Ein Rumpeln klang das Treppenhaus hinauf durch den Flur. Erschrocken sah Herr Hinkheim auf den kleinen Kontrollmonitor. Vor der Tür standen Hansen und Bornmeier. Sie rüttelten an den Griffen. Schließlich kam Hansen auf die Idee, die Klingel zu betätigen. Herr Hinkheim drückte eine Taste auf seiner Telefonanlage.

»Bitte schön, die Herren.«

»Der Chef schickt uns. Lassen Sie uns rein!«

Herr Hinkheim sah Tim an. Der nickte und schickte sich an, den Raum zu verlassen.

»Lassen Sie sie rein«, raunte er, »ich bin nicht weit weg.«

Nachdem Tim mit einem Ruck den Wildschweintöter aus der Schublade gezogen hatte, klangen Herrn Hinkheims Worte durchs Büro: »Einen Augenblick, bitte. Ich muss nach unten kommen, da die Tür bereits abgeschlossen ist.«

»Gehen Sie ganz normal mit Ihnen in Ihr Büro. Wir regeln das jetzt zusammen, okay?«

Herr Hinkheim nickte. Gemeinsam verließen sie das Büro. Im Flur schwenkten sie in entgegen gesetzte Richtungen. Tim versteckte sich im Büro einer Rechtsanwaltsgehilfin. Dort begann er, seine Jacke aufzuknöpfen und den Krawattenknoten zu lösen. Gleichzeitig lauschte er auf die Schritte der Männer, die näher kamen.

»Bitte sehr«, hörte er die Stimme von Herrn Hinkheim. »Ich habe eigentlich schon Feierabend, müssen Sie wissen.«

»Das hier ist wichtiger«, trotzte Hansen. Tim nahm wahr, wie die Stimmen leiser wurden und die Tür zum Büro des Anwalts bis auf einen Spalt zu schwang.

»Also, Anordnung!«, drehte Hansen großspurig auf. »Alle Namen und Adressen aus dem Umfeld von der reichen Tusnelda. Vor allem die von ihren eifrigen Freunden hätten wir gerne.«

Herr Hinkheim lehnte sich in seinem Stuhl zurück. Hansen und Bornmeier standen vor seinem Schreibtisch, ihn fordernd anblickend. Herr Hinkheim behielt die Bürotür im Auge. Er versuchte, seine Nervosität im Zaum zu halten, als die Tür lautlos ins Zimmer schwang und den Blick auf Tim freigab. Er erschien in Lauerstellung im Rahmen, die Ärmel seines weißen Hemds bis knapp über die Ellenbogen hochgekrempelt.

Mit einem entschlossenen und kraftvollen »Nein!«, das er seinen Gästen entgegen warf, versuchte Herr Hinkheim, die Aufmerksamkeit der beiden bei sich zu behalten. Das gelang nicht ganz. Hansen ahnte etwas. Blitzschnell fuhr er herum. Doch da war Tim bereits nah genug an ihn herangeschlichen. Ein Faustschlag, dessen Wucht durch keinerlei mildernde Barmherzigkeit Zurückhaltung übte, donnerte dem Schurken frontal aufs Jochbein. Sein Kopf überstreckte, und Hansen fiel wie ein Brett auf den Rücken. Mit zuckenden Gliedmaßen blieb er liegen. Bornmeier hatte sein Wehrmachtsmesser gezogen und hastete auf Tim zu, bereit, mit hoch erhobener Klinge auf ihn einzustechen. Tim hatte nicht viel Zeit, seine Abwehr zu koordinieren. Beidhändig fasste er den Wildschweintöter und schwang ihn im Bogen diagonal vor seinem Körper entlang. Begleitet vom singenden Geräusch der langen Klinge flog das viel kleinere Wehrmachtsmesser in die Ecke. Bornmeier ging in die Knie. Mit der linken Hand umfasste er sein rechtes Handgelenk. Zwischen den Mittelhandknochen von Zeigefinger und Mittelfinger klaffte eine tiefe, offene Wunde, auf die er mit weit aufgerissenen Augen starrte.

Tim trat an ihn heran und lenkte Bornmeiers Aufmerksamkeit auf sich, indem er ihm die Klinge des Wildschweintöters unter die Ohrmuschel hielt und ihn damit nötigte, den Kopf zu heben und ihm in die Augen zu sehen. Herr Hinkheim, der beim Beginn der Kampfhandlungen erschrocken aufgesprungen war und nun mit dem Rücken ans Bürofenster gepresst dastand, sah angsterfüllt keuchend zu.

»Du bist der Penner, der meine Verlobte geschlagen hat. Der mit der Fratze einer Mumie. Und? Ist das hier immer noch ein geiles Gefühl? Ich hätte nicht übel Lust, dir die Klinge durch die Birne zu jagen. Aber weißt du, warum ich's lasse? Weil ich mein Messer an so 'nem Abschaum wie dir nicht unnötig dreckig machen will.«

Die stoßartige Atmung Bornmeiers verriet die Angst und die Schmerzen, die er im Augenblick empfand. In Tim löste das kein Mitleid aus.

»Aber bild dir nicht ein, dass ich's nicht könnte«, knurrte er weiter. »Ich würde schlafen wie ein Baby, nachdem ich mit dir fertig wäre. Und weißt du warum? Weil du kein Mensch bist. Du bist brauner Abschaum. Und damit stehst du noch unterhalb von Tieren. Ist dir klar, was das heißt? Du bist weniger Wert als das primitivste Virus. Ein Untertier, verstehst du? – Na komm, sprich mir nach! Was bist du?«

Tim ruckelte mit dem Messer unter Bornmeiers Ohr, um ihn zu animieren.

»Was bist du?!«, brüllte Tim ihm ins Gesicht.

»Ein Untertier«, druckste Bornmeier schließlich. Da nahm Tim das Messer runter und sah zu dem Inhaber der Kanzlei rüber.

»Sehen Sie, Herr Hinkheim?«, erklärte er. »Das ist typisch für Nazis. Solange sie durch ihre eigenen Machtstrukturen am längeren Hebel sitzen, da fühlen sie sich groß und stark. Aber wenn man sie bei den Eiern hat und es um die Abrechnung geht, da zeigen sie, was sie wirklich sind: Jämmerliche, ehrlose Feiglinge. Ich hab mal mit Anna 'ne Doku gesehen. Da ging's um die ganzen Naziführer, was die gemacht haben, nachdem sie den Krieg verloren haben. Hatten sie die Ehre und die Tapferkeit, für ihre Taten geradezustehen? Nein. Diese Qualitäten kennt ein Nazi nicht. Sie haben sich selbst umgebracht, und ihre Familien. Oder sie haben nach der Urteilsverkündung 'ne Giftpille genommen. Wertloser Abschaum. Untertiere eben.«

»Wie wird es jetzt weitergehen?«, fragte Herr Hinkheim.

»Was denken Sie denn, wie's weitergeht?«, konterte Tim. »Ich nehm doch mal schwer an, dass Sie ihr Mandat kündigen, oder lieg ich da falsch? … Verdammt noch mal, Hinkheim, Sie sind doch Rechtsanwalt! Wenn Sie nicht auf der richtigen Seite stehen, wo ist dieses Land dann hingekommen?«

Herr Hinkheim senkte nur den Blick. Mit zusammengekniffenen Lippen nickte er.

»Und die beiden Hunde hier, die werden wir jetzt schön zusammenschnüren«, beschloss Tim. »Haben Sie vielleicht irgendwas passendes da? Seil? Panzertape?«

Herr Hinkheim machte sich daran, seine Schränke zu durchsuchen.

»Das nicht gerade«, kommentierte er. »Nur ein Päckchen mit zehn Rollen Paketschnur.«

»Reicht völlig«, gab Tim zurück und streckte die Hand aus. »Machen ich's eben wie 'ne Spinne.«

In diesem Sinne umwickelte Tim Hansen und Bornmeier, Rücken an Rücken gelehnt, derart mit Paketschnur, dass ihre Köpfe und Oberkörper hinter den dicht verlegten, hellbraunen Strängen kaum mehr zu erkennen waren. Ihre Beine band er nur an den Füßen zusammen. Bornmeiers verletzte Hand war als letztes dran.

»So«, beschrieb Tim während des Wickelns, »jetzt noch schön die Flosse verarzten, was?«

»Aaah!«, klagte Bornmeier. »Aah, das brennt! Das brennt!«

Doch Tim schüttelte nur den Kopf und tätschelte Bornmeier die schnurumwickelte Wange.

»Stell dich nicht so an, Gollum«, grinste er. »Ist doch gar kein Elbenseil!«

Und an Dr. Hinkheim gewandt, entschied er: »Jetzt ruf ich noch fix meinen Kumpel an, damit er mich und meine Fracht mit seinem Roomster abholen kommt, und dann bin ich auch schon weg. Sorry für den Boden von der Schublade. Ich bezahl Ihnen das.«

»Nein, nein«, wehrte Herr Hinkheim ab, »das ist nicht nötig. Sie haben heute viel für mich getan. Das kann ich Ihnen kaum gutmachen.«

»Wie Sie meinen«, entgegnete Tim. »Aber nur unter einer Bedingung: Ich kenne da eine fabelhafte Schreinerin, die richtig Spaß an diesem Job hätte. Eine Gründerin. Von daher wär's toll, wenn Sie ihr den Auftrag geben würden.«

»Ich weiß, von wem Sie sprechen«, stimmte Herr Hinkheim zu. »Ich habe in der Tat schon von ihr gehört. Sie haben mein Wort, Herr Richthof ... Und ... Die Versammlung ist am ersten August.«

»Danke.«

»Nein. Ich danke Ihnen.«

»Schon okay ... Ach, eins noch. Haben Sie mal eben ein Blatt und einen Stift für mich?«

Tim schlüpfte in sein Jackett. Herr Hinkheim händigte ihm ein DIN-A4-Blatt aus und gab ihm auch einen schwarzen Filzstift mit. Dann packte Tim eins von Hansens Beinen und schleifte das verschnürte Duo auf dem Weg nach draußen hinter sich her.

Es war bereits recht dunkel, als Tim und Michael die Alte Strumpffabrik erreichten.

»Mach am besten die Scheinwerfer aus, sobald wir an der Bushaltestelle vorbei sind«, riet Tim, »und keinen Blinker. Genau so.«

Mit gemächlichem Tempo bog der Roomster in den Wirtschaftsweg ein. Im ersten Gang, ganz langsam, tuckerten die Freunde weiter.

»Hier geht's zum Parkplatz hoch«, erkannte Tim. »Wir fahren aber nicht bis da hin. Halt ruhig hier unten schon an.«

»Ich wende aber erst noch«, beschloss Michael, »damit wir nachher direkt abdüsen können.«

»Einverstanden«, nickte Tim beim Aussteigen, »und jetzt ... Schsch ...«

Die beiden Freunde packten ihr Bündel an Oberkörper und Beinen und trugen es den Pfad zum Parkplatz hinauf.

»Da, rechts der Trakt«, flüsterte Tim, »da sind sie rein, hat Anna erzählt. Lass uns ein paar Schritte auf den Hof gehen, und da setzen wir sie ab.«

Gesagt, getan. Als Bornmeier und Hansen auf dem Boden saßen, nahm Tim das Blatt Papier aus seiner Jackett-Tasche.

»Was hast du da während der Fahrt geschrieben?«, erkundigte sich Michael. Tim klemmte das Blatt mit der Oberkante und der Unterkante zwischen die Schnüre, sodass der Text vom Gebäude aus lesbar war. Michael trat vor den Zettel hin und las: »*Das machen wir in der Eifel mit Nazis. Seht zu, dass ihr Land gewinnt, ihr dreckigen Hunde! Gezeichnet ...*«

Da musste Michael kichern.

»*... der Rote Graf?* − Ernsthaft?«, fragte er ungläubig und lachte heiser.

»Mir ist nichts Dümmeres eingefallen«, gab Tim zur Antwort.

Michael legte Tim den Arm über die Schultern, als die Freunde sich vom Hof entfernten.

»Das war echt knapp, Trip«, stellte Michael nach einigen Schritten fest.

»Verdammt knapp, Hawkens«, unterstrich Tim seine Worte. »Ich ärgere mich, dass ich nicht damit gerechnet hab, dass sie Anna am Rathaus auflauern würden.«

»Das konntest du nicht ahnen, Trip.«

»Kann sein, ja. Aber um ein Haar hätte es Anna böse erwischt. Wenn ich dran denke, was passiert wäre, wenn sie es nicht geschafft hätte auszubüchsen, echt, da wird mir ganz schlecht … Danke, dass du dich so super um sie gekümmert hast, als ihr sie gefunden habt. Ich werd dir das nie vergessen, mein Freund.«

»Nix zu danken, Trip. Das hätte jeder von uns für den anderen gemacht, ganz sicher. Das ist mir da noch mal so richtig klar geworden.«

Tim presste die Lippen zusammen. Doch seine Augen lächelten, und er gab Michael ein paar kräftige Klapse auf die Schulter.

Auf leisen Sohlen gingen sie zum Auto.

Melli und Alex hatten zusammen mit Isi, Nessi und Anna ihre Stammtische im Messing besetzt. Nun saßen sie dort bei Cocktails zusammen und freuten sich über den glücklichen Ausgang von Annas Rettungsmission. Nessi saß links außen und hantierte mit ihrem Tablet, auf dem sie fertig bearbeiteten Fotos von der Fahrt nach Paris abgespeichert hatte.

»… und dann lag er da, auf dem Boden«, erzählte Alex mit elanvoller Heiterkeit, »total weggetreten. Und Trip so: ›Ich hab da 'ne Idee, Ditze, pack mal mit an!‹ Und dann haben wir ihn geholt und in den Schuppen gebracht, zu so 'ner Domina, und da haben wir das härteste Programm für ihn bestellt. Trip hat sich noch so 'n total beknacktes, ewig langes Safeword ausgedacht, dass sich kein Mensch merken kann, und dann haben wir den Typ mit der Alten allein gelassen. Mann, ich würd so gern wissen, wie's dem gegangen ist!«

Mit vergnügtem Gelächter begleiteten die Frauen jeden Satz. Isi bekam sich gar nicht mehr ein vor Lachen.

»Ich stell mir das gerade lebhaft vor«, gackerte sie. »Der schreit vor Schmerzen und ruft ›Aufhören! Aufhören!‹, aber es ist nicht das Safeword, und die macht weiter und weiter …«

»Geschieht ihm ganz recht«, entschied Melli und sah Anna an. »Was hat der 'ne Nummer vor euch abgezogen, oder? Tut so, als wollte er sich mit euch zusammentun. Er ist 'ne Ratte und bleibt eine.«

»Das war mir von Beginn an klar«, sprach Anna gelassen. »Ich würde diesem Mann noch nicht einmal über eine Wimpernlänge hinweg trauen.«

Mellis Augen blieben auf ihre vornehme Freundin gerichtet. Anna saß ihr halb gegenüber, in einem schneeweißen Minikleid der Marke Self-Portrait. Es bestand zum großen Teil aus Guipure-Spitze. Der breite, steife Kragen des Kleides unterstrich die Eleganz der schönen, jungen Frau. Ein breites, weißes Haarband schmückte ihren Kopf. Ihr offenes Haar wellte sich hinter ihrem Rücken hinab.

»Und wie geht's dir ansonsten?«, fragte Melli sanft. Anna lächelte ihr mit einem liebevollen Augenaufschlag zu.

»Mir geht es gut, Danke, Melli. Ich lasse mich von den Ereignissen nicht verunsichern. In keinerlei Hinsicht. Weder in meinem Streben nach faktischer Aufklärung noch in meiner Selbstwahrnehmung als Frau.«

»Das freut mich«, nickte Melli und legte ihre Hand auf Annas, »und ich hätte dich total falsch eingeschätzt, wenn es anders wäre.«

Dann schaute sie an Anna vorbei und jubelte: »Und guck mal da! Da kommen Motte und Boggy!«

Damian und Julian traten mit lässigem »Hallo!« an die Bistrotische heran. Julian nahm neben Alex Platz. Damian aber vervollständigte die Reihe nach links außen hin, indem er sich zu Nessi setzte.

»Hey, Nessi!«, grüßte er, und dann betonte er überdeutlich jede Silbe. »Va-nes-sa zurr Hey-den!«

»Hallo, Motte!«, reagierte Nessi entsprechend, wenngleich etwas verwundert. »Da-mi-an Mül-lerr!«

»Nee, ernsthaft«, versicherte Damian, »ist ein hübsch klingender Name, find ich. Nur mal so nebenbei bemerkt.«

»Em … Danke?«, schmunzelte Nessi. »Wann ist dir das denn aufgefallen?«

»Schon immer.«

»Na ja … Ich finde, Annabelle zur Heyden klingt viel hübscher.«

»Nicht für mich.«

Die lässige, entschlossene Antwort Damians schien Nessi zu überraschen. Unsicher lächelnd sah sie ihn an.

»Darf ich mal sehen?«, fragte Damian unbeirrt und deutet auf Nessis Tablet.

»Em, ja, sicher.«

»Sind das die Bilder von unserer Paris-Fahrt?«

Nessi nickte und reichte Damian das iPad, der auch gleich begann, die Aufnahmen durchzuscrollen.

»Das hier ist ja klasse!«, kommentierte er. »Boggy und Ditze, die beiden Verrückten … Und hier: Trips dummes Gesicht, als Anna ihm gesagt hat, was mit ihm passiert, wenn er sie heiratet! … Boah, und das hier! Da wird Trip sich freuen, so ein cooles Foto mit Armin zusammen zu haben. Klasse, Nessi!«

»Danke schön«, lächelte Nessi geschmeichelt.

»Ich mein's ernst!«, bekräftigte Damian. »Du hast es echt drauf. Die Frage ist nur: Wer macht eigentlich mal ein Bild, wo du mit drauf bist?«

»Tja«, gab Nessi zurück, »das ist eben das Schicksal einer Fotografin.«

»Echt verdammt schade«, meinte Damian. » Jetzt gibt's von dir nur 'n paar lahme Handybilder. Und dabei hast du in deinem Kleid so hammermäßig ausgesehen. «

Daraufhin musste Nessi erst einmal kichern. Sie sah Damian ins Gesicht und fragte: »Was ist denn heute los mit dir?«

»Was soll los sein?«

»Du bist so … nett.«

»Na und?«

»So kenne ich dich gar nicht.«

»Kein Wunder!«, lachte Damian. »Ich glaub, von uns allen hier kennen wir beide uns am wenigsten, meinste nicht auch?«

»Das könnte schon sein«, stimmte Nessi nach kurzem Überlegen zu.

»Können wir ja mal ändern«, meinte Damian vorsichtig. Ein weiteres zartes, unsicheres Lächeln huschte über Nessis Gesicht. Sie schaute zu Anna hin, die das Gespräch mit einem Ohr verfolgt hatte, und wartete auf eine Reaktion. Ein kaum merkliches, doch liebevolles und aufmunterndes Kopfnicken war die Antwort ihrer Cousine.

»Hier, Leute!«, blökte Alex über den Tisch. »Macht mal Platz für die beiden Vögel!«

Er bezog sich auf Tim und Michael, die nun auch zu ihren Freunden gestoßen waren. Tim nahm sich einen Stuhl von einem der freien Tische und quetschte sich neben Anna an die »Behelfstafel«, die sich die neun Freunde zusammengestellt hatten. Tim begann auch sofort ausführlich zu beschreiben, was er an diesem Abend erlebt hatte. Melli war die erste, die sich zu Wort meldete, als er seine Geschichte abgeschlossen hatte.

»Ich weiß nicht, ob das so eine gute Idee ist, wenn du das alles selber machst. Immerhin hast du es hier mit richtig finsteren Typen zu tun. Wie siehst du das denn, Anna?«

»Ich habe freilich auch meine Bedenken«, antwortete Anna, an Tim gerichtet. »Du findest diese Lustbarkeiten, die du deinen Widersachern so gerne angedeihen lässt, gewiss äußerst erheiternd. Solange dies mit Personen wie Rüdiger Brochnes geschieht, dürfte es nicht sonderlich folgenreich sein. Hier jedoch stimme ich mit Melli überein, zumal ich, was ich wirklich nicht gerne herausstelle, aus Erfahrung sprechen kann, wenn es die Gefährlichkeit dieser Gruppe einzuschätzen gilt. Diese Menschen sind nicht hier, um sich ungeahndet nasführen zu lassen, soviel ist sicher. Wäre es nicht doch klüger, die weitere Vorgehensweise der Polizei zu überlassen?«

Tim lehnte sich zurück. Sein T-Shirt spannte sich über seiner Brust, als er die Arme hob, um sich mit den Händen durch die Haare zu streichen. Er starrte konzentriert in die Luft und begann, nachdenklich zu sprechen.

»Ich werd mal irgendwie versuchen, das anders zu erklären … Also: Mal angenommen, wir gucken weiter zu und machen nix. Irgendwann haben die dann wieder das Sagen, darauf läuft's doch raus. Und dann führen die ganz schnell wieder ihre eigene Polizei ein. Versteht ihr? Wir als Bevölkerung, wir müssen denen zeigen, dass wir sie nicht haben wollen. Wenn wir diesen Mut nicht haben, dann wissen die das ganz fix zu regeln, dass das Recht auf ihrer Seite ist. Oder lieg ich da falsch, Schatz?«

Anna atmete einmal durch und seufzte: »Nein, du liegst nicht falsch. Du liegst, ganz im Gegenteil, erschreckend richtig.«

»Na also!«, schob Tim nach. »Dann haben wir doch gar keine andere Wahl. Ich zwing keinen von euch mitzumachen. Mach ich nie. Das wisst ihr. Und wenn ihr lieber nicht wollt, dann versteh ich das. Das ist okay für mich. Aber ich … Ich muss was tun. Ich kann einfach nicht anders.«

Für einige Momente war es ruhig an den zwei zusammengestellten Tischen. Nur die Lichteffekte, die aus Richtung der Tanzfläche kamen, sorgten für Bewegung auf den Gesichtern der Freunde.

»Was hast du denn überhaupt vor?«, meldete sich Alex schließlich zu Wort.

»Erstmal nur ausbaldowern«, antwortete Tim. »Die Versammlung ist wie gesagt am ersten August. Das ist ein Sonntag. Herr Hinkheim hat mir auf der Fahrt hierher noch geschrieben, dass alle Mitglieder die Order haben, bis spätestens Donnerstag lose anzureisen, und zwar mit den Öffis, damit sich da nicht haufenweise die Autos knubbeln. Soll ja immerhin 'ne geheime Versammlung sein, und ein riesen Bahnhof würde da nur auffallen. Also: Mein Plan ist, sich da östlich in dem Dickicht auf die Lauer zu legen und die Lage genau zu peilen, damit wir wissen, wo wir dran sind. Auf der Basis entscheide ich dann über die passende Strategie. Wir ziehen das mit maximal zwei Mann durch. Heißt für den, der sich da mit mir auf die Lauer legen will: Feldklamotten anziehen, Modell Sommertarn.«

Tim sah von einem zum anderen.

»Und? Wie sieht's aus? ... Ditze?«

»Bin dabei«, nickte Alex entschlossen.

»Nein!«, intervenierte Anna sofort. »Das möchte ich nicht!«

Die Freunde sahen sie verdutzt an, allen voran Tim und Alex.

»Warum nicht?«, wollte Alex wissen.

»Weil es nicht deine Aufgabe ist«, erklärte Anna. »Was habt ihr in den vergangenen Tagen nicht alles für mich getan! Ich kann euch nicht noch mehr abverlangen. Ich werde Tim begleiten. Punctum. Das ist mein letztes Wort.«

»Ganz sicher?«, hakte Tim nach. »Ich meine, wenn's schief geht, kriegst du's da wieder mit deinen Entführern zu tun.«

»Das wäre durchaus möglich«, entgegnete Anna, »und nichts ängstigt mich mehr als diese Vorstellung. Dennoch ist es meine Aufgabe, Frau Dr. Uebelacker zu helfen. Entsinne dich bitte: Ihr Hilferuf galt mir. Ich kann diese Verantwortung nicht auf andere übertragen, schon gar nicht auf meine besten Freunde, wenn diese sich dadurch in Lebensgefahr begeben.«

Tim nickte zur Bestätigung kräftig mit dem Kopf.

»Ihr habt Anna gehört. Damit ist die Sache geklärt.«

Annas Entscheidung wurde von allen respektiert. Eine Frage jedoch hatte Nessi noch auf den Lippen. Sie musterte Annas feines Kleid und fragte: »Was wirst du denn dabei tragen? Du kannst doch keine langen Hosen anziehen.«

»Ich denke dort an meine braunen Chloé-Shorts«, beschrieb Anna, »und dazu das graue Tank-Top.«

»Das von Theory etwa?«, warf Isi lachend ein. »Anna! Allein die zwei Teile kosten fast tausend Mäuse. Damit willst du dich im Gebüsch rumwälzen?«

»Es nützt ja nichts«, meinte Anna schulterzuckend. Isi ließ sich kichernd in die Rückenlehne ihres Stuhls fallen und wies mit der Hand auf Anna.

»Über fünf Jahre bin ich jetzt mit der befreundet«, feixte sie in die Runde, »aber daran hab ich mich bis heute nicht gewöhnt.«

Weiße, bauschige Wolken zogen über den blauen Himmel. Von Zeit zu Zeit bedeckten sie die Sonne und sorgten so für eine willkommene Abkühlung. Ihre Schatten malten dunkle Kleckse auf die nach Erfrischung dürstende Landschaft der Vulkaneifel, so auch in diesem

Moment über dem Dorf Kerpen bei Hillesheim. Bäuchlings, unter dichtem Schlehengebüsch, lagen Tim und Anna und spähten vorsichtig durch die tief hängenden Zweige. Tim hatte zu seiner khakifarbenen Cargohose ein beigebraunes T-Shirt und braune Outdoor-Halbschuhe angezogen. Anna hatte sich zu ihrem angekündigten Outfit für ihre braunen Prada-Sneakers entschieden. Ihre Haare trug sie zu einer am Hinterkopf entlang verlaufenden Banane eingeschlagen. Mit Annas Gucci-Lippenstift Nr. 104 »Penny-Beige-Braun« hatte Tim ihr, wie auch sich selbst, senkrecht laufende Linien aufs Gesicht gemalt. So verbarg sich das Paar in dem hohen Gras und spähte auf das Gebäude.

»Davon war beinahe auszugehen«, beschrieb Anna flüsternd, was sie vor sich sah. »Dein Paket mit der freundlichen Grußkarte war ihnen Warnung genug, um letztlich diese Maßnahme zu ergreifen.«

Tim hielt sich sein Fernglas vor die Augen.

»Sind das P-4?«, murmelte er. »Jedenfalls sind das uralte, stark kurzläufige Kniften. Damit triffst du auf die Entfernung kein Scheunentor.«

»Mir genügen sie«, hielt Anna dagegen. »Ich möchte nur ungern die Probe aufs Exempel machen.«

Noch eine Weile beobachteten sie und Tim die beiden grimmig dreinblickenden Gesellen, die immer wieder mal mit einer Pistole im Anschlag in einem der vielen Dachgaubenfenster auftauchten und über das Gelände äugten.

»Bleib dicht auf dem Boden«, wies Tim Anna an, »durch das hohe Gras sind wir gut getarnt. Wir robben jetzt langsam rückwärts, so etwa zwanzig Meter. Dann können wir uns sachte umdrehen und zum Ausgangspunkt zurück schleichen. Da besprechen wir uns dann in Ruhe. Okay?«

Anna nickte. Zusammen begannen sie, Tims Plan auszuführen. Mit Händen und Füßen arbeiteten sie sich Stück für Stück unter den Sträuchern durch, die Körper über den Grund schleifend.

»Da kommt jetzt gleich die Mulde«, beschrieb Tim, »da drehen wir uns um 180 Grad und gehen leise und gebückt vorwärts.«

Tim und Anna verfolgten ihren Weg zurück, den sie vor einer Stunde zu ihrem Aussichtspunkt gerobbt waren. Alles war still um sie herum. In der von Tim beschriebenen Erdmulde, die zwischen reichlich Falllaub mit niedrigem Gras bewachsen war, vollführten sie in Krabbelhaltung eine volle Wende. Da blickten sie plötzlich auf zwei Paar schwarze, derbe Lederstiefel, die ihnen den Weg versperrten. Alle vier Stiefel zeigten mit den Fußspitzen zu ihnen, zwei auf Tim und zwei auf Anna gerichtet. Das derbe Schuhwerk war fest geschnürt, und es steckten Beine in ihnen. Die kräftigen, breit gebauten Männerkörper, die zu ihnen gehörten, hatten die Arme in die Hüften gestemmt. Sowohl Anna als auch Tim stockte der Atem.

»Guten Tag, die Herrschaften«, raunte eine wohlbekannte Stimme zu ihnen hinab. Tim und Anna sahen sich für einen Moment mit verkniffenen Gesichtern an, dann rollten sie sich mit einem ernüchterten Seufzen auf den Rücken, sodass sie den beiden wenig begeisterten Herren an den Körpern hinauf in die Gesichter sahen.

»Was zum Geier machen Sie denn hier?«, wunderte sich Tim.

»Da staunen Sie, was?«, kam es zurück. »Glauben Sie ernsthaft, wir drehen Däumchen, während wir uns die ganze Zeit Ihre Lone-Ranger-Show ansehen?«

Über Annas Gesicht huschte ein verlegenes Lächeln.

»Ich freue mich, Sie zu sehen, Herr Polizeihauptmeister Adolphs«, begann sie. »Bitte übersehen Sie diese, nun ja, durchaus ein wenig würdelose Körperlage, in der Sie mich vorfinden.«

»Geschenkt«, antwortete Herr Adolphs wie zuvor mit gedämpftem Ton. »Ich darf Sie beide bitten, entweder liegen zu bleiben oder sich bestenfalls in eine Hockhaltung zu begeben.«

Letzteres war dem Paar lieber. Langsam und leise gingen sie in eine hockende Position über, ein Knie angehoben, das andere auf dem Boden. Inzwischen stellte Herr Adolphs seinen Kollegen vor.

»Das ist Hauptkommissar Klaus Höntrup. Einsatzleiter SEK ›Kreuzotter‹. Untersteht direkt dem BKA und dem Verfassungsschutz.«

»Finster«, raunte Tim, während Herr Adolphs weiterflüsterte: »Herr Höntrup, hier haben wir Tim Richthof, den Buschpiloten, und Annabelle Komtess zur Heyden. Ich würde mal sagen, die dritthöchste Persönlichkeit der Leyentaler High Society.«

»Dritthöchste Persönlichkeit«, wiederholte Herr Höntrup ungehalten. »Auf dem ganzen Friedhof, oder was? Was denken Sie sich dabei, hier einfach aufzukreuzen und denen vor der Flinte rumzukrabbeln? Von der Gefährdung des Einsatzes ganz zu schweigen. Wenn das hier in die Hose geht, mache ich Sie beide persönlich verantwortlich! … Dritthöchste Persönlichkeit …«

»Ich betrachte mich keineswegs als solche«, widersprach Anna, »jedoch sind es Bezeichnungen wie diese, die mich den Semesterbeginn herbeisehnen lassen.«

»Wie haben Sie rausgefunden, dass die Schweine in der Alten Strumpffabrik zu finden sind?«, fragte Tim neugierig, woraufhin Herr Adolphs sichtlich mit sich zufrieden in sich hineingluckste.

»Ich sag mal so: Spätestens, als die Telefone bei den Kollegen in Gerolstein heiß liefen, weil sämtliche Kerpener, Berndorfer und Flestener wissen wollten, wen die Polizei da mit einem schwarz-weißen, zweimotorigen Flugzeug mit der Kennung D-GXLD suchen würde, da hatten wir einen zarten Hinweis.«

»Ist ja schon gut«, brummte Tim.

»Ruhe jetzt!«, knurrte Herr Höntrup und hielt sich sein Funkgerät vor den Mund. »Meldung!«

»Bewegung von beiden Flügeln in Richtung Saal M«, kratzte eine Stimme aus dem Sprechgerät. *»Große Gulaschkanone auf zentralem Tisch. Stühle werden besetzt. Hauptobjekt noch nicht im Saal.«*

Herr Adolphs schlich ein Stück um Tim und Anna herum und vergrößerte so den Abstand zu Herrn Höntrup, damit er den Einsatzleiter möglichst nicht störte.

»Sie beide hatten bis jetzt ein Riesenglück«, flüsterte er. »Sie haben keine Ahnung, mit wem Sie es hier zu tun haben. Dieser Bund gehört zur Szene der ›Neuen Rechten‹. Es gibt ihn noch nicht lange, aber seine Mitglieder agieren außergewöhnlich brutal. Zuletzt haben die einer eritreischen Studentin zwischen zwei Zementplatten die Nägel aus den Fingern gezogen.«

An der Stelle legte Anna mit weit aufgerissenen Augen die Hände vor ihren Mund. Tim blies lautlos durch die dicken Backen, nicht minder beeindruckt.

»Sie sehen, es war nicht gerade schlau, sich selbst um diesen Haufen zu kümmern. Können wir uns darauf einigen, dass Sie künftig zu mir kommen, wenn Sie in solche oder ähnliche Schwierigkeiten geraten?«

»Das werden wir, gewiss«, sicherte Anna dem Polizisten zu. Tim nickte widerwillig.

»Ach, und da wäre noch was«, fügte Herr Adolphs streng hinzu und sah Tim eindringlich an.

»Was denn?«

»Das betrifft nur Sie, Herr Richthof. Ich würde gern mal den Pommes-Piekser bewundern, den Sie auf dem Rücken tragen.«

»Scheiße«, schmunzelte Tim ein wenig beschämt und griff sich hinter den Rücken, »… hier.«

Herr Adolphs nahm den Wildschweintöter lässig entgegen und musterte die mächtige Klinge.

»Beeindruckend«, kommentierte er. »Sind Sie damit einverstanden, dass ich Ihn einbehalte?«

»Als ob ich da was gegen sagen könnte«, brummte Tim.

»Also, warum fragen Sie noch groß?«

»Na ja«, entgegnete Herr Adolphs, »Ihre Braut wird mir sicher zustimmen, wenn ich sage, dass gute Manieren niemals unangebracht sind. Ist es nicht so, Frau zur Heyden?«

»Dem kann ich wohl schwerlich widersprechen«, antwortete Anna.

Da horchten die drei auf, denn das Funkgerät des Einsatzleiters regte sich.

»*Günstig*«, klang es heraus. Die zweite Meldung, die offenbar von einem anderen Teammitglied kam, konnten Tim und Anna nicht verstehen. Kurz darauf herrschte wieder Stille. Anna wurde die hockende Position zu anstrengend. Sie ließ ihr Gesäß nach einer Seite sinken und saß nun so im Gras. Einige Minuten später knisterte das Funkgerät erneut.

»*Günstig*«, ertönte abermals die Meldung.

»*Günstig*«, erklang es ein weiteres Mal.

»Zugriff!«, befahl Herr Höntrup scharf.

Pitsch! – Pitsch!

So zischte es zweimal durch die Luft. Glas klirrte. Im selben Moment wurden ein Dutzend Schlehenbüsche um Tim und Anna herum lebendig.

Anna schlug das Herz heftig in der Brust. Aufgeregt sahen sie und Tim, sich nach allen Seiten umblickend, dabei zu, wie die Einsatztruppe auf das Gebäude zu stürmte. Krachende Laute waren zu hören. Dann plötzlich ein Schusswechsel. Mehrere Salven knatterten aus dem Haus heraus. Anna hielt sich die Ohren zu und kniff die Augen zusammen. Tim hechtete auf sie zu, drückte sie auf den Boden und legte sich auf sie. Herr Adolphs sprang ebenfalls zur Seite und suchte Deckung hinter einem liegenden Baumstamm.

Dann wurde es still.

Kapitel 15

Vor dem rustikalen Holzhaus reihten sich Fahrzeuge aller Klassen am Wegesrand, bis in den Kaulenforst hinein. Warme, harzig duftende Abendluft wehte zwischen den hohen Kiefern hindurch, deren Stämme von der stetig tiefer sinkenden Sonne zunehmend golden beleuchtet wurden. Von der Rückseite des Hauses her roch es nach frisch angezündeten Holzkohlen. Die Haustür wie auch die rückwärtige Tür stand weit offen. Auf der Veranda, von der man auf ein grasiges Feld mit einzelnen knorrigen Kiefern blicken konnte, standen Julian, Alex und Nessi auf der einen Seite, und Wolfgang, Vivienne, Frau Dr. Uebelacker und Nicole Eichendorf auf der anderen Seite beisammen. Die Wiese war direkt vor der Veranda grob frei gemäht. An einer halben Waschmaschinentrommel, die mit Kohlen befüllt war, kümmerten sich Michael und Damian um das Grillfeuer. Kathi leistete ihnen dabei Gesellschaft. Melli und Isi huschten eifrig zwischen Veranda und Küche hin und her.

»Sehr bedauerlich«, äußerte sich Vivienne, »dass Herr Dr. Gielchen und sein Bruder verhindert sind.«

Sie sah wie immer sehr schick aus, doch heute verzichtete sie auf ein Business-Kostüm. Das lange, gelbe Sommerkleid und der elegante Strohhut standen ihr ausgezeichnet. Immer, wenn sie lächelte, war eine Ähnlichkeit mit ihrer Tochter unverkennbar. Auch Wolfgang lief heute vergleichsweise leger herum. Zu seiner dunkelblauen Edeljeans trug er schwarze Lackschuhe und ein weißes, langärmeliges und absolut faltenfreies Oberhemd. Der Kleidungsstil der Lehrerin bestand indessen aus einem knöchellangen, rotbraun karierten Leinenrock mit farblich passender, kurzärmeliger Strickweste, aus der eine rote Leinenbluse hervorblitzte. Nicole trug, schlicht und elegant, ein türkisgrünes, ärmelloses Maxikleid aus Chloqué von Emilia Wickstead.

»Ja, das ist wirklich Jammerschade«, stimmte Frau Dr. Uebelacker zu. »Annabelle und Tim haben sich beide als ausgesprochen ehrenhaft und hilfsbereit erwiesen.«

»Ein kleiner Appetizer?«, trällerte Melli, die plötzlich mit Isi vor Annas Eltern erschienen war. Die beiden hielten Servierplatten mit kleinen Gläschen in den Händen.

»Das ist Mellis Spezial-Happen«, fügte Isi fröhlich hinzu. »Wir wissen nur, dass er auf Avocadocreme basiert. Den Rest verrät sie nicht … Aber schmecken tut's echt geil.«

»Greifen Sie zu, Herr zur Heyden«, forderte Melli Annas Vater auf, der bereits von der netten Geste angetan war.

»Sehr gerne, vielen Dank«, schmunzelte er und langte vornehm nach einer Portion. »Keinesfalls wollen wir Mellis Spezial-Happen versäumen.«

»Was immer es auch sein mag«, murmelte Vivienne und nahm sich mit einem »Danke schön« gleichfalls ein Gläschen vom Tablett. Frau Dr. Uebelacker und Nicole taten es ihr nach.

»Bon appetit!«, sangen Melli und Isi aus einem Mund und machten kehrt, um auch die anderen zu beköstigen.

»Sehr charmant«, gluckste Wolfgang.

»Nun, es sind zwei sehr schwungvolle junge Damen, nicht wahr?«, schloss Vivienne sich an.

Plötzlich ein heiteres, ausgelassenes Gejohle. Ein weiterer Gast war eingetroffen.

»Armin!! Großer Meister! Was trinkste? Trip und Anna müssten jeden Moment hier sein! Heh, Boggy, rück mal 'n Stück!«

»Trip und Anna«, wiederholte Vivienne seufzend und mit einem Augenrollen. »Ich hätte mir nie träumen lassen, dass auf diese Weise einmal meine Tochter und mein zukünftiger Schwiegersohn angesprochen werden.«

»Ich kann ihnen versichern, Frau zur Heyden«, sprach Frau Dr. Uebelacker in mildem Ton, »dass ihre Tochter innerhalb dieses Freundeskreises mehr als perfekt aufgehoben ist. Diese jungen Leute halten bedingungslos zusammen. Sie verfügen über ein einzigartiges Verständnis von Freundschaft.«

»Das ist mir ja durchaus bewusst«, ergänzte Vivienne. »Wenn Sie sich doch nur mit ihren ordentlichen Vornamen ansprechen würden. Sie sind doch keine kleinen Kinder mehr.«

»Damit hat das nichts zu tun, Schatz«, widersprach Wolfgang ihr. »Und was mich betrifft, finde ich es sehr originell. Und ›Trip‹ sagt doch immerhin etwas aus.«

»Ja, wir mögen dort wohl noch glimpflich davonkommen«, führte Vivienne weiter aus, »doch hör dir nur die anderen Namen an! Einer von ihnen wird ›Motte‹ genannt. Stelle dir einmal vor, Vanessa würde eines Tages nach Hause kommen und deinem Bruder einen Mann namens ›Motte‹ vorstellen. Was würde er wohl sagen?«

»Das weiß ich nicht«, kicherte Wolfgang, »doch in jedem Fall wäre ich gerne dabei, wenn das geschehen sollte.«

344

Bei dieser Vorstellung musste vor allem Nicole herzhaft lachen.

»Und wie geht es dir, Nicole?«, erkundigte sich Wolfgang bei ihr. »Es ist schön, dass du die Zeit finden konntest. Annabelle wird sich unglaublich darüber freuen.«

»Wo sind die beiden denn gerade?«, fragte Nicole.

»Sie sind unterwegs zu uns«, erklärte Vivienne. »Tim hatte noch rasch etwas zu erledigen, und Annabelle wollte ihn unbedingt begleiten.«

Sie hatte kaum ausgesprochen, da ertönten von der Straße her zwei gedehnte Hupsignale.

»Aha!«, bemerkte Frau Dr. Uebelacker, und Wolfgang reimte lachend: »Kaum hat man den Teufel genannt, kommt er auch schon gerannt. Wollen wir?«

Alle Anwesenden begaben sich nun vor das Haus. Sie wussten ja, warum die beiden Frischverlobten ein paar Minuten zu spät dran waren. Mit Applaus und Jubelrufen erfolgte die Begrüßung, doch galt die Begeisterung im Besonderen dem Auto, dem Tim und Anna entstiegen. Es war das Geländefahrzeug, das Tim vor einiger Zeit in einer Textnachricht an Anna erwähnt hatte.

»Hey, Trip!«, lobte Michael. »Der sieht ja geiler aus, als ich dachte.«

»Auf jeden Fall wesentlich moderner als deine alte Rostlaube«, meinte Julian.

»Und verkehrstüchtiger«, fügte Alex hinzu.

»Und wie!«, freute sich Tim. »Nur die Farbe ist nicht ganz mein Ding. ›Light Brownstone Perleffekt‹ nennen die das. Aber ist halt ein Gebrauchter. Da kann man's sich halt nicht aussuchen. Dafür passt er farblich jetzt ein bisschen besser zu Annas Auto.«

»Ist klar!«, lachte Isi. »Aber nur farblich. Echt schade, dass du dir nicht auch ein Bentley Continental Cabrio leisten kannst, was?«

»Das einzige, was ich wirklich schade finde«, feixte Tim zurück, »ist, dass der Schlitten seit Wochen in Tübingen rumsteht und keiner ihn fährt.«

»Wir werden ihn schon bald aus der Tiefgarage befreien«, lenkte Anna ein, »und dann unternehmen wir etwas Schönes mit Fabienne … Was denkst du, Mama, gefällt dir Tims neues Fahrzeug?«

»Nun, er wirkt recht ansprechend«, antwortete Vivienne. »Jedenfalls im Vergleich zu seinem bisherigen Wagen … Weshalb ist die Lackierung nicht vollständig glänzend?«

»Ist die Trailhawk-Variante«, erklärte Tim ihr, »da ist das so. Der Vorteil ist, er hat ein paar Zentimeter mehr Wattiefe und die zusätzliche Geländeuntersetzung. Ziemlich cool, was?«

»Tja, ganz offenbar«, zuckte Vivienne mit den Schultern. »Dann darf ich dir wohl gratulieren und euch allzeit eine gute Fahrt wünschen.«

»Das ist meine Vivi!«, lachte Tim spitzbübisch auf. »Vielen Dank. Komm, wir beide trinken jetzt ein Glas Wein zusammen. Boggy hat da 'nen ganz feinen Tropfen mitgebracht.«

Er drehte sich seitlich zu Annas Mutter und bot ihr grinsend seinen Arm an. Sie konnte ja gar nicht anders als amüsiert lächeln, als sie ganz vornehm seine Armbeuge annahm. Sogar mit beiden Händen.

»Du bist der Einzige, dem ich diese Unverfrorenheiten durchgehen lasse. Das weißt du!«

Eine ausgesprochen gut gelaunte Gästeschar machte sich auf den Weg hinter das kleine Haus, um sich locker auf Wiese und Veranda zu verteilen. Hier nutzte Nicole die Gelegenheit, ihre beste Kundin zu begrüßen.

»Ach, Anna!«, jauchzte sie. »Ich war ja so erschrocken, als ich erfahren habe, was dir zugestoßen ist. Wie schön, dich heute so gesund und munter zu sehen. Noch dazu so hübsch wie eh und je. Und du hast dieses süße Spitzenkleid von Self-Portrait an! Wunderschön, wie du es mit dem Haarband kombinierst. Ach, es ist wirklich ein Jammer!«

Sie schaute sich um und band die umstehenden Gäste, in erster Linie Wolfgang und Vivienne, mit ins Gespräch ein.

»Seit fünf Jahren liege ich der lieben Anna in den Ohren, dass ich gerne großformatige Fotos von ihr anfertigen lassen würde, um jeden Monat eine andere Kollektion im Geschäft zu präsentieren. Doch ich habe es bisher leider nicht geschafft, sie von dieser Idee zu überzeugen.«

»Ich fürchte, dabei wird es auch bleiben, liebe Nicole«, antwortete Anna. »So gern ich dich auch habe; ich würde meine Berufung nicht gerne als Fotomodell missaufgefasst sehen. Du nimmst es mir gewiss nicht übel, nicht wahr?«

»Wie könnte ich?«, lächelte Nicole und streichelte Annas Oberarm.

»Nehmen Sie ihn doch!«, witzelte Tim und deutete auf Annas Vater. »Wie wär's, Wolfgang? … Guckt ihn euch an in seiner Jeans! Die Mädels gehen heute alle hinter dir vorbei, schon gemerkt?«

»Ach, nun hör aber auf!«, wehrte Wolfgang lachend ab. Doch Nicole legte den Kopf auf die Seite und meinte: »Na ja …«

»Siehst du?«, flachste Tim weiter. »Oh, und hier kommt Isi … Isi! Sag mal, was meinst du? Sieht er nicht heiß aus, mal so ganz ohne Anzug?«

»Joa, ich muss schon sagen«, spielte Isi heiter mit. »Ich war ja schon immer der Meinung, dass er verdammt Clooney-mäßig aussieht.«

»Ooooh!«, rief Tim aus und fasste Isi bei den Schultern. »Sprach die Single-Frau! Jetzt wird's aber brenzlig hier. Du kommst besser mit mir, Isi.«

Damit drehte er Isi herum und entfernte sich mit ihr. Wolfgang schüttelte sich erstmal aus vor Lachen, dann sah er Vivienne an.

»Schatz, sie machen nur Witze.«

»Das ist mir durchaus bewusst«, antwortete Vivienne, »dennoch muss ich zugeben, dass ich mich in diesem Kreis zumeist ein wenig überfordert fühle. Ich meine, er ist doch schließlich Pilot von Beruf. Sollte er da nicht der seriöseste Mensch der Welt sein?«

»Das ist er auch«, bekräftigte Anna, »zumindest solange er das Flugzeug steuert. Wenigstens dies kann ich dir versichern.«

Vivienne schaute zu den Jungs rüber und schüttelte den Kopf.

»Das muss ich dir glauben, Kleines. Ich kann nur sagen, dass ich ihn gerade wieder mit Herrn Rauchhaus zusammen sehe. Und immer, wenn die beiden miteinander sprechen, kann ich mich des Eindrucks nicht erwehren, dass zwischen Ihnen etwas vorgefallen ist.«

»Aber Mama«, kicherte Anna, »auf diese Weise tauschen Sie bloß Freundlichkeiten aus.«

»Indem Sie sich beschimpfen?«

»Sie beschimpfen sich nicht im wahren Wortsinne. Sie necken sich bloß, verstehst du? Diese Beleidigungen, die sie sich gegenseitig angedeihen lassen, sind ein sehr bedeutender Bestandteil ihrer tiefen Freundschaft.«

»Das verstehe nun wirklich, wer will.«

Ein weiterer Gast tauchte hinter der Hausecke auf. Auch er verzichtete heute auf seine sonst so korrekte und wichtige Dienstbekleidung. Tim und seine Freunde erkannten ihn und gingen neugierig hinüber zu der Gruppe um Anna und ihre Eltern, denn genau dorthin begab sich der groß gewachsene Mann. Wolfgang begrüßte ihn als erster.

»Herr Polizeihauptmeister Adolphs, seien Sie herzlich gegrüßt. Schön, dass Ihre Zeit es erlaubt. Wir müssen zugeben, dass wir Ihrem Besuch mit besonderem Interesse entgegengesehen haben.«

»Das kann ich sehr gut verstehen«, antwortete Herr Adolphs. »Guten Abend allerseits.«

»Seien Sie uns nicht böse, Herr Adolphs«, begann Tim, »aber wir platzen vor Neugier. Können Sie uns inzwischen irgendwas darüber sagen, wie die Aktion ausgegangen ist?«

»Die Redaktionen haben den Polizeibericht seit heute früh vorliegen«, erzählte Herr Adolphs. »Von daher kann ich Ihnen das eine oder andere verraten. Sie haben ja mitbekommen, dass es einen in dieser Heftigkeit unerwarteten Schusswechsel gab, woraufhin ich Sie unverzüglich vom Ort des Geschehens entfernt habe. Bei diesem

Schusswechsel wurden zwei Beamte schwer verletzt sowie vier Mitglieder des DeGeKo getötet.«

»Du liebe Zeit!«, hauchte Anna. »Ist bekannt, um wen es sich bei den Getöteten handelt?«

»Mir liegt diese Information nicht vor, ich bedaure. Doch immerhin kann ich berichten, dass sämtliche Überlebenden festgenommen wurden. Die Anklagepunkte enthalten alles von Mittäterschaft über Entführung bis hin zu schwerer Körperverletzung und Mord. Die hatten in der kurzen Zeit ihrer Existenz eine Menge Verbrechen begangen.«

»Da fliegt dir doch der Braten vom Rost!«, raunte Damian, was Vivienne dazu veranlasste, einen kurzen, verwirrten Blick zur Grillstelle zu werfen.

»Ich kann mich nur wiederholen«, mahnte Michael, »das war eine richtig knappe Sache. Ein Glück, dass die Polizei euch zuvorgekommen ist!«

»Vielen Dank für Ihren Einsatz, Herr Adolphs«, wandte Frau Dr. Uebelacker sich an den Polizisten. »Manchmal ist man sicher, man könnte die Dinge alleine bewältigen. Alles wäre anders verlaufen, hätte ich eine Ahnung gehabt, wer mir auf den Fersen war.«

Und Anna bemerkte: »Aufgrund der Umstände sind wir auch um kein Jota hinsichtlich der Akte weitergekommen.«

»Die war mir in letzter Zeit ehrlich gesagt auch reichlich egal«, warf Tim ein.

»Wie werden Sie nun weiter vorgehen?«, fragte Anna ihre ehemalige Lehrerin.

»Ich werde es wohl langsam angehen«, sprach Frau Dr. Uebelacker. »Es besteht weiterhin die Möglichkeit, dass die Akte im Hillesheimer Stadtarchiv liegt. Vielleicht ist es so. Dann liegt sie gut da. Falls nicht, ist es auch nicht schlimm. Es hat fürs Erste keine Eile.«

»Na, ist doch super!«, jubelte Julian. »Dann steht diesem Abend also nichts mehr im Wege und der alte Boggy kann schon mal die Köpfe von den Pullen hauen … Oder gibt's noch irgendwas Wichtiges zu klären?«

Vivienne hob den Zeigefinger.

»Ich hätte noch etwas anzumerken. Ich muss dafür zum Wagen gehen, um etwas herzubringen. Wie wäre es, wenn Sie einstweilen den Wein dekantieren, Herr Stein?«

»Gute Idee«, feixte Julian, »ich glaub, das mach ich.«

Mit einem »Sehr schön.« löste Vivienne sich für ein paar Minuten aus der Gesellschaft. Als sie zurückkehrte, trug sie einen flachen Karton vor sich her. Sie stellte ihn auf einem Biertisch ab. Lächelnd räusperte sie sich und begann zu sprechen: »Liebe Anwesenden. Wir alle sind froh und erleichtert, dass die Verbrecher gefasst sind und Annabelle und Tim wohlbehalten unter uns weilen. Das gibt uns die Möglichkeit, hoffnungsfroh in die Zukunft zu sehen. Annabelle, kommst du bitte zu mir? Wolfgang? Tim?«

Sie winkte die Angesprochenen zu sich heran und wies ihnen Plätze zu ihrer Linken und Rechten zu. Anschließend winkte sie die übrigen Personen an den Tisch heran.

»Bitte treten Sie alle näher. Wie Sie wissen, hat meine Tochter zugestimmt, diesen jungen Mann hier zu heiraten. Und damit darf ich dich, Kleines, höflich bitten, diese Schachtel zu öffnen.«

Neugierig, aber auch ein bisschen misstrauisch trat Anna vor den Karton. Vorsichtig hob sie den Deckel an.

Als sie den Inhalt erkannte, faltete sie ihre Hände vor der Brust und hauchte: »Oh, Mama! … Das ist ja … Du hast ihn …?«

Anna traten Tränen in die Augen. Ihre Mutter nickte ihr mit glasigem Blick zu.

»Was ist das?«, wollte Tim wissen.

»Es ist im Grunde ein wenig peinlich«, beschrieb Anna, »doch ihr müsst wissen, dass ich mir als Kind bereits gerne meine Traumhochzeit vorgestellt habe. Der Ort der Feier entsprang vollends meiner Phantasie. Ich habe daher Zeichnungen von ihm angefertigt sowie Skizzen meines Kleides und der Dekoration, und gar eine Gästeliste habe ich erstellt. Ich war zwölf Jahre alt, als ich alles in einen Ordner, den ich von außen anmalte und verzierte, einheftete. Meine Oma Leni hatte mir noch dabei geholfen, wenige Tage bevor sie den Schlaganfall erlitt und verstarb. Ich wollte diesen Ordner daraufhin nie wieder ansehen und gab ihn zu den Abfällen. Später bereute ich es insgeheim. Und nun … Oh, Mama …«

Für eine Weile hielten Vivienne und Anna sich im Arm. Dann wandte Anna sich den Gästen zu, nahm den Ordner vorsichtig aus der Schachtel und legte ihn auf dem Tisch ab.

»Oh, wie süß!«, quiekte Melli. »Mit Schleifchen drumherum!«

»Was steht da auf der Vorderseite?«, schloss Isi sich an. »Annabelles Hochzeitsplanung? Oh, Anna, das ist wirklich süß! Dürfen wir ihn durchsehen?«

»Wir werden ihn uns gemeinsam anschauen«, entschied Anna und schlug den Deckel auf. »Wie ihr sehen könnt, war ich zutiefst vom Kleidungsstil der Belle Époque

angetan … Art Nouveau wo ihr auch hinschaut. Hier …
Die Arkadengänge, bewachsen mit Efeu …«

Tim legte den Arm um sie.

»Das gefällt dir immer noch, hm?«

Sie lächelte ihn an und fragte: »Würdest du das albern finden?«

»Ich sag mal so«, überlegte Tim. »Ich selbst hab noch überhaupt keine Vorstellung, wie unsere Hochzeit ablaufen soll. Deswegen ist das für mich gar keine Frage: Wenn das hier deine Wunschvorstellung ist, dann wird das genau so gemacht!«

»Und das wär sogar ganz leicht umsetzbar«, meldete sich Michael. Er deutete auf ein Bild im Ordner: »Die Säulen machen wir aus Betonrohren DN 400, senkrecht gestellt, mit den Muffen nach oben.«

»Ja!«, stimmte Melli ein. »Daraus machen wir die Kapitelle: Die Laubblätter und Blüten setzen wir aus Modelliergips an.«

»Und ich säge die Bögen aus OSB-Platten«, warf Isi ein. »Wenn wir die verspachteln und anmalen, sieht das richtig gut aus.«

»Und zwischen den Platten«, schlug Alex vor, »können wir ja noch ein paar Kabel durchführen. Dann bringen wir auf der Gangseite Ausleger an, mit diesen LED-Lampen, die wie Feuer flackern.«

Melli klappte den Ordner zusammen und klemmte ihn unter den Arm.

»Nicht zu viel verraten, Leute! … Anna? Mach dir keine Gedanken. Du bekommst deine Traumhochzeit.«

Damit machte sie auf dem Absatz kehrt und nahm die ganze Truppe mit sich. Selig kuschelte Anna sich an Tim.

»Ich sag ja, sie sind die Besten«, lächelte Tim.

»Ohne jeden Zweifel«, seufzte Anna. »Ich liebe sie alle. Abgöttisch.«

Vivienne trat an ihre Tochter heran und strich kurz über ihre Wange. Dann zupfte sie Annas Kleid zurecht. Nicht, dass es da etwas zum Zupfen gegeben hätte, aber Vivienne war nun einmal Vivienne.

»Ich verstehe dich nun viel besser, Kleines«, sprach sie mild. »Deine Freunde sind sehr charaktervolle Menschen. Und ich verstehe allmählich, warum dir dieses derbe Haus so viel bedeutet. Es ist die zu deinem geliebten Partner passende, ich nenne es mal robuste Schlichtheit, die du so ansprechend findest. Damit kann ich mich anfreunden. Ich gebe ehrlich zu, ich hatte schon befürchtet, es läge an romantisch-nostalgischen Aspekten, die ich nicht näher andeuten möchte. Nicht auszudenken, die Vorstellung, du hättest hier mit deinen zarten sechzehn Jahren … Was ist mit dir, Annabelle? Du weißt, ich mag es nicht, wenn du mir so frech ins Gesicht lachst … Soll das etwa bedeuten …? Annabelle Patrizia Josephine! Ich bin entrüstet! … Und von dir, Timotheus Richthof, hätte ich wohl etwas mehr Verantwortungsbewusstsein … Ach, was rede ich? … Es ist bestimmt besser, dass ich nicht immer alles gewusst habe … Ich hoffe doch sehr, dass ihr so vernünftig wart und euch geschützt habt …«

Der Anfang

Das Vermächtnis der Eifelkomtess   Teil 1:

„Das Herz von Albenhain"

Die alten Geister haben nur geschlafen

Mit fünfzehn war Tim Richthof aus seinem gewalttätigen
Elternhaus weggelaufen. Seine Flucht hatte ihn aus der Eifel
weg und um die weite Welt geführt. Der junge Mann, als der er
nun zurückgekehrt ist, ist ein völlig anderer als der, der einst er
einst seiner Eifeler Heimatstadt Leyental den Rücken kehrte.
Dennoch muss er erfahren, dass die alten Geister ihn wieder
aufsuchen. Ein Aushilfsjob und ein Ehrenamt schweißen ihn
wieder mit seinem alten Freundeskreis zusammen. Während
einer Jugendfahrt in den beliebten Ferienpark Albenhain, die
er als Betreuer begleitet, krempelt sich sein Leben erneut um.

Books on Demand
ISBN: 978-3-759-74347-3

Die Fortsetzung

Das Vermächtnis der Eifelkomtess   Teil 2:

„Das Kreuz von Aarstein"

Unter der Burg treffen sich die Vergangenheiten

Wieder ist es die Vergangenheit, die Tim das Leben schwer
macht. Zwar hat er in Anna seine erste feste Freundin, doch
deren familiäres Umfeld ist entsetzt, als ihm Tims Ruf zu
Ohren kommt. Anna wird von ihren Freundinnen gemobbt
und von ihren Eltern Tims Einfluss entzogen. Es beginnt ein
zermürbender Psychokrieg, in dem Tim auf keinen Fall klein
beigeben will. Und da sind noch diese sonderbaren
Geschehnisse nach dem Tag auf Burg Aarstein. Einer dieser
Vorfälle ist äußerst heimtückisch und bringt Tim in
Lebensgefahr.

Books on Demand
ISBN: 978-3-759-74335-0

Das Finale der Trilogie

Das Vermächtnis der Eifelkomtess   Teil 3:

„Der Säbel vom Asenberg"

Die Wahrheit darf nicht vergessen werden

Tim erfährt, dass auch Anna eine bewegte Vergangenheit hat.
Er unterstützt seine Freundin, als sie sich vornimmt, einem
Rätsel nachzugehen, dass ein Vermächtnis ihrer Großmutter
zu sein scheint: Der Erforschung der Legende von Antoinette
und Clément. Die Suche nach der Wahrheit, die für Annas
Onkel äußerst lukrativ enden könnte, wirft für Anna selbst
viel bedeutendere Fragen auf. Allem voran: Warum war die
Sache ihrer Großmutter so wichtig? Und wenn die
Geschichte wahr ist, wo liegt dann die geheime Grabstätte,
von der die Legende erzählt?

Books on Demand
ISBN: 978-3-758-37371-8

Eine Eifeler Erzählung

„Die sonderbare Pilzvergiftung"

Gregor Mützel aus Hillesheim ist ein Profi auf dem Gebiet der Pilze. Als geprüfter Sachverständiger für Speise- und Giftpilze wird er von den umliegenden Krankenhäusern regelmäßig um Hilfe bei der Diagnose von Pilzvergiftungen gebeten. So auch in der Nacht zum anstehenden Wochenende. Was wie eine einfache Verstimmung des Verdauungstraktes erscheint, entwickelt sich zu einem echt schwierigen Fall. Zu Gregors Erstaunen liegen gleiche Fälle in zwei weiteren Eifeler Krankenhäusern vor. Die Symptomatik ist für Giftpilze untypisch, doch da alle Betroffenen die gleichen Pilze gesammelt haben und dieselben Symptome zeigen, kann Gregor die Sache nicht einfach abhaken.

Die Suche nach dem pilzigen Übeltäter beginnt. Zu allem Überfluss entwickelt sich die Situation zu einem Wettlauf gegen die Zeit, denn den Patienten geht es immer schlechter ...

Eifelbildverlag
ISBN: 978-3-9850803-3-5

Die sonderbare
Pilzvergiftung

Thomas Regnery

Eifeler
Erzählungen

Eifelbildverlag

Über den Autor

Thomas H. Regnery

Thomas Regnery ist hauptberuflich Ingenieur und Journalist. Zudem ist er Sachverständiger für Pilze und hat mehrere Jahre als Lehrer gearbeitet. Neben Fachbüchern über Astronomie und Pilze schreibt er auch Kurzgeschichten und Romane.

Er hält öffentliche Vorträge zu philosophischen und wissenschaftlichen Fragestellungen und betreibt mit seiner Frau Martina Regnery-Hubo die Carl-Sagan-Sternwarte.

Sein Einstieg in die Zunft des Geschichten-schreibens begann mit „Das Herz von Albenhain". Die Reihe hat bis heute vier Episoden, und ein Ende ist trotz zahlreicher weiterer Buchprojekte nicht vorgesehen.

Thomas Regnery ist Sohn eines Eifeler Vaters und einer Tirolerin als Mutter. Er bezeichnet es als das Beste aus zwei Welten, die Rheinische Ironie und den Sarkasmus der Österreicher in sich zu tragen.